L'ENVO

L'inspecteur Harry Bosch est prié par Irvin Irving, son patron, de se rendre au funiculaire de l'Angels Flight, au pied de la colline de Bunker Hill. Dans une des deux cabines, le machiniste a en effet retrouvé le cadavre d'une femme de ménage et celui d'Howard Elias, célèbre avocat des droits civiques qui s'est fait une spécialité de traîner la police de Los Angeles devant les tribunaux. Ses interventions lui ont valu une grande popularité dans la population noire et de solides haines dans les milieux policiers. L'enquête qu'Harry se voit confier est plus que délicate puisque ses propres collègues constituent des suspects idéaux et que s'il commet la moindre erreur, ce sont les quartiers noirs de South Central qui risquent de s'embraser à nouveau, comme après l'affaire Rodney King. En outre, sa femme, la belle Eleanor Wish, est en train de s'éloigner de lui et de replonger dans la drogue qui l'a déjà détruite une fois : le jeu Mais les ordres sont les ordres, et Harry Bosch obéit.

Tout de suite, ses pires craintes sont confirmées : Howard Elias était bel et bien sur le point de faire la lumière sur une ténébreuse affaire de pédophilie. Et dans les hiérarchies policière et politique des têtes n'allaient pas manquer de tomber. On semble d'ailleurs si bien le savoir autour de lui que, d'entrée de jeu, il se heurte au sabotage de son enquête.

En cherchant à faire la lumière sur l'affaire du Black Warrior, Harry Bosch conduira le lecteur à une conclusion tout à la fois tragique et à cent lieues de ce qu'il pouvait imaginer...

*Michael Connelly, lauréat de l'Edgar du premier roman policier pour* Les Égouts de Los Angeles *et de nombreux autres prix, est notamment l'auteur de* La Blonde en

# Michael Connelly

# L'ENVOL DES ANGES

ROMAN

*Traduit de l'américain
par Jean Esch*

*Éditions du Seuil*

TEXTE INTÉGRAL

TITRE ORIGINAL
*Angels Flight*
ÉDITEUR ORIGINAL
Little, Brown and Company

ISBN original : 0-316-15219-6
© 1999 by Hieronymus, Inc.

ISBN 2-02-054296-X
(ISBN 2-02-035165-X, 1ʳᵉ publication)

www.seuil.com

*Ce livre est dédié à McCaleb Jane Connelly*

# 1

Le mot résonna étrangement dans sa bouche, comme si c'était quelqu'un d'autre qui le prononçait. Il y avait dans sa voix une note d'insistance que Bosch ne se connaissait pas. Ce simple « allô » murmuré dans le téléphone était rempli d'espoir ; un espoir qui ressemblait à du désespoir. Mais la voix qui lui répondit n'était pas celle qu'il avait envie d'entendre

– Inspecteur Bosch ?

L'espace d'un instant, Bosch se trouva bête. L'homme au bout du fil avait-il perçu le tremblement dans sa voix ?

– Lieutenant Michael Tulin à l'appareil. Vous êtes bien l'inspecteur Bosch ?

Tulin. Ce nom ne lui disant rien, ses préoccupations concernant le timbre de sa voix volèrent en éclats sous l'effet de la terrible angoisse qui l'envahit soudain.

– Oui, c'est moi. C'est pourquoi ? Qu'y a-t-il ?

– Ne quittez pas, je vous passe le chef adjoint Irving.

– Qu'est-ce que…

L'homme coupa la communication, laissant place au silence. Bosch se souvint brusquement : Tulin était l'assistant d'Irving. Il attendit la suite. Son regard balaya la cuisine ; seule la faible lumière du four était allumée. D'une main, il tenait le téléphone plaqué contre son oreille ; l'autre se porta instinctivement à son ventre, là où la peur et l'angoisse se mêlaient. Il regarda les chiffres lumineux de la pendule du four. Presque 2 heures du matin ; cinq minutes s'étaient écoulées depuis la dernière fois qu'il les avait regardés. Quelque chose ne va pas, se dit-il en attendant toujours. Ils ne font pas ça par téléphone. Ils viennent frapper à la porte et vous annoncent la nouvelle de vive voix.

Enfin, Irving prit la communication.

– Inspecteur Bosch ?

– Où est-elle ? Que lui est-il arrivé ?

Il y eut un nouveau silence, insupportable. Bosch avait fermé les yeux.

– Pardon ?

– Dites-moi ce qui s'est passé… Elle est vivante ?

– Inspecteur, je ne sais pas du tout de quoi ni de qui vous parlez. Je vous appelle car vous devez rassembler votre équipe le plus vite possible. J'ai besoin de vous pour une mission spéciale.

Bosch rouvrit les yeux. A travers la fenêtre de la cuisine, il contempla le canyon obscur qui plongeait sous sa maison. Son regard dévala la colline jusqu'à l'autoroute avant de remonter vers les lumières de Hollywood qui creusaient comme une entaille dans le col de Cahuenga. Chacune de ces lumières disait-elle une personne en train d'attendre quelqu'un qui ne rentrait pas ? Il aperçut son reflet dans la vitre. Il avait l'air épuisé. Il distingua les poches et les cernes profonds qu'il avait sous les yeux dans le carreau presque noir.

– J'ai une mission pour vous, inspecteur, répéta Irving d'un ton impatient. Êtes-vous en état de travailler ou…

– Oui, oui. J'ai eu un petit moment de confusion.

– Désolé si je vous ai réveillé. Mais vous devez avoir l'habitude.

– Oui, pas de problème.

Bosch ne lui avoua pas qu'il n'avait pas été réveillé par ce coup de téléphone. Que, de fait, cela faisait longtemps qu'il tournait en rond dans la maison plongée dans le noir et attendait.

– Alors, en route, inspecteur. Du café vous attend sur place.

– Sur place ?

– Nous parlerons de tout ça quand vous y serez. Il n'y a pas de temps à perdre. Rassemblez votre équipe. Donnez-lui rendez-vous à Grand Street, entre la 3ᵉ et la 4ᵉ Rue. En haut de l'Angels Flight[1]. Vous voyez de quoi je parle ?

– A Bunker Hill ? Je ne…

– Je vous expliquerai sur place. Venez me voir dès que vous arrivez. Si jamais je suis en bas, rejoignez-moi avant de parler à qui que ce soit.

– Et le lieutenant Billets dans tout ça ? Il faudrait la…

– Elle sera informée. Nous perdons du temps. Je ne vous demande pas un service, inspecteur. C'est un ordre. Rassemblez vos collègues et retrouvez-moi là-bas. Ai-je été assez clair ?

– Très clair.

– Dans ce cas, à tout de suite.

Irving raccrocha sans même attendre de réponse. Bosch demeura immobile, le téléphone collé contre l'oreille, à se demander ce qui se passait. L'Angels Flight était le petit funiculaire qui transportait les gens jusqu'au sommet de Bunker Hill, dans le centre de Los Angeles – autrement dit, très loin du secteur de la brigade criminelle de Hollywood. Si Irving avait un cadavre sur les bras dans ce coin-là, l'enquête revenait aux flics de la Central Division. Quand ces gars-là étaient surchargés et manquaient de personnel, ou quand l'affaire était jugée trop importante ou trop sensible, on la refilait aux caïds de la brigade des vols et homicides, le RHD. Que le chef adjoint de la police s'en mêle personnellement, à 2 heures du matin, un samedi, permettait de pencher pour la deuxième hypothèse. Mais pourquoi, dans ce cas,

1 Soit l'« Envol des anges ». (N.d.T.)

11

faisait-il appel à Bosch et à son équipe, et pas aux caïds du RHD ? Mystère. Quoi qu'il ait pu arriver, ça ne tenait pas debout.

Bosch observa encore une fois les profondeurs obscures du canyon ; il décolla le téléphone de son oreille et coupa la ligne. Il avait envie d'une cigarette, mais il avait tenu toute la nuit sans en allumer une, ce n'était pas maintenant qu'il allait craquer.

Il se retourna et s'adossa au comptoir. Il contempla le téléphone dans sa main. Finalement, il appuya sur la touche de numérotation automatique qui appellerait le domicile de Kizmin Rider. Il contacterait Jerry Edgar après. Il se sentait submergé par un sentiment de soulagement qu'il rechignait à reconnaître. Même s'il ne savait pas encore ce qui l'attendait au funiculaire d'Angels Flight, cela lui permettrait au moins de ne plus penser à Eleanor Wish.

La voix alerte de Rider retentit après deux sonneries.

– Kiz, c'est Harry. On a du boulot

# 2

Bosch et ses deux collègues convinrent de se retrouver au poste de police de Hollywood pour emprunter des voitures de fonction avant de se rendre à l'Angels Flight. En descendant des hauteurs pour rejoindre le poste, Bosch avait écouté KFWB sur la radio de sa Jeep et il était tombé sur un flash d'information concernant une enquête criminelle qui se déroulait en ce moment même sur le site historique du vieux funiculaire. Le journaliste dépêché sur place indiquait que deux cadavres avaient été découverts à l'intérieur d'un des wagons, et que plusieurs policiers du RHD, la brigade des vols et homicides, se trouvaient sur les lieux. Le journaliste n'en savait pas plus long, mais précisa que la police avait délimité à l'aide de bandes de plastique jaune une zone interdite d'une étendue inhabituelle autour des lieux du crime et qu'il ne pouvait donc pas s'approcher davantage. En arrivant au poste, Bosch transmit cette maigre information à Edgar et Rider, pendant qu'ils signaient le registre du garage pour emprunter trois voitures.

– Autrement dit, on va bosser sous les ordres du RHD, conclut Edgar, qui ne cachait pas son agacement d'être tiré du lit en pleine nuit pour passer tout le week-end à servir de larbin aux gars du RHD. A nous la merde, à eux la gloire ! Quand je pense qu'on n'est même pas de garde ce week-end ! Pourquoi Irving n'a-t-il pas appelé

13

l'équipe de Rice, nom de Dieu ! S'il voulait absolument des gars de Hollywood…

La remarque d'Edgar était juste. L'équipe 1 (Bosch, Edgar et Rider) ne figurait même pas au tableau des rotations du week-end. Si Irving avait suivi les règles de procédure normales, il aurait appelé Terry Rice, chef de l'équipe 3, qui se trouvait en tête de liste. Mais Bosch avait déjà deviné qu'Irving ne suivait aucune des procédures dans cette affaire : il l'avait appelé directement chez lui sans prévenir son supérieur, le lieutenant Grace Billets.

– Rassure-toi, Jerry, dit Bosch qui avait l'habitude d'entendre son équipier se lamenter, tu pourras bientôt poser directement la question au chef adjoint.

– Ouais, c'est ça, et je me retrouve muté à Harbor pour dix ans. Plutôt crever.

– Hé, Harbor c'est cool comme secteur, commenta Rider, uniquement pour taquiner Edgar.

Elle savait qu'il habitait dans la Vallée et qu'une mutation à Harbor Division signifierait une heure et demie de trajet dans les deux sens, un vrai calvaire, la parfaite définition de la thérapie par la route, méthode utilisée par la hiérarchie pour punir de manière subtile les râleurs et les flics à problèmes.

– Ils ont seulement six ou sept homicides par an, là-bas, ajouta Rider.

– C'est chouette, mais je cède volontiers ma place.

– OK, OK, dit Bosch. Allons-y, on s'occupera de ces questions plus tard. Ne vous perdez pas en chemin.

Il emprunta Hollywood Boulevard jusqu'à la 101, puis il descendit l'autoroute, peu fréquentée à cette heure, en direction du centre. A mi-chemin, il jeta un coup d'œil dans son rétroviseur et vit ses équipiers qui roulaient tranquillement derrière lui. Malgré l'obscurité et les autres voitures, il n'avait aucun mal à les repérer. Bon Dieu, ce qu'il pouvait détester ces nouvelles bagnoles destinées aux inspecteurs ! Peintes en noir et blanc, elles ressemblaient exactement à des voitures de patrouille, sauf qu'elles n'avaient pas de gyrophare sur le toit. C'était l'ancien chef de la police qui avait eu l'idée de remplacer les véhicules banalisés des inspecteurs par ces nouveaux modèles. En fait, tout cela n'était qu'une vulgaire combine pour tenir sa promesse de renforcer les effectifs de la police. En transformant les voitures banalisées en véhicules aux couleurs du LAPD, il donnait au public l'impression qu'il y avait davantage de policiers dans les rues. De la même manière, il incluait les inspecteurs qui roulaient dans ces véhicules quand il prenait la parole devant des groupes communautaires et déclarait fièrement qu'il avait augmenté de plusieurs centaines le nombre d'agents de police dans les rues.

Pendant ce temps, les inspecteurs qui essayaient de faire leur boulot se baladaient en ville en ressemblant beaucoup à des cibles. Plus d'une fois, alors qu'ils allaient arrêter quelqu'un ou cherchaient à pénétrer discrètement dans un quartier au cours d'une enquête, Bosch et son équipe s'étaient fait repérer à cause de leurs voitures. C'était à la fois stupide et dangereux, mais la décision émanait du grand manitou en personne et toutes les brigades l'appliquaient, alors même que le chef de la police ne s'était pas vu proposer un second mandat de cinq ans. Comme la plupart de ses collègues inspecteurs, Bosch espérait que son remplaçant déciderait vite de leur rendre leurs anciens véhicules. En attendant, il ne rentrait plus jamais chez lui avec sa voiture de fonction. C'était certes un beau privilège d'avoir un véhicule à sa disposition en tant qu'inspecteur-chef, mais il ne voulait pas que cette bagnole blanc et noir reste garée devant chez lui. Pas à Los Angeles. Ça risquait de vous causer de sérieux ennuis.

Ils atteignirent Grand Street à 2 h 45. En se garant le long du trottoir, Bosch fut surpris par le nombre de véhi·

15

cules de police stationnés tout autour de California Plaza. Il aperçut les camionnettes du labo et du médecin légiste, plusieurs voitures de patrouille et d'inspecteurs, et des voitures normales que continuaient d'utiliser les caïds du RHD. En attendant que Rider et Edgar le rejoignent, il sortit de sa mallette son téléphone portable pour appeler chez lui. Après la cinquième sonnerie, le répondeur s'enclencha et il entendit sa propre voix lui demander de laisser un message.

– Eleanor, c'est moi, dit-il. On m'a appelé pour une affaire… Tu peux me biper ou me joindre sur le portable dès que tu rentreras, pour que je sache que tout va bien… Euh, voilà, c'est tout. Salut… Oh, il est environ 3 heures moins le quart. Samedi matin. Bye.

Edgar et Rider s'étaient approchés de sa portière. Bosch rangea son téléphone et descendit de voiture avec sa mallette. Edgar, le plus grand des trois, souleva la bande de plastique jaune et ils passèrent dessous, donnèrent leurs noms et leurs matricules à un policier en uniforme qui possédait la liste des personnes autorisées à pénétrer sur les lieux du crime et traversèrent California Plaza.

Située au cœur de Bunker Hill, cette place était une vaste esplanade de pierre formée par la réunion de deux immeubles de bureaux en marbre, d'une tour d'habitation et du musée d'Art moderne. Au centre se dressait une énorme fontaine entourée d'un bassin réfléchissant, mais les jets et les lumières étant coupés à cette heure, l'eau était immobile et noire.

Derrière la fontaine, on apercevait la gare et le poste de commande du funiculaire, reconstruits dans le style « Revival », au sommet de l'Angels Flight. La plupart des enquêteurs et des agents de police s'affairaient autour de cette petite bâtisse, comme s'ils attendaient tous quelque chose. Bosch chercha le crâne rasé et luisant du chef adjoint Irving, mais en vain. Accompagné de ses équi-

16

piers, il s'enfonça dans la foule pour se diriger vers le wagon solitaire arrêté en haut des rails. En chemin, il reconnut un certain nombre d'inspecteurs du RHD avec qui il avait travaillé quelques années plus tôt, quand il faisait partie de cette brigade d'élite. Certains le saluèrent d'un signe de tête, d'autres l'appelèrent par son nom. Il repéra Francis Sheehan, son ancien équipier, seul dans un coin, en train de fumer une cigarette, et abandonna ses collègues pour le rejoindre.

– Salut, Frankie. Qu'est-ce qui se passe ?

– Hé, Harry ! Qu'est-ce que tu fous là ?

– On m'a appelé. Irving.

– Putain ! Toutes mes condoléances, mon vieux ! Je souhaiterais pas ça à mon pire ennemi !

– Pourquoi ? Qu'est-ce qui…

– Je te conseille de t'adresser d'abord au boss. Il a sorti la grande couverture, si tu vois ce que je veux dire.

Bosch hésita. Sheehan paraissait fatigué, mais Bosch ne l'avait pas revu depuis des mois et ignorait la cause des cernes noirs qui bordaient ses yeux de chien triste, et depuis quand ils creusaient ainsi son visage. Un court instant, il repensa au reflet de son propre visage dans la fenêtre de la cuisine, un peu plus tôt

– Ça va, Francis ? demanda-t-il.

– Je me suis jamais senti mieux.

– OK. A plus tard.

Il rejoignit Edgar et Rider qui se trouvaient près du wagon du funiculaire. Edgar esquissa un mouvement de tête vers la gauche de Bosch.

– Tu vois ce que je vois, Harry ? dit-il à voix basse. Chastain et sa bande. Qu'est-ce qu'ils foutent ici, ces connards ?

Bosch se retourna et découvrit les hommes des Affaires internes [1].

1. Équivalent américain de l'IGS. *(N.d.T.)*

– Aucune idée, dit-il.

Le regard de Chastain croisa celui de Bosch, mais celui-ci préféra ne pas prolonger l'affrontement. Inutile de gaspiller son énergie en s'énervant parce qu'il apercevait le type des AI. Il préféra se concentrer pour essayer de comprendre ce qui se passait autour de lui. Sa curiosité avait atteint le niveau maximum. Tous ces caïds du RHD qui traînaient sur les lieux, les types des Affaires internes et un chef adjoint... Il fallait qu'il découvre ce que ça signifiait.

Suivi d'Edgar et de Rider qui marchaient en file indienne, il s'approcha du funiculaire. On avait installé des projecteurs à l'intérieur et le wagon était éclairé comme un living-room. Deux techniciens de la police scientifique s'étant déjà mis au travail, il en déduisit qu'il arrivait en retard. Les gars du labo ne passaient à l'action qu'après que les hommes du coroner avaient achevé les procédures initiales, à savoir confirmer la mort de la victime, photographier le corps *in situ* et chercher les blessures, armes et identités.

Bosch se dirigea vers l'arrière du wagon pour regarder par la porte ouverte. Les techniciens du labo s'affairaient autour de deux corps. Une femme était étendue sur un des sièges, à peu près au milieu du wagon. Elle portait un caleçon long gris et un grand T-shirt blanc qui lui tombait jusqu'aux genoux. Une grosse fleur de sang avait éclos sur sa poitrine, à l'endroit où la balle l'avait atteinte. Sa tête était rejetée en arrière, contre le rebord de la fenêtre derrière son siège. Elle était très brune, avec la peau mate ; ses ancêtres venaient sans doute du sud de la frontière. Sur le siège voisin était posé un sac en plastique rempli d'un tas d'objets que Bosch ne distinguait pas. A l'exception d'un journal plié qui dépassait.

Sur les marches, près de la porte arrière de la cabine, le corps d'un Noir vêtu d'un costume gris anthracite gisait à plat ventre. De l'endroit où il se trouvait, Bosch

18

ne voyait pas son visage, seulement une blessure : une balle avait traversé de part en part la main droite de la victime. Le rapport d'autopsie, pensa-t-il, parlerait de « blessure défensive ». L'homme avait levé la main dans une tentative futile pour arrêter le projectile. Bosch avait souvent vu ce genre de choses au fil de sa carrière et chaque fois il songeait aux actes désespérés que commettent les gens dans les moments ultimes. Lever la main pour tenter d'arrêter une balle faisait partie des gestes les plus désespérés.

Malgré les techniciens du labo qui passaient et repassaient dans son champ de vision, il aperçut Hill Street à travers les vitres du wagon incliné, une centaine de mètres plus bas, au pied des rails. Un wagon identique à celui qu'il avait devant lui était arrêté en bas de la colline et d'autres inspecteurs s'affairaient autour des tourniquets de la station et des portes closes du grand marché central, de l'autre côté de la rue.

Bosch avait pris ce funiculaire quand il était enfant ; il avait étudié son fonctionnement et n'avait pas oublié. Les deux wagons identiques formaient contrepoids. Quand l'un gravissait les rails, l'autre descendait, et inversement. Ils se croisaient à mi-chemin. Il se souvenait d'avoir pris l'Angels Flight bien avant que Bunker Hill ne ressuscite sous la forme d'un luxueux centre d'affaires, avec des tours en marbre et en verre, des résidences très chics, des musées et des fontaines baptisées « jardins aquatiques ». En ce temps-là, Bunker Hill accueillait des maisons victoriennes autrefois somptueuses et transformées en immeubles de location à l'aspect décati. Harry et sa mère avaient pris l'Angels Flight pour monter en haut de la colline à la recherche d'un logement.

– Enfin !

Bosch se retourna. Le chef adjoint Irving venait d'apparaître sur le seuil de la petite gare.

– Venez, dit-il en faisant signe à Bosch et à son équipe.

Ils pénétrèrent dans une pièce exiguë dominée par les énormes roues qui faisaient jadis monter et descendre le funiculaire. Quand on avait restauré l'Angels Flight, quelques années plus tôt, après vingt-cinq ans d'inactivité, Bosch avait lu dans un article que les câbles et les roues avaient été remplacés par un système électrique géré par ordinateur.

D'un côté de la roue il y avait juste assez de place pour une petite table et deux chaises pliantes. De l'autre se trouvait l'ordinateur qui commandait les wagons, un tabouret pour l'opérateur et une pile de boîtes en carton ; celle du dessus, ouverte, contenait des prospectus sur l'histoire de l'Angels Flight.

Un homme était adossé contre le mur du fond, dans l'ombre des grosses roues en fer, les bras croisés ; son visage taillé à coups de serpe et rougi par le soleil était baissé, il regardait le plancher. Bosch le reconnut. Il avait travaillé jadis pour le capitaine John Garwood, chef du RHD. A voir sa tête, Bosch devina qu'il était de méchante humeur. Garwood garda la tête baissée et les trois inspecteurs ne firent aucune remarque.

Irving décrocha le téléphone posé sur la petite table. Au moment où il commençait à parler, il demanda à Bosch de fermer la porte.

– Excusez-moi, monsieur, dit-il. Je m'adressais aux inspecteurs de Hollywood. Ils sont tous là, on va pouvoir continuer.

Il écouta ce qu'on lui disait au bout du fil, salua son correspondant et raccrocha. A en juger par son ton révérencieux et l'emploi du mot « monsieur », Bosch conclut qu'il venait de s'entretenir avec le chef de la police en personne. Encore un mystère.

– Bien, reprit Irving en se retournant pour faire face aux trois inspecteurs. Désolé de vous avoir sortis du lit, d'autant plus que vous n'étiez pas de garde, mais j'ai parlé avec le lieutenant Billets et, à partir de maintenant.

vous êtes détachés du tableau de rotation jusqu'à ce qu'on ait réglé cette affaire.

– De quoi s'agit-il exactement ? demanda Bosch.

– D'une situation délicate. Le meurtre de deux personnes.

Bosch avait hâte qu'il en vienne au fait.

– Écoutez, chef, il y a ici assez de flics du RHD pour rouvrir l'enquête sur l'affaire Bobby Kennedy, dit-il en lançant un regard à Garwood. Sans parler des types des Affaires internes qui rôdent dans les parages. Que vient-on faire ici ? Qu'attendez-vous de nous ?

– C'est simple, lui répondit Irving. Je vous confie l'enquête, inspecteur Bosch. C'est votre affaire désormais. Les inspecteurs du RHD se retireront dès que vos collègues et vous aurez été mis au courant. Comme vous pouvez le constater, vous arrivez après la bataille. C'est dommage, mais je suis sûr que vous saurez rattraper le temps perdu. Je sais ce dont vous êtes capable.

Hébété, Bosch observa Irving avant de se tourner de nouveau vers Garwood. Le capitaine n'avait pas bougé et continuait de regarder fixement le plancher. Bosch posa alors la seule question qui pouvait éclairer cette étrange situation :

– Cet homme et cette femme dans le wagon, qui est-ce ?

– Dites plutôt qui *était-ce*, le corrigea Irving. La femme s'appelait Catalina Perez. Qui elle était exactement et ce qu'elle faisait dans l'Angels Flight, on l'ignore pour l'instant. Ça n'a sans doute pas d'importance, d'ailleurs. Apparemment, elle s'est trouvée au mauvais endroit au mauvais moment. Ce sera à vous de le déterminer de manière formelle. Quant à l'homme, c'est différent. C'était Howard Elias.

– L'avocat ?

Irving hocha la tête. Bosch entendit Edgar retenir son souffle.

C'est vrai ?

Hélas, oui.

Bosch regarda à travers la vitre du guichet, derrière Irving. Il apercevait le wagon. Toujours à l'œuvre, les techniciens du labo s'apprêtaient à éteindre les lumières pour pouvoir passer au laser l'intérieur du wagon et y relever les empreintes. Son regard se posa sur la main transpercée par la balle. Howard Elias. Bosch pensa aussitôt à tous les suspects possibles, dont un grand nombre se trouvait sur les lieux du crime en ce moment même.

– Putain de merde ! s'écria Edgar. Vous voulez bien qu'on passe notre tour, chef ?

– Surveillez votre langage, inspecteur ! lui renvoya Irving d'un ton cassant. (La colère fit saillir les muscles de sa mâchoire.) Ce n'est pas acceptable en ce lieu.

– Je veux simplement dire que si vous cherchez quelqu'un pour jouer l'Oncle Tom de la police, ce…

– Cela n'a aucun rapport. Que ça vous plaise ou non, on vous a confié cette affaire. J'attends de chacun de vous qu'il agisse de manière professionnelle et consciencieuse. Mais surtout, j'attends des résultats, et le chef de la police aussi. Tout le reste ne compte pas. Absolument pas.

Après un bref silence, durant lequel son regard passa d'Edgar à Rider avant de revenir sur Bosch, le chef adjoint ajouta :

– Dans la police, il n'existe qu'une seule couleur de peau. Elle n'est ni noire ni blanche. Elle est bleue.

# 3

La notoriété de Howard Elias en tant que défenseur des droits civiques n'était pas due aux clients qu'il représentait ; ceux-ci étaient des bons à rien dans le meilleur des cas, voire de véritables criminels. Ce qui avait rendu célèbres le visage et le nom d'Elias dans l'opinion publique de Los Angeles, c'était son utilisation des médias, son talent pour titiller le nerf à vif du racisme de cette ville et le fait que sa manière de procéder se réduisait à une seule spécialité : traîner la police de Los Angeles devant les tribunaux.

Depuis presque vingt ans, il gagnait plus que confortablement sa vie en enchaînant procès sur procès devant la Cour fédérale, pour le compte de citoyens qui avaient eu maille à partir avec la police d'une manière ou d'une autre. Agents et inspecteurs, jusqu'au chef de la police, c'était toute l'institution policière qui y passait. Devant la Cour, il utilisait une méthode radicale, mettant en accusation toutes les personnes impliquées de près ou de loin dans l'affaire en question. Après qu'un cambrioleur supposé avait été mordu par un chien policier alors qu'il s'enfuyait, il avait ainsi déposé plainte de la part de l'homme blessé et attaqué le chien, son maître et toute la chaîne des responsables, jusqu'au chef de la police. Pour faire bonne mesure, il avait également attaqué les instructeurs de l'école de police, sans oublier le dresseur du chien.

Dans ses « infomerciales » diffusées en fin de soirée à la télévision et ses fréquentes conférences de presse, soi-disant « impromptues » mais soigneusement préparées, sur les marches du palais de justice, il endossait l'habit du chien de garde et incarnait la voix solitaire qui s'élevait contre les abus d'une organisation paramilitaire fasciste et raciste baptisée LAPD. Aux yeux de ses adversaires, qu'on trouvait aussi bien dans les rangs de la police que dans les bureaux de la municipalité et les services du procureur, Elias était lui-même un raciste, un élément incontrôlable qui élargissait encore un peu plus les fractures sociales d'une ville déjà bien divisée. Pour ses détracteurs, Howard Elias était la lie du système judiciaire, un prestidigitateur de tribunal capable de sortir un atout de sa manche à tout moment.

Les clients d'Elias étaient généralement noirs ou basanés. Son talent d'orateur et son utilisation sélective des faits quand il faisait usage de ce talent transformaient souvent ses clients en héros d'une communauté, en victimes emblématiques d'une police échappant à tout contrôle. Nombreux étaient ceux, dans les quartiers sud de la ville, qui le considéraient comme le seul résistant empêchant le LAPD de se conduire comme une armée d'occupation. Bref, Howard Elias était une des rares personnes à être tout à la fois détestées et idolâtrées dans différents quartiers de la ville.

Parmi ceux qui le vénéraient, rares étaient ceux qui comprenaient que tout son système était construit autour d'un seul élément de la loi. Elias portait plainte uniquement devant la Cour fédérale et dans le cadre de codes des droits civiques américains qui lui permettaient de se faire payer ses honoraires par la municipalité de Los Angeles dans toutes les affaires qu'il remportait.

Le passage à tabac de Rodney King, le rapport de la commission Christopher condamnant la police après le procès et les émeutes qui avaient suivi, ainsi qu'une affaire O.J. Simpson qui avait déclenché de fortes tensions raciales, tout cela jetait une ombre telle sur les dossiers qu'il plaidait qu'il n'avait pas trop de mal à gagner ses procès contre la police et à convaincre les jurys d'accorder au moins des dommages symboliques aux plaignants. Mais ces jurys ignoraient que de tels verdicts lui permettaient de réclamer à la municipalité et aux contribuables, dont ils faisaient partie, des centaines de milliers de dollars d'honoraires.

Dans l'affaire du cambrioleur mordu par le chien – elle était devenue emblématique du style Elias –, le jury avait ainsi estimé que les droits du plaignant avaient été violés. Mais étant donné que celui-ci était un cambrioleur avec un casier judiciaire long comme le bras, le jury ne lui avait accordé que 1 dollar de dommages et intérêts. L'intention était claire : adresser un message à la police plutôt que d'enrichir un criminel. Mais Elias s'en fichait. Un procès gagné, c'était un procès gagné. Conformément à la législation fédérale, il adressa ensuite à la municipalité une note d'honoraires de 340 000 dollars. La municipalité cria au scandale et éplucha les comptes, mais finit malgré tout par payer plus de la moitié de la somme réclamée. De fait, ce jury – et tous ceux qui l'avaient précédé – croyait adresser une réprimande à la police du LAPD, alors qu'il finançait également les spots publicitaires d'une demi-heure d'Elias sur Channel 9 en fin de programme, sa Porsche, sa collection de costumes italiens et sa somptueuse maison de Baldwin Hills.

Howard Elias n'était pas le seul à se conduire ainsi, évidemment. Il existait à Los Angeles des dizaines d'avocats spécialisés dans les procès contre la police et les affaires de droits civiques, tous profitant de ces mêmes lois fédérales qui les autorisaient à réclamer des honoraires dépassant de très loin les dommages accordés à leurs clients. Tous n'étaient pas des individus cyniques motivés par l'appât du gain. Les procès intentés par Elias et ses collègues avaient apporté des changements positifs au sein de la police. Même leurs ennemis – les flics – ne pouvaient pas le leur reprocher. Ces procès avaient effectivement mis fin à l'utilisation du collier étrangleur lors de l'arrestation des suspects, pratique qui avait entraîné un nombre démesuré de décès parmi les minorités. Ils avaient également amélioré les conditions de détention et de sécurité dans les cellules des postes de police. D'autres affaires avaient offert à de simples citoyens la possibilité de porter plainte contre des abus policiers.

Mais Elias sortait largement du lot. Il possédait le charisme médiatique et les dons d'orateur d'un grand acteur. En outre, il semblait bien n'avoir aucun scrupule dans le choix de ses clients. Il défendait des dealers qui affirmaient avoir été maltraités durant un interrogatoire, des cambrioleurs qui volaient des pauvres gens mais protestaient quand ils se faisaient tabasser par les flics qui les pourchassaient, des voleurs qui tuaient leurs victimes et criaient au scandale quand les policiers leur tiraient dessus. La phrase préférée d'Elias, celle qui lui servait de slogan dans ses publicités et chaque fois que des caméras étaient braquées sur lui, se résumait à ceci : un abus de pouvoir est un abus de pouvoir, peu importe que la victime soit un criminel. Face aux caméras, il ne manquait jamais une occasion de déclarer que si on tolérait ce genre d'abus parce qu'ils visaient des coupables, il ne faudrait pas longtemps avant que les innocents soient pris pour cibles à leur tour.

Howard Elias travaillait en solo. Au cours de ces dix dernières années, il avait attaqué la police en justice plus de cent fois et les jurés lui avaient donné raison dans plus de la moitié des cas. Son seul nom était capable de pétrifier un policier quand il l'entendait prononcer. Les flics savaient que si Elias portait plainte contre vous, ce ne serait pas une affaire vite réglée et oubliée. Elias ne concluait aucun arrangement à l'amiable ; rien dans la législation des droits civiques ne l'y incitait. Résultat, si Elias vous traînait devant les tribunaux, vous étiez sûr de devenir célèbre. Il y aurait des communiqués et des conférences de presse, des unes de journaux, des reportages à la télé. Vous pouviez vous estimer heureux si vous vous en sortiez indemne, et surtout en conservant votre insigne.

Mais, ange pour certains et démon pour d'autres, voilà qu'il était mort, abattu dans l'Angels Flight. En contemplant, à travers la vitre de la petite gare, la lueur orangée du rayon laser dans l'obscurité du wagon, Bosch comprit qu'il profitait des derniers moments de calme avant la tempête. Dans deux jours seulement devait débuter ce qui promettait d'être la plus grosse affaire d'Elias. La sélection du jury pour le procès contre le LAPD – baptisé par les médias l'affaire Black Warrior [1] – commencerait le lundi matin suivant, devant l'US District Court. La coïncidence – ou l'absence de coïncidence, comme le penserait certainement une vaste frange de l'opinion publique – entre le meurtre d'Elias et le début du procès conférerait à cette enquête une intensité d'au moins 7 sur l'échelle de Richter des médias. Les minorités hurleraient leur rage et leurs soupçons légitimes. Les Blancs du West Side évoqueraient à voix basse leurs craintes de voir éclater de nouvelles émeutes. Et tout le pays aurait une fois de plus les yeux fixés sur Los Angeles et sa police. Bosch partageait certes l'avis de son collègue noir, mais pour des raisons différentes : lui aussi aurait préféré « passer son tour ».

– Chef, dit-il en reportant son attention sur Irving. Quand on saura qui... Je veux dire, quand les médias découvriront qu'il s'agit d'Elias, on va...

– Ce n'est pas votre problème. Votre seule préoccupation, c'est l'enquête. Le chef de la police et moi nous

1. Soit « Guerrier noir ». *(N.d.T.)*

occuperons des médias. Aucune personne impliquée dans cette enquête ne doit dire un seul mot. Pas un.

– Oublions les médias, dit Rider. Parlons plutôt de South Central. Les gens vont…

Irving la coupa :

– On s'en charge. Le plan d'urgence contre les troubles de l'ordre public entrera en vigueur dès la prochaine rotation. Tous les agents passent en douze sur douze en attendant de voir comment la population réagit. Personne n'a envie de revivre ce qui s'est passé en 1992. Mais, là encore, ce n'est pas votre problème. Vous n'avez qu'une seule préoccupation…

– Vous ne m'avez pas laissée finir, le reprit Rider. Je ne voulais pas dire que les gens allaient provoquer des émeutes. En fait, j'ai confiance dans les habitants de ces quartiers. Je ne crois pas qu'il y aura des incidents. Je voulais juste dire qu'ils allaient être furieux et méfiants Si vous espérez ignorer ou contenir ce sentiment en ajoutant des effectifs de police dans..

– Inspecteur Rider, dit Irving en l'interrompant de nouveau, tout cela ne vous concerne pas. Occupez-vous de *votre* enquête.

Bosch voyait bien que les interruptions et les propos d'Irving, qui osait dire à une Noire de ne pas se préoccuper de sa communauté, exaspéraient sa collègue. Ça se lisait sur son visage ; Bosch avait déjà vu ce regard. Il décida d'intervenir avant qu'elle ne prononce des paroles regrettables.

– Nous aurons besoin de renforts, dit-il. A nous trois, nous allons passer des semaines, voire des mois, à vérifier tous les alibis. Or, dans une affaire comme celle-ci, il faut agir vite, pas uniquement à cause du double meurtre ; aussi à cause des personnes impliquées. A trois, nous n'y arriverons jamais.

– Ça aussi, c'est prévu, dit Irving. Vous aurez toute l'aide dont vous aurez besoin. Mais elle ne viendra pas du RHD. Nous sommes en présence d'un conflit d'intérêts, en raison de l'affaire Michael Harris.

Avant de reprendre la parole, Bosch remarqua qu'Irving refusait de l'appeler l'affaire Black Warrior ; il préférait utiliser le nom du plaignant.

– Pourquoi nous ?

– Pardon ?

– Je comprends bien pourquoi le RHD est sur la touche. Mais où sont les équipes de la Central Division ? Nous ne sommes pas sur notre territoire et nous ne sommes même pas en service. Pourquoi nous ?

Irving soupira bruyamment.

– L'ensemble de la brigade criminelle de Central Division est en formation à l'école de police cette semaine et la semaine prochaine. Ils suivent le programme de sensibilisation, puis les ateliers du FBI consacrés aux nouvelles techniques d'enquête scientifique. C'est le RHD qui recevait leurs appels. Dont celui-ci. Dès qu'ils ont identifié la victime, ils m'ont contacté et, après une discussion avec le chef de la police, il a été décidé de faire appel à vous. Vous formez une bonne équipe. Une des meilleures. Vous avez résolu vos quatre dernières affaires, y compris celle des œufs durs, oui, on m'a mis au courant. Mais surtout, aucun de vous n'a jamais été traîné en justice par Elias.

D'un mouvement du pouce par-dessus son épaule, Irving désigna le wagon du funiculaire. En même temps, il jeta un regard en direction de Garwood, mais celui-ci continuait de regarder ses pieds.

– Aucun conflit d'intérêts, donc, dit Irving. Exact ?

Les trois inspecteurs confirmèrent d'un hochement de tête. Bosch avait souvent été attaqué en justice au cours de ses vingt-cinq années passées dans la police, mais, curieusement, il n'avait jamais eu de démêlés avec Elias. Néanmoins, il savait que l'explication fournie par Irving n'était pas complète. Edgar avait déjà fait allusion à une autre raison qui justifiait qu'on fasse appel à eux, une raison plus importante sans doute que le fait de ne pas avoir été attaqués par Elias. Les deux équipiers de Bosch étaient noirs. Cela pouvait se révéler précieux pour Irving à un moment ou à un autre. Bosch savait bien que le rêve d'Irving d'une police sans différences de races passerait aux oubliettes dès qu'il aurait besoin de montrer un Noir devant les caméras.

– Je ne veux pas que mes collègues paradent devant les médias, chef, déclara Bosch Si on se charge de cette enquête, on s'en occupe pour de bon, pas pour épater la galerie.

Irving le foudroya du regard.

– Comment m'avez-vous appelé ?

Bosch fut pris au dépourvu.

– Je vous ai appelé « chef ».

– Ah, très bien. J'ai cru pendant un moment qu'il y avait une petite confusion au niveau de la hiérarchie. Ce serait le cas, inspecteur ?

Bosch tourna encore une fois la tête vers la fenêtre. Il sentait le rouge lui monter au front et s'en voulait de s'être trahi comme ça.

– Non, dit-il.

– Tant mieux, dit Irving d'une voix neutre. Dans ce cas, je vous laisse en compagnie du capitaine Garwood. Il va vous faire un topo rapide. Quand il aura terminé, nous discuterons de la manière dont nous allons aborder cette affaire.

Sur ce, il se dirigea vers la sortie, mais Bosch le retint.

– Une dernière chose, chef.

Irving se retourna. Bosch s'était ressaisi. Il regarda calmement le chef adjoint.

– Vous savez qu'on va devoir s'intéresser de près à des tas de policiers dans cette affaire. Il va falloir fouiller dans tous les dossiers de l'avocat, et pas uniquement pour cette histoire de Black Warrior. Alors, moi, j'ai besoin de savoir dès le départ... nous avons tous besoin de savoir... si le chef de la police et vous êtes prêts à assumer les retombées de...

Il n'acheva pas sa phrase et Irving resta muet.

– Je tiens à protéger mes équipiers, ajouta Bosch. Dans ce genre d'affaires... il faut que tout soit bien clair dès le début.

Bosch jouait avec le feu en disant cela devant Garwood et les autres. Il risquait de raviver la colère d'Irving. Mais il prenait le risque car il voulait une réponse franche d'Irving, et en présence d'un Garwood qui était puissant au sein de la police. Bosch voulait qu'il sache que son équipe suivait les directives venues du sommet de la hiérarchie, au cas où les retombées frôleraient d'un peu trop près certains des hommes de Garwood.

Irving le dévisagea longuement avant de répondre :

– J'ai noté votre insolence, inspecteur Bosch.

– D'accord, mais quelle est votre réponse ?

– Ne vous souciez pas des retombées. Deux personnes sont mortes alors qu'elles n'auraient pas dû mourir. Qu'importe leurs identités. Elles n'avaient aucune raison de mourir. Faites de votre mieux. Utilisez tout votre savoir-faire. Sans vous préoccuper des retombées.

Bosch hocha la tête, une seule fois. Irving se retourna et jeta un rapide coup d'œil à Garwood avant de quitter la pièce

# 4

– Vous avez une clope, Harry ?

– Désolé, capitaine, j'essaye d'arrêter.

– Moi aussi. En fait, ça veut juste dire que vous tapez des clopes au lieu d'en acheter.

Garwood s'éloigna du coin de la pièce en poussant un long soupir. Avec son pied, il déplaça une pile de cartons posée par terre et s'assit dessus. Il paraissait vieux et fatigué, mais il donnait déjà cette impression douze ans plus tôt, du temps où Bosch travaillait sous ses ordres. Garwood ne lui inspirait aucun sentiment particulier. C'était un supérieur du genre distant ; il ne fréquentait pas les membres de la brigade en dehors des heures de travail et ne passait pas beaucoup de temps hors de son bureau, dans la salle des inspecteurs. A l'époque, Bosch estimait que c'était peut-être mieux ainsi. Certes, ce n'était pas le meilleur moyen de s'assurer de la loyauté de ses hommes, mais ça ne créait pas d'animosité non plus. Peut-être était-ce cela qui avait permis à Garwood de garder son poste aussi longtemps.

– On dirait bien qu'on s'est coincé les couilles dans l'étau, cette fois, commenta Garwood. (Il se tourna vers Rider.) Pardonnez mon langage, inspecteur.

Le bipeur de Bosch sonna. Bosch s'empressa de le décrocher de sa ceinture, coupa la sonnerie et regarda le numéro qui s'affichait. Ce n'était pas celui de son domicile, comme il l'avait espéré, mais celui du lieutenant

Grace Billets. Sans doute voulait-elle savoir ce qui se passait. Si Irving s'était montré aussi circonspect avec elle qu'il l'avait été avec lui au téléphone, elle ne savait quasiment rien.

– C'est important ? demanda Garwood.

– Je verrai ça plus tard. Vous voulez qu'on parle ici ou vous préférez qu'on aille sur place, dans le wagon ?

– Laissez-moi d'abord vous faire le topo. Ensuite, vous ferez ce que vous voulez sur les lieux du crime.

Garwood plongea la main dans sa poche de veste et en sortit un paquet de Marlboro souple, tout neuf. Il l'ouvrit.

– Vous m'avez demandé une cigarette tout à l'heure, lui fit remarquer Bosch.

– C'est mon paquet d'urgence. Je ne suis pas censé l'entamer.

Bosch trouvait que ça n'avait pas de sens. Garwood alluma une cigarette et tendit le paquet à Bosch, qui refusa d'un signe de la tête et enfouit ses mains dans ses poches pour être sûr de ne pas se laisser tenter.

– Ça vous gêne si je fume ? insista Garwood en levant sa cigarette, avec un petit sourire provocant.

– Moi, non, capitaine. Mes poumons ne craignent plus rien, j'imagine. Mais mes collègues…

Rider et Edgar donnèrent leur bénédiction d'un petit geste de la main. Ils semblaient aussi impatients que Bosch d'en venir au fait.

– Très bien, dit Garwood. Voici ce que nous savons, aux dernières nouvelles. Un certain Elwood… Elwood… Une minute

Il sortit un petit calepin de la poche dans laquelle il avait remis son paquet de cigarettes et lut ce qu'il avait écrit sur la première page.

– Ah oui, Elridge. Elridge Peete. Il faisait fonctionner le machin tout seul ; il suffit d'une personne pour tout faire, c'est complètement informatisé. Il s'apprêtait à arrêter le funiculaire pour la nuit. Le vendredi soir, la dernière montée a lieu à 23 heures et il était 23 heures. Avant de faire redescendre le wagon pour le dernier trajet, il sort d'ici, va jusqu'au wagon et verrouille la porte. Après, il revient ici, transmet la commande à l'ordinateur, envoie le wagon...

Il consulta de nouveau son carnet.

– Ces deux cabines ont des noms. Celle qu'il a fait descendre s'appelle Sinaï et celle qu'il a fait remonter s'appelle Olivet. Il paraît que c'est des noms de montagnes dans la Bible. Quand Olivet est arrivée, elle paraissait vide. Il est donc ressorti pour aller verrouiller la porte, parce qu'il est obligé de renvoyer la cabine encore une fois et ensuite l'ordinateur arrête les deux cabines à la même hauteur au milieu des rails, pour la nuit. Après ça, il a fini son boulot et il s'en va.

Bosch se tourna vers Rider et fit mine d'écrire dans la paume de sa main. Elle hocha la tête, sortit un carnet et un stylo du gros sac qu'elle portait sur son épaule et commença à prendre des notes.

Garwood poursuivit :

– Mais en allant fermer la porte de la cabine, voilà qu'Elwood, pardon, Elridge, découvre les deux cadavres à l'intérieur. Alors, il fait demi-tour, revient ici et appelle la police. Vous suivez ?

– Pour l'instant. Et ensuite ?

Bosch pensait déjà aux questions qu'il devrait poser à Garwood et probablement à cet Elridge Peete ensuite.

– Vu que c'est nous qui recevons tous les appels des flics de Central, ça arrive jusqu'à moi. J'ai aussitôt envoyé quatre gars sur place.

– Ils n'ont pas vérifié les identités des victimes ?

– Non, pas immédiatement. De toute façon, aucune des deux n'avait de papiers. Ils ont appliqué le règlement. Ils ont d'abord interrogé le dénommé Elridge Peete et après ils sont descendus par l'escalier pour rechercher

34

des douilles et ont attendu que les gars du légiste arrivent pour faire leur boulot. Le portefeuille et la montre du type ont disparu. Sa mallette aussi, s'il en avait une. Mais ils ont réussi à l'identifier grâce à une lettre qu'il trimbalait dans sa poche. Adressée à Howard Elias. En voyant ça, mes gars ont observé le macchabée de plus près et ont constaté qu'il s'agissait bien d'Elias. Alors ils m'ont appelé, évidemment, et moi, j'ai appelé Irving, qui a appelé son chef, et ils ont décidé de vous appeler.

Garwood avait dit tout ça comme s'il avait effectivement participé au processus de décision. Bosch jeta un coup d'œil dehors. Un grand nombre d'inspecteurs continuaient à s'affairer sur les lieux du crime.

– J'ai l'impression, capitaine, que vos hommes ne se sont pas contentés de vous appeler, dit Bosch.

Garwood tourna la tête pour regarder par la fenêtre à son tour, comme s'il n'avait même pas pensé qu'il était inhabituel de trouver une quinzaine d'inspecteurs sur les lieux d'un crime.

– Oui, sans doute, concéda-t-il.

– Bon, et à part ça ? demanda Bosch. Qu'ont-ils fait d'autre avant de découvrir l'identité de la victime et de comprendre qu'ils n'allaient pas garder l'enquête très longtemps ?

– Comme je vous le disais, ils ont interrogé le dénommé Elridge Peete et ont fouillé les abords du funiculaire. De haut en bas. Ils…

– Ils ont retrouvé les douilles ?

– Non. Le meurtrier a été très prudent. Il a tout ramassé. Mais on sait qu'il s'est servi d'un 9 mm.

– Comment le savez-vous ?

– Grâce à la deuxième victime, la femme. La balle lui a traversé le corps. Elle a fini sa course contre un encadrement de fenêtre en métal, et elle est tombée. Évidemment, elle est trop écrasée pour qu'on puisse établir des comparaisons, mais on voit bien que c'est du 9 mm.

Hoffman dit que s'il devait se prononcer, il pencherait pour une Federal. J'espère que les autopsies vous fourniront plus d'éléments au niveau balistique.

Génial, se dit Bosch. Le 9 mm était le calibre des flics. Quant à prendre la peine de ramasser les douilles, c'était astucieux. On ne voyait pas ça tous les jours.

– A mon avis, reprit Garwood, Elias s'est fait descendre juste après être monté dans le wagon. Le type s'est pointé derrière lui et a commencé par lui tirer une balle dans le cul.

– Dans le cul ? répéta Bosch.

– Parfaitement. La première balle, il l'a reçue dans le cul. Elias est en train de monter dans le wagon, il est un peu plus haut que le trottoir. Le tueur arrive par-derrière et sort son flingue. Il est à la hauteur du cul. Il lui enfonce le canon dans les fesses et il tire.

– Et ensuite ?

– On pense qu'Elias a basculé vers l'avant et s'est retourné pour voir qui lui avait tiré dessus. Il lève les mains, mais le type tire à nouveau. Cette fois, la balle lui traverse la paume et l'atteint au visage, juste entre les deux yeux. C'est sans doute celle qui a causé sa mort. Elias s'effondre. Il est couché à plat ventre, le tueur monte dans la cabine et lui tire une autre balle à l'arrière du crâne, à bout portant. Au moment où il relève la tête, il découvre la femme, peut-être qu'il ne l'avait pas encore vue. Il fait feu sur elle à environ quatre mètres. Une balle dans la poitrine, qui ressort de l'autre côté, l'affaire est réglée. Aucun témoin. Le meurtrier pique le portefeuille et la montre d'Elias, récupère ses douilles et fout le camp. Quelques minutes plus tard, notre ami Peete fait monter le wagon et découvre les deux corps. Voilà, vous en savez autant que moi.

Bosch et ses équipiers restèrent muets un long moment. Le scénario élaboré par Garwood ne satisfaisait pas Bosch, mais il ne possédait pas encore suffisamment d'éléments pour le contredire.

– L'hypothèse du vol semble crédible ? demanda-t-il finalement.

– J'ai l'impression. Je sais bien que les habitants des quartiers sud n'ont pas envie d'entendre ça, mais c'est la vérité.

Rider et Edgar étaient muets comme des tombes.

– Et la femme ? demanda Bosch. On l'a dépouillée, elle aussi ?

– Apparemment, non. Je pense que le tueur n'avait pas envie de monter dans le wagon. De toute façon, c'était l'avocat qui portait un costume à 1 000 dollars. C'était forcément lui la personne visée.

– Et Peete ? A-t-il entendu les coups de feu, un cri, quelque chose ?

– Il dit que non. Le générateur électrique est juste sous le plancher. Ça fait un bruit d'enfer toute la journée, paraît-il, alors il porte des boules Quies. Il n'a rien entendu.

Bosch contourna les énormes roues pour examiner le poste de contrôle du funiculaire. Il découvrit alors, au-dessus de la caisse enregistreuse, un écran de contrôle vidéo offrant quatre vues différentes de l'Angels Flight, fournies par des caméras placées dans chaque wagon et au-dessus de chaque terminus. Dans un coin de l'écran, il aperçut un plan large de l'intérieur de l'Olivet. Les techniciens de la police scientifique continuaient à travailler sur les corps.

Garwood le rejoignit en contournant les roues par l'autre côté.

– Ne vous faites pas d'illusions, dit-il. Les caméras filment uniquement en direct, rien n'est enregistré. Elles permettent seulement à l'opérateur de vérifier que tout le monde est bien installé avant de faire démarrer le wagon.

– A-t-il ..

– Non, il n'a pas regardé, répondit Garwood qui avait deviné sa question. Il a juste jeté un coup d'œil par la fenêtre, a cru que le wagon était vide et l'a fait remonter pour pouvoir fermer la porte.

– Où est cet Elridge Peete ?

– A Parker Center. Dans nos bureaux. Vous devrez sûrement aller jusque là-bas pour l'interroger vous-même. Je laisserai quelqu'un avec lui en attendant.

– Pas d'autres témoins ?

– Pas un seul. A 11 heures du soir par ici, c'est plutôt désert. Le marché couvert ferme à 19 heures. Deux de mes gars s'apprêtaient à aller frapper aux portes des habitants du coin, mais, en apprenant l'identité de la victime, ils ont rebroussé chemin.

Bosch fit les cent pas dans un petit coin de la pièce ; il réfléchissait. L'enquête n'avait quasiment pas progressé, et cela faisait déjà quatre heures que les corps avaient été découverts. Ce retard le chagrina, même s'il en comprenait les raisons.

– Que faisait Elias dans l'Angels Flight ? demanda-t-il à Garwood. Vos hommes ont-ils découvert l'explication avant de se retirer ?

– A mon avis, il voulait monter en haut de la colline. Vous ne croyez pas ?

– Allons, capitaine, si vous avez la réponse, essayons de gagner du temps.

– On n'en sait rien, Harry. On a interrogé l'ordinateur du DMV[1] : Elias habite à Baldwin Hills. J'ignore pourquoi il voulait monter ici.

– Sait-on d'où il venait ?

– Ça, c'est un peu plus facile. Son cabinet est situé tout près d'ici, dans la 3ᵉ Rue. A l'intérieur du Bradbury

---

1. Department of Motor Vehicles. L'équivalent de notre service des cartes grises. (N.d.T.)

Building. Il venait sûrement de là. Quant à savoir où il allait…

– OK. Et du côté de la femme ?

– Mystère. Mes gars n'avaient pas commencé à enquêter sur elle quand on nous a demandé de plier bagage.

Garwood jeta sa cigarette par terre et l'écrasa avec son talon. Bosch comprit que le briefing était terminé. Il eut envie de voir s'il pouvait provoquer le capitaine.

– Vous l'avez mauvaise ? demanda-t-il.

– Pourquoi donc ?

– On vous met sur la touche. Et vos hommes sont sur la liste des suspects.

Un petit sourire apparut sur les lèvres fines de Garwood.

– Non, je ne suis pas en colère, dit-il. Je comprends le point de vue du chef.

– Vos hommes sont prêts à coopérer avec nous dans cette affaire ?

Après un court moment d'hésitation, Garwood hocha la tête.

– Bien entendu. Plus vite ils coopèrent, plus vite vous les blanchirez.

– C'est ce que vous allez leur dire ?

– Oui, c'est exactement ce que je vais leur dire.

– Nous apprécions, capitaine. Dites-moi… lequel de vos hommes pourrait avoir fait le coup ?

Les lèvres fines dessinèrent un vrai sourire cette fois. En voyant les dents de Garwood jaunies par le tabac, Bosch se félicita de vouloir arrêter de fumer.

– Vous êtes un petit malin, Harry, dit-il, je ne l'ai pas oublié.

Mais il en resta là

– Merci, capitaine. Mais avez-vous la réponse à ma question ?

Garwood alla ouvrir la porte. Avant de sortir, il se

retourna et observa les trois inspecteurs ; son regard passa d'Edgar à Rider pour finir sur Bosch.

– Ce n'est pas un de mes hommes. Je vous le garantis. Si vous vous attardez de ce côté-là, vous allez perdre votre temps.

– Merci du conseil, dit Bosch.

Garwood sortit et referma la porte derrière lui.

– Bon Dieu ! s'écria Rider. C'est le capitaine Boris Karloff, ce mec ! Il sort seulement la nuit ?

Bosch sourit.

– M. Personnalité, dit-il. Alors, que pensez-vous de tout ça ?

– Je pense qu'on est au point zéro, répondit Rider. Ces types n'ont rien foutu avant d'être expédiés sur la touche.

– Eh oui, c'est ça, le RHD, qu'est-ce que tu crois ? dit Edgar. Ils n'ont pas la réputation d'être des bêtes de travail. Ils parient plus facilement sur la tortue que sur le lièvre. Mais si tu me demandes mon avis, on est niqués. Toi et moi, Kiz. On a perdu d'avance. La peau bleue, mon cul.

Bosch se dirigea vers la porte.

– Allons jeter un coup d'œil, dit-il pour mettre fin aux récriminations d'Edgar.

Il savait qu'elles étaient légitimes, mais, pour l'instant, elles ne servaient qu'à compliquer leur mission.

– On trouvera peut-être quelques idées avant qu'Irving revienne nous interroger.

# 5

Le nombre d'inspecteurs rassemblés autour de la petite gare du funiculaire avait fini par diminuer. Bosch regarda Garwood et une partie de ses hommes traverser l'esplanade pour regagner leurs voitures. Puis il aperçut Irving près du wagon, en pleine discussion avec Chastain et trois autres enquêteurs. Bosch ne les connaissait pas, mais il supposa qu'ils appartenaient eux aussi aux Affaires internes. Le chef adjoint faisait de grands gestes en parlant, mais s'exprimait à voix basse, et Bosch n'entendait pas ce qu'il disait. Ignorant ce que signifiait la présence des hommes des AI sur les lieux du crime, Bosch sentit croître son malaise.

Il remarqua Frankie Sheehan qui se tenait en retrait, quelques mètres derrière Garwood et son petit groupe. Lui aussi s'apprêtait à partir, mais il semblait hésiter. Bosch lui adressa un signe de tête.

– Je comprends ce que tu voulais dire. Frankie ! lui lança-t-il.

– Eh oui, Harry, y a des jours comme ça…

– Exact. Tu te tires ?

– Le capitaine nous a ordonné de foutre le camp.

Bosch s'approcha de lui et demanda à voix basse :

– Tu n'aurais pas quelques petites idées à me refiler ?

Sheehan observa le wagon du funiculaire comme s'il se demandait pour la première fois qui pouvait avoir tué les deux personnes qui se trouvaient à l'intérieur.

41

– Non, rien à part des évidences, et je crois que ce serait perdre son temps. Mais bon, on ne peut pas y échapper, hein ? Il faut suivre toutes les pistes.

– Oui. Et à ton avis, par qui devrais-je commencer ?

– Moi, répondit Sheehan avec un grand sourire. Je détestais cette tête de nœud. Tu sais ce que je vais faire ? Je vais essayer de trouver une boutique ouverte et je vais m'offrir une bouteille du meilleur whisky irlandais. Je vais fêter ça, Hieronymus. Parce que Howard Elias, c'était un fils de pute.

Bosch se contenta de hocher la tête. Les flics employaient rarement l'expression « fils de pute ». Ils l'entendaient souvent, mais la prononçaient rarement. Pour la plupart d'entre eux, c'était la pire insulte qu'on puisse formuler. Quand ils l'employaient, cela ne pouvait signifier qu'une chose : le type avait provoqué leur colère et n'avait aucun respect pour les défenseurs de la loi – et donc pour les règles et les contraintes de la société. Les tueurs de flics étaient toujours des fils de pute, aucun doute là-dessus. Les avocats de la défense ayant, eux aussi, souvent droit à ce qualificatif, Howard Elias figurait sur la liste des fils de pute – et en première position.

Sheehan salua Bosch d'un petit geste de la main et traversa l'esplanade à grands pas. Bosch reporta son attention sur l'intérieur de la cabine, tandis qu'il enfilait une paire de gants en caoutchouc. On avait rallumé les lumières – les techniciens du labo en avaient terminé avec le laser. Bosch connaissait l'un d'eux, Hoffman. Celui-ci faisait équipe avec une stagiaire dont il avait entendu parler sans jamais la rencontrer : une belle Asiatique avec une forte poitrine. Il avait surpris des conversations entre inspecteurs qui évoquaient ses attributs et mettaient en doute leur authenticité.

– C'est bon, Gary, je peux monter ? demanda-t-il en se penchant à l'intérieur.

Hoffman leva la tête de dessus la boîte d'accessoires de pêche dans laquelle il rangeait son matériel. Il commençait à tout remballer pour partir.

– Pas de problème. On plie bagage. Tu as hérité de l'enquête, Harry ?

– Oui, à partir de maintenant. Tu as des trucs à me dire ? Allez, fais-moi plaisir.

Bosch monta dans le wagon du funiculaire, suivi d'Edgar et de Rider. En raison de l'inclinaison, le sol était en réalité une succession de marches conduisant à la deuxième porte. Les sièges étaient eux aussi installés sur des gradins, de part et d'autre de l'allée centrale. En voyant ces bancs à lattes en bois, Bosch se souvint tout à coup du calvaire qu'ils avaient infligé à ses fesses maigrelettes de petit garçon.

– Je crains de te décevoir, dit Hoffman. C'est du boulot propre.

Bosch descendit quelques marches pour s'approcher du premier corps. Il observa Catalina Perez comme on étudierait une sculpture dans un musée. Il n'éprouvait aucun sentiment pour l'être humain étendu devant lui ; il le voyait comme un simple objet inanimé. Il examinait les détails, il accumulait des impressions. Ses yeux se posèrent sur la tache de sang et la petite déchirure sur le T-shirt provoquées par le projectile. La balle avait atteint la femme en plein cœur. Bosch se représenta le tueur à l'entrée du wagon, à quatre mètres de là.

– Sacré tireur, hein ?

C'était la fille du labo qui venait de parler, celle qu'il ne connaissait pas. Il se retourna et acquiesça d'un petit mouvement de tête. Il pensait la même chose au même moment : le meurtrier savait manier les armes à feu.

– Je crois qu'on ne s'est jamais rencontrés. Je m'appelle Sally Tam.

Bosch serra la main qu'elle lui tendait. C'était une

sensation bizarre ; tous les deux portaient des gants en caoutchouc. A son tour, il se présenta.

– Oh ! dit-elle. Quelqu'un me parlait justement de vous. L'histoire des œufs durs.

– Simple coup de chance.

Bosch était conscient de retirer de cette affaire plus de louanges qu'il n'en méritait réellement. Tout cela parce qu'un journaliste du *Times* en avait entendu parler et avait rédigé un article qui le faisait passer pour un lointain parent de Sherlock Holmes.

Bosch désigna le deuxième corps, derrière Tam, en expliquant qu'il souhaitait s'en approcher. La jeune Asiatique s'écarta pour laisser passer Bosch, qui prit bien soin de ne pas la frôler. Il l'entendit se présenter à Edgar et Rider dans son dos. Il s'accroupit pour examiner le corps de Howard Elias de plus près.

– Il était comme ça ? demanda-t-il à Hoffman, toujours penché au-dessus de sa boîte de pêcheur, à quelques pas du cadavre.

– Oui, grosso modo. On l'a retourné pour fouiller ses poches, mais on l'a remis en place. Il y a des Polaroid sur le siège là-bas, derrière toi, si tu veux vérifier. Les gars du coroner les ont prises avant qu'on touche au corps.

Bosch tourna la tête et vit les photos. Hoffman avait raison. Le corps était bien dans la position dans laquelle on l'avait découvert.

Reportant son attention sur celui-ci, il lui souleva la tête à deux mains et la tourna pour examiner les blessures. L'interprétation de Garwood était correcte. La blessure à l'arrière du crâne disait un coup de feu tiré à bout portant. Bien que partiellement dissimulées par le sang qui avait aggluté les cheveux, les brûlures et les traces de poudre dessinaient un cercle bien visible tout autour du trou d'impact. Le tir de face, en revanche, était propre. Enfin, façon de parler, compte tenu de la quantité de sang. Mais il n'y avait aucune trace de brûlure sur la peau. Le coup de feu avait été tiré de loin.

Bosch souleva le bras de la victime et retourna sa main pour examiner la blessure dans la paume. Le bras bougea facilement. La rigidité cadavérique n'était pas amorcée ; la fraîcheur du soir ralentissait certainement le processus. Il n'y avait aucune trace de poudre non plus dans la paume. Bosch se livra à un petit calcul. Pas de brûlures sur la main, cela signifiait que l'arme se trouvait à plus d'un mètre au moment du coup de feu. Si Elias avait le bras tendu, paume en avant, cela ajoutait encore un mètre.

Pendant ce temps, Edgar et Rider s'étaient approchés du deuxième corps. Bosch sentait leur présence dans son dos.

– A deux mètres de distance, il tire à travers la main et la balle pénètre entre les deux yeux, commenta-t-il. Ce type sait se servir d'une arme. Essayons de nous en souvenir quand on l'épinglera.

Aucun de ses deux équipiers ne répondit. Bosch espérait seulement qu'ils avaient relevé la note d'optimisme contenue dans sa mise en garde. Au moment où il allait reposer la main du mort, il remarqua une longue égratignure sur le poignet et le long de la paume. Cette marque, pensa-t-il, avait dû être faite au moment où le tueur arrachait la montre d'Elias. Il examina de plus près l'égratignure. Il n'y avait aucune trace de sang ; c'était une longue lacération blanche et bien nette à la surface de la peau noire, et pourtant, l'égratignure paraissait suffisamment profonde pour avoir provoqué un saignement.

Il prit le temps de réfléchir. Le sang qui avait coulé des blessures indiquait que le cœur avait continué de battre encore quelques secondes après qu'on eut tiré sur Elias. On pouvait donc penser que le meurtrier s'était empressé de lui arracher sa montre, juste après l'avoir abattu ; il n'avait aucune raison de s'attarder dans les parages. Pourtant, l'égratignure au poignet n'avait pas saigné. Comme si elle était survenue bien après que le cœur avait cessé de battre.

– Que penses-tu de ce lavement au plomb ? demanda Hoffman en interrompant Bosch dans ses pensées.

Pour laisser passer Hoffman, il dut se relever et contourner prudemment le corps, jusqu'à la hauteur des pieds. Il s'accroupit de nouveau afin d'observer la troisième blessure par balle. Le fond du pantalon était imbibé de sang. Malgré tout, on apercevait encore le trou et les brûlures dans le tissu, là où la balle avait transpercé le pantalon pour pénétrer dans l'anus de l'avocat. On avait appuyé fortement le canon de l'arme à l'endroit où se rejoignaient les coutures avant de tirer. C'était un acte de vengeance. Plus qu'un coup de grâce, il trahissait de la colère, de la haine. En contradiction avec la froideur professionnelle des autres tirs. Cela indiquait également que Garwood s'était trompé dans l'ordre des coups de feu. Mais le capitaine avait-il volontairement émis un raisonnement faux ? Difficile à dire.

Bosch se releva et recula jusqu'à la porte arrière du wagon, à l'endroit où se trouvait certainement le meurtrier. Une fois encore, il balaya du regard la scène de carnage qui s'offrait à lui en hochant la tête, sans s'adresser à quelqu'un en particulier, simplement pour essayer de graver tous les détails dans sa mémoire. Debout entre les deux cadavres, Edgar et Rider enregistraient eux aussi leurs propres observations.

Se retournant, Bosch plongea les yeux vers la petite gare au pied du funiculaire. Les inspecteurs qu'il avait aperçus tout à l'heure étaient repartis. Il ne restait plus qu'une voiture de patrouille solitaire et deux agents en uniforme qui gardaient les lieux du crime.

Il en avait assez vu. Il abandonna les deux cadavres et contourna de nouveau Sally Tam, prudemment, pour retourner sur le quai. Ses équipiers l'imitèrent, mais Edgar passa beaucoup plus près de Tam que nécessaire.

Bosch s'éloigna de quelques pas pour qu'ils puissent discuter en privé.

– Alors, qu'en pensez-vous ? demanda-t-il.

– Je pense que c'est des vrais, répondit Edgar en se retournant vers Tam. Ils pendent de manière naturelle Qu'est-ce que tu en dis, Kiz ?

– Très drôle, répondit-elle en refusant de mordre à l'hameçon. Si on parlait plutôt de l'enquête, hein ?

Bosch admirait la manière dont Rider réagissait aux fréquentes allusions sexuelles d'Edgar, en lui lançant une simple remarque sarcastique. De tels commentaires auraient pu valoir de gros ennuis à Edgar si elle avait porté plainte. Qu'elle s'abstienne de le faire prouvait qu'elle n'était nullement intimidée et se sentait capable de lui tenir tête. En outre, elle savait qu'en déposant plainte elle se retrouverait avec un K-9 sur le dos – allusion au quartier de la prison municipale où étaient regroupés les mouchards. Un jour, au cours d'un moment d'intimité, Bosch lui avait demandé si elle souhaitait qu'il dise un mot à Edgar. En tant qu'inspecteur-chef, il lui incombait de résoudre les problèmes de ce genre, mais il savait que s'il parlait à Edgar, celui-ci comprendrait qu'il en avait parlé à Rider. Rider le savait aussi. Après avoir réfléchi, elle lui avait finalement dit de ne pas s'en mêler. Elle n'était pas intimidée, lui avait-elle expliqué, seulement agacée par moments. Mais elle était capable d'assumer.

– Allez, Kiz, tu commences, dit Bosch en ignorant lui aussi la remarque d'Edgar, même si, personnellement, il n'était pas d'accord avec sa conclusion concernant Tam. Quelque chose qui t'aurait frappée ?

– La même chose que tout le monde, je crois. Apparemment, les deux victimes n'étaient pas ensemble. La femme est montée avant Elias, ou bien elle s'apprêtait à descendre. D'après moi, il est évident qu'Elias était la cible visée ; la femme a eu la malchance de se trouver là, c'est tout. C'est la balle tirée dans le cul qui me fait dire ça. Par ailleurs, comme tu l'as dit tout à l'heure, le gars est un sacré tireur. On a affaire à un meurtrier qui a passé pas mal de temps au stand de tir.

Bosch confirma d'un hochement de tête.

– Autre chose ?

– Non. C'est du boulot propre. Y a pas grand-chose à se mettre sous la dent.

– Jerry ?

– Nada. Et toi, Harry ?

– Pareil. Mais je pense que Garwood nous a raconté des bobards. Son enchaînement, c'est du bidon.

– Pourquoi donc ? demanda Rider.

– La balle dans le cul a été tirée en dernier, pas en premier. Elias était déjà à terre. L'arme était appuyée contre le pantalon et la balle est entrée par-dessous, à l'endroit où les coutures se rejoignent. Difficile de fourrer un canon à cet endroit si Elias était debout, même s'il était une marche plus haut que le tireur. A mon avis, il était déjà à terre quand le type lui a tiré cette balle.

– Mais ça change tout ! s'écria Rider. La dernière balle est une façon de dire : « Je t'encule ! » Autrement dit, le meurtrier était furieux après Elias.

– Donc, il le connaissait, conclut Edgar.

Bosch hocha la tête. Rider enchaîna :

– Tu penses que Garwood le savait et qu'il a essayé de nous entraîner sur une fausse piste avec son histoire ? Ou bien alors, tu penses que ça lui a échappé ?

– Je ne suis sûr que d'une chose : Garwood n'est pas un imbécile. En plus, il devait comparaître lundi matin devant la Cour fédérale avec quinze de ses hommes et Elias allait les traîner dans la boue. Il sait que n'importe lequel de ces types est capable d'avoir commis cet acte. Il cherchait à les protéger. Voilà ce que je pense.

– Des conneries, oui ! Protéger un flic meurtrier ? Il devrait…

– Ce n'est qu'une supposition. On n'en sait rien. Et lui non plus. A mon avis, il a préféré prendre les devants, au cas où.

– Peu importe. S'il a vraiment fait ça, ce type ne devrait pas avoir le droit de porter un insigne.

Bosch ne réagit pas à cette dernière remarque, mais Rider n'était pas calmée pour autant. Elle secoua la tête d'un air écœuré. Comme la plupart de ses collègues flics, elle en avait marre, des bavures et des opérations de camouflage des brebis galeuses.

– Et l'égratignure à la main ? demanda Bosch.

Edgar et Rider le regardèrent d'un air surpris.

– Eh bien, quoi ? dit Edgar. Ç'a dû arriver au moment où le meurtrier lui a arraché sa montre. C'était probablement une tocante avec un bracelet extensible, genre Rolex. Connaissant Elias, c'était certainement une Rolex, d'ailleurs. Ça fait un joli mobile.

– Oui, si c'était bien une Rolex qu'il portait, dit Bosch.

Il se retourna pour observer le panorama de la ville. Il ne pensait pas qu'Elias portait une montre pareille. Malgré toute son exubérance, Elias connaissait les ficelles de sa profession et savait qu'un avocat portant une Rolex risquait de se mettre les jurés à dos. Il aurait plutôt choisi une belle montre très chère, mais plus discrète.

– Alors, Harry ? demanda Rider. Qu'est-ce qu'elle a, cette égratignure ?

Bosch reporta son attention sur ses collègues.

– Qu'il s'agisse d'une Rolex ou d'une autre montre de valeur, l'égratignure n'a pas saigné.

– Ce qui veut dire ?

– Il y a beaucoup de sang dans ce wagon. Les blessures par balle ont saigné abondamment, mais pas l'éraflure au poignet. Autrement dit, je pense que ce n'est pas le meurtrier qui a volé la montre. L'éraflure a été faite après l'arrêt du cœur. Longtemps après, même. Bien après le départ du meurtrier.

Rider et Edgar réfléchirent aux implications de cette affirmation.

– C'est possible, dit enfin Edgar. Mais ces histoires de système vasculaire, c'est compliqué. Le légiste lui-même ne sera pas formel sur ce point.

– Exact, reconnut Bosch. Appelle ça de l'instinct, si tu veux. On ne peut pas s'en servir devant un tribunal, mais je suis sûr que le meurtrier n'a pas volé la montre. Ni même le portefeuille, d'ailleurs.

– Où veux-tu en venir ? demanda Edgar. Quelqu'un d'autre est entré dans le wagon pour les piquer ?

– Oui, quelque chose dans ce goût-là.

– Tu crois que c'est le gars qui fait fonctionner le funiculaire ? Celui qui a appelé la police ?

Bosch regarda Edgar, mais ne répondit pas à sa question. Il se contenta de hausser les épaules.

– Ou alors, tu crois que c'est un gars du RHD, murmura Rider. Encore une précaution « au cas où » ? Pour nous envoyer sur la piste du crime crapuleux, dans l'hypothèse où le tueur serait l'un d'eux ?

Bosch observa Rider en cherchant la réponse à lui donner. Il prenait soudain conscience de la fragilité de la couche de glace sur laquelle ils avançaient.

– Inspecteur Bosch ?

Il se retourna. C'était Sally Tam.

– Nous avons terminé. Les hommes du légiste veulent les emballer et les étiqueter, si vous êtes d'accord.

– Entendu. Oh… j'ai oublié de vous poser la question : vous avez trouvé quelque chose d'intéressant avec le laser ?

– On a un tas d'empreintes. Mais rien d'utile, sans doute. Beaucoup de personnes empruntent ce funiculaire. On a sûrement tous les passagers, mais pas le meurtrier

– Vous allez quand même vérifier, non ?

– Évidemment. On va tout rentrer dans les ordinateurs du fichier central et du Département de la Justice. On vous tiendra au courant.

Bosch la remercia d'un hochement de tête.

– Au fait, avez-vous trouvé des clés dans les poches du type ?

– Oui. Elles sont dans une des pochettes marron. Vous les voulez ?

– Oui, on en aura sûrement besoin.

– Je reviens tout de suite.

Elle lui sourit et retourna à l'intérieur du funiculaire. Elle paraissait trop heureuse d'évoluer sur les lieux d'un crime. Bosch savait que ça lui passerait vite.

– Tu vois ce que je veux dire ? lui glissa Edgar. C'est forcément des vrais.

– Jerry...

Edgar leva les mains en signe de contrition.

– Je suis un observateur qualifié. Je rédige mon rapport, voilà tout.

– Je te conseille de garder tes réflexions pour toi, murmura Bosch... A moins que tu ne veuilles en faire part au chef.

Edgar se retourna, juste à temps pour voir arriver Irving.

– Eh bien... quelles sont vos premières conclusions ?

Bosch se retourna vers Edgar.

– Jerry ? Que disais-tu avoir remarqué ?

– Euh, en fait, pour l'instant on réfléchit encore à tout ce qu'on vient de voir.

– Rien qui contredise vraiment ce que nous a dit le capitaine Garwood, s'empressa d'ajouter Bosch avant que Rider ait le temps de faire allusion à leurs véritables conclusions. Au premier coup d'œil, du moins.

– Et maintenant ?

– On a du pain sur la planche. Je veux réinterroger l'opérateur du funiculaire et il faudra aller frapper à

51

toutes les portes du quartier pour trouver d'éventuels témoins. On doit également prévenir les familles des victimes et inspecter le cabinet d'Elias. Quand verra-t-on arriver ces renforts que vous nous avez promis, chef ?

– Tout de suite.

Irving leva le bras pour faire signe à Chastain et aux trois autres inspecteurs qui se tenaient à ses côtés. Bosch avait déjà deviné la raison de leur présence sur les lieux du crime ; malgré tout, en voyant Irving leur demander d'approcher, il sentit sa poitrine se serrer. Le chef adjoint n'ignorait pas l'animosité qui existait entre les hommes des Affaires internes et les policiers de base – entre Bosch et Chastain en particulier. En les mettant ensemble sur cette enquête, Irving montrait que, contrairement à ses affirmations, il n'était pas aussi désireux de retrouver le meurtrier de Howard Elias qu'il le disait. Il donnait l'impression de jouer le consensus, alors qu'en vérité il mettait des bâtons dans les roues de ses enquêteurs.

– Vous êtes sûr de vouloir procéder comme ça, chef ? lui demanda Bosch à voix basse, tandis que les hommes des AI approchaient. Vous savez bien que Chastain et moi…

– Oui, je sais. Et c'est comme ça que je veux procéder, répondit Irving en coupant la parole à Bosch sans même le regarder. L'inspecteur Chastain a dirigé l'enquête interne relative à la plainte de Michael Harris. Je pense que sa contribution pourra nous aider.

– J'essaye de vous expliquer que Chastain et moi, nous avons un contentieux. Je crains que ça ne pose quelques…

– Je me fiche de savoir si vous vous détestez. Débrouillez-vous pour travailler ensemble. En attendant, retournons tous à l'intérieur.

Irving entraîna le petit groupe dans le poste de contrôle. Ils étaient à l'étroit. Personne n'échangea la moindre parole en guise de salut. Tout le monde se tourna vers Irving et attendit.

– Très bien, déclara le chef adjoint. Nous allons commencer par établir quelques règles de base. L'inspecteur Bosch est chargé de l'enquête. Les six autres inspecteurs lui rendent des comptes. Bosch me rend des comptes, à moi. Je veux que ce soit bien clair. C'est l'inspecteur Bosch qui dirige cette enquête. J'ai pris des dispositions pour qu'on vous installe un QG dans la salle de réunion située juste à côté de mon bureau au sixième étage de Parker Center. On ajoutera des téléphones et un ordinateur dès lundi matin. Vous, messieurs des AI, vous servirez avant tout à interroger les officiers de police et à vérifier les alibis. L'inspecteur Bosch et son équipe se chargeront des aspects plus traditionnels de toute enquête criminelle : l'autopsie, l'interrogatoire des témoins et le reste. Des questions ?

Un silence de cathédrale régnait dans la pièce. Bosch bouillonnait intérieurement. C'était la première fois qu'Irving lui faisait l'effet d'un hypocrite. Le chef adjoint avait toujours été un coriace, mais foncièrement honnête. Dans cette affaire, il se comportait de manière très différente. Il manœuvrait de façon à protéger la police, alors que la pourriture qu'ils recherchaient se trouvait peut-être en son sein. Mais Irving ignorait une chose : tout ce que Bosch avait accompli dans sa vie, il l'avait fait en transformant l'adversité en motivation. A cet instant, il se jura d'élucider cette affaire, en dépit des basses manœuvres de son patron. Et tant pis pour les retombées.

– Un mot de mise en garde concernant les médias, reprit Irving. Ils vont se jeter sur cette affaire. Vous ne devez pas vous laisser distraire ni influencer. Interdiction de leur parler. Toutes les déclarations devront passer par moi ou par le lieutenant Tom O'Rourke, chargé des relations avec la presse. C'est bien compris ?

Les sept inspecteurs hochèrent la tête.

– Parfait. Ça veut donc dire que je n'aurai pas peur de récupérer le *Times* dans ma boîte aux lettres le matin.

Il consulta sa montre et ajouta :

– Je peux vous contrôler, mais je ne peux pas contrôler les hommes du coroner, ni tous ceux qui seront avertis par les canaux officiels au cours des prochaines heures. Je suppose que vers 10 heures la presse se sera déjà emparée de l'affaire après avoir eu connaissance de l'identité des victimes. C'est pourquoi je veux un briefing à 10 heures précises dans la salle de réunion. Une fois au courant des derniers développements, je brieferai à mon tour le chef de la police et l'un de nous s'adressera à la presse en livrant le minimum d'informations. Des objections ?

– Ça nous laisse à peine six heures, chef, fit remarquer Bosch. Je ne sais pas si on en saura beaucoup plus d'ici là. Il va falloir déblayer pas mal de terrain avant de pouvoir enfin s'asseoir et faire le tri dans…

– J'ai bien compris. Vous ne devez pas céder à la pression des médias. Peu importe si la conférence de presse ne sert qu'à confirmer l'identité des victimes et rien d'autre. Ce n'est pas la presse qui mènera cette enquête. Je vous demande de mettre les bouchées doubles, mais je veux voir tout le monde dans la salle de réunion à 10 heures tapantes. Des questions ?

Il n'y en avait pas une seule.

– OK. Dans ce cas, je passe le flambeau à l'inspecteur Bosch et je vous laisse travailler.

Irving se tourna aussitôt vers Bosch pour lui remettre une carte de visite.

– Vous avez tous mes numéros là-dessus. Ceux du lieutenant Tulin également. Si jamais il y a du nouveau, vous m'appelez tout de suite. Quelle que soit l'heure, où que vous soyez. Vous m'appelez.

Bosch hocha la tête, prit la carte et la glissa dans la poche de sa veste

– Au boulot, madame et messieurs. Et je vous le répète, ne vous souciez pas des retombées.

Au moment où il quittait la pièce, Bosch entendit Rider marmonner :

– Tu parles.

Bosch se retourna pour observer les membres de sa nouvelle équipe, en finissant par Chastain.

– Vous avez compris sa tactique, hein ? dit-il. Il pense qu'on est incapables de travailler ensemble. Il pense qu'on va faire comme les poissons qu'on met dans le même bocal et qui deviennent fous à force de vouloir se sauter dessus. Pendant ce temps, l'enquête n'avance pas. Eh bien, ça ne se passera pas comme ça. Tout ce que certaines personnes présentes ici ont pu me faire, à moi, ou à quelqu'un d'autre, est oublié. Je tire un trait dessus. Ce qui compte, c'est l'enquête. Il y a dans ce wagon, là-bas, deux personnes qui ont été abattues de sang-froid. On retrouvera le type qui a fait ça. C'est la seule chose qui m'intéresse pour l'instant.

Bosch regarda Chastain droit dans les yeux jusqu'à ce que celui-ci réponde par un petit hochement de tête. Bosch fit de même. Il savait que tous les autres avaient assisté à cet échange. Il sortit son carnet, l'ouvrit à une nouvelle page et le tendit à Chastain.

– Je veux que tout le monde inscrive son nom avec son adresse et son numéro de bipeur. Le numéro du portable aussi, pour ceux qui en ont un. Je ferai une liste ensuite et chacun aura un double. Je veux que tout le monde puisse communiquer. C'est ça le problème avec ces enquêtes collectives : si on n'est pas tous sur la même longueur d'onde, il peut y avoir des ratés. C'est ce qu'il faut éviter.

Il s'interrompit pour observer ses troupes. Tous le regardaient, attentifs. Les animosités naturelles semblaient endormies pour l'instant, à défaut d'être oubliées.

– OK, dit-il. Voici comment nous allons procéder.

# 6

Un des hommes des Affaires internes était un Latino nommé Raymond Fuentes. Bosch l'envoya avec Edgar à l'adresse qui figurait sur les papiers d'identité de Catalina Perez, afin d'avertir ses proches et de leur poser quelques questions concernant la victime. De toute évidence, cette piste ne menait nulle part ; il était clair que la cible était Elias, et Edgar voulut protester. Bosch ne lui en laissa pas le temps. Plus tard, il lui expliquerait, mais en privé, qu'il voulait éparpiller les hommes des AI dans le but de mieux contrôler la situation. Edgar accompagna Fuentes. Rider, elle, fut chargée, avec un autre inspecteur des AI, un certain Loomis Baker, d'aller interroger Elridge Peete à Parker Center et de le ramener sur les lieux du crime. Bosch voulait que le machiniste soit sur place pour raconter ce qu'il avait vu et refaire toutes les manœuvres qu'il avait effectuées avant de découvrir les deux cadavres.

Restaient Bosch, Chastain et le dernier homme des AI, Joe Dellacroce. Bosch expédia ce dernier à Parker Center pour obtenir un mandat de perquisition au cabinet d'Elias. Il annonça ensuite à Chastain qu'ils se rendaient tous les deux au domicile de l'avocat pour annoncer son décès à ses proches.

Une fois que tout le monde se fut dispersé, Bosch se dirigea vers la camionnette de la police scientifique pour demander à Hoffman les clés retrouvées sur le corps de

Howard Elias. Hoffman fouilla dans le carton où il avait déposé toutes les pièces à conviction et en sortit un sachet en plastique transparent contenant un anneau avec plus d'une douzaine de clés.

– Elles étaient dans la poche droite de son pantalon, précisa Hoffman.

Bosch examina les clés. Il semblait y en avoir plus qu'il n'en fallait pour la maison, le cabinet et les voitures de l'avocat. Il remarqua une clé de Porsche et une clé de Volvo. Quand les enquêteurs en auraient terminé avec les tâches les plus urgentes, pensa-t-il, quelqu'un devrait se charger de localiser la voiture d'Elias.

– Il y avait autre chose dans ses poches ?

– Oui. Un quarter dans la poche de son pantalon.

– Un quarter ?

– C'est le prix pour emprunter l'Angels Flight. 25 cents. C'était à ça qu'il devait servir

Bosch hocha la tête.

– Et dans la poche intérieure de sa veste, il y avait une lettre.

Garwood lui en avait parlé, mais il avait oublié.

– Voyons voir ça.

Hoffman fouilla de nouveau dans son carton pour y piocher un autre sachet en plastique. Celui-ci contenait une enveloppe. Bosch s'en saisit et l'observa sans la sortir du sachet. Elle portait l'adresse du cabinet d'Elias, rédigée à la main. Il n'y avait pas les coordonnées de l'expéditeur. Dans le coin inférieur gauche, celui-ci avait noté : PERSONNEL ET CONFIDENTIEL. Bosch essaya de déchiffrer le cachet de la poste, mais il n'y avait pas assez de lumière. Il regretta de ne plus avoir de briquet.

– Elle a été postée dans le coin, dit Hoffman. A Hollywood. Mercredi. Il a dû la recevoir vendredi.

Bosch retourna le sachet entre ses doigts pour examiner le dos de l'enveloppe. Celle-ci avait été soigneusement ouverte par le haut, par Elias ou sa secrétaire, sans doute à son cabinet, puis l'avocat l'avait glissée dans sa poche de veste.

– Quelqu'un l'a ouverte ?

– Pas nous, en tout cas. Mais j'ignore ce qui s'est passé avant qu'on débarque. J'ai cru comprendre que les premiers flics arrivés sur place ont identifié la victime en voyant le nom sur l'enveloppe. Mais je ne sais pas s'ils ont lu la lettre.

Bosch était curieux de savoir ce que contenait cette enveloppe, mais il savait que ce n'était ni le moment ni l'endroit pour l'ouvrir.

– Je l'emporte aussi.

– Pas de problème, Harry. Du moment que tu me signes un reçu. Pour les clés aussi.

Pendant que Hoffman sortait un formulaire de sa caisse, Bosch s'accroupit pour ranger l'enveloppe et les clés dans sa mallette. Chastain le rejoignit, prêt à quitter les lieux.

– Vous voulez conduire ou vous préférez que ce soit moi ? lui demanda Bosch en refermant sa mallette. J'ai une voiture estampillée LAPD. Et vous ?

– J'ai toujours ma bagnole banalisée. C'est un vrai tas de boue, mais, au moins, je ne me fais pas repérer à cinq cents mètres.

– Parfait. Vous avez un gyrophare ?

– Eh oui, Bosch. Même les gars des AI doivent parfois répondre à des appels urgents.

Hoffman tendit à Bosch une planchette porte-documents et un stylo pour qu'il y appose son paraphe à côté des descriptions des deux pièces à conviction qu'il emportait.

– Dans ce cas, vous conduirez, dit-il à Chastain.

Les deux hommes traversèrent California Plaza pour regagner l'endroit où étaient garées toutes les voitures. Bosch décrocha son bipeur de sa ceinture pour vérifier qu'il fonctionnait correctement. Le témoin de chargement de la batterie était vert. Il n'avait loupé aucun message. Il leva les yeux vers les grandes tours qui les encerclaient, en se demandant si elles ne risquaient pas de bloquer un éventuel appel de sa femme, mais il se souvint qu'il avait reçu l'appel du lieutenant Billets un peu plus tôt. Il raccrocha son bipeur à sa ceinture et s'efforça de penser à autre chose.

Il marchait derrière Chastain et, finalement, ils arrivèrent devant une LTD bordeaux toute cabossée, vieille de cinq ans au minimum, et presque aussi impressionnante qu'une Pinto. Au moins n'est-elle pas peinte en noir et blanc, se dit-il.

– C'est pas fermé, dit Chastain.

Bosch ouvrit la portière du côté passager, monta dans la voiture et sortit son téléphone portable de sa mallette pour appeler le central. Il demanda qu'on interroge le fichier informatique du DMV au sujet de Howard Elias et obtint rapidement l'adresse du défunt, ainsi que son âge, ses antécédents de conducteur et les numéros d'immatriculation de la Porsche et de la Volvo enregistrées à son nom et à celui de son épouse. Elias avait quarante-six ans. Il n'avait jamais eu aucune contravention. Ce devait être le conducteur le plus prudent de toute la ville : il n'avait sans doute aucune envie d'attirer l'attention d'un flic du LAPD. Conduire une Porsche dans ces conditions était presque du gâchis.

– Baldwin Hills, annonça-t-il après avoir refermé son téléphone. Sa femme s'appelle Millie.

Chastain mit le contact, brancha le gyrophare sur l'allume-cigares et le posa sur le tableau de bord, derrière le pare-brise. Puis il démarra et fonça dans les rues désertes, en direction de l'autoroute 10.

Bosch resta muet, ne sachant comment briser la glace. Les deux hommes étaient des ennemis naturels. Chastain avait enquêté sur Bosch à deux reprises et, chaque fois, Bosch avait été disculpé de toutes les accusations, au grand désespoir de Chastain et seulement après que celui-ci eut été contraint de renoncer. C'était comme si Chastain nourrissait envers Bosch une obsession qui confinait à la vendetta. L'inspecteur des Affaires internes n'éprouvait aucun plaisir, semblait-il, à innocenter un collègue. Il voulait des scalps.

– J'ai bien compris votre manège, Bosch, dit Chastain lorsqu'ils se retrouvèrent sur l'autoroute pour prendre la direction de l'ouest.

Bosch se tourna vers lui. Pour la première fois, il fut frappé par leur ressemblance physique. Cheveux bruns grisonnants, moustache fournie, yeux marron presque noirs, corps svelte et sec. Une image renvoyée par un miroir. Pourtant, Bosch n'avait jamais vu en Chastain une menace physique semblable à celle que lui-même projetait. Chastain se comportait différemment. Bosch s'était toujours conduit comme un homme qui craint de se retrouver acculé et qui ne se laissera jamais enfermer dans un coin.

– Quel manège ?

– Vous nous dispersez délibérément. Comme ça, vous gardez le contrôle.

Et il attendit sa réponse. Il n'eut droit qu'au silence.

– Mais si vous voulez mener à bien cette enquête, vous serez obligé de nous faire confiance, tôt ou tard.

Après un nouveau silence, Bosch dit enfin :

– Je sais.

Elias vivait à Baldwin Hills, dans Beck Street, un quartier de jolies maisons bourgeoises au sud de l'autoroute 10, non loin de Cienega Boulevard. Surnommé le « Beverly Hills noir », c'était un endroit où venaient s'installer les Noirs riches qui ne voulaient pas que leur réussite sociale les éloigne de leur communauté. En pensant à cela, Bosch se dit que s'il devait trouver une raison d'apprécier Elias, ce serait celle-ci : il n'était pas parti s'installer à Brentwood, à Westwood ou à Beverly Hills

– le vrai –, malgré tout son argent. Il était resté dans la communauté dont il était issu.

La circulation étant fluide en pleine nuit et Chastain roulant à cent quarante kilomètres-heure sur l'autoroute, ils atteignirent Beck Street en moins d'un quart d'heure. La maison des Elias était une grande construction en brique de style colonial, avec quatre colonnes blanches soutenant un portique de deux étages. Elle avait un petit air de plantation sudiste et Bosch se demanda s'il s'agissait d'une provocation délibérée de la part d'Elias.

Pas une fenêtre d'éclairée et la lanterne suspendue au-dessus de l'entrée était éteinte elle aussi. Bosch trouva cela étrange. Si c'était bien le domicile d'Elias, pourquoi n'y avait-il aucune lumière allumée pour l'attendre ?

Une voiture était garée dans l'allée, mais ce n'était ni une Porsche, ni une Volvo. C'était une vieille Camaro fraîchement repeinte avec des jantes chromées. A droite de la maison se dressait un garage indépendant pouvant abriter deux voitures, mais la porte était fermée. Chastain s'engagea dans l'allée et s'arrêta derrière la Camaro.

– Belle bagnole, dit-il. Personnellement, je la laisserais pas coucher dehors. Même dans ce quartier. C'est trop près de la jungle.

Il coupa le contact et ouvrit sa portière.

– Attendez une seconde, dit Bosch.

Il ressortit son téléphone de sa mallette pour rappeler le central. Il demanda qu'on vérifie l'adresse d'Elias. C'était la bonne maison. Il demanda alors à l'opératrice d'interroger le fichier des cartes grises à partir du numéro d'immatriculation de la Camaro. Celle-ci était enregistrée au nom de Martin Luther King Elias, dix-huit ans. Bosch remercia l'opératrice et coupa la communication.

– Alors, on est à la bonne adresse ? demanda Chastain.

– On dirait. La Camaro doit appartenir à son fils. Mais, apparemment, personne n'attendait papa ce soir.

Bosch descendit de voiture, Chastain l'imita. Alors qu'ils approchaient de la porte, Bosch aperçut le faible rougeoiement d'une sonnette. Il appuya sur le bouton et un carillon aigu résonna dans la maison silencieuse.

Les inspecteurs attendirent quelques instants et sonnèrent deux autres fois avant que la lumière du portique s'allume au-dessus de leurs têtes. Une voix de femme, endormie mais inquiète, se fit entendre de l'autre côté de la porte.

– Qu'est-ce que c'est ?

– Madame Elias ? dit Bosch. C'est la police. Nous voudrions vous parler.

– La police ? Pour quelle raison ?

– Il s'agit de votre mari, madame. Peut-on entrer ?

– Montrez-moi vos insignes d'abord.

Bosch sortit son étui de sa poche et le tendit devant lui machinalement avant de s'apercevoir que la porte n'avait pas de judas.

– Tournez-vous, ordonna la femme. Face à la colonne.

Bosch et Chastain s'exécutèrent et découvrirent la petite caméra fixée sur une des colonnes. Bosch s'en approcha en levant son insigne.

– Vous le voyez ? cria-t-il.

Entendant la porte s'ouvrir, il pivota d'un quart de tour. Une femme en peignoir blanc, une écharpe en soie nouée autour de la tête, le regardait fixement.

– Inutile de hurler, dit-elle.

– Je vous demande pardon.

Debout dans l'entrebâillement de la porte, elle ne faisait aucun geste pour les inviter à entrer.

– Howard n'est pas là, dit-elle. Que voulez-vous ?

– Peut-on entrer, madame Elias ? Nous voudrions..

– Non, vous ne pouvez pas. Pas dans ma maison. Aucun policier n'y a jamais mis les pieds. Howard ne le tolérerait pas. Et moi non plus. Que voulez-vous ? Il est arrivé quelque chose à Howard ?

– Euh.. oui, madame, je le crains. Il serait préférable que…

– Oh, mon Dieu ! s'écria-t-elle d'une voix stridente. Vous l'avez tué ! Vous avez finalement réussi à le tuer !

– Madame Elias, dit Bosch, qui regrettait de ne pas s'être mieux préparé à affronter cette réaction pourtant prévisible. Asseyons-nous et…

Il fut interrompu de nouveau, mais cette fois par une sorte de râle inintelligible, un son presque animal qui jaillissait de la gorge de cette femme. Un cri vibrant de douleur. Elle baissa la tête et se laissa aller contre le montant de la porte. Croyant qu'elle allait s'évanouir, Bosch tendit les bras pour la retenir par les épaules. Elle eut un brusque mouvement de recul, comme si un monstre voulait se jeter sur elle.

– Ne me touchez pas ! Bande d'assassins ! Meurtriers ! Vous avez tué mon Howard. Mon Howard !

Le dernier mot était comme un hurlement qui sembla résonner dans tout le quartier. Bosch jeta un coup d'œil derrière lui, s'attendant à découvrir la rue envahie de curieux. Il devait calmer cette femme, l'obliger à rentrer, à tout le moins à se taire. Elle s'était mise à gémir bruyamment. Pendant ce temps, Chastain demeurait planté là, muet, paralysé par la scène qui se déroulait sous ses yeux.

Bosch s'apprêtait à faire une nouvelle tentative en tendant la main vers la femme lorsqu'il capta un mouvement derrière elle et vit un jeune homme la prendre dans ses bras.

– Maman ! Qu'est-ce qui se passe ?

La femme se retourna et s'effondra contre le torse du garçon.

– Oh, Martin ! Martin ! Ils l'ont tué ! Ils ont tué ton père !

Martin Elias leva les yeux par-dessus la tête de sa mère et son regard foudroya Bosch. Sa bouche dessinait l'horrible *Oh !* de stupeur et de douleur que Bosch avait vu trop souvent. A cet instant, il prit conscience de son erreur. Il aurait dû se faire accompagner par Edgar ou Rider. Plutôt Rider. Elle aurait exercé une influence apaisante. Sa douceur naturelle et la couleur de sa peau auraient été plus efficaces que tous les efforts de Bosch et de Chastain conjugués.

Celui-ci parut sortir de sa léthargie.

– Fiston, dit-il, il faut essayer de garder son calme. On va entrer pour discuter de tout ça…

– M'appelez pas « fiston ». Je suis pas votre fils !

– Monsieur Elias, dit Bosch d'un ton ferme.

Tout le monde, y compris Chastain, le regarda. Il poursuivit d'une voix plus douce :

– Martin. Il faut que tu prennes soin de ta maman. On va vous expliquer ce qui s'est passé et vous poser quelques questions. Si on perd notre temps en restant là à hurler et à s'insulter, tu ne pourras pas consoler ta mère.

Il attendit. La femme enfouit de nouveau son visage dans le cou de son fils et éclata en sanglots. Martin recula en entraînant sa mère et libéra le passage pour Bosch et Chastain.

Les deux inspecteurs passèrent le quart d'heure suivant avec la mère et le fils dans un living-room meublé avec goût ; ils résumèrent ce qu'ils savaient du meurtre et leur dirent la manière dont ils allaient conduire l'enquête. Bosch savait bien qu'aux yeux de la mère et du fils ils n'étaient que deux nazis promettant d'enquêter sur leurs crimes de guerre, mais il savait également qu'il était important d'appliquer la routine, de faire de son mieux pour assurer les proches de la victime que l'enquête serait menée avec sérieux et détermination.

– Vous pensez sans doute que ce sont des policiers qui ont fait le coup, conclut-il. Pour l'instant, nous n'en savons rien. Il est encore trop tôt pour avancer des mobiles. A ce stade de l'enquête, nous nous contentons de rassembler des informations. Mais bientôt, nous passerons toutes ces informations au crible et tout policier ayant eu une raison, même infime, de s'en prendre à votre mari sera interrogé. Je sais qu'ils sont nombreux à entrer dans cette catégorie, mais vous avez ma parole que leurs alibis seront soigneusement vérifiés.

Il attendit. La mère et le fils étaient blottis l'un contre l'autre sur un canapé recouvert d'un tissu gai à fleurs. Le fils ne cessait de fermer les yeux, comme un enfant qui espère échapper à un châtiment. Il chancelait sous le poids de la nouvelle. Il prenait enfin conscience qu'il ne reverrait plus jamais son père.

– Nous savons que c'est un moment extrêmement pénible pour vous, dit Bosch. Nous ne voulons pas vous importuner en vous interrogeant trop longtemps, pour vous laisser à votre peine. Malgré tout, certains renseignements pourraient nous être utiles dès maintenant.

Il attendit une objection, mais elle ne vint pas. Alors, il continua :

– Tout d'abord, nous ne comprenons pas ce que M. Elias faisait à bord de l'Angels Flight. Nous avons besoin de savoir où il…

– Il montait à l'appartement, répondit Martin sans ouvrir les yeux.

– Quel appartement ?

– Il avait un pied-à-terre près de son cabinet… pour pouvoir y dormir quand il plaidait ou quand il avait beaucoup de travail avant un procès.

– Il avait l'intention de passer la nuit là-bas ?

– Exact. Il y était resté toute la semaine.

– Il recueillait des dépositions, précisa la femme. Des policiers. Ils venaient après leur service et ça l'obligeait à rester tard au cabinet. Ensuite, il rentrait coucher à l'appartement.

Bosch ne disait rien ; il espérait que la mère ou le fils

ajouterait quelque chose sur ce sujet, mais il attendit en vain.

– Madame Elias, enchaîna-t-il, vous a-t-il appelée pour vous dire qu'il restait là-bas ?

– Oui, il prévenait toujours.

– Quand l'a-t-il fait ? La dernière fois, je veux dire.

– Cet après-midi. Il m'a dit qu'il travaillerait tard et qu'il devrait s'y remettre ce week-end. Pour préparer le procès de lundi. Il a dit qu'il essaierait de rentrer dimanche pour dîner.

– Autrement dit, vous ne l'attendiez pas ce soir.

– C'est cela, répondit Millie Elias avec une note de défi dans la voix, comme si elle avait décelé un sous-entendu dans le ton de Bosch.

Ce dernier hocha la tête pour bien lui faire comprendre qu'il n'insinuait rien du tout. Il demanda l'adresse exacte de l'appartement situé dans une résidence baptisée La Place, dans Grand Street, juste en face du musée d'Art moderne. Bosch sortit son carnet pour tout noter et le garda à la main.

– Madame Elias, dit-il ensuite, vous rappelez-vous précisément à quel moment vous avez parlé à votre mari pour la dernière fois ?

– Juste avant 18 heures. C'est toujours à cette heure-là qu'il m'appelle pour me prévenir, sinon je ne sais jamais quoi faire à manger et pour combien de personnes.

– Et toi, Martin ? Quand as-tu parlé à ton père pour la dernière fois ?

Martin ouvrit les yeux.

– J'en sais rien. Y a au moins deux jours. Mais je vois pas le rapport. Vous savez très bien qui l'a tué. Un type avec un insigne comme le vôtre.

Les larmes finirent par couler sur le visage du garçon. Bosch aurait donné cher pour être ailleurs. N'importe où.

66

– Si c'est un policier, je te donne ma parole qu'on le retrouvera. Il ne s'en tirera pas comme ça.

– Ouais, c'est ça, dit le garçon sans regarder Bosch. Monsieur nous donne sa parole. Mais qui est ce monsieur, hein ?

Cette réplique obligea Bosch à marquer un temps d'arrêt avant de continuer :

– Encore quelques petites questions. M. Elias avait-il un bureau ici ?

– Non, répondit le fils. Il ne rapportait jamais de travail à la maison.

– Bien. Question suivante. Au cours de ces derniers jours ou dernières semaines, a-t-il fait allusion à une menace particulière ou à une personne qui lui voulait du mal ?

Martin secoua la tête.

– Il disait toujours que c'étaient les flics qui auraient sa peau un jour. C'étaient les flics…

Bosch hocha la tête, non pas pour confirmer cette hypothèse, mais parce qu'il comprenait le raisonnement de Martin.

– Une dernière question. Une femme a été tuée, elle aussi, à bord de l'Angels Flight. Apparemment, ils n'étaient pas ensemble. Elle s'appelait Catalina Perez. L'un de vous deux a-t-il déjà entendu ce nom ?

Bosch observa alternativement le visage de la femme et celui de son fils. L'un et l'autre avaient le regard vide ; ils firent « non » de la tête.

– Bien.

Il se leva.

– Nous vous laissons en paix. Mais moi-même ou d'autres inspecteurs viendront vous réinterroger. Sans doute plus tard dans la journée.

Ni la mère ni le fils ne réagirent.

– Madame Elias, auriez-vous une photo de votre mari ?

Elle leva la tête ; l'étonnement se lisait sur son visage.

– Pourquoi voulez-vous une photo de Howard ?

– Nous aurons peut-être besoin de la montrer à certaines personnes au cours de l'enquête.

– Tout le monde connaît Howard. On sait à quoi il ressemble.

– Sans doute, madame, mais nous pourrions avoir besoin d'une photo dans certains cas. Est-ce que...

– Martin, va me chercher l'album dans le secrétaire de la bibliothèque.

Le garçon quitta la pièce et, pendant qu'ils attendaient son retour, Bosch sortit de sa poche une carte de visite qu'il déposa sur la table basse en verre et fer forgé.

– Voici mon numéro de bipeur si jamais vous avez besoin de moi ou si je peux faire quelque chose. Avez-vous un confesseur ? Voulez-vous qu'on l'appelle ?

Millie Elias leva les yeux de nouveau.

– Oui. Le révérend Tuggins, de l'AME[1].

Bosch hocha la tête, mais regretta immédiatement sa proposition. Martin revint dans le living-room avec un album de photos. Sa mère le lui prit des mains et en tourna les pages. Elle se remit à pleurer, sans bruit, en voyant toutes ces photos de son mari. Bosch regretta également de ne pas avoir attendu leur prochaine rencontre pour demander la photo. Finalement, elle s'arrêta sur un portrait en gros plan, comme si elle savait que cette photo serait la plus utile pour la police. Délicatement, elle la sortit de la pochette plastifiée et la tendit à Bosch.

– Je pourrai la récupérer ? demanda-t-elle.

– Oui, madame. J'y veillerai.

Il s'apprêtait à se diriger vers la porte. Et s'il oubliait d'appeler le révérend Tuggins, tout simplement ?

– Où est mon mari ? demanda brusquement la veuve.

Bosch se retourna.

---

1. African Methodist Episcopal. *(N.d.T.)*

– Son corps est à l'institut médico-légal, madame. Je leur donnerai votre numéro de téléphone, ils vous appelleront dès que vous pourrez prendre les dispositions pour l'enterrement.

– Pour contacter le révérend Tuggins… vous voulez utiliser notre téléphone ?

– Euh, non. Nous l'appellerons de notre voiture. On va vous laisser.

En gagnant la porte, Bosch jeta un regard aux photos encadrées accrochées aux murs de l'entrée. Howard Elias y posait avec tous les membres éminents de la communauté noire de Los Angeles et avec un grand nombre de vedettes et de dirigeants nationaux. On le voyait avec Jesse Jackson, Maxine Waters, la représentante du Congrès, ou encore Eddie Murphy. Sur une autre photo, il était flanqué de Richard Riorda, le maire, et de Royal Sparks, conseiller municipal. Bosch savait que Sparks s'était servi de l'indignation provoquée par les abus de la police pour monter dans la hiérarchie locale. Il regretterait qu'Elias ne soit plus là pour jeter de l'huile sur le feu, mais Bosch lui faisait confiance pour tirer le maximum de bénéfices du meurtre de l'avocat. Il se demanda pour quelle raison les causes justes et nobles permettaient si souvent à de vils opportunistes de monter à la tribune.

Il y avait aussi des photos de famille. Plusieurs d'entre elles montraient Elias et son épouse remplissant des fonctions sociales. Sur d'autres, on le voyait avec son fils, comme celle où ils étaient tous les deux sur un bateau et brandissaient fièrement un marlin. Une autre les montrait devant un stand de tir, posant de chaque côté d'une cible en carton percée de plusieurs trous. La cible représentait Daryl Gates, un ancien chef de la police qu'Elias avait traîné en justice à plusieurs reprises. Bosch se souvenait que ces cibles, dessinées par un artiste local, étaient très populaires vers la fin du tumultueux mandat de Gates à la tête des forces de police[1].

Il se pencha pour essayer d'identifier les armes que tenaient Elias et son fils, mais la photo était trop petite.

Chastain désigna une des photos qui montrait Elias et le chef de la police réunis pour une occasion officielle · les deux adversaires supposés souriaient à l'objectif.

– Ils ont l'air très potes, murmura-t-il.

Bosch se contenta de hocher la tête avant de sortir.

Chastain sortit de l'allée en marche arrière et quitta les collines pour retrouver l'autoroute. Les deux hommes gardaient le silence ; l'un et l'autre tentaient d'assimiler tout le malheur qu'ils avaient apporté à cette famille et dont on les avait tenus pour responsables.

– C'est toujours comme ça, dit Bosch. On se venge sur le messager.

– Bah... je suis bien content de ne pas bosser à la Criminelle, dit Chastain. Me foutre les flics à dos, j'ai l'habitude. Mais là, c'était vraiment le merdier.

– On appelle ça faire le sale boulot : prévenir la famille.

– Ils peuvent appeler ça comme ils veulent. Ah, les enfoirés ! On essaye de découvrir qui a buté ce type et c'est nous qu'on accuse. Non mais, vous vous rendez compte ?

– Je n'ai pas pris ça au sens littéral, Chastain. Dans ce genre de situation, les gens ont le droit de se laisser aller. Ils souffrent, ils disent des choses sans vraiment les penser, voilà tout.

– Ouais, on en reparlera. Attendez un peu de voir le gamin aux infos, ce soir. Je connais bien ce genre-là. Vous serez beaucoup moins compréhensif. Où on va maintenant, au fait ? On retourne sur les lieux du crime ?

1 Aux États-Unis, la fonction de chef de la police est élective. *(N.d.T.)*

– On fait un saut à l'appartement. Vous connaissez le numéro de bipeur de Dellacroce ?

– Non, pas par cœur. Regardez donc votre liste.

Bosch ouvrit son carnet pour trouver le numéro inscrit par Dellacroce et le composa sur son portable. Dellacroce rappellerait.

– Et au sujet de Tuggins ? demanda Chastain. Si vous l'appelez, vous lui donnez une longueur d'avance pour organiser le mégabordel dans le South End.

– Oui, je sais. Je réfléchis.

Il n'avait pas cessé de s'interroger depuis le moment où Millie Elias avait prononcé le nom de Preston Tuggins. Comme dans beaucoup de minorités, les hommes d'Église avaient autant de pouvoir que les politiciens lorsqu'il s'agissait de déterminer les réactions face à un événement social, culturel ou politique. Dans le cas de Preston Tuggins, ce pouvoir était encore plus grand. Il dirigeait en effet un groupe de pasteurs qui à eux tous constituaient une force essentielle, habituée aux médias, capable de maintenir toute la communauté en laisse ou, au contraire, de la transformer en séisme. Autrement dit, Preston Tuggins devait être manipulé avec les plus grandes précautions.

Fouillant dans sa poche, Bosch sortit la carte de visite qu'Irving lui avait remise un peu plus tôt. Il s'apprêtait à appeler un des numéros qui y figuraient lorsque le portable qu'il tenait toujours dans sa main sonna.

C'était Dellacroce. Bosch lui donna l'adresse de l'appartement d'Elias et lui demanda de se procurer un mandat de perquisition supplémentaire. Dellacroce protesta : il avait déjà réveillé un juge pour lui faxer la demande de mandat et il allait devoir recommencer.

– Bienvenue à la Criminelle, ironisa Bosch avant de couper la communication.

– Qu'est-ce qui se passe ? demanda Chastain.

– Rien. Des conneries.

Bosch composa le numéro personnel d'Irving. Le chef adjoint répondit après la première sonnerie en déclinant son nom et son grade. Au grand étonnement de Bosch, Irving paraissait parfaitement alerte, comme s'il ne dormait pas.

– Chef, c'est Bosch. Vous m'avez demandé de vous appeler si…

– Pas de problème, inspecteur. Que se passe-t-il ?

– Nous avons prévenu la famille. L'épouse et le fils d'Elias. Et sa femme m'a demandé… elle veut que j'appelle son pasteur.

– Je ne vois pas où est le problème.

– Le pasteur en question est Preston Tuggins, et je pensais qu'il vaudrait mieux qu'une personne plus élevée dans la hiérarchie s'occupe de…

– Je comprends. Très bien raisonné, Bosch. Je vais m'en occuper personnellement. Peut-être que le chef voudra prendre tout ça en main. J'allais justement l'appeler. Autre chose ?

– Non, rien pour le moment.

– Merci, inspecteur.

Irving raccrocha. Chastain demanda à Bosch ce que lui avait dit Irving et Bosch lui répéta ses paroles.

– Cette affaire… reprit Chastain. J'ai l'impression que ça va tourner au vinaigre.

– Comme vous dites.

Chastain était sur le point d'ajouter autre chose lorsque la sonnerie du bipeur de Bosch lui coupa la parole. Bosch s'empressa de regarder le numéro affiché. Ce n'était toujours pas celui de chez lui : c'était le numéro de Grace Billets, pour la deuxième fois. Il avait oublié de la rappeler, il répara immédiatement cet oubli et le lieutenant décrocha après la première sonnerie.

– Ah, je me demandais si vous alliez me rappeler un jour…

– Désolé. J'étais très occupé, et ça m'est sorti de la tête.

– Alors, que se passe-t-il ? Irving n'a pas voulu me dire qui était mort, il m'a juste dit que le RHD et Central ne pouvaient pas se charger de l'enquête.

– Howard Elias.

– Oh, merde… Désolée que ça tombe sur vous, Harry.

– Pas grave. On va se débrouiller.

– Tout le monde va vous avoir à l'œil. Et si le coupable est un flic… c'est foutu d'avance. Comment sentez-vous Irving sur ce coup-là ? Vous croyez qu'il est décidé à se mouiller pour de bon ?

– Je suis partagé.

– Vous ne pouvez pas parler librement ?

– C'est ça.

– J'ai une impression mitigée, moi aussi. Irving m'a demandé de vous retirer du tableau de service, mais jusqu'à vendredi prochain seulement. Ensuite, je suis censée en reparler avec lui. Maintenant que je sais qui est la victime, je crois que je peux traduire : vous avez jusqu'à cette date et après, il vous renvoie à Hollywood ; mais vous serez obligé d'emporter Howard Elias avec vous et de vous occuper de lui quand vous pourrez.

Bosch se contenta de hocher la tête, sans faire de remarque. La tactique d'Irving était cohérente. Le chef adjoint avait mis sur pied une grosse équipe pour mener l'enquête, mais ne lui accordait qu'une semaine de travail à temps plein. Peut-être espérait-il que le regard scrutateur des médias se serait légèrement détourné d'ici là et que l'enquête finirait par sombrer dans le gouffre des affaires non résolues. Si tel était le raisonnement d'Irving, il se trompait lourdement.

Billets et lui échangèrent encore quelques mots avant que le lieutenant mette fin à la conversation sur une mise en garde :

– Faites attention à vous, Harry. Si le meurtrier est un flic, un de ces types du RHD…

– Eh bien, quoi ?

– Faites attention, c'est tout.

– Promis.

Il ferma son téléphone et regarda droit devant lui. Ils avaient presque atteint l'embranchement de la 110. Ils seraient bientôt de retour à California Plaza.

– C'était votre lieutenant ? demanda Chastain.

– Oui. Elle voulait juste savoir ce qui se passait.

– C'en est où entre elle et Rider, au fait ? Elles continuent à se brouter le gazon ?

– Ça ne me regarde pas, Chastain. Et vous non plus.

– C'était juste pour savoir.

Après cet échange, ils roulèrent en silence. Bosch était agacé par la question de Chastain. Il savait bien que c'était une façon pour l'inspecteur des Affaires internes de lui rappeler qu'il connaissait des secrets ; même s'il n'évoluait pas dans son élément quand il fallait enquêter sur un meurtre, il savait des choses sur un tas de flics et il ne fallait pas le prendre pour une quantité négligeable. Bosch regretta d'avoir rappelé Billets en sa présence.

Chastain essaya d'engager la conversation sur un sujet inoffensif afin de briser le silence et la tension :

– Hé, racontez-moi un peu cette histoire d'œufs durs dont tout le monde parle autour de moi !

– C'est rien du tout. Une simple affaire.

– Elle m'a échappé en lisant les journaux.

– C'était juste un coup de bol, Chastain. Si seulement on pouvait avoir autant de pot dans cette enquête !

– Allez, racontez-moi. J'ai très envie de savoir… surtout maintenant qu'on fait équipe. J'adore écouter les histoires de chance. Peut-être que ça déteindra sur moi.

– On a reçu un appel de routine concernant un suicide. Tout a commencé quand une mère s'est inquiétée en ne voyant pas sa fille à l'aéroport de Portland. Elle devait s'y rendre pour assister à un mariage, je crois, et elle n'est jamais arrivée. Sa famille l'a attendue en vain à l'aéroport. Bref, la mère a appelé la police d'ici pour demander qu'une voiture de patrouille fasse un saut au domicile de sa fille. Un petit appartement dans Franklin, près de La Brea. Un flic s'est rendu sur place, a convaincu le gardien de le laisser entrer et ils ont découvert la fille. Elle était morte depuis plusieurs jours, depuis le matin où elle était censée prendre l'avion pour Portland, en fait.

– Que s'était-il passé ?

– On avait voulu donner l'impression qu'elle avait avalé des cachets avant de s'ouvrir les veines dans la baignoire.

– Les agents de police avaient conclu au suicide ?

– Oui. Il y avait même un mot d'adieu. Il était écrit sur une feuille arrachée à un carnet et disait que la vie ne ressemblait pas à ce qu'elle avait espéré ; ça parlait de solitude et ainsi de suite. Un vrai charabia. C'était très triste, en vérité

– Alors ? Qu'est-ce qui vous a fait tiquer ?

– On était sur le point de classer l'affaire – Edgar m'accompagnait et Rider était coincée au tribunal. On avait inspecté l'appartement sans rien trouver de louche… à part le mot. Pas moyen de mettre la main sur le carnet d'où provenait la feuille. Ça ne collait pas. Attention : ça ne voulait pas dire que la fille ne s'était pas suicidée, mais c'était un détail gênant, vous voyez ? Le genre « Il y a quelque chose qui cloche dans ce tableau ».

– OK. Vous pensiez donc que quelqu'un s'était introduit dans l'appartement pour voler le carnet ?

– Possible. Je ne savais pas quoi penser, à vrai dire. J'ai demandé à Edgar de refaire un tour d'inspection, mais cette fois, nous avons interverti les pièces.

– Et vous avez découvert un truc qui avait échappé à Edgar.

– Ça ne lui avait pas échappé. Simplement, ça n'avait pas fait tilt dans son esprit. Chez moi, si.

– Et c'était quoi, ce truc ?

– Dans le frigo, il y avait une clayette exprès pour les œufs. Avec des trous pour les coincer, vous voyez ce que je veux dire ?

– Très bien.

– J'ai remarqué que la fille avait inscrit une date sur certains œufs. La même. Celle du jour où elle devait prendre l'avion pour Portland.

Bosch observa Chastain pour guetter une réaction. En vain.

– C'étaient des œufs durs. Ceux qui portaient des dates avaient été cuits. J'en ai cogné un contre le bord de l'évier pour vérifier. Il était dur.

– D'accord.

Chastain ne comprenait toujours pas.

– La date sur les œufs était certainement celle du jour où elle les avait fait cuire, reprit Bosch, pour différencier les œufs durs des autres et connaître leur fraîcheur. Soudain, ça m'a frappé. On ne fait pas cuire des œufs à manger plus tard quand on a l'intention de se suicider. A quoi bon ?

– C'était donc un pressentiment.

– Plus que ça.

– En tout cas, vous aviez compris : c'était un meurtre.

– Disons que ça changeait pas mal de choses. On a commencé à regarder la situation sous un autre angle. Il nous a fallu plusieurs jours, mais on y est finalement arrivés. Des amis de la fille nous ont parlé d'un type qui lui pourrissait la vie. Il la harcelait depuis qu'elle avait refusé une de ses invitations. On a interrogé des gens de l'immeuble, puis on s'est intéressés au gardien.

– Ah, merde, j'aurais dû deviner que c'était lui.

– On l'a interrogé et ses réponses étaient suffisamment vaseuses pour qu'on persuade un juge de nous délivrer

76

un mandat de perquisition. On a retrouvé à son domicile le fameux carnet dont une feuille avait été arrachée pour écrire la fausse lettre d'adieu. C'était une sorte de journal intime dans lequel la victime notait ses pensées et ainsi de suite. Le type y avait trouvé une page dans laquelle elle se lamentait sur son sort et avait compris qu'il pourrait s'en servir pour faire croire à un suicide. On a trouvé d'autres affaires appartenant à la fille.

– Pourquoi les avait-il gardées ?

– Parce que les gens sont idiots, Chastain, voilà pourquoi. Si vous voulez voir des meurtriers malins, regardez la télé. Il a gardé ces affaires car il n'a jamais imaginé qu'on ne croirait pas au suicide. Et parce qu'il figurait dans le journal intime. Elle avait écrit qu'il la suivait et disait qu'elle se sentait à la fois flattée et un peu effrayée. Ça devait l'exciter de lire ça. C'est pour ça qu'il l'a gardé.

– Quand a lieu le procès ?

– Dans deux mois environ.

– C'est du tout cuit, on dirait.

– On verra. On disait la même chose avec O.J. Simpson.

– Comment il a fait ? Il l'a droguée ? Il l'a mise dans la baignoire et lui a ouvert les veines ?

– Il s'est introduit chez elle pendant son absence. Elle avait noté dans son journal qu'elle avait le sentiment que quelqu'un avait fouillé chez elle. C'était une joggeuse, elle courait cinq kilomètres chaque jour. On suppose que le type a choisi ce moment-là pour entrer chez elle. Il y avait un flacon d'antalgiques dans l'armoire de toilette ; elle s'était blessée en jouant au tennis deux ans plus tôt. On pense qu'il a subtilisé les cachets au cours d'une de ses visites et les a dissous dans du jus d'orange. Lors de son intrusion suivante, il a versé le jus d'orange dans la bouteille qui était dans le frigo. Il connaissait ses habitudes, il savait qu'après avoir couru elle aimait bien s'asseoir sur les marches du perron pour boire son jus d'orange et récupérer. Comprenant qu'elle avait été droguée, elle a peut-être cherché de l'aide. Et c'est lui qui est venu. Il l'a ramenée chez elle.

– Il l'a violée ?

Bosch fit non de la tête.

– Il a sans doute essayé, mais il n'a pas réussi à bander.

Les deux inspecteurs roulèrent en silence.

– Vous êtes un as, Bosch, dit Chastain au bout d'un moment. Rien ne vous échappe.

– J'aimerais bien.

# 7

Chastain gara la voiture dans le parking réservé aux visiteurs, devant l'immeuble moderne baptisé La Place. Avant même que les deux policiers soient descendus de leur véhicule, le gardien de nuit sortit par la porte en verre, pour les accueillir ou les faire déguerpir. Bosch s'avança pour lui expliquer que Howard Elias venait d'être assassiné à quelques centaines de mètres de là et qu'ils devaient inspecter son appartement pour s'assurer qu'il n'y avait pas d'autres victimes ou quelqu'un ayant besoin d'aide. Le gardien répondit que ça ne posait pas de problèmes, mais qu'il tenait à les accompagner. D'un ton qui ne souffrait aucune discussion, Bosch lui demanda alors d'attendre dans le hall, car d'autres policiers allaient arriver.

L'appartement de l'avocat était situé au vingtième étage. Malgré la rapidité de l'ascenseur, le silence qui régnait entre Bosch et Chastain rendit la montée interminable.

Arrivé devant la porte de l'appartement 20E, Bosch frappa, puis sonna. N'obtenant pas de réponse, il s'accroupit pour ouvrir sa mallette en la posant par terre et sortit les clés du sachet des pièces à conviction que lui avait remis Hoffman.

– Dites, vous ne croyez pas qu'on ferait mieux d'attendre le mandat ? demanda Chastain.

Bosch leva la tête et referma sa mallette en faisant claquer les fermoirs.

– Non.

– C'était du bidon ce que vous avez raconté au gardien ? cette histoire de personnes qui avaient peut-être besoin d'aide ?

Bosch se releva et tenta d'introduire les clés dans les deux serrures de la porte.

– Vous vous rappelez ce que vous m'avez dit tout à l'heure, comme quoi je serais finalement obligé de vous faire confiance ? C'est à partir de maintenant que je commence à le faire, Chastain. Je n'ai pas le temps d'attendre le mandat. Je dois entrer. Une enquête criminelle, c'est comme un requin. Il faut qu'elle avance sans cesse, sinon elle se noie.

Il ouvrit la première serrure.

– Vous êtes obsédé par les poissons, Bosch. D'abord les poissons combattants et maintenant les requins.

– Eh oui. Si vous restez un peu avec moi, Chastain, vous finirez peut-être même par apprendre des trucs.

En prononçant ces mots, il déverrouilla la deuxième serrure. Puis il se tourna vers Chastain, lui adressa un clin d'œil et ouvrit la porte.

Ils entrèrent dans un living-room de taille moyenne, meublé de sièges en cuir et d'étagères en cerisier, avec une grande baie vitrée et un balcon offrant une vue d'ensemble sur le centre-ville et le Civic Center. Tout était bien rangé, à l'exception des différents cahiers du *Times* du vendredi éparpillés sur le canapé en cuir noir et d'une tasse de café vide posée sur la table basse en verre.

– Hello ! lança Bosch pour s'assurer que l'appartement était réellement vide. Police ! Il y a quelqu'un ?

Pas de réponse.

Il déposa sa mallette sur la table du coin repas et l'ouvrit de nouveau pour sortir des gants en latex rangés

80

dans une boîte en carton. Il en proposa une paire à Chastain, qui refusa :

– Je ne toucherai à rien.

Ils se séparèrent afin d'inspecter l'appartement, de manière rapide et superficielle pour commencer. Tout y était aussi bien rangé que dans le living-room. C'était un trois pièces et la chambre principale possédait son propre balcon, orienté à l'ouest. La nuit était claire. Bosch aperçut même Century City au loin. Derrière les tours, les lumières plongeaient vers Santa Monica, jusqu'à la mer. Chastain le rejoignit dans la chambre.

– Pas de bureau, fit remarquer l'homme des Affaires internes. La deuxième chambre ressemble à une chambre d'amis. Peut-être pour planquer des témoins.

– OK.

Bosch balaya du regard les objets posés sur le dessus de la commode. Il n'y avait aucune photo, ni aucun autre objet personnel. Même chose sur les petites tables de chevet qui flanquaient le lit. Cet appartement ressemblait à une chambre d'hôtel, et, d'une certaine façon, c'en était une si Elias n'y venait que pour passer une nuit de temps à autre en période de procès. Mais Bosch constata avec étonnement que le lit était fait. Elias était en pleine préparation d'un procès capital, il travaillait jour et nuit, et pourtant il avait pris la peine de faire son lit ce matin-là, alors qu'a priori il devait rentrer seul à la fin de la journée. Pas très logique, se dit-il. Soit Elias avait fait le lit en sachant qu'il y aurait quelqu'un dans l'appartement, soit c'était quelqu'un d'autre qui avait fait le lit.

Bosch exclut d'emblée l'hypothèse d'une femme de ménage : elle aurait ramassé le journal et la tasse de café vide dans le living-room. Non, c'était Elias lui-même qui avait fait le lit. Ou une personne qui se trouvait avec lui. Ce n'était évidemment qu'un pressentiment fondé sur de longues années passées à analyser les habitudes des êtres humains, mais à cet instant Bosch aurait parié qu'il y avait une femme dans le tableau.

Il ouvrit le tiroir de la table de chevet sur laquelle se trouvait un téléphone et découvrit un répertoire personnel. Il le feuilleta rapidement. Parmi tous les noms qui y figuraient, il en reconnut un certain nombre. Des avocats essentiellement, dont Bosch avait entendu parler ou même qu'il connaissait. Il s'arrêta en tombant sur le nom de Carla Entrenkin. Une avocate spécialisée, elle aussi, dans les affaires de droits civiques, jusqu'à l'année précédente au moins, quand la Commission de la police l'avait nommée inspectrice générale des services du LAPD. Bosch remarqua qu'Elias possédait à la fois son numéro de téléphone professionnel et son numéro privé. Celui-ci était d'une encre plus foncée, comme si on l'avait ajouté récemment dans le répertoire, en tout cas bien après le numéro professionnel.

– Alors, vous avez trouvé quelque chose ? demanda Chastain.

– Non, rien. Juste un bataillon d'avocats.

Il referma le carnet en voyant Chastain s'approcher pour y jeter un œil. Il le lança dans le tiroir de la table de chevet.

– Mieux vaut attendre le mandat, dit-il en refermant ce dernier.

Pendant une vingtaine de minutes, ils continuèrent à fouiller l'appartement, mais superficiellement, en se contentant de regarder dans les tiroirs et les placards, sous les lits et les coussins du canapé, et sans rien déranger. Tout à coup, Chastain, qui était dans la salle de bains attenante à la chambre principale, s'écria :

– Il y a deux brosses à dents !

– Noté.

Bosch était dans le living-room, en train d'examiner les livres sur les étagères. Parmi ceux-ci, il en remarqua un qu'il avait lu quelques années auparavant, un roman de Chester Himes, *Yesterday Will Make You Cry*. Sentant la présence de Chastain dans son dos, il se retourna. L'homme des AI se tenait à l'entrée du couloir qui conduisait aux chambres. Il brandissait une boîte de préservatifs.

– Ils étaient cachés au fond d'une étagère sous le lavabo.

Bosch ne fit aucun commentaire. Il hocha simplement la tête.

Dans la cuisine, un combiné téléphone-répondeur était fixé au mur. Une lumière clignotait sur l'appareil et le cadran digital indiquait qu'un message était enregistré. Bosch appuya sur la touche « Lecture ». C'était une voix de femme :

« Salut, c'est moi. Je pensais que tu m'appellerais. J'espère que tu ne t'es pas endormi. »

Rien d'autre. Le répondeur indiqua que le message avait été enregistré à 00 h 01. A cette heure-là, Elias était déjà mort. Chastain, qui avait quitté le living-room pour passer dans la cuisine en entendant la voix, regarda Bosch et haussa les épaules. Bosch réécouta le message.

– Je ne reconnais pas la voix de sa femme.

– A mon avis, c'est une Blanche, dit Chastain.

Bosch pensa qu'il avait sans doute raison. Il écouta de nouveau le message en se concentrant sur les intonations de la voix. Le ton avait quelque chose d'intime, indéniablement. L'heure tardive de l'appel et le fait de dire simplement « c'est moi » renforcèrent sa conviction.

– Des capotes planquées dans la salle de bains, deux brosses à dents, une femme mystérieuse au téléphone, résuma Chastain. Apparemment, il y a de la maîtresse dans l'air. Voilà qui pourrait pimenter les choses.

– Oui, peut-être, dit Bosch. En tout cas, quelqu'un a fait le lit ce matin. Des trucs de femme dans l'armoire de toilette ?

– Non, rien.

Chastain retourna dans le living-room. Bosch finit d'inspecter la cuisine, se dit qu'il en avait suffisamment vu pour le moment et fit coulisser la grande fenêtre qui s'ouvrait sur le balcon. Accoudé à la rambarde en fer, il consulta sa montre : 4 h 50. Il décrocha le bipeur fixé à sa ceinture pour s'assurer qu'il ne l'avait pas débranché par inadvertance.

Non, le bipeur était toujours branché, et la batterie fonctionnait. Eleanor n'avait pas essayé de le joindre. Il entendit Chastain sortir sur le balcon, dans son dos. Il s'adressa à lui sans le regarder :

– Dites, Chastain, vous le connaissiez ?

– Qui ça ? Elias ? Ouais, plus ou moins.

– C'est-à-dire ?

– J'ai enquêté sur des affaires qu'il a plaidées par la suite. J'ai été cité à comparaître et je suis allé déposer. Et puis, son cabinet est situé dans le Bradbury Building ; on a des bureaux dans cet immeuble, nous aussi. Je le croisais de temps en temps. Mais si vous me demandez si je jouais au golf avec lui, la réponse est non. On n'était pas intimes à ce point.

– Ce type gagnait sa vie en attaquant les flics en justice. Il semblait toujours très bien renseigné quand il entrait dans une salle de tribunal. Il détenait des informations confidentielles. Des choses qu'il n'avait pas pu découvrir en fouillant dans les pièces du dossier, disaient certains. On racontait qu'il avait peut-être des informateurs à l'intérieur même de…

– Je n'étais pas l'informateur de Howard Elias, Bosch, déclara Chastain d'un ton cassant. Et je ne connais aucun informateur aux Affaires internes. On enquête sur des flics. J'enquête sur des flics. Parfois, c'est justifié et, parfois, il s'avère qu'ils sont innocents. Vous savez aussi bien que moi qu'il faut bien quelqu'un pour faire la police dans la police. Mais servir de mouchard à des types comme Howard Elias et ses copains, c'est ce qu'il y a de plus ignoble. Alors, je vous réponds merde.

Cette fois, Bosch se retourna vers lui pour voir la manière dont la colère brillait dans les yeux noirs de Chastain.

– Je posais simplement la question, dit-il. Pour savoir à qui j'ai affaire.

Il se retourna vers le panorama de la ville et l'esplanade tout en bas. Il vit Kiz Rider et Loomis Baker la traverser en direction de l'Angels Flight, en compagnie d'un homme qui était sans doute Elridge Peete, l'opérateur du funiculaire.

– Maintenant que vous vous êtes renseigné, on peut passer à la suite ? demanda Chastain.

– Certainement.

Les deux hommes n'échangèrent pas un seul mot dans l'ascenseur. C'est seulement lorsqu'ils débouchèrent dans le hall que Bosch lança :

– Je vous rejoins. Je vais voir s'il y a des chiottes dans le coin. Dites aux autres que j'arrive.

– OK.

Assis derrière son petit bureau à l'entrée, le gardien avait entendu la réflexion de Bosch. Il l'informa que les toilettes se trouvaient juste au coin, après les ascenseurs. Bosch s'éloigna dans cette direction.

Une fois seul dans les toilettes, il déposa sa mallette à côté des lavabos et sortit son téléphone. Il appela d'abord chez lui. Quand le répondeur se mit en marche, il composa son code sur le clavier pour écouter les nouveaux messages. Il n'entendit que le sien. Eleanor n'avait pas téléphoné.

– Merde.

Il appela ensuite les renseignements pour obtenir le numéro du cercle de poker de Hollywood Park. La dernière fois qu'Eleanor avait découché, elle lui avait dit y être allée jouer aux cartes. Il composa le numéro et demanda le bureau de surveillance. Un type déclarant s'appeler Jardine répondit. Bosch déclina son identité, accompagnée de son matricule. Jardine le pria d'épeler son nom et de répéter le numéro. Sans doute pour les noter.

– Vous êtes dans la salle de surveillance vidéo ?

– Évidemment. Vous désirez ?

– Je cherche quelqu'un, une femme, et il y a de fortes chances qu'elle soit en train de jouer à une de vos tables. Je me disais que vous pourriez peut-être m'aider en jetant un coup d'œil.

– A quoi elle ressemble ?

Bosch décrivit Eleanor, sans pouvoir préciser de quelle manière elle était habillée, car il n'avait pas pensé à inspecter la penderie. Il patienta ensuite deux ou trois minutes, pendant que Jardine examinait sans doute les écrans vidéo reliés aux caméras de surveillance de la salle de poker.

– Si elle est là, je la vois pas, déclara enfin ce dernier. A cette heure-ci, on n'a pas beaucoup de femmes, généralement. Et celles qui sont là ne correspondent pas au signalement. Peut-être qu'elle était là tout à l'heure, vers 1 heure ou 2 heures, mais elle n'y est plus.

– OK, merci.

– Hé, vous avez un numéro où je peux vous joindre ? Je vais aller faire un tour dans la salle, et je vous rappelle si jamais je l'aperçois.

– Je vous donne mon numéro de bipeur. Mais surtout, si vous la voyez, ne lui dites rien. Prévenez-moi simplement.

– Entendu.

Après avoir donné son numéro de bipeur et raccroché, Bosch envisagea d'appeler les cercles de jeux de Gardena et de Commerce Street, mais décida de s'abstenir. Si Eleanor avait choisi de rester à Los Angeles, elle serait allée jouer à Hollywood Park. Si elle n'y était pas, c'est qu'elle était peut-être partie pour Las Vegas, ou pour le casino indien du désert de Palm Springs. Il essaya de ne plus y penser pour se concentrer sur l'enquête.

Il appela ensuite le standard de nuit du bureau du district attorney, après avoir trouvé le numéro dans son répertoire. Il demanda à parler au procureur de garde, on finit par lui passer une femme endormie nommée Janis Langwiser. Il se trouvait que c'était elle qui avait réuni les chefs d'inculpation dans l'affaire dite des œufs durs. Bosch avait collaboré avec elle pour la première fois à cette occasion. Il avait apprécié son sens de l'humour et l'enthousiasme dont elle faisait preuve dans son travail.

– Attendez, laissez-moi deviner, dit-elle. Vous avez une affaire d'œufs brouillés cette fois ? Ou mieux encore, l'affaire de l'omelette ?

– Pas exactement. Je m'en veux de vous sortir du lit, mais on a besoin de quelqu'un qui nous donne quelques conseils pour une perquisition qu'on va bientôt effectuer.

– Qui est mort et où a lieu la perquisition ?

– La victime est l'avocat Howard Elias. L'endroit à perquisitionner est son cabinet.

Langwiser siffla dans l'appareil et Bosch dut éloigner le téléphone de son oreille.

– Ouah ! s'écria-t-elle, soudain parfaitement réveillée. Ça va être… quelque chose ! Faites-moi vite un petit topo !

Bosch s'exécuta et, quand il eut terminé, Langwiser, qui habitait à une cinquantaine de kilomètres au nord, à Valencia, accepta de les rejoindre pour la perquisition au Bradbury Building, une heure plus tard.

– D'ici là, faites très attention où vous mettez les pieds, inspecteur Bosch, et n'entrez pas dans le cabinet avant que je sois là.

– Promis.

Ce n'était pas grand-chose, mais il aimait bien qu'elle l'appelle par son grade. Pas qu'elle aurait été beaucoup plus jeune que lui, simplement parce que trop souvent les procureurs leur manquaient de respect, à lui et aux autres flics, les considérant comme de vulgaires instruments qu'ils pouvaient utiliser à leur guise pour instruire une affaire. Il était convaincu que Janis Langwiser finirait par ressembler aux autres quand elle deviendrait plus aguerrie et cynique, mais, pour l'instant, elle lui montrait quelques petites marques de respect.

Il s'apprêtait à ranger son téléphone dans sa mallette quand une autre idée lui vint. Il rappela les renseignements pour obtenir le numéro personnel de Carla Entrenkin. On le brancha sur un message enregistré lui indiquant que ce numéro figurait sur liste rouge à la demande de l'abonné. C'était exactement ce qu'il espérait entendre.

En traversant Grand Street et California Plaza pour rejoindre l'Angels Flight, Bosch s'efforça encore une fois de ne pas penser à Eleanor et à l'endroit où elle pouvait se trouver. Ce n'était pas facile. Son cœur se brisait quand il l'imaginait errant Dieu sait où, seule, en quête de quelque chose qu'il ne pouvait évidemment pas lui donner. Il commençait à se dire que son mariage était condamné s'il ne découvrait pas très rapidement ce qu'elle recherchait. Quand ils s'étaient mariés, un an plus tôt, il avait éprouvé une sensation de contentement et de paix qu'il n'avait jamais connue auparavant. Pour la première fois de sa vie, il sentait qu'il existait quelqu'un pour qui se sacrifier, tout sacrifier même, s'il le fallait. Mais il en était maintenant arrivé à un stade où il devait reconnaître que ce sentiment n'était pas partagé par Eleanor. Elle n'était ni satisfaite ni apaisée. Et Bosch se sentait mal à l'aise, tout à la fois coupable et un peu soulagé.

Encore une fois, il essaya de se concentrer sur d'autres préoccupations, sur l'affaire. Il savait qu'il devait mettre Eleanor de côté pour l'instant. Il repensa à la voix de femme sur le répondeur, aux préservatifs cachés dans la salle de bains et au lit impeccablement fait. Il réfléchit à la manière dont le numéro de téléphone confidentiel de Carla Entrenkin avait pu se retrouver dans le répertoire de Howard Elias rangé dans le tiroir de sa table de chevet.

# 8

Rider était en compagnie d'un grand Noir aux cheveux grisonnants, devant la porte de la petite gare de l'Angels Flight. Tous les deux souriaient, sans doute de la même chose, lorsque Bosch les rejoignit.

– Monsieur Peete, je vous présente Harry Bosch, dit Rider. C'est lui qui dirige l'enquête.

Peete lui serra la main.

– J'ai jamais vu un truc aussi affreux. Jamais.

– Désolé que vous ayez été témoin de ce drame, monsieur Peete. Mais je me réjouis que vous acceptiez de nous aider. Allez donc vous asseoir à l'intérieur. On vous rejoint tout de suite.

Dès que Peete fut entré, Bosch se tourna vers Rider. Il n'eut pas besoin de parler.

– C'est bien ce que disait Garwood. Il n'a rien entendu et il n'a pas vu grand-chose non plus jusqu'à ce que le wagon arrive et qu'il sorte pour aller verrouiller les portes. Et il n'a vu personne traîner dans les parages comme si Elias attendait quelqu'un.

– Tu crois qu'il pourrait jouer les sourds-muets ?

– J'ai pas l'impression. A mon avis, il dit la vérité. Il n'a rien vu ni entendu.

– Il a touché aux corps ?

– Non. Tu veux parler de la montre et du portefeuille ? Franchement, ça m'étonnerait que ce soit lui.

Bosch hocha la tête.

– Ça t'ennuie si je lui pose quelques questions ?

– Fais comme chez toi.

Bosch pénétra dans le petit local, suivi de Rider. Elridge Peete était assis à sa table de déjeuner, en train de téléphoner.

– Faut que j'te laisse, chérie, dit-il en voyant entrer Bosch. Le policier veut me parler.

Il raccrocha.

– C'était ma femme. Elle veut savoir à quelle heure je vais rentrer à la maison.

– Monsieur Peete, êtes-vous monté dans le wagon après avoir découvert les corps ?

– Non, monsieur. J'ai tout de suite vu qu'ils étaient morts. Y avait du sang partout. Je me suis dit : Mieux vaut laisser faire la police.

– Aviez-vous reconnu l'une ou l'autre de ces personnes ?

– En fait, l'homme, je le voyais pas très bien, mais j'ai pensé que ça pouvait être M. Elias, à cause du beau costume et de l'allure. La femme, je l'ai reconnue, elle aussi. Je connaissais pas son nom, ni rien, mais elle était montée dans le funiculaire quelques minutes plus tôt pour descendre.

– Vous voulez dire qu'elle est descendue d'abord ?

– Oui, monsieur, elle est descendue. C'était une habituée, comme M. Elias, sauf qu'elle prenait le funiculaire une fois par semaine seulement. Le vendredi, comme hier soir. M. Elias, lui, le prenait plus souvent.

– A votre avis, pourquoi est-elle descendue jusqu'en bas sans descendre du wagon ensuite ?

– Parce qu'on lui a tiré dessus.

Bosch faillit éclater de rire, mais se retint. Il n'était pas assez clair avec le témoin.

– Non, non… je voulais dire avant qu'on lui tire dessus. Il semblerait qu'elle ne se soit même pas levée de son siège et qu'elle attendait pour remonter quand le meurtrier a surgi derrière l'autre passager au moment où celui-ci montait dans le wagon.

– Je sais pas ce qu'elle faisait, moi.

– Quand est-elle descendue exactement ?

– Juste avant. J'ai fait descendre Olivet et cette dame était dedans. Il était 11 heures moins 5 ou moins 6. J'ai fait descendre Olivet et je l'ai laissée en bas jusqu'à 11 heures, avant de la faire remonter. Pour le dernier trajet. Quand elle est arrivée, ces deux personnes étaient mortes à l'intérieur.

L'utilisation du féminin pour parler du wagon semait la confusion dans l'esprit de Bosch. Il tenta d'éclaircir les faits :

– Donc, vous avez fait descendre Olivet avec la femme à bord. Cinq ou six minutes plus tard, elle y était encore quand vous avez fait remonter Olivet. C'est bien ça ?

– Exact.

– Et pendant ces cinq ou six minutes où Olivet est restée stationnée en bas, vous n'avez pas regardé dans cette direction ?

– Non, je comptais l'argent dans la caisse. Et à 11 heures, je suis sorti pour fermer Sinaï. Et j'ai fait remonter Olivet. C'est à ce moment-là que je les ai vus. Ils étaient morts.

– Vous n'avez rien entendu en bas ? Des coups de feu ?

– Non. Comme je le disais à cette dame, Mlle Kizmin, je porte des boules Quies à cause du boucan sous la gare. Et j'étais occupé à compter l'argent. Y a surtout des quarters. Je les fous dans la machine.

Peete lui montra un compteur de pièces de monnaie installé à côté de la caisse – l'appareil servait à rassembler les quarters par rouleaux de 10 dollars –, puis il tapa du pied sur le plancher pour indiquer la machinerie située juste en dessous. Bosch acquiesça d'un signe de tête pour montrer qu'il comprenait.

– Parlez-moi un peu de cette femme. C'était une habituée, dites-vous ?

– Ouais, une fois par semaine. Le vendredi. Comme si qu'elle avait un petit boulot là-haut, genre femme de ménage ou je sais pas quoi. Le bus passe un peu plus loin dans Hill Street. A mon avis, elle le prenait à cet endroit.

– Et Howard Elias ?

– Lui aussi, c'était un habitué. Je le voyais deux ou trois fois par semaine, mais jamais à la même heure. Très tard des fois, comme hier. Un jour où je bouclais tout pour la nuit, il m'a appelé d'en bas. J'ai fait une exception. Je l'ai fait monter avec Sinaï. A Noël, il m'a filé une petite enveloppe. C'était chouette de sa part, il avait pensé à moi.

– Il était toujours seul quand il prenait le funiculaire ?

– Oui, je crois.

– Vous rappelez-vous l'avoir vu avec quelqu'un ?

– Une fois ou deux, je crois bien. Mais je saurais pas vous dire avec qui.

– Un homme ou une femme ?

– J'en sais rien. C'était peut-être une dame, mais je lui ai pas demandé sa photo, si vous voyez ce que je veux dire.

Bosch réfléchit un instant. Il se tourna vers Rider en haussant les sourcils. Elle secoua la tête : elle n'avait pas d'autre question à poser.

– Avant de partir, monsieur Peete, pourriez-vous remettre le funiculaire en marche et nous faire descendre ?

– Pas de problème. Tout ce que vous voulez, pour vous et Mlle Kizmin.

Il regarda Rider et inclina la tête avec un sourire.

– Merci, dit Bosch. Allons-y.

Peete s'approcha du clavier de l'ordinateur et y entra une commande. Aussitôt, le plancher de la gare se mit à vibrer sous leurs pieds, accompagné d'un grincement grave. Peete se retourna vers eux.

– A vot' service ! lança-t-il par-dessus le vacarme de la machinerie.

Bosch le salua d'un geste et sortit pour se diriger vers le wagon. Chastain et Baker, le type des AI qui faisait équipe avec Kizmin Rider, étaient accoudés au garde-fou et contemplaient les rails.

– On descend ! leur cria Bosch. Vous venez ?

Sans un mot, les deux hommes emboîtèrent le pas à Rider et les quatre inspecteurs montèrent à bord d'Olivet. Les corps avaient été emportés depuis longtemps et les spécialistes du labo avaient vidé les lieux. Mais les taches de sang s'étalaient encore sur le plancher et le siège où s'était assise Catalina Perez. Bosch descendit les marches de l'allée centrale en prenant soin de ne pas poser le pied dans la petite flaque rouge foncé échappée du corps de Howard Elias. Il s'assit du côté droit. Les autres s'assirent un peu plus vers l'arrière du wagon, loin de l'endroit où étaient tombés les cadavres. Bosch leva les yeux en direction de la fenêtre de la gare et agita le bras. Immédiatement, le wagon entama sa descente. Et immédiatement aussi, Bosch se rappela le jour où, enfant, il avait pris ce funiculaire. Le siège était aussi inconfortable que dans son souvenir.

Il ne regarda pas ses collègues durant la descente ; il garda les yeux fixés sur la porte inférieure et les rails qui défilaient sous le wagon. Le trajet ne dura pas plus d'une minute. A l'arrivée, il fut le premier à descendre. Il se retourna et regarda le sommet des rails. Il vit la tête de Peete qui se découpait en ombre chinoise derrière la vitre de la gare, éclairée par la lampe qui pendait du plafond.

Bosch s'abstint de pousser le tourniquet, car il avait remarqué les restes de poudre noire servant à relever les empreintes et ne voulait pas salir son costume. Pour l'administration, les salissures dues à cette poudre ne faisaient pas partie des risques du métier et il serait obligé de payer le teinturier de sa poche. Il indiqua les résidus de poudre à ses collègues et enjamba le tourniquet.

Il balaya les environs du regard, au cas où un détail attirerait son attention, mais ne remarqua rien d'insolite. D'ailleurs, il était persuadé que tout le secteur avait déjà été inspecté par les hommes du RHD. S'il avait tenu à descendre, c'était avant tout pour se rendre compte par lui-même et renifler le terrain. A gauche du portique, un escalier en béton permettait de gravir la colline quand le funiculaire ne fonctionnait pas, ou pour ceux qui avaient peur de grimper à bord de cet engin. Cet escalier était également très apprécié de fanas de la forme qui s'amusaient à le monter et descendre en courant. Bosch se souvint d'avoir lu un article à ce sujet dans le *Times* un an plus tôt environ. A côté de l'escalier, on avait installé un abribus éclairé, à flanc de colline. Un auvent en plexiglas y protégeait un double banc. Les parois latérales servaient à placarder des affiches publicitaires. Du côté qu'apercevait Bosch, l'affiche était celle d'un film de Clint Eastwood intitulé *Blood Work*[1]. Ce film s'inspirait de l'histoire vraie d'un ancien agent du FBI que connaissait Bosch.

Il se demanda si le tueur avait pu attendre sous l'abribus que Howard Elias franchisse le portique de l'Angels Flight. Il repoussa cette hypothèse. L'abribus était éclairé par des néons accrochés au plafond ; Elias aurait forcément vu la personne qui était assise à cet endroit en approchant du funiculaire. Or, se dit Bosch, il était fort probable qu'Elias connaissait son meurtrier ; il y avait donc peu de chances que celui-ci ait attendu sa proie à découvert.

1. *Créance de sang*, ouvrage de Michael Connelly paru dans la même collection. *(N.d.T.)*

Il regarda de l'autre côté du portique, où s'étendait une bande de végétation épaisse d'une dizaine de mètres, entre l'entrée du funiculaire et un petit bureau. D'épais fourrés entouraient un acacia.

– Quelqu'un a apporté une lampe ? demanda-t-il.

Rider sortit un petit crayon lumineux de son sac à main. Bosch le lui emprunta et s'enfonça dans les buissons en en braquant le mince faisceau sur le sol pour éclairer ses pas. Rien n'indiquait que le tueur avait attendu à cet endroit. Ordures et débris en tout genre jonchaient la terre, mais rien de très récent, apparemment. On aurait dit qu'un sans-abri s'était caché là pour fouiller dans des sacs-poubelle qu'il avait ramassés quelque part.

Rider le rejoignit dans les buissons.

– Tu as trouvé quelque chose ?

– Rien d'intéressant. J'essaye de deviner où le type a pu se cacher pour guetter Elias. Peut-être ici. Elias ne pouvait pas le voir ; le type ressort juste après qu'Elias est passé et hop, il monte dans le wagon derrière lui.

– Peut-être qu'il n'avait pas besoin de se cacher. Peut-être qu'ils sont arrivés ensemble.

Bosch regarda Rider en hochant la tête.

– Oui, peut-être. Cette théorie en vaut bien une autre.

– Et l'abribus ?

– Trop à découvert, trop éclairé. Si Elias avait des raisons de craindre cette personne, il l'aurait tout de suite repérée.

– Et si le meurtrier s'était déguisé ? Il pouvait attendre sous l'abribus en étant déguisé.

– C'est une autre possibilité.

– Tu as envisagé toutes ces hypothèses, Harry, mais tu me laisses parler et dire des choses que tu sais déjà.

Bosch ne répondit pas. Il rendit le crayon lumineux à Rider et sortit des fourrés. Il jeta un dernier regard en direction de l'abribus avec la certitude d'avoir raison.

Personne n'avait attendu Elias à cet endroit. Rider le rejoignit et suivit son regard. Elle remarqua l'affiche.

– Hé, t'as pas connu Terry McCaleb, le gars du FBI ? demanda-t-elle.

– Si, on a enquêté ensemble sur une affaire. Pourquoi, tu le connaissais, toi aussi ?

– Non. Mais je l'ai vu à la télé. Si tu veux mon avis, il ne ressemble pas du tout à Clint Eastwood.

– Non, en effet.

Bosch constata que Chastain et Baker avaient traversé la rue ; ils se tenaient maintenant dans le renfoncement créé par les portes fermées à l'entrée du Grand Central Market, l'immense marché couvert. Ils regardaient quelque chose par terre.

Bosch et Rider les rejoignirent.

– Vous avez trouvé un truc ? demanda Rider.

– Ça se pourrait, répondit Chastain.

Il désigna les pavés sales et usés à ses pieds.

– Des mégots de cigarettes, dit Baker. Cinq de la même marque. Ça veut dire que quelqu'un a attendu à cet endroit pendant pas mal de temps.

– Peut-être un sans-abri, tout simplement, dit Rider.

– Oui, peut-être, dit Baker. Ou alors, c'est notre meurtrier.

Bosch ne paraissait nullement impressionné.

– L'un de vous est fumeur ? demanda-t-il.

– Pourquoi ça ? voulut savoir Baker.

– Parce que vous comprendriez tout de suite. Qu'est-ce qu'on voit quand on entre à Parker Center ?

Chastain et Baker le regardèrent d'un air perplexe

– Des flics ? proposa Baker.

– Oui, mais des flics qui font quoi ?

– Qui fument, répondit Rider.

– Exact. On n'a plus le droit de fumer dans les bâtiments publics. Résultat : les fumeurs se regroupent devant les portes, sur le trottoir. Ce marché est un lieu public.

Il désigna les mégots écrasés sur les pavés.

– Ça ne veut pas forcément dire que quelqu'un a attendu longtemps à cet endroit. A mon avis, ça signifie plutôt qu'une personne du marché est sortie cinq fois dans la journée pour fumer une clope.

Baker hocha la tête, mais Chastain refusa d'approuver cette déduction.

– N'empêche… ça pourrait être notre homme, dit-il. Où aurait-il attendu, sinon ? Dans les buissons, là-bas ?

– Possible. Ou alors, comme l'a dit Kiz, peut-être qu'il n'a pas attendu. Peut-être qu'il s'est dirigé tout de suite vers le funiculaire avec Elias. Peut-être qu'Elias croyait être avec un ami.

Bosch sortit de sa poche un sachet en plastique destiné à prélever les indices.

– Ou peut-être que je me goure complètement et que c'est vous qui avez raison. Mettez les mégots là-dedans et étiquetez-les pour les envoyer au labo.

Quelques minutes plus tard, Bosch avait fini d'inspecter les abords du lieu du crime. Il remonta dans le wagon, récupéra sa mallette, grimpa quelques marches pour accéder à une des banquettes en bois près de la porte du haut et s'y laissa tomber lourdement. Il commençait à sentir les effets de la fatigue et regretta de ne pas avoir dormi un peu avant de recevoir l'appel d'Irving. L'excitation et la poussée d'adrénaline qui accompagnaient toujours une nouvelle affaire créaient une fausse ivresse qui ne durait jamais longtemps. Il aurait aimé fumer une cigarette et pouvoir s'offrir un petit somme. Mais pour l'instant, un seul de ces deux souhaits était réalisable, à condition de trouver une boutique ouverte toute la nuit pour acheter des cigarettes. Une fois de plus, il décida de résister à la tentation. Pour une raison inexplicable, il avait le sentiment que cette privation de nicotine faisait partie de l'attente du retour d'Eleanor. Il avait l'impression que s'il fumait, tout espoir serait définitivement perdu ; il n'entendrait plus jamais parler d'elle.

– A quoi tu penses, Harry ?

Il leva la tête. Rider venait de monter dans le wagon.

– A rien. Et à tout. L'enquête ne fait que commencer. On a du pain sur la planche.

– Pas de répit pour les braves.

– Comme tu dis.

Son bipeur sonna tout à coup et il le décrocha précipitamment de sa ceinture, avec l'affolement de celui qui est dérangé dans une salle de cinéma. Il connaissait le numéro affiché sur le cadran digital, mais pas moyen de se rappeler à quoi il correspondait. Il sortit son portable de sa mallette, composa le numéro et atterrit au domicile d'Irving.

– J'ai parlé avec le chef, dit celui-ci. Il s'occupe du révérend Tuggins. Ce n'est plus votre problème.

Irving avait prononcé le mot « révérend » d'un ton sarcastique.

– Très bien. C'est noté.

– Alors, où on en est ?

– On est toujours sur place, on a bientôt fini. Il faut encore aller frapper aux portes pour essayer de trouver des témoins, et ensuite on s'en va. Elias avait un appartement dans le centre. C'est là qu'il se rendait. On ira le fouiller, ainsi que son cabinet, dès que les mandats de perquisition seront signés.

– La famille de la femme assassinée a été prévenue ?

– Edgar devrait l'avoir fait à l'heure qu'il est.

– Racontez-moi comment ça s'est passé chez Elias.

Irving n'ayant pas jugé bon de lui poser la question plus tôt, Bosch conclut que c'était le chef de la police qui voulait savoir. Il lui expliqua brièvement ce qui s'était passé et Irving posa plusieurs questions concernant la réaction de l'épouse et du fils d'Elias. Bosch savait que son intérêt était motivé par des préoccupations d'ordre diplomatique. Comme dans le cas de Preston Tuggins, la réaction de la famille d'Elias face à ce meurtre aurait une influence directe sur la réaction de l'opinion publique.

– Si je comprends bien, dit Irving, à ce stade, on ne doit compter ni sur la veuve ni sur le fils pour nous aider à calmer le jeu, c'est bien ça ?

– Dans l'immédiat, c'est bien ça. Mais une fois passé le choc initial, peut-être que ça changera. Vous devriez suggérer au chef d'appeler personnellement la veuve. J'ai vu une photo le montrant en compagnie d'Elias, chez l'avocat. S'il contacte Tuggins, il pourrait aussi essayer de convaincre la veuve de nous aider.

– Oui, éventuellement.

Irving changea de sujet pour informer Bosch que la salle de réunion attenante à son bureau au sixième étage de Parker Center était prête à accueillir les inspecteurs. La pièce était fermée à clé pour le moment, mais dans la matinée Bosch aurait un jeu de clés. Une fois les inspecteurs installés, la pièce devrait rester fermée à clé en permanence. Il serait là-bas à 10 heures, ajouta-t-il, et il avait hâte d'entendre un compte rendu plus détaillé du déroulement de l'enquête.

– Entendu, chef, dit Bosch. On devrait avoir interrogé les témoins éventuels et effectué les perquisitions.

– Je l'espère. Je compte sur vous.

– Très bien.

Bosch s'apprêtait à interrompre la communication quand il entendit la voix d'Irving.

– Vous disiez, chef ?

– Une dernière chose. Compte tenu de l'identité d'une des deux victimes dans cette affaire, il m'a paru de mon devoir d'avertir l'inspectrice générale. Elle a semblé… comment dire ?… vivement intéressée par cette affaire quand je lui ai fait part des éléments que nous possédions pour l'instant. Le terme « vivement » est sans doute un euphémisme.

Carla Entrenkin. Bosch faillit pousser un juron, mais se retint juste à temps. L'inspectrice générale était une nouvelle entité dans la police : personne extérieure nommée par la Commission en tant qu'observateur civil indépendant, elle était dotée d'un énorme pouvoir, celui de superviser et contrôler le déroulement des enquêtes. L'inspectrice générale dépendait de la Commission, qui dépendait du conseil municipal et du maire. Mais ce n'était pas la seule raison qui avait failli arracher un juron à Bosch. La présence d'Entrenkin et de son numéro de téléphone personnel dans le répertoire d'Elias le tracassait. Cela ouvrait la porte à un tas de complications.

– Elle a l'intention de venir sur la scène du crime ? demanda-t-il.

– Je ne pense pas. J'ai attendu avant d'appeler, pour pouvoir lui dire qu'il n'y avait plus personne sur les lieux. Je vous ai évité cette migraine-là. Mais ne soyez pas surpris si vous avez de ses nouvelles dans la journée.

– Elle a le droit ? Je veux dire… peut-elle me questionner sans passer par vous ? Elle n'est pas de la police.

– Hélas, elle peut faire tout ce qu'elle veut. Ainsi en a décidé la Commission. Ça veut dire que cette enquête a intérêt à être sans failles, quelle que soit la direction qu'elle prendra, inspecteur Bosch. Autrement, on va entendre parler de Carla Entrenkin.

– Compris.

– Parfait. Il suffit d'arrêter un coupable et on sera tranquilles.

– Bien, chef.

Irving mit fin à la communication sans même lui dire au revoir. Bosch releva la tête, au moment où Chastain et Baker montaient dans le wagon à leur tour.

– Avoir les types des AI accrochés à ses basques, c'est déjà la plaie, mais il y a pire, souffla-t-il à l'oreille de

Rider. Sentir l'inspectrice générale regarder par-dessus votre épaule.

– Tu plaisantes ! s'exclama Rider. Carla « J'examine[1] » est sur le coup ?

Bosch faillit sourire en entendant Rider utiliser le surnom donné à Entrenkin par un éditorialiste du bulletin du syndicat de la police, *Thin Blue Line*. On l'appelait Carla « J'examine » à cause de sa tendance à parler lentement, en pesant ses mots, chaque fois qu'elle s'adressait à la Commission et qu'elle critiquait les actions ou les membres de la police.

– Non, je plaisante pas, dit Bosch. On va l'avoir sur les bras, en plus du reste.

---

1. *Imthinkin* : littéralement, *I am thinking*, « Je réfléchis ». *(N.d.T.)*

# 9

Au sommet de la colline, ils retrouvèrent Edgar et Fuentes, de retour après avoir averti la famille de Catalina Perez du décès de celle-ci, et Joe Dellacroce, qui revenait de Parker Center avec des mandats de perquisition en bonne et due forme. Des autorisations délivrées par un juge n'étaient pas toujours nécessaires pour fouiller l'appartement ou le bureau d'une personne assassinée, mais dans les affaires très médiatisées la prudence recommandait de se munir d'un mandat. Quand elles débouchaient sur une inculpation, ces affaires attiraient généralement des as du barreau qui avaient acquis et entretenaient leur réputation en faisant preuve d'acharnement et de beaucoup de talent. Ils exploitaient les moindres erreurs, repéraient le moindre accroc et s'y engouffraient pour créer d'énormes brèches, parfois assez larges pour laisser filer leurs clients. Bosch pensait déjà à l'avenir. Il savait qu'il devait faire très attention.

En outre, il estimait qu'un mandat s'imposait particulièrement pour fouiller le cabinet d'Elias. Ils découvriraient à coup sûr un tas de dossiers concernant des policiers et des procès en cours visant la police. Ces affaires seraient reprises par d'autres avocats et Bosch devait impérativement ménager aussi bien les besoins de l'enquête sur le meurtre de Howard Elias que l'intégrité du secret professionnel entre un avocat et son client. Les enquêteurs devraient manipuler ces dossiers avec le plus

103

grand soin. Voilà pourquoi il avait appelé le bureau du procureur et prié Janis Langwiser de se déplacer.

Bosch s'approcha d'abord d'Edgar ; il le prit par le bras et le poussa d'un petit coup de coude vers le garde-fou qui surplombait la pente abrupte de Hill Street. Là, ils étaient à l'abri des oreilles indiscrètes.

– Alors, comment ça s'est passé ? demanda-t-il.

– Comme d'habitude. Je préférerais être n'importe où plutôt que de voir la tête du type quand on lui annonce la nouvelle. Tu vois ce que je veux dire ?

– Oui, je vois très bien. Tu lui as juste annoncé ou tu lui as aussi posé des questions ?

– On l'a interrogé, mais on n'a pas obtenu beaucoup de réponses. Le type nous a expliqué que son épouse travaillait comme femme de ménage quelque part par ici. Elle prenait le bus pour venir. Il n'a pas pu nous donner l'adresse. Mais il paraît qu'elle notait tout ça dans un petit carnet qu'elle avait sur elle.

Bosch réfléchit. Il ne se rappelait pas avoir vu un carnet dans l'inventaire des objets personnels de la victime. Il posa sa mallette en équilibre sur le garde-fou, l'ouvrit et en sortit la planchette à pince sur laquelle il avait rassemblé toutes les paperasses rédigées sur le lieu du crime. Sur le dessus se trouvait un double de l'inventaire que lui avait remis Hoffman avant de s'en aller. Y figuraient toutes les affaires personnelles de la victime numéro 2, mais pas de carnet.

– Il faudra retourner interroger le mari. On n'a pas trouvé de carnet.

– Tu n'as qu'à envoyer Fuentes tout seul. Le mari ne parle pas un mot d'anglais.

– Entendu. Autre chose ?

– Non. On a passé en revue la liste habituelle. Avait-elle des ennemis, des problèmes ? Y avait-il des personnes qui la harcelaient, qui la suivaient et ainsi de suite ? Nada. Le mari dit que sa femme n'avait aucun souci.

– OK. Ton avis sur le bonhomme ?

– Il m'a paru sincère. On aurait dit qu'il avait reçu en pleine gueule un grand coup de la poêle à frire appelée manque de bol. Tu vois ?

– Je vois.

– Ça fait très mal. Et il avait l'air tout ce qu'il y a de plus surpris

– Noté.

Bosch regarda autour de lui pour s'assurer que personne ne les écoutait. Il s'adressa à Edgar à voix basse :

– On va se séparer pour s'occuper des perquisitions. Toi, tu vas t'occuper de l'appartement d'Elias dans l'immeuble La Place. Pendant ce temps, je…

– C'est donc là qu'il se rendait ?

– Apparemment. Je suis allé y faire un tour avec Chastain, juste pour jeter un coup d'œil vite fait. Toi, je veux que tu prennes ton temps. Et je veux que tu commences par la chambre. Dépêche-toi de récupérer le répertoire qui est dans une des tables de chevet, celle avec le téléphone posé dessus. Fous-le dans un sac plastique scellé pour que personne ne puisse y fourrer son nez en attendant qu'on ait tout rapatrié.

– Entendu. Mais pourquoi ?

– Je t'expliquerai plus tard. Pour l'instant, je te demande d'arriver le premier. Récupère aussi la cassette du répondeur qui est dans la cuisine. Il y a un message intéressant dessus.

– OK.

– Bien.

Bosch s'éloigna du garde-fou pour rejoindre Dellacroce.

– Des problèmes avec les mandats ?

– Non… à part qu'on a réveillé deux fois le juge.

– Lequel ?

– John Houghton.

– Il est compréhensif.

– Peut-être, mais il ne paraissait pas très heureux de faire deux fois la même chose.

– Qu'a-t-il dit au sujet du cabinet ?

– Il m'a fait ajouter une phrase concernant la protection du secret professionnel.

– C'est tout ? Faites voir.

Dellacroce sortit les mandats de perquisition de la poche intérieure de son veston et tendit à Bosch celui destiné au cabinet du Bradbury Building. Bosch survola les formules stéréotypées figurant en première page du document jusqu'à ce qu'il atteigne le passage dont parlait Dellacroce. Il ne trouva rien à redire. Le juge autorisait la perquisition du cabinet et des dossiers, en précisant simplement que toute information confidentielle trouvée dans les dossiers devait se rapporter à l'enquête sur le meurtre.

– Ce qu'il veut dire par là, c'est qu'on n'a pas le droit de fouiller dans les dossiers et de refiler ce qu'on a trouvé au bureau du procureur pour l'aider à préparer sa contre-attaque, expliqua Dellacroce. On ne touche à rien si ça ne concerne pas l'enquête.

– Ça me convient, dit Bosch.

Il rassembla tout le monde, remarqua que Fuentes fumait et s'efforça de ne pas penser à son désir d'allumer une cigarette, lui aussi.

– C'est bon, nous avons les mandats, annonça-t-il. Voici comment on va se répartir les tâches. Edgar, Fuentes et Baker, vous fouillez l'appartement. Sous la direction d'Edgar. Nous autres, on se charge du cabinet. Ceux qui vont à l'appartement doivent aussi se débrouiller pour interroger tous les gardiens de la résidence. De jour comme de nuit. On a besoin d'en savoir le maximum sur les habitudes et la vie personnelle de la victime. On pense qu'il y a peut-être une femme quelque part. Il faut qu'on sache qui c'est. Par ailleurs, sur le porte-clés il y a une clé de Porsche et une clé de Volvo. A mon avis,

Elias conduisait la Porsche ; elle est certainement garée dans le parking de l'immeuble. Je vous demande d'aller jeter un coup d'œil.

– Les mandats ne mentionnent pas la voiture, fit remarquer Dellacroce. Personne m'a parlé d'une bagnole quand on m'a envoyé chercher les mandats.

– OK. Contentez-vous de localiser la Porsche, regardez à l'intérieur et si vous apercevez un truc qui peut être intéressant, on demandera un mandat.

Bosch s'était tourné vers Edgar en disant cela. Celui-ci hocha la tête de manière presque imperceptible ; il avait compris le message : Bosch lui demandait de retrouver la voiture et de l'ouvrir, tout simplement, pour fouiller à l'intérieur. Si on découvrait des indices intéressants pour l'enquête, il suffirait de refermer la portière, d'obtenir un mandat et de faire comme si personne n'avait jamais pénétré dans la voiture. C'était une pratique courante.

Bosch consulta sa montre.

– Il est 5 h 30, dit-il. On doit avoir fini les perquisitions à 8 h 30 au plus tard. Prenez tout ce qui vous paraît digne d'intérêt ; on fera le tri plus tard. Le chef Irving nous a installé un poste de commandement dans la salle de réunion attenante à son bureau, à Parker Center. Mais avant qu'on aille s'y installer, je veux qu'on se retrouve tous ici à 8 h 30.

Il désigna le grand immeuble qui dominait l'Angels Flight.

– On ira frapper à toutes les portes. Pas question d'attendre, il faut interroger les gens avant qu'ils sortent de chez eux.

– Et la réunion avec le chef adjoint Irving ? demanda Fuentes.

– Elle est prévue à 10 heures. On devrait avoir le temps de tout faire. Sinon, ne vous inquiétez pas. J'irai à la réunion pendant que vous continuerez. L'enquête d'abord. Il sera d'accord sur ce point.

– Hé, Harry, dit Edgar. Si on a fini avant 8 h 30, on peut s'offrir un petit déj' ?

– Oui, bien sûr, mais surtout ne laissez rien passer. Ne bâclez pas les recherches pour pouvoir aller bouffer des pancakes.

Rider sourit, Bosch enchaîna :

– Je vous promets de vous apporter des doughnuts à 8 h 30, ici même. Essayez de tenir jusque-là. Allez, au boulot.

Bosch sortit le porte-clés retrouvé sur le corps de Howard Elias et en ôta les clés de l'appartement et de la Porsche pour les donner à Edgar. Il constata que plusieurs autres clés n'avaient pas encore été identifiées. Il y en avait au moins deux ou trois pour le cabinet, et deux ou trois autres pour la maison de Baldwin Hills. Il restait encore quatre clés et Bosch repensa à la voix enregistrée sur le répondeur. Elias avait peut-être les clés du domicile de sa maîtresse.

Il rangea le trousseau dans sa poche et ordonna à Rider et Dellacroce de prendre les voitures pour se rendre au Bradbury. Pendant ce temps, Chastain et lui allaient redescendre avec le funiculaire et faire le trajet à pied pour inspecter les trottoirs en refaisant en sens inverse le chemin effectué par Elias entre son cabinet et la gare de l'Angels Flight. Tandis que les inspecteurs se séparaient pour accomplir leurs tâches, Bosch se dirigea vers le guichet de la petite gare. Elridge Peete était assis sur sa chaise à côté de la caisse avec ses boules Quies dans les oreilles et avait les yeux fermés. Bosch frappa tout doucement au carreau pour ne pas lui faire peur, mais le machiniste sursauta malgré tout.

– Monsieur Peete, je vais vous demander de nous faire redescendre encore une fois et ensuite vous pourrez tout éteindre, verrouiller les wagons et rentrer retrouver votre femme.

– A vot' service.

Bosch pivota sur lui-même pour se diriger vers le wagon, mais s'arrêta soudain et se retourna vers Peete.

– Il y a beaucoup de sang à l'intérieur. Vous avez quelqu'un qui va venir nettoyer avant que le funiculaire redémarre demain matin ?

– Vous inquiétez pas pour ça, je vais le faire. Il y a une serpillière et un seau là, dans le placard. J'ai appelé mon chef. Avant que vous arriviez. Il m'a dit de nettoyer Olivet pour qu'elle soit prête à la première heure. Le samedi, on démarre à 8 heures.

– Très bien, monsieur Peete. Désolé de vous imposer ça.

– J'aime bien que mes wagons soient propres.

– Autre chose… Mes collègues ont laissé de la poudre pour relever les empreintes sur le tourniquet en bas. C'est une saloperie, ce truc, quand on en met sur les vêtements.

– J'irai nettoyer.

– Très bien. Merci pour votre coopération ce soir. Nous vous en sommes très reconnaissants.

– Ce soir ? Je vous signale qu'on est déjà le matin. le corrigea Peete avec un sourire malicieux.

– Oui, vous avez raison. Bonne journée, alors.

– Ouais, pas pour ces deux pauvres personnes qu'étaient dans le wagon.

Bosch s'éloigna, mais encore une fois il se retourna vers le machiniste.

– Une dernière chose. Cette histoire va faire du bruit dans les journaux. Et à la télé. Je n'ai pas de conseil à vous donner, mais vous feriez peut-être bien de décrocher votre téléphone, monsieur Peete. Et d'éviter d'ouvrir votre porte.

– Pigé.

– Bien.

– Je vais dormir toute la journée, de toute façon.

Bosch le salua d'un hochement de tête et monta dans le wagon. Chastain était déjà assis sur un des bancs près de la porte. Bosch passa devant lui et descendit les marches vers le fond, là où s'était écroulé Howard Elias. Il fit encore une fois attention à ne pas marcher dans la flaque de sang coagulé.

Dès qu'il fut assis, le funiculaire s'ébranla. Dans la lumière grise de l'aube, Bosch vit se dessiner les contours des grands immeubles de bureaux du centre de Los Angeles. Affalé sur le banc, il bâilla longuement sans prendre la peine de mettre sa main devant sa bouche. Il aurait aimé pouvoir se retourner et s'allonger. Le banc en bois était dur, mais cela ne l'aurait pas empêché de s'endormir rapidement, il le savait, et de rêver à Eleanor, à des moments heureux, à des endroits où on n'est pas obligé de contourner des flaques de sang.

Chassant cette pensée de son esprit, il fit remonter sa main vers la poche de sa veste, avant de se rappeler qu'il n'y trouverait pas de paquet de cigarettes.

# 10

Le Bradbury était le joyau poussiéreux du centre de Los Angeles. Construit il y avait plus d'un siècle, cet immeuble avait conservé sa beauté éclatante, bien plus durable que toutes les tours de verre et d'acier qui l'écrasaient maintenant, telle une armée de soldats bestiaux qui encerclent un jeune enfant. Ses lignes tarabiscotées et ses pans de dalles lustrées avaient résisté aux trahisons conjuguées de l'homme et de la nature. Il avait survécu aux tremblements de terre et aux émeutes, aux périodes d'abandon et de décrépitude, à l'indifférence d'une ville qui ne se souciait pas de sauvegarder le peu de culture et de racines qu'elle possédait. De l'avis de Bosch, il n'y avait pas de plus beau bâtiment dans tout Los Angeles, en dépit des raisons qui l'avaient conduit à fréquenter cet immeuble au fil des ans.

Outre les cabinets de Howard Elias et d'autres avocats, le Bradbury abritait en effet plusieurs services fédéraux et municipaux, à différents étages. Ainsi, au deuxième, trois grands bureaux étaient loués aux Affaires internes de la police de Los Angeles et servaient aux auditions du Board of Rights, le tribunal disciplinaire devant lequel comparaissaient les officiers de police accusés de faute professionnelle. Les AI avaient été obligées de louer cet espace supplémentaire en raison du nombre grandissant de plaintes visant des policiers dans les années 90, ces plaintes se traduisant par une avalanche de procédures disciplinaires et d'auditions. Celles-ci se déroulaient pratiquement tous les jours ; parfois, il y en avait même deux ou trois en même temps et il n'y avait plus assez de place à Parker Center pour traiter toutes ces affaires. Les AI avaient donc émigré vers le Bradbury voisin.

Pour Bosch, la présence des Affaires internes constituait la seule flétrissure infligée à la beauté de ce bâtiment. A deux reprises, il avait lui-même subi les auditions du Board of Rights au Bradbury. Il y avait livré son témoignage, écouté les témoins faire leurs dépositions et un enquêteur des AI (Chastain, une fois) établir les faits et leurs conclusions ; après quoi il avait fait les cent pas sous l'immense verrière de l'atrium, pendant que trois capitaines décidaient de son sort à huis clos. Il avait été blanchi dans les deux cas, cette issue heureuse l'ayant conduit à se prendre d'affection pour ce bâtiment, avec son sol dallé, ses filigranes en fer forgé et ses glissières suspendues pour acheminer le courrier. Un jour, il avait même pris le temps de se renseigner sur l'historique du Bradbury dans les locaux du Los Angeles Conservancy, et avait ainsi découvert un des plus grands mystères de cette ville : le Bradbury, avec sa splendeur qui défiait le temps, avait été conçu par un dessinateur payé 5 dollars la semaine. George Wyman ne possédait aucun diplôme d'architecture, n'avait aucune autre réalisation à son actif quand il avait tracé les plans de ce bâtiment, en 1892, et pourtant son travail avait donné naissance à une structure qui durerait plus d'un siècle et provoquerait l'émerveillement de plusieurs générations d'architectes. Pour ajouter encore à ce mystère, Wyman n'avait plus jamais dessiné d'autre bâtiment important, ni à Los Angeles ni ailleurs.

C'était le genre de mystère que Bosch aimait. L'idée qu'un homme puisse laisser son empreinte grâce à un unique coup de maître le séduisait. A un siècle de distance, il s'identifiait à George Wyman. Il croyait à la réalisation unique. Il ignorait s'il avait déjà accompli la sienne, c'était le genre de choses qu'on découvrait et qu'on comprenait seulement quand on faisait le bilan de sa vie, à un âge avancé. Mais il avait le sentiment que son œuvre unique l'attendait quelque part. Il lui restait seulement à l'accomplir.

A cause des sens interdits et des feux rouges qui ralentirent Dellacroce et Rider, Bosch et Chastain arrivèrent avant eux au Bradbury, bien qu'ils fussent à pied. Alors qu'ils s'approchaient des grandes portes vitrées de l'entrée, Janis Langwiser descendit d'une petite voiture de sport rouge garée en toute illégalité juste devant, le long du trottoir. Elle portait un sac en cuir sur l'épaule et tenait à la main un gobelet en polystyrène d'où dépassait l'étiquette d'un sachet de thé.

– Je croyais qu'on avait dit dans une heure ! lança-t-elle sur le ton de la plaisanterie.

Bosch regarda sa montre. Il s'était écoulé une heure et dix minutes depuis leur conversation téléphonique.

– Vous êtes juriste, faites-moi un procès, répondit-il avec un sourire.

Après avoir présenté Chastain à Langwiser, il lui fit un compte rendu plus détaillé de l'enquête. Le temps qu'il termine ses explications, Rider et Dellacroce s'étaient garés juste devant la voiture de Langwiser. Bosch essaya d'ouvrir les portes du Bradbury ; elles étaient fermées. Il sortit le trousseau d'Elias et, au deuxième essai, il trouva la bonne clé. Ils pénétrèrent dans l'atrium et tous levèrent inconsciemment la tête, impressionnés par la beauté des lieux. Au-dessus d'eux, l'immense verrière était inondée par les lueurs pourpres et grises de l'aube naissante. Des haut-parleurs dissimulés diffusaient de la musique classique ; une mélodie obsédante et triste que Bosch ne parvenait pas à identifier.

– L'adagio de Barber, dit Langwiser

113

– Hein ? fit Bosch, les yeux levés vers le plafond.

– La musique.

– Oh !

Un hélicoptère de la police passa au-dessus de la verrière ; il rentrait au bercail, c'était l'heure du changement d'équipe. Cette vision réaliste brisa le charme et Bosch baissa la tête. Un agent de sécurité en uniforme se dirigeait vers eux. C'était un jeune Noir aux cheveux ras. avec des yeux d'un vert stupéfiant.

– Vous cherchez quelque chose ? L'immeuble est fermé à cette heure-ci.

– Police, dit Bosch en sortant son insigne. On a un mandat de perquisition pour le bureau 505.

Il adressa un signe de tête à Dellacroce, qui sortit le mandat de sa poche.

– C'est le cabinet de M. Elias, dit le gardien.

– Oui, on sait.

– Qu'est-ce qui se passe ? Pourquoi vous venez perquisitionner dans ses locaux ?

– On ne peut pas vous le dire pour l'instant, répondit Bosch. Mais on aimerait vous poser deux ou trois questions. A quelle heure prenez-vous votre service ? Étiez-vous présent quand M. Elias est parti hier soir ?

– Oui, j'étais là. Je fais la tranche de 6 heures du soir à 6 heures du matin. Je les ai vus partir sur les coups de 11 heures.

– Ils étaient plusieurs ?

– Oui, M. Elias et deux autres types. J'ai verrouillé les portes juste après leur départ. Il n'y avait plus personne, à part moi.

– Savez-vous qui étaient ces deux autres hommes ?

– L'un des deux était l'assistant de M. Elias, ou je sais pas comment on dit.

– Son secrétaire ? Son clerc ?

– Oui, clerc, c'est ça. Une sorte de jeune étudiant qui l'aide pour les dossiers.

– Vous connaissez son nom ?

– Non, je ne le lui ai jamais demandé.

– OK. Et l'autre homme ? Qui était-ce ?

– Celui-là, je le connais pas.

– Vous l'aviez déjà vu ici ?

– Oui, ça faisait deux ou trois soirs de suite qu'ils partaient ensemble. Et avant ça, je crois bien l'avoir vu entrer et sortir tout seul.

– Il possède un bureau ici ?

– Pas que je sache.

– Était-ce un client d'Elias ?

– Comment vous voulez que je le sache ?

– C'est un Noir ? Un Blanc ?

– Un Noir.

– A quoi ressemble-t-il ?

– Bah… J'ai pas bien fait attention.

– Vous dites que vous l'aviez déjà vu ici. De quoi a-t-il l'air ?

– D'un type normal, quoi.

Bosch commençait à perdre patience, sans trop savoir pourquoi. Apparemment, le gardien du Bradbury faisait de son mieux et les inspecteurs de police avaient l'habitude de tomber sur des témoins incapables de décrire des gens qu'ils avaient eu tout le temps d'observer. Il reprit le mandat que tenait toujours le gardien et le rendit à Dellacroce. Langwiser demanda à le voir et commença à le lire, pendant que Bosch continuait à interroger le gardien :

– Comment vous vous appelez ?

– Robert Courtland. Je suis sur la liste d'attente pour entrer à l'école de police.

Bosch répondit par un hochement de tête. Dans cette ville, la plupart des agents de surveillance attendaient un poste quelconque dans la police. Le fait que Courtland, un Noir, n'ait pas encore été admis à l'académie laissait supposer qu'il y avait un problème quelque part. La direction de la police se démenait pour attirer dans ses rangs des membres des minorités. Si Courtland figurait sur une liste d'attente, c'était donc qu'il y avait un hic. Peut-être avait-il avoué avoir fumé de la marijuana ou bien alors il ne possédait pas le minimum d'éducation requis – peut-être même avait-il un casier judiciaire.

– Fermez les yeux, Robert.

– Quoi ?

– Fermez les yeux et détendez-vous. Pensez à l'homme que vous avez vu. Dites-moi à quoi il ressemblait.

Courtland s'exécuta et, après quelques secondes de concentration, offrit aux inspecteurs un signalement un peu amélioré, mais toujours succinct :

– Il avait à peu près la même taille que M. Elias. Mais il avait le crâne rasé. Tout lisse. Et il avait une touffe sur le menton.

– Une quoi ?

– Vous savez, une petite barbichette sous la lèvre.

Il ouvrit les yeux.

– Voilà, c'est tout.

– C'est tout ? répéta Bosch d'un ton amical, compréhensif. Allons, Robert, comment voulez-vous entrer dans la police ? Il nous en faut plus que ça. Quel âge avait cet homme ?

– Je sais pas, moi. Trente ou quarante ans.

– C'est déjà un point de départ. Un petit écart de dix ans. Était-il mince ? Gros ?

– Mince, mais musclé. On voyait qu'il était costaud.

– Je crois qu'il est en train de décrire Michael Harris, dit Rider.

Bosch se tourna vers elle. Harris était le plaignant dans l'affaire Black Warrior.

– Ça colle, ajouta Rider. Le procès débute lundi. Ils travaillaient tard pour finir de se préparer.

Bosch hocha la tête ; il s'apprêtait à renvoyer Courtland quand Langwiser prit soudain la parole, alors

116

qu'elle finissait de lire la dernière page du mandat de perquisition :

– Je crois qu'on a un problème avec ce mandat.

Tous les regards se tournèrent vers elle.

– Très bien, Robert, dit Bosch en revenant sur Courtland. Nous n'avons plus besoin de vous. Merci pour votre aide.

– Vous êtes sûr ? Vous voulez pas que je vous accompagne là-haut pour vous ouvrir la porte ?

– Non. On a la clé. On va se débrouiller.

– Bon, OK. Si jamais vous avez besoin de quoi que ce soit, je suis dans le petit bureau derrière l'escalier.

– Merci.

Courtland s'éloigna dans la direction d'où il était venu, mais s'arrêta tout à coup et se retourna.

– Au fait, je vous conseille de pas monter tous les cinq dans l'ascenseur en même temps. J'ai peur qu'il ne soit trop vieux pour un tel poids.

– Merci du conseil, Robert, dit Bosch.

Il attendit que le gardien ait disparu pour de bon derrière l'escalier pour se retourner vers Langwiser.

– Mademoiselle Langwiser, dit-il, je suppose que vous n'êtes pas habituée à venir sur le terrain. Alors, je vais vous donner un tuyau : ne dites jamais qu'il y a un problème avec un mandat devant quelqu'un qui n'est pas flic.

– Oh, merde. Je suis désolée. Je ne. .

– Qu'est-ce qui cloche dans ce mandat ? demanda Dellacroce d'un ton indiquant qu'il n'appréciait pas qu'on critique son travail. Le juge n'a rien trouvé à y redire. Il a dit que tout était conforme.

Langwiser regarda le mandat de trois pages qu'elle tenait dans la main et l'agita, en en faisant trembler les feuilles comme les ailes d'un pigeon qui tombe.

– Je pense simplement que dans une affaire comme celle-ci, on a intérêt à savoir où on fout les pieds avant d'entrer dans le cabinet et de commencer à ouvrir les dossiers.

– On est bien obligés d'ouvrir les dossiers, dit Bosch. C'est là qu'on trouvera la plupart des suspects.

– Oui, j'ai bien compris. Mais ce sont des dossiers confidentiels concernant des procès visant la police. Ils contiennent des informations protégées par le secret professionnel qui lie l'avocat à son client. Vous voyez le problème ? On pourrait faire valoir qu'en ouvrant un seul de ces dossiers vous avez violé les droits des clients d'Elias.

– On veut juste découvrir qui l'a tué. On se contrefout des affaires en cours. Je prie le ciel que le nom du meurtrier ne soit pas dans ces dossiers et qu'il ne s'agisse pas d'un flic. Mais supposons que ce soit malheureusement le cas et qu'Elias ait conservé dans ces dossiers des lettres de menaces ? Et si, en menant ses propres enquêtes, il avait découvert des trucs compromettants qui pouvaient inciter quelqu'un à le tuer ? Vous voyez bien qu'il est impératif d'éplucher ces dossiers.

– Oui, tout cela est parfaitement compréhensible. Mais si, par la suite, un juge déclare que cette perquisition était illégale, vous ne pourrez utiliser aucun de ces éléments. Êtes-vous prêt à courir ce risque ?

Elle tourna la tête vers la porte.

– Il faut que je trouve un téléphone pour régler ce problème, dit-elle. Dans l'immédiat, je ne peux pas vous laisser pénétrer dans ce cabinet. J'aurais mauvaise conscience.

Bosch laissa échapper un soupir d'exaspération. Intérieurement, il s'engueula pour avoir appelé trop rapidement le bureau du procureur. Il aurait dû faire ce qu'il avait à faire, tout simplement, et s'occuper des conséquences ensuite.

– Tenez, dit-il.

Il ouvrit sa mallette et tendit à Langwiser son téléphone portable. Il resta près d'elle pendant qu'elle appelait le bureau du procureur et demandait à parler à un certain David Scheiman, responsable de la section des délits majeurs. Ayant été mise en communication avec ce monsieur, elle entreprit de lui résumer la situation et Bosch continua d'écouter ce qu'elle disait pour s'assurer qu'elle ne négligeait aucun détail.

– On perd notre temps à attendre comme ça, Harry, lui murmura Rider. Tu veux que j'embarque Harris pour qu'il nous parle un peu d'hier soir ?

Bosch faillit donner son accord, mais hésita en songeant à toutes les retombées possibles.

Michael Harris attaquait en justice quinze policiers de la brigade des vols et homicides dans le cadre d'un procès fortement médiatisé qui devait débuter le lundi suivant. Harris, employé d'une laverie automatique de voitures, condamné plusieurs fois pour cambriolage et agression, réclamait 10 millions de dollars de dommages et intérêts en affirmant que des policiers du RHD avaient utilisé de fausses preuves contre lui pour l'accuser du kidnapping et du meurtre d'une fillette de douze ans venant d'une famille très connue et très riche. Harris affirmait que les inspecteurs l'avaient arrêté, emprisonné et torturé pendant plus de trois jours dans l'espoir de lui arracher des aveux et d'apprendre où se trouvait la jeune fille disparue. D'après sa plainte, les policiers, frustrés par le refus de Harris de reconnaître sa culpabilité et de les conduire jusqu'à la fillette, lui avaient enfilé un sac plastique sur la tête et avaient menacé de l'étouffer. Harris affirmait par ailleurs qu'un des inspecteurs lui avait enfoncé un objet pointu – un crayon Black Warrior numéro 2 – dans l'oreille et lui avait crevé le tympan. Mais Harris n'avait jamais avoué et, le quatrième jour de l'interrogatoire, le corps en décomposition de la fillette avait été découvert dans un terrain vague à une centaine de mètres du domicile de Harris. Elle avait été violée et étranglée.

Ce meurtre s'était alors ajouté à la longue liste des crimes qui captivaient l'attention de l'opinion publique à Los Angeles. La victime était une jolie fillette blonde aux yeux bleus, nommée Stacey Kincaid. Elle avait été kidnappée dans son lit pendant son sommeil dans la grande maison familiale, apparemment protégée, de Brentwood. C'était le genre de crime qui propageait un message effrayant dans toute la ville : nul n'est à l'abri.

Si horrible fût-il, le meurtre de la fillette avait été exagérément amplifié par les médias. Du fait de l'identité et de l'origine de la victime. Il s'agissait en effet de la belle-fille de Sam Kincaid, descendant d'une famille qui possédait plus de magasins de voitures à Los Angeles et dans sa région qu'on ne pouvait en compter sur les doigts des deux mains. Sam était le fils de Jackson Kincaid, le premier « roi de l'auto », qui avait bâti l'empire familial à partir d'une simple concession Ford que son père lui avait léguée après la Seconde Guerre mondiale. Tout comme Howard Elias après lui, Jack Kincaid avait très vite compris les avantages de la publicité sur les chaînes de télévision locales et, au cours des années 60, avait fini par faire partie du décor des programmes de nuit. Devant la caméra, il affichait un charme campagnard, respirait l'honnêteté et l'amitié. Il apparaissait aussi digne de confiance et sincère que Johnny Carson, et s'introduisait aussi fréquemment que lui dans les salons et les chambres à coucher des habitants de Los Angeles. Si cette ville était une « autotopie », comme l'affirmaient certains, Jack Kincaid pouvait être considéré comme son maire officieux.

Dans la réalité, le « roi de l'auto » était un homme d'affaires calculateur qui savait jouer sur tous les tableaux et n'hésitait pas à mettre ses concurrents sur la paille, ou du moins à les écarter. Son royaume s'était étendu rapidement, ses parkings remplis de voitures se répandant à travers toute la Californie. Dans les années 80, le règne de Jack Kincaid s'achevant, le titre de « roi de l'auto » avait été transmis à son fils. Mais le vieil homme demeurait puissant, même s'il restait dans l'ombre. Son pouvoir était apparu de manière flagrante lors de la disparition de la jeune Stacey Kincaid, le jour où il avait fait son retour sur les écrans de télé, au cours des journaux télévisés cette fois, pour offrir une prime de 1 million de dollars en échange du retour de la fillette saine et sauve. Cette intervention avait donné lieu à un nouvel épisode surréaliste dans l'histoire du crime de Los Angeles. Le vieil homme avec qui tout le monde avait grandi en regardant la télé était de retour sur le petit écran pour supplier, en larmes, qu'on lui rende sa petite-fille.

En vain. La récompense et les larmes du vieil homme étaient devenues caduques lorsque des passants découvrirent le corps de la fillette dans un terrain vague, non loin du domicile de Michael Harris.

Le procès s'était ouvert avec pour seuls éléments à charge les empreintes de Harris relevées dans la chambre où la fillette avait été kidnappée et la proximité de l'endroit où on avait retrouvé le corps par rapport à son domicile. Toute la ville s'était passionnée pour le procès, qui avait été retransmis quotidiennement sur la chaîne Court TV et dans les journaux télévisés locaux. Le défenseur de Harris, John Penny, un avocat aussi habile qu'Elias quand il s'agissait de manipuler des jurés, fonda tout son système de défense sur le fait que la découverte du corps à cet endroit était une simple coïncidence ; quant aux empreintes digitales relevées sur un des livres de classe de l'enfant, il s'agissait d'un coup monté de la police.

Tout le pouvoir et l'argent amassés par les Kincaid pendant plusieurs générations n'avaient pas fait le poids face au sentiment anti-policiers de l'opinion publique et aux implications raciales de cette affaire. Harris était noir ; les Kincaid, les policiers et les procureurs étaient tous blancs. Le procès fut irrémédiablement perverti le jour où Penny soutira à Jack Kincaid, durant son témoignage, une remarque que beaucoup considérèrent comme raciste. Penny lui demanda pourquoi aucune de ses très nombreuses concessions de voitures n'était située dans le quartier de South Central. Sans la moindre hésitation, et avant que le procureur puisse s'élever contre cette question jugée déplacée, Kincaid déclara qu'il n'installerait jamais une concession dans un endroit où les habitants avaient une fâcheuse tendance à déclencher des émeutes. Il avait pris cette décision après les événements de Watts, en 1965, et les émeutes de 1992 l'avaient conforté dans son choix.

La question et la réponse n'avaient aucun rapport avec le meurtre d'une enfant de douze ans ; malgré tout, c'était devenu le point central de tout le procès. Dans des interviews réalisées ultérieurement, des jurés expliquèrent que la réponse de Kincaid était emblématique du profond gouffre racial qui existait dans cette ville. En une seule phrase, la compassion du public était passée de la famille Kincaid à Harris. Dès lors, l'accusation n'avait plus aucune chance.

Le jury avait acquitté Harris après seulement quatre heures de délibération. Penny avait ensuite transmis le dossier à son collègue Howard Elias, pour les démarches pénales, et Harris prit aussitôt place à côté de Rodney King au panthéon des victimes des droits civiques et des héros du South End. Si la plupart méritaient ces honneurs, certains d'entre eux n'étaient que des pantins fabriqués par des avocats et les médias. Qu'il appartienne à telle ou telle autre catégorie, Harris exigeait maintenant de passer à la caisse, en débutant les enchères à 10 millions de dollars.

Quels que soient le verdict et toute la rhétorique qui s'y rattachait, Bosch ne croyait ni à la prétendue inno-

cence de Harris ni aux accusations de brutalités policiè-
res. Un des inspecteurs nommément accusés par Harris
n'était autre que l'ancien équipier de Bosch, Frankie
Sheehan, et Bosch savait que Sheehan se comportait toujours de manière professionnelle face à des témoins ou
des suspects. Pour Bosch, Harris n'était qu'un menteur
et un meurtrier qui avait réussi à échapper à la justice.
Il n'aurait eu aucun scrupule à l'arrêter et à le conduire
au poste pour l'interroger sur le meurtre de Howard Elias.
Mais il savait aussi qu'en l'appréhendant maintenant, il
courait le risque de renforcer l'impression d'acharnement policier aux yeux d'une grande partie de l'opinion
publique et des médias. La décision qu'il devait prendre
relevait autant de la politique que du travail de policier.

– Laisse-moi réfléchir une seconde, dit-il.

Il fit quelques pas dans l'atrium pour s'isoler. Cette
affaire était encore plus périlleuse qu'il ne l'avait cru.
Le moindre faux pas pouvait avoir des conséquences
désastreuses, pour l'enquête, pour la police, pour leurs
carrières. Il se demanda si Irving en avait conscience
quand il avait choisi son équipe pour s'occuper de cette
affaire. Peut-être ses compliments n'étaient-ils qu'une
façade destinée à masquer sa véritable motivation : les
envoyer au casse-pipe. Mais en se disant cela, Bosch
avait aussi conscience de céder à la paranoïa. Il était peu
probable que le chef adjoint ait mis au point un tel plan
en si peu de temps. Et qu'il se préoccupe vraiment
du sort de l'équipe de Bosch alors que l'enjeu était si
important.

Levant les yeux vers la verrière, Bosch constata que
le ciel était beaucoup plus clair. La journée promettait
d'être ensoleillée et chaude.

- Harry ?

Il se retourna, c'était Rider.

– Elle a fini.

Il rejoignit le groupe et Langwiser lui rendit son téléphone.

– Ça ne va pas vous plaire, dit-elle. Dave Scheiman veut qu'un auxiliaire de justice épluche tous les dossiers avant vous.

– Un auxiliaire de justice ? répéta Dellacroce. C'est quoi, ce machin ?

– C'est un juriste, expliqua Langwiser. Un avocat indépendant nommé par un juge. Il sera chargé de protéger les droits des clients du cabinet, tout en vous donnant les renseignements dont vous avez besoin. Du moins, espérons-le.

– Et merde ! cracha Bosch, incapable de retenir plus longtemps sa frustration. Et si on laissait tomber carrément cette putain d'enquête, hein ? Si le bureau du procureur n'en a rien à foutre, je ne vois pas pourquoi on se ferait chier !...

– Allons, inspecteur Bosch, vous savez bien que ce n'est pas le cas. Personne ne s'en fout. Nous voulons juste nous protéger. Le mandat que vous avez vous permet déjà de fouiller le cabinet. Scheiman a dit que vous pouviez même consulter les dossiers des affaires déjà jugées, et je suis sûre que vous aurez besoin de le faire. Mais pour les dossiers des affaires en cours, il faudra que le magistrat indépendant les examine d'abord. Dites-vous bien que ce n'est pas votre ennemi. Il vous livrera toutes les informations que vous avez le droit de posséder.

– Et on peut savoir quand ? La semaine prochaine ? Dans un mois ?

– Non. Scheiman a promis de s'en occuper ce matin. Il va appeler le juge Houghton, le mettre au courant de la situation et voir s'il a quelqu'un à lui recommander. Avec un peu de chance, cet auxiliaire sera nommé aujourd'hui même et vous aurez accès aux dossiers dès cet après-midi. Demain au plus tard.

124

– Demain au plus tard, ce sera trop tard. Il faut qu'on avance.

– Mais oui, dit Chastain, vous ne saviez pas qu'une enquête, c'est comme un requin ? Si elle ne…

– Ça va, Chastain, dit Bosch.

– Écoutez, dit Langwiser, je ferai en sorte que Dave comprenne bien l'urgence de la situation. Entre-temps, je vous demande d'être patients. Cela dit, vous avez l'intention de perdre votre temps à papoter ou bien vous voulez monter pour commencer à fouiller le cabinet ?

Bosch l'observa un long moment, agacé par ce ton de réprimande. Cet instant de tension fut interrompu par la sonnerie du téléphone qu'il tenait toujours dans la main. C'était Edgar ; il parlait à voix basse. Bosch plaqua sa main libre sur son oreille pour entendre ce qu'il disait.

– Répète, j'ai pas entendu.

– Je suis dans la chambre d'Elias. Il n'y a pas de répertoire dans la table de chevet. J'ai regardé dans les deux. Il n'est pas là.

– Quoi ?!

– Le répertoire… il n'y est pas.

Bosch regarda Chastain, qui le regardait lui aussi. Il pivota sur lui-même et s'éloigna de quelques pas, loin des oreilles indiscrètes. Comme Edgar, il se mit à parler à voix basse :

– Tu es sûr ?

– Évidemment que je suis sûr ! Je l'aurais trouvé !

– C'est toi qui es entré le premier dans la chambre ?

– Oui. Il n'y est pas, je te dis.

– Tu es bien dans la chambre à droite quand tu avances dans le couloir ?

– Oui, Harry. Je suis au bon endroit. Il n'y a pas de répertoire.

– Merde.

– Qu'est-ce que je dois faire ?

– Rien. Continue à chercher.

Bosch ferma son téléphone, le rangea dans sa poche et rejoignit les autres. Il essaya de garder une apparence détendue, comme si cet appel ne concernait qu'un petit tracas.

– Bon, allons voir ce qu'on peut faire là-haut, dit-il.

Le petit groupe se dirigea vers l'ascenseur, une cabine ouverte en fer forgé avec des fioritures et des armatures en cuivre.

– Montez donc en premier avec ces dames, dit Bosch à Dellacroce. Chastain et moi, on montera après. Histoire de répartir le poids de manière égale.

Il sortit de sa poche le porte-clés d'Elias et le tendit à Rider.

– La clé du cabinet est sûrement parmi celles-ci. Laissons tomber Harris pour le moment. Voyons d'abord ce qu'on peut dénicher dans le cabinet.

– Entendu, Harry.

Ils montèrent dans l'ascenseur, Dellacroce refermant la porte en accordéon derrière eux. La cabine s'éleva dans un soubresaut. Quand elle atteignit le premier étage et que les occupants disparurent, Bosch se tourna vers Chastain. La colère et la frustration provoquées par tous ces contretemps le submergeaient. Il lâcha sa mallette, saisit Chastain au collet, le plaqua brutalement contre la cage d'ascenseur et lui parla d'une voix blanche et débordant de rage :

– Je ne répéterai pas ma question, enfoiré. Où est ce putain de répertoire ?

Le visage de Chastain s'empourpra et ses yeux s'écarquillèrent sous l'effet de la stupeur.

– Hein ? De quoi vous parlez, bordel ?

Il agrippa les mains de Bosch pour tenter de se libérer, mais celui-ci accentua sa pression en s'appuyant sur lui de tout son poids.

– Le répertoire qui était dans l'appart'. Je sais que c'est vous qui l'avez pris. Rendez-le-moi. Tout de suite !

Chastain réussit enfin à se dégager. Sa veste, sa chemise et sa cravate étaient de travers et froissées. Il recula d'un pas comme s'il avait peur de Bosch et se rajusta. Il pointa sur lui un doigt accusateur.

– Ne me touchez plus, espèce de malade ! Je n'ai pas votre foutu répertoire. C'est vous qui l'aviez ! Je vous ai vu le remettre dans le tiroir de la table de chevet.

Bosch avança d'un pas.

– Vous l'avez volé. Pendant que j'étais sur le bal...

– N'approchez pas, je vous ai dit ! Je ne l'ai pas pris. S'il a disparu, c'est que quelqu'un est venu le chercher après notre départ.

Bosch s'arrêta. C'était une explication logique, pourtant elle ne l'avait même pas effleuré. Il avait tout de suite accusé Chastain. Il regarda le sol dallé, honteux d'avoir laissé son animosité obscurcir son jugement. Il entendit la porte de l'ascenseur s'ouvrir au quatrième étage. Il releva la tête, fixa un regard exsangue sur Chastain et pointa son doigt vers lui d'un air menaçant.

– Si jamais je découvre que c'est vous, Chastain, je vous jure que je vous mets en pièces.

– Allez vous faire foutre ! Je n'ai pas volé ce répertoire. Par contre, je vais me faire une joie de me payer votre insigne.

Bosch lui adressa un sourire dépourvu de toute chaleur humaine.

– Allez-y. Rédigez votre petit rapport, Chastain. Et bonne chance !

## 11

Les autres étaient déjà entrés dans le cabinet de Howard Elias lorsque Bosch et Chastain arrivèrent à leur tour au quatrième étage. Le cabinet se composait de trois pièces principales : une zone d'accueil avec le bureau de la secrétaire, une pièce intermédiaire où se trouvaient le bureau du clerc et des rangées de meubles de classement couvrant deux murs entiers, et enfin la pièce la plus grande : le bureau d'Elias.

Tandis que Bosch et Chastain examinaient les lieux, les autres restèrent muets, sans oser les regarder. De toute évidence, ils avaient entendu les éclats de voix au rez-de-chaussée pendant qu'ils étaient dans l'ascenseur. Bosch s'en fichait. Il avait déjà chassé de son esprit sa confrontation avec Chastain pour se concentrer sur la perquisition. Il espérait trouver dans ce cabinet un élément qui donnerait une direction à cette enquête, qui lui indiquerait le chemin à suivre. Il traversa les trois pièces en faisant quelques remarques d'ordre général. En pénétrant dans la dernière, il découvrit par la fenêtre, derrière le grand bureau en bois verni d'Elias, le visage gigantesque d'Anthony Quinn. Ce portrait faisait partie d'une énorme fresque représentant l'acteur les bras en croix, sur le mur de brique d'un immeuble situé juste en face du Bradbury, de l'autre côté de la rue.

Rider le rejoignit dans le bureau. Elle aussi regarda par la fenêtre.

– Chaque fois que je viens ici et que je vois ça, dit-elle, je me demande qui c'est.

– Tu ne connais pas ce type ?

– C'est Cesar Chavez ?

– Mais non ! C'est Anthony Quinn. Tu sais bien.. l'acteur !

Aucune réaction de la part de Rider.

– Ce n'est pas de ton époque, je suppose. Ce mur peint s'appelle *Le Pape de Broadway*, comme s'il veillait sur tous les sans-abri du coin.

– Oh, je comprends. (Elle ne semblait nullement impressionnée.) Alors, comment on procède ?

Bosch continua de regarder le mur peint. Il lui plaisait, même s'il avait beaucoup de mal à imaginer Anthony Quinn en figure christique. Mais cette peinture semblait capter quelque chose de la personnalité de cet homme, une sorte de force masculine et émotionnelle brute. Il s'approcha de la fenêtre et regarda en bas dans la rue. Il distingua les silhouettes de deux sans-abri qui dormaient sous des couvertures en papier journal, dans le parking au pied du mur. Anthony Quinn étendait ses bras au-dessus d'eux. Bosch hocha la tête. Ce mur faisait partie des petites choses qui lui faisaient vraiment aimer le centre de Los Angeles. Comme le Bradbury et l'Angels Flight. On trouvait partout des petites parcelles de grâce quand on savait regarder.

Il se retourna. Chastain et Langwiser venaient d'entrer dans le bureau, derrière Rider.

– Je m'occupe de cette pièce. Kiz et Janis, vous prenez la pièce avec les classeurs.

– Et puis quoi encore ! s'exclama Chastain. Del et moi, on écope du bureau de la secrétaire ?

– Exact. Pendant que vous fouillez dans les tiroirs, essayez de découvrir son nom et celui du clerc ou de l'assistant. Il faudra les interroger dès aujourd'hui.

Chastain répondit par un petit hochement de tête, mais

129

Bosch vit bien qu'il était mécontent de la distribution des rôles.

– Vous savez quoi ? ajouta Bosch. Si vous commenciez par essayer de trouver des cartons. Il va falloir emporter un tas de dossiers.

Chastain quitta la pièce sans un mot. Bosch se tourna vers Rider ; elle lui jeta un regard qui semblait l'accuser de se comporter comme un con.

– Quoi ? dit-il.

– Rien. Je serai à côté.

Sur ce, elle sortit à son tour, laissant Bosch seul avec Langwiser.

– Tout va bien, inspecteur ?

– Très bien. Je vais me mettre au travail. Je vais faire tout ce que je peux en attendant l'arrivée de votre fameux auxiliaire de justice.

– Je suis désolée. Mais vous m'avez appelée pour me demander conseil, et voilà ce que je vous conseille. Je continue à penser que c'est la meilleure façon de procéder.

– On verra bien.

Durant presque une heure, Bosch fouilla méthodiquement le bureau d'Elias en examinant toutes les affaires de l'avocat, son agenda et ses paperasses. Il passa la majeure partie de son temps à parcourir une série de carnets dans lesquels Elias avait noté des choses à ne pas oublier ou des remarques liées à des coups de téléphone, accompagnées de petits gribouillages au crayon. Chaque carnet portait une date sur la couverture. Apparemment, Elias avait l'habitude de remplir les pages d'un carnet chaque semaine avec des tonnes de notes et de dessins. Rien de tout cela ne paraissait susceptible de faire progresser l'enquête, mais les circonstances du meurtre d'Elias demeuraient inconnues et ce qui semblait sans intérêt pour le moment pouvait se révéler d'une importance capitale par la suite.

Alors qu'il s'apprêtait à feuilleter le carnet le plus récent, il fut interrompu par un autre appel d'Edgar :

– Harry, tu m'as bien dit qu'il y avait un message sur le répondeur ?

– Exact.

– Eh bien, il n'y est plus.

Bosch se renversa dans le fauteuil d'Elias en fermant les yeux.

– Nom de Dieu !

– On dirait qu'il a été effacé. J'ai trifouillé l'appareil, c'est pas une cassette à l'intérieur. Les messages sont stockés sur une puce. Tout a été effacé.

– OK, dit Bosch d'un ton rageur. Continue à fouiller. Quand tu auras terminé, interroge le gardien de l'immeuble pour savoir qui est entré et sorti. Regarde s'il y a des caméras vidéo dans le hall ou le parking. Quelqu'un s'est introduit dans l'appartement après moi.

– Et Chastain ? Il était avec toi, non ?

– Chastain ne m'inquiète pas.

Bosch fit claquer le couvercle de son téléphone, se leva et marcha jusqu'à la fenêtre. Il détestait l'impression qu'il sentait monter en lui : ce n'était pas lui qui menait l'enquête, c'était l'enquête qui le menait par le bout du nez.

Il expira longuement et retourna s'asseoir derrière le bureau pour se plonger dans le dernier carnet de Howard Elias. En le feuilletant, il tomba plusieurs fois sur des notes concernant un certain Parker. Il ne s'agissait certainement pas de son vrai nom, mais plutôt d'un code désignant quelqu'un à l'intérieur de Parker Center. Les notes étaient essentiellement des listes de questions qu'Elias souhaitait poser à ce Parker, ainsi que des idées relatives à des conversations avec cette personne. Rédigées sous forme abrégée ou dans une sorte de sténo inventée par l'avocat, elles étaient difficiles à déchiffrer, mais par endroits parfaitement évidentes. Une de ces

131

notes indiquait clairement qu'Elias possédait un informateur très bien placé à l'intérieur de Parker Center :

PARKER :
OBTENIR TOUS LES 51 – CLASSÉS SANS SUITE
.. SHEEHAN
2. COBLENZ
3. ROOKER
4. STANWICK

Bosch reconnut les noms : c'étaient ceux de quatre inspecteurs du RHD figurant parmi les accusés dans l'affaire Black Warrior. Elias voulait obtenir les « rapports 51 », à savoir les dossiers des plaintes déposées par des citoyens concernant ces quatre inspecteurs. Plus précisément, il voulait les dossiers classés sans suite, c'est-à-dire qu'il s'intéressait aux plaintes sur lesquelles avaient enquêté les hommes des Affaires internes sans que cela débouche sur des poursuites. Ces plaintes jugées non fondées étant retirées des dossiers personnels des policiers et considérées comme des documents internes, un avocat comme Elias ne pouvait les obtenir. Cette note indiquait donc deux choses : Elias savait que ces quatre inspecteurs avaient été l'objet de plaintes antérieures classées sans suite et il possédait, au sein même de Parker Center, un informateur ayant accès à ces vieux dossiers. La première conclusion n'avait rien de sensationnel, tous les flics étant victimes de plaintes non fondées. Ça faisait partie du métier. Mais rares étaient les personnes qui avaient accès à ces dossiers. Si Elias possédait un tel informateur, celui-ci était bien placé.

Une des dernières allusions à Parker dans le carnet semblait concerner une conversation entre les deux hommes. Apparemment, l'avocat était en train de perdre son informateur ·

PARKER REFUSE
DANGER/RÉVÉLATION
PRÉCIPITER LES CHOSES ?

Que refusait de faire Parker ? se demanda Bosch. De remettre à Elias les dossiers qu'il demandait ? Parker craignait-il d'être démasqué comme informateur s'il les remettait à Elias ? Bosch n'avait pas assez d'éléments en main pour tirer des conclusions. Il n'en savait pas suffisamment pour comprendre ce que voulait dire « précipiter les choses ». En vérité, il ne savait même pas si ces notes avaient un lien quelconque avec le meurtre d'Elias. Mais elles l'intriguaient. Un des plus virulents et dangereux pourfendeurs de la police manipulait une taupe à l'intérieur de Parker Center. Il y avait un traître dans la place, il était important de le savoir.

Bosch rangea le dernier carnet dans sa mallette en se demandant si les découvertes faites grâce à ces notes, particulièrement au sujet de l'informateur d'Elias, le plaçaient dans la zone dangereuse qui, selon Janis Langwiser, pouvait constituer une violation du secret professionnel entre un avocat et son client. Après s'être interrogé un court instant, il décida de ne pas aller trouver Langwiser dans la pièce voisine pour lui demander son avis et continua de fouiller.

Il fit pivoter le fauteuil vers une petite table de travail annexe sur laquelle étaient installés un ordinateur et une imprimante laser. Les deux appareils étaient éteints. La table était dotée de deux petits tiroirs. Le premier renfermait le clavier de l'ordinateur, celui d'en dessous des fournitures de bureau, ainsi qu'une chemise cartonnée. Bosch sortit la chemise et l'ouvrit. Elle contenait le tirage en couleur d'une photo de femme quasiment nue. La feuille présentait des traces de pliure. La photo elle-même ne possédait pas la qualité de celles qu'on trouvait dans les magazines spécialisés. Elle avait un côté amateur, mal éclairée. La femme était une Blanche avec des cheveux blonds délavés très courts. Elle portait des cuissardes en cuir à hauts talons, un string, et rien d'autre. Elle offrait ses fesses à l'objectif, un pied posé sur une chaise, le visage presque entièrement caché. Elle avait au creux des reins un tatouage représentant un ruban noué. Bosch remarqua également en bas de la photo une inscription manuscrite :

*http ://www.girlawhirl.com/gina*

Il ne s'y connaissait guère en informatique, mais assez quand même pour savoir qu'il avait devant lui l'adresse d'un site Internet.

– Kiz ! cria-t-il.

Rider était la spécialiste informatique de l'équipe. Avant de rejoindre la Criminelle de Hollywood, elle avait travaillé dans une unité de lutte contre la fraude à Pacific Division. La majeure partie du travail s'effectuait sur des ordinateurs. Elle entra dans le bureau d'Elias et Bosch lui fit signe d'approcher.

– Alors, comment ça se passe à côté ?

– Pour l'instant, on empile les dossiers, c'est tout. Ta copine m'interdit d'y jeter un œil avant l'arrivée de l'auxiliaire. J'espère que Chastain va rapporter un tas de cartons parce qu'il va falloir… Hé, c'est quoi, ça ?

Elle regardait la chemise ouverte contenant la photo de la blonde.

– J'ai trouvé ça dans le tiroir. Regarde. Il y a une adresse.

Rider fit le tour du bureau pour examiner le tirage.

– C'est une page Internet.

– Oui, je sais. Comment fait-on pour aller y jeter un œil ?

– Laisse-moi ta place.

Bosch se leva et Rider s'installa devant l'ordinateur. Debout derrière le fauteuil, il la regarda mettre en marche l'appareil et attendre que le système s'amorce.

– Voyons d'abord quel est son fournisseur d'accès, dit-elle. As-tu aperçu du papier à en-tête quelque part ?

– Quoi ?

– Du papier à en-tête. Certaines personnes indiquent leur adresse e-mail. Si on connaissait celle d'Elias, on aurait déjà fait la moitié du chemin.

Bosch comprit, mais n'avait pas vu le moindre papier à en-tête en fouillant le bureau.

– Attends une minute.

Il se rendit à l'accueil et demanda à Chastain, assis au bureau de la secrétaire, s'il avait vu du papier à en-tête quelque part. Sans un mot, Chastain ouvrit un tiroir et lui montra une boîte contenant du papier à lettres. Bosch arracha la feuille du dessus. Rider avait vu juste. L'adresse e-mail d'Elias était imprimée en haut de la feuille, au centre, sous son adresse postale.

*helias@lawyerlink.net*

Bosch retourna dans le bureau d'Elias en emportant la feuille. Il constata que Rider avait refermé la chemise contenant la photo de la blonde. Sans doute était-elle gênée.

– Je l'ai ! annonça-t-il.

Elle jeta un coup d'œil à la feuille que Bosch déposa sur le bureau à côté de l'ordinateur.

– Parfait. Nous avons le nom d'utilisateur. Il ne reste plus qu'à trouver son mot de passe. Tous les logiciels sont protégés par un code d'accès

– Merde.

– La plupart des gens choisissent un truc facile, dit Rider en pianotant sur le clavier. Pour être sûrs de s'en souvenir.

Elle s'arrêta de taper et regarda l'écran de l'ordinateur. Le curseur s'était transformé en petit sablier. Puis un message apparut indiquant à Rider qu'elle avait utilisé un mot de passe incorrect.

– Qu'as-tu tapé ? demanda Bosch.

– Sa date de naissance. C'est toi qui es allé avertir la famille, je crois ? Quel est le prénom de sa femme ?

– Millie.

Rider tapa le prénom sur le clavier et quelques secondes plus tard le même message s'afficha.

– Et si on essayait le prénom de son fils ? suggéra Bosch. Il s'appelle Martin.

Rider ne bougea pas.

– Tu n'essayes pas ? demanda Bosch.

– La plupart des systèmes de protection n'accordent que trois essais. Si tu ne trouves pas le bon mot de passe au bout de trois fois, l'ordinateur se verrouille automatiquement.

– Pour toujours ?

– Non. Pour un laps de temps choisi par Elias. Ça peut être un quart d'heure, une heure ou plus. Réfléchissons avant de…

– V-S-L-A-P-D.

Rider et Bosch se retournèrent comme un seul homme. Chastain se tenait sur le seuil du bureau.

– Quoi ? demanda Bosch.

– C'est le mot de passe. V-S-L-A-P-D. Elias versus LAPD.

– Comment vous le savez ?

– La secrétaire l'a noté sous son buvard. Je suppose qu'elle devait se servir de l'ordinateur, elle aussi.

Bosch dévisagea Chastain.

– Alors, Harry ? demanda Rider. J'y vais ?

– Vas-y, essaye, dit Bosch, sans quitter Chastain des yeux.

Finalement, il baissa la tête et regarda sa collègue taper

le mot de passe sur le clavier. Sur l'écran, le sablier se mit à clignoter et au bout de quelques secondes plusieurs icônes apparurent sur un fond de ciel bleu et de nuages cotonneux.

– On est entrés ! déclara Rider.

Bosch se retourna vers Chastain.

– Bien joué.

Il reporta son attention sur l'écran, tandis que Rider pianotait sur le clavier et naviguait d'une icône à l'autre, au milieu des dossiers et des logiciels. Tout cela n'avait aucun sens à ses yeux et lui rappela qu'il était un anachronisme vivant.

– Franchement, tu devrais t'y mettre, Harry, dit Rider, comme si elle lisait dans ses pensées. C'est plus facile que ça en a l'air, je t'assure.

– A quoi bon, puisque tu es là ? Qu'est-ce que tu fais, d'ailleurs ?

– Je me promène un peu. Il faudra en toucher un mot à Janis. Il y a un tas de dossiers correspondant à des affaires. Je ne sais pas si on peut les ouvrir avant…

– Ne t'occupe pas de ça pour l'instant, dit Bosch. Peux-tu accéder à Internet ?

Rider effectua encore quelques manipulations à l'aide de la souris avant d'entrer le nom de l'utilisateur et le mot de passe dans les cases prévues à cet effet.

– J'entre « lawyerlink », expliqua-t-elle. Avec un peu de chance, c'est le même mot de passe et on pourra accéder directement à la page de cette charmante dame dévêtue.

– Quelle dame dévêtue ? demanda Chastain.

Bosch prit la chemise sur le bureau et la tendit à l'inspecteur des AI, sans l'ouvrir. Celui-ci jeta un coup d'œil à la photo et esquissa un sourire.

Bosch reporta son attention sur l'écran. Rider était arrivée à « lawyerlink » en se servant du nom d'utilisateur d'Elias.

– Quelle est l'adresse ?

Chastain la lut à voix haute pour qu'elle puisse la taper. Sur ce, elle appuya sur la touche « Enter » et attendit.

– Il s'agit d'une page Web à l'intérieur d'un site plus vaste, expliqua-t-elle. On va tomber directement sur la page de Gina.

– C'est son nom ? Gina ?

– On dirait.

Au moment où elle disait cela, la photo qui avait été imprimée apparut sur l'écran. Dessous figuraient des informations concernant les services proposés par cette dame et la façon de la contacter :

*Je suis Maîtresse Regina. Je suis une dominatrice et vous propose bondage raffiné, humiliations, féminisation forcée, formation d'esclave et ondinisme. Autres sévices possibles sur demande. Appelez-moi.*

Sous ces quelques lignes se trouvaient un numéro de téléphone, un numéro de bipeur et une adresse e-mail. Bosch les recopia dans son carnet qu'il avait sorti de sa poche. Relevant la tête, il découvrit un petit rond bleu surmonté de la lettre A. Il s'apprêtait à demander à Rider ce que signifiait ce symbole quand Chastain émit un petit bruit méprisant avec sa bouche. Bosch se retourna et l'inspecteur des AI secoua la tête.

– Je parie que ce salopard prenait son pied à genoux devant cette fille, dit-il. Je me demande si le révérend Tuggins et ses potes de la SCCA sont au courant.

Chastain faisait allusion à une organisation baptisée South Central Churches Association, un groupe dirigé par Tuggins et qui semblait toujours répondre au doigt et à l'œil dès qu'Elias avait besoin de montrer aux médias

138

des images de la colère de South Central face aux abus supposés de la police.

– Rien ne prouve qu'il ait été en relation avec cette femme, Chastain, lui lança Bosch.

– Tu parles ! Que faisait-il avec cette photo, sinon ? Je vais vous dire un truc, Bosch : si Elias aimait les relations qui font mal, nul ne sait où ça a pu le conduire. C'est une voie à suivre, et vous le savez bien.

– Ne vous en faites pas, on vérifiera tout.

– Et pas qu'un peu !

– Euh… marmonna Rider. Ce symbole est un bouton audio.

Bosch reporta son attention sur l'écran. Rider avait placé le curseur sur le petit rond bleu.

– C'est-à-dire ?

– Je pense qu'on peut entendre la voix de Maîtresse Regina en personne.

Elle cliqua sur le point bleu. L'ordinateur chargea alors un programme audio et le diffusa. Une voix rauque et autoritaire jaillit du haut-parleur de l'appareil :

« Je suis Maîtresse Regina. Si vous venez me voir, je sonderai votre âme secrète. Ensemble nous dévoilerons la véritable servilité qui vous fera découvrir votre vraie identité et atteindre la libération que vous ne trouvez nulle part ailleurs. Je vous modèlerai à mon image. Vous m'appartiendrez. Je vous attends. Appelez-moi dès maintenant. »

Il y eut un long moment de silence dans le bureau Bosch se tourna vers Chastain.

– Est-ce que ça ressemble à l'autre voix ?

– Quelle voix ?

– Celle sur le répondeur de l'appartement.

Comme s'il prenait conscience de cette possibilité, Chastain se mit à réfléchir.

– C'est quoi, cette histoire de répondeur ? voulut savoir Rider.

– On peut réécouter ce truc ? demanda Bosch.

Rider cliqua de nouveau sur le bouton de l'enregistrement audio pour réécouter le message. Bosch attendit qu'il soit terminé.

– Une femme a laissé un message sur le répondeur de l'appartement d'Elias, expliqua-t-il. Ce n'était pas sa femme. Mais je ne crois pas non plus que ce soit cette fille.

En disant cela, il se tourna de nouveau vers Chastain.

– Je ne sais pas, dit celui-ci. Possible. On pourra toujours demander au labo de comparer en cas de besoin.

Bosch était perplexe ; il dévisageait Chastain pour déceler dans son expression la preuve qu'il savait que le message en question avait été effacé. En vain.

– Qu'est-ce qu'il y a ? demanda Chastain, gêné par le regard insistant de Bosch.

– Rien.

Bosch reporta son attention sur l'ordinateur.

– Kiz, tu disais que cette page faisait partie d'un site plus vaste. On peut y jeter un œil ?

Rider garda le silence et se contenta de pianoter sur le clavier. En quelques secondes, l'écran s'étant modifié, ils se retrouvèrent face à une illustration montrant une jambe de femme gainée d'un bas. En dessous, on pouvait lire :

BIENVENUE SUR GIRLAWHIRL
*Annuaire des services intimes, sensuels et érotiques
de la Californie du Sud*

Suivait une table des matières grâce à laquelle l'utilisateur pouvait faire son choix parmi différentes femmes offrant toutes sortes de services : massages sensuels, escorte, domination féminine… Rider cliqua sur cette dernière rubrique et un nouvel écran apparut, composé d'une série de vignettes dans lesquelles étaient inscrits les noms des maîtresses, suivis d'un code postal.

– La vache, une vraie maison close sur Internet ! lança Chastain.

Bosch et Rider ne firent aucune remarque. Rider plaça le curseur sur la case portant le nom de Maîtresse Regina.

– C'est le répertoire, dit-elle. Tu choisis la page qui t'intéresse et tu cliques dessus.

Ce qu'elle fit, et la page de Regina réapparut.

– C'est elle qu'il a choisie, dit Rider.

– Une Blanche, souligna Chastain. (On sentait un soupçon de jubilation dans sa voix.) Ondinisme avec une Blanche. Je parie que ça ne va pas trop les faire rigoler dans le South Side…

Rider se retourna pour lui jeter un regard assassin. Elle s'apprêtait à lancer une remarque cinglante lorsque ses yeux s'écarquillèrent tout à coup en regardant par-dessus l'épaule de Chastain. Remarquant son changement d'expression, Bosch tourna la tête. Janis Langwiser venait d'apparaître sur le seuil du bureau. A côté d'elle se trouvait une femme qu'il connaissait pour l'avoir souvent vue en photo dans le journal ou à la télé. Jolie, peau lisse couleur café au lait.

– Hé, une minute ! dit Bosch en s'adressant à Langwiser. Il s'agit d'une enquête sur un homicide. Cette femme n'a pas le droit d'entrer ici et…

– Erreur, inspecteur Bosch ! Elle en a parfaitement le droit, répondit Langwiser. Le juge Houghton vient de la désigner comme auxiliaire indépendante pour examiner les dossiers.

Sur ce, la femme s'avança dans le bureau avec un sourire froid et s'arrêta devant Bosch en lui tendant la main.

– Inspecteur Bosch, dit-elle. Ravie de vous rencontrer. J'espère que nous pourrons travailler de concert dans cette affaire. Je suis Carla Entrenkin.

Elle marqua un temps d'arrêt, personne ne réagit. Alors elle ajouta :

– Pour commencer, je vais vous demander, à vous et à tous vos collègues, de sortir d'ici.

# 12

Les inspecteurs franchirent les grandes portes du Bradbury et regagnèrent leurs voitures les mains vides. La colère de Bosch n'était pas retombée, mais il avait réussi à recouvrer son calme. Il marcha lentement, afin de permettre à Chastain et Dellacroce d'arriver les premiers à leur voiture. Il les regarda démarrer pour remonter Bunker Hill et rejoindre California Plaza, ouvrit la portière du véhicule de Kiz, du côté passager, mais ne monta pas à bord. Il se pencha pour regarder sa collègue déjà assise au volant et occupée à boucler sa ceinture.

— Vas-y sans moi, Kiz. Je te retrouve là-haut.

— Tu veux monter à pied ?

Il hocha la tête et consulta sa montre. Il était 8 h 30.

— Je vais prendre l'Angels Flight. Normalement, il a redémarré. Dès que tu arrives là-haut, tu sais ce que tu as à faire. Tu demandes à tout le monde d'aller frapper aux portes.

— OK. On se retrouve là-haut. Tu vas retourner lui parler, c'est ça ?

— A Entrenkin, tu veux dire ? Oui, je crois. Tu as toujours les clés d'Elias ?

— Oui.

Elle les sortit de son sac pour les lui donner.

— Quelque chose que je devrais savoir ?

Il hésita un instant.

— Pas pour le moment. Je te rejoins là-haut.

Elle mit le contact et se tourna de nouveau vers Bosch avant de démarrer.

– Ça va, Harry ?

– Oui, oui, très bien. C'est cette affaire qui me tracasse. D'abord, on hérite de Chastain ; ce salopard m'a toujours tapé sur le système. Et voilà qu'on se retrouve avec Carla « J'examine » sur les bras. C'était déjà pénible de savoir qu'elle supervisait l'enquête, maintenant elle y participe directement. Je n'aime pas la politique, Kiz. Ce que j'aime, c'est résoudre des affaires.

– Je ne te parlais pas de ça. J'ai l'impression que tu n'es pas dans ton assiette depuis qu'on s'est retrouvés ce matin à Hollywood pour prendre les bagnoles. Tu as envie d'en parler ?

Il faillit acquiescer.

– Plus tard, peut-être, répondit-il finalement. Pour l'instant, on a du pain sur la planche.

– Comme tu veux, mais je me fais du souci pour toi, Harry. Il faut que tu gardes les idées claires. Si tu as la tête ailleurs, ça va nous distraire, nous aussi, et on n'arrivera jamais à boucler cette affaire. En temps normal, ce ne serait pas grave, mais là, tu l'as dit toi-même, on est dans la ligne de mire.

Il hocha la tête. Rider avait deviné qu'il avait des problèmes personnels. C'était la preuve qu'elle possédait un vrai talent de détective : savoir analyser les gens est plus important que savoir analyser des indices.

– Message reçu, Kiz. Je vais me ressaisir.

– J'en prends note.

– On se retrouve là-haut.

Il tapa sur le toit de la voiture du plat de la main et regarda Rider s'éloigner en songeant qu'en temps normal il aurait allumé une cigarette à ce moment-là. Au lieu de ça, il observa les clés qu'il tenait dans sa paume en réfléchissant à ce qu'il allait faire. Il marchait sur des œufs.

De retour à l'intérieur du Bradbury, dans l'ascenseur qui l'emmenait lentement vers le dernier étage, il s'amusa à faire sauter les clés dans sa main en repensant aux trois façons dont Entrenkin était impliquée dans cette affaire. Tout d'abord, son nom apparaissait étrangement dans le répertoire d'Elias, répertoire qui avait disparu ; en sa qualité d'inspectrice générale, ensuite ; et, pour finir, en tant qu'actrice de premier plan dans le rôle de l'auxiliaire de justice qui déciderait de ce que les inspecteurs avaient le droit de voir dans les dossiers d'Elias.

Bosch n'aimait pas les coïncidences. Il n'y croyait pas. Il avait besoin de savoir ce que manigançait Entrenkin. Il pensait avoir une petite idée sur la question et il était décidé à en obtenir confirmation avant d'aller plus loin dans cette enquête.

Arrivé au dernier étage, il appuya sur le bouton du rez-de-chaussée pour faire redescendre l'ascenseur et sortit dans le couloir. La porte du cabinet d'Elias était fermée à clé. Il frappa fort à la vitre, juste sous le nom de l'avocat. Quelques secondes plus tard, Janis Langwiser vint lui ouvrir. Il aperçut Carla Entrenkin légèrement en retrait.

– Vous avez oublié quelque chose, inspecteur Bosch ? demanda Langwiser.

– Non. Mais elle est bien à vous, la petite voiture étrangère garée sur un emplacement interdit ? La rouge ? Elle a failli se retrouver à la fourrière. J'ai montré mon insigne au type en le suppliant de m'accorder cinq minutes. Mais il va revenir.

– Ah, merde ! (Elle se tourna vers Entrenkin, alors qu'elle se précipitait déjà dans le couloir.) Je reviens tout de suite.

Au moment où Langwiser passait devant lui, Bosch se faufila dans le cabinet et referma la porte. Après l'avoir verrouillée, il se tourna vers Entrenkin.

– Pourquoi fermez-vous la porte à clé ? lui demanda-t-elle. Je vous prie de la rouvrir immédiatement.

– J'ai pensé qu'il valait mieux que je vous dise ce que j'ai à vous dire sans être dérangé.

Elle croisa les bras sur la poitrine, comme si elle se préparait à subir une agression. Bosch observa son visage et ressentit les mêmes vibrations que précédemment, quand elle leur avait ordonné de vider les lieux. Il devinait une forte dose de stoïcisme, qui lui permettait de faire bonne figure malgré la douleur qui perçait en dessous de manière évidente. Elle lui rappelait une autre femme qu'il n'avait vue qu'à la télé : un professeur de droit de l'Oklahoma qui avait été rudoyé par les politiciens de Washington quelques années plus tôt, lors de la confirmation d'un arrêté de la Cour suprême.

– Écoutez, inspecteur Bosch, dit-elle, je ne vois sincèrement aucune autre façon de procéder. La plus grande prudence s'impose. Nous devons penser à l'enquête, mais aussi à la communauté noire. Les gens doivent avoir la certitude que tout est mis en œuvre, que cette affaire ne sera pas étouffée comme c'est arrivé si souvent. Je veux…

– Des conneries, tout ça.

– Je vous demande pardon ?

– Vous ne devriez pas vous occuper de cette enquête, et vous le savez aussi bien que moi.

– C'est vous qui dites des conneries. J'ai la confiance de cette communauté. Vous croyez qu'ils goberont tout ce que vous leur direz sur cette affaire ? Vous, Irving ou le chef de la police ?

– Vous n'avez pas la confiance des flics. Et surtout, vous êtes confrontée à un sacré conflit d'intérêts. N'est-ce pas, madame l'inspectrice générale ?

– Qu'est-ce que vous racontez ? Je trouve au contraire que le juge Houghton a été bien avisé de me confier cette mission. En tant qu'inspectrice générale, je suis déjà dans mon rôle de superviseur civil. Ma nomination rationalise la situation et évite de faire intervenir une personne supplémentaire dans ce melting-pot. C'est lui qui m'a appelée. Pas l'inverse

– Je ne vous parle pas de ça et vous le savez. Je vous parle d'un conflit d'intérêts. D'une raison pour laquelle vous devriez vous tenir à l'écart de cette enquête.

Entrenkin secoua la tête pour lui signifier qu'elle ne comprenait pas, mais son visage indiquait clairement qu'elle craignait ce que Bosch allait lui dire.

– Vous savez très bien de quoi je parle. Vous et lui. Elias. Je suis allé dans son appartement. Peu de temps avant vous, sans doute. Dommage qu'on se soit loupés. On aurait pu régler tout ça immédiatement.

– J'ignore de quoi vous parlez, mais Mlle Langwiser m'a fait comprendre que vous attendiez un mandat de perquisition avant d'entrer dans l'appartement et le cabinet. Dois-je comprendre que ce n'est pas le cas ?

Bosch hésita ; il comprit qu'il avait commis une erreur. Maintenant, Entrenkin pouvait choisir l'esquive ou la contre-attaque.

– On devait s'assurer que personne n'était en danger ou n'avait besoin d'aide à l'intérieur de l'appartement, dit-il.

– Oui, bien sûr. Évidemment. Comme les flics qui ont escaladé la clôture de la maison de O.J. Simpson. Ils voulaient juste s'assurer que tout allait bien.

Elle secoua la tête d'un air exaspéré.

– Franchement, le culot de la police ne cesse de me stupéfier. Pourtant, d'après ce que j'avais entendu dire sur vous, inspecteur Bosch, je m'attendais à autre chose.

– Vous voulez qu'on parle de culot ? C'est vous qui êtes entrée dans l'appartement pour faire disparaître des indices. Vous, l'inspectrice générale chargée de faire la police dans la police. Et maintenant, vous essayez de..

– Quels indices ? Je n'ai absolument rien fait !

– Vous avez effacé votre message sur le répondeur et vous avez subtilisé le répertoire dans lequel figurent vos nom et numéro de téléphone. Je parie que vous aviez une clé et un passe pour le parking. C'est par là que vous êtes entrée et personne ne vous a vue. Juste après qu'Irving vous a appelée pour vous annoncer la mort d'Elias. Seulement voilà : Irving ignorait qu'il y avait quelque chose entre Elias et vous.

– En voilà une belle histoire ! Je serais curieuse de voir comment vous pourriez me prouver ce que vous avancez.

Il leva la main droite. Il tenait dans sa paume le trousseau de clés d'Elias.

– Il y a là quelques clés qui ne correspondent ni à son appartement, ni à son cabinet, ni à ses voitures. Je me disais que je pourrais peut-être obtenir votre adresse par le DMV et voir si elles ouvrent votre porte, madame l'inspectrice générale.

Entrenkin détacha son regard des clés. Elle fit demi-tour et retourna dans le bureau d'Elias. Bosch lui emboîta le pas ; il la regarda faire lentement le tour de la table et s'asseoir dans le fauteuil. Elle semblait au bord des larmes. Bosch comprit qu'il avait brisé ses dernières barrières en lui montrant les clés.

– Vous étiez amoureuse de lui ?

– Hein ?

– Étiez-vous amoureuse...

– Comment osez-vous me poser cette question ?

– Je fais mon métier. Un meurtre a été commis. Vous êtes impliquée.

Elle tourna la tête vers la droite et regarda le portrait d'Anthony Quinn par la fenêtre. Elle paraissait avoir de plus en plus de mal à contenir ses larmes.

– Essayons de nous souvenir d'une chose, madame l'inspectrice générale. Howard Elias est mort. Et vous me croyez si vous voulez, mais je suis bien décidé à retrouver le coupable. C'est compris ?

Elle hocha timidement la tête. Bosch enchaîna, d'une voix posée :

– Pour retrouver cette personne, j'ai besoin de savoir le maximum de choses sur Elias. Pas uniquement ce que peuvent raconter les journaux, la télé ou les autres flics. Et pas uniquement en me basant sur le contenu de ses dossiers. J'ai aussi besoin de savoir..

Quelqu'un essayait d'ouvrir la porte du cabinet ; voyant qu'elle était fermée à clé, la personne frappa violemment à la vitre. Entrenkin se leva pour aller ouvrir. Bosch attendit dans le bureau d'Elias. Il écouta Entrenkin parler à Langwiser :

– Accordez-nous quelques minutes, s'il vous plaît.

Elle referma la porte sans attendre la réponse, donna un tour de clé et revint dans le bureau d'Elias pour reprendre sa place dans le fauteuil. Bosch prit soin de parler à voix basse pour ne pas être entendu du dehors.

– J'ai besoin de tout savoir, dit-il. Nous savons tous les deux que vous êtes en position de m'aider. Que diriez-vous de signer une sorte de trêve ?

La première larme coula sur la joue d'Entrenkin, bientôt suivie d'une deuxième, sur l'autre joue. Elle se pencha en avant pour ouvrir les tiroirs du bureau.

– En bas à gauche, dit Bosch de mémoire.

Elle ouvrit le tiroir, où se trouvait effectivement la boîte de mouchoirs en papier. Elle la posa sur ses genoux, en prit un et se tamponna les joues et les yeux.

– C'est curieux, dit-elle, comme les choses changent rapidement…

Il y eut un long silence.

– Pendant un certain nombre d'années, j'ai connu Howard de manière superficielle. A l'époque où j'étais encore avocate. Nous avions des relations strictement professionnelles, on se disait « Bonjour, comment ça va ? » dans les couloirs du Federal Building. Et puis, quand j'ai été nommée inspectrice générale, je me suis dit qu'il était essentiel de connaître la nature exacte des critiques adressées à la police. J'ai demandé à rencontrer Howard. On s'est vus ici même ; il était assis là où vous êtes… Ça a commencé comme ça. Oui, j'étais amoureuse de lui…

Cet aveu provoqua un nouveau flot de larmes ; elle arracha plusieurs mouchoirs en papier de la boîte.

– Combien de temps a duré… votre liaison ? demanda Bosch.

– Six mois environ. Mais Howard aimait sa femme. Il ne voulait pas la quitter.

Ses larmes avaient séché. Elle rangea la boîte de mouchoirs dans le tiroir ; on aurait dit que les nuages qui assombrissaient son visage quelques instants plus tôt avaient disparu. Bosch constata qu'elle avait changé tout à coup. Elle se pencha en avant et le regarda droit dans les yeux. Elle était redevenue professionnelle à cent pour cent.

– Je vous propose un marché, inspecteur Bosch. Mais uniquement avec vous. En dépit de tout… je pense pouvoir vous faire confiance si vous me donnez votre parole.

– Merci. Quel est ce marché ?

– Vous serez mon seul interlocuteur. En échange, je vous demande de me protéger. Ça signifie que vous ne révélerez pas vos sources. Ne vous inquiétez pas, rien de ce que je vous dirai ne serait recevable devant un tribunal de toute façon. Vous pourrez garder pour vous tout ce que je vous confierai. Ça pourra peut-être vous aider, peut-être pas.

Bosch prit le temps de réfléchir à cette proposition.

– Je devrais vous traiter comme un suspect, pas comme une informatrice.

– Vous savez bien, instinctivement, que ce n'est pas moi le meurtrier.

Il hocha la tête.

– Ce n'est pas un meurtre de femme, dit-il. C'est signé par un homme.

– Et c'est signé par un policier, vous ne croyez pas ?

– Possible. C'est ce que j'aimerais essayer de découvrir… si je pouvais me consacrer à l'enquête sans avoir à me préoccuper de la communauté noire, de Parker Center et de tout le reste.

– Marché conclu, alors ?

– Avant de conclure ce genre d'arrangement, j'ai besoin de savoir une chose. Elias avait un informateur à l'intérieur de Parker Center. Quelqu'un de haut placé, apparemment. Quelqu'un qui était capable de lui transmettre des dossiers confidentiels des Affaires internes. J'aimerais…

– Ce n'était pas moi. Je vous demande de me croire. J'ai peut-être franchi la limite en ayant une liaison avec Howard. J'ai suivi mon cœur, au lieu d'écouter ma raison. Mais je n'ai pas franchi la limite dont vous me parlez. Jamais. Contrairement à ce que pensent la plupart de vos collègues, mon but est de protéger et d'améliorer la police. Pas de la détruire.

Bosch la regardait d'un air vide. Entrenkin prit cela pour une marque d'incrédulité.

– Comment aurais-je obtenu ces dossiers ? Pour les policiers, je suis l'ennemi public numéro un. Dès que je prenais un dossier, ou remplissais simplement une demande pour l'obtenir, l'information se répandait parmi vos collègues plus vite qu'une onde sismique.

Bosch la dévisagea. Elle affichait un air de défi. Mais il savait qu'elle disait la vérité. Elle n'aurait pas fait une bonne informatrice. Il hocha la tête.

– Marché conclu ? répéta-t-elle.

– Oui. A une condition.

– Laquelle ?

– Si vous me mentez, même une seule fois, et si je m'en aperçois, on arrête les frais.

– Ça me paraît acceptable. Mais on ne peut pas parler de tout ça maintenant. Je veux d'abord consulter les dossiers pour que votre équipe et vous puissiez suivre toutes les pistes. Vous savez désormais pourquoi je tiens à voir cette affaire résolue ; pas uniquement pour l'image de cette ville, j'ai aussi des raisons personnelles. Si on remettait cette discussion à plus tard ? Quand j'en aurai terminé avec les dossiers ?

– Ça me convient.


En traversant Broadway un quart d'heure plus tard, Bosch constata que les portes du Grand Central Market étaient maintenant ouvertes. Ça faisait des années qu'il n'y avait pas mis les pieds, peut-être même des décennies. Il décida de le traverser pour rejoindre Hill Street et le terminus de l'Angels Flight.

Le marché était un gigantesque fatras de stands d'alimentation, de primeurs et d'étals de boucherie. Des vendeurs ambulants y proposaient des babioles bon marché et des sucreries mexicaines. Bien que les portes viennent juste d'ouvrir et qu'il y ait encore plus de commerçants que de clients à l'intérieur du marché, une odeur oppressante d'huile chaude et de friture flottait déjà lourdement dans l'air. En parcourant les allées, Bosch capta des bribes de conversations, débitées à toute allure dans un espagnol haché. Il vit un boucher déposer avec application des têtes de chèvres dépecées dans sa vitrine réfrigérée, à côté de tranches de queue de bœuf soigneusement alignées. A l'autre bout du marché, des hommes âgés assis à des tables pliantes faisaient durer leurs tasses de café, un épais breuvage noir, en mangeant des pâtisseries mexicaines. Bosch se rappela brusquement qu'il avait promis à Edgar et aux autres de leur apporter des doughnuts avant qu'ils aillent interroger les voisins. Mais il eut beau regarder autour de lui, il ne trouva pas de doughnuts et dut se rabattre sur leur équivalent mexicain, un sac de churros, des bâtonnets de pâte frite trempés dans du sucre à la cannelle.

En ressortant du marché, du côté de Hill Street, il jeta un coup d'œil sur sa droite et aperçut un homme arrêté à l'endroit où Baker et Chastain avaient découvert les mégots de cigarettes quelques heures plus tôt. L'homme portait autour de la taille un tablier maculé de sang. Et un filet à cheveux sur la tête. Sa main glissa sous son tablier et réapparut en tenant un paquet de cigarettes.

– J'avais vu juste, dit Bosch à voix haute.

Il traversa la rue pour atteindre le portique de l'Angels Flight et attendit derrière deux touristes asiatiques. Les wagons se croisaient au milieu de la pente Il regarda les noms peints au-dessus des portes. Sinaï montait et Olivet descendait.

Une minute plus tard, il monta à bord d'Olivet à la suite des deux touristes. Ceux-ci s'assirent sans le savoir à l'endroit exact où Catalina Perez avait trouvé la mort une dizaine d'heures plus tôt. Le sang avait été nettoyé, et le bois des sièges était trop sombre et patiné pour laisser apparaître de véritables traces. Bosch ne prit pas la peine de leur raconter l'histoire récente de ce funiculaire. D'ailleurs, ils ne parlaient certainement pas sa langue.

Il reprit la place où il s'était assis précédemment. Il bâilla de nouveau, heureux de pouvoir enfin soulager ses jambes. Le wagon s'ébranla et entreprit son ascension. Les deux Asiatiques se mirent aussitôt à prendre des photos. Finalement, ils eurent recours au langage des signes pour demander à Bosch de les photographier avec un de leurs appareils. Il s'exécuta, apportant ainsi sa contribution à l'économie touristique de son pays. Le garçon et la fille s'empressèrent de récupérer leur appareil photo et allèrent s'asseoir à l'autre bout du wagon.

Avaient-ils senti de mauvaises vibrations en lui ? se demanda-t-il. Un danger ou peut-être une sorte de folie ? Il savait que certaines personnes possédaient ce pouvoir ; elles devinaient ce genre de choses. Dans son cas, pas la peine d'être devin. Ça faisait vingt-quatre heures qu'il n'avait pas fermé l'œil. Il passa sa main sur son visage, on aurait dit du stuc humide. Penché en avant, les coudes sur les genoux, il sentit renaître la vieille douleur qu'il espérait avoir chassée de sa vie. Voilà bien longtemps qu'il ne s'était pas senti aussi seul, comme un étranger dans sa ville. Une sorte d'étau lui comprimait la gorge et la poitrine, une sensation de claustrophobie qui l'enveloppait comme un linceul, même à l'air libre.

Il sortit son téléphone. Le témoin de charge lui indiqua que la batterie était presque vide. Il lui restait de quoi passer un appel, avec un peu de chance. Il composa le numéro de chez lui et attendit.

Il avait un nouveau message. Craignant de tomber en panne de batterie, il s'empressa de composer son code d'interrogation à distance et de plaquer l'appareil contre son oreille. Mais la voix qu'il entendit n'était pas celle d'Eleanor. C'était une voix déformée par une feuille de cellophane placée devant l'appareil et perforée avec une fourchette :

« Laissez tomber cette affaire, Bosch. Celui qui se dresse contre les flics n'est qu'un chien et mérite de crever comme un chien. Faites le bon choix. Laissez tomber, Bosch. Laissez tomber. »

# 13

Bosch arriva à Parker Center vingt-cinq minutes avant son rendez-vous avec le chef adjoint Irving pour le mettre au courant des derniers développements de l'enquête. Il était seul, ayant laissé les six autres membres de l'équipe Elias finir d'interroger les habitants de l'immeuble voisin de l'Angels Flight et poursuivre leurs différentes missions. Il s'arrêta au comptoir d'accueil, montra son insigne à l'agent en uniforme et lui annonça qu'il attendait un renseignement qui devait lui parvenir à ce bureau, de manière anonyme, dans une demi-heure. Il pria l'agent de l'avertir immédiatement dans la salle de réunion du chef adjoint Irving.

Il prit ensuite l'ascenseur, mais au lieu de monter au sixième étage, où était situé le bureau d'Irving, il s'arrêta au troisième. Il parcourut tout le couloir jusqu'à la salle de la brigade des vols et homicides, déserte à l'exception des quatre inspecteurs qu'il avait convoqués un peu plus tôt. Il s'agissait de Bates, O'Toole, Engersol et Rooker, les quatre premiers inspecteurs arrivés sur les lieux du crime. Ils avaient le regard vitreux, ayant passé la moitié de la nuit debout jusqu'à ce que l'affaire soit finalement confiée à Bosch et à son équipe. Bosch les avait réveillés ce matin à 9 heures pour leur donner rendez-vous à Parker Center. Il n'avait pas eu trop de mal à les faire venir rapidement : il leur avait tout simplement expliqué que leurs carrières en dépendaient.

– Je n'ai pas beaucoup de temps, déclara-t-il d'emblée en parcourant l'allée centrale entre les rangées de bureaux, les yeux fixés sur les quatre hommes.

Trois d'entre eux se tenaient debout autour de Rooker assis à sa place. Voilà qui en disait long, pensa-t-il. Quelles que soient les décisions qui avaient été prises sur les lieux du crime, quand ils n'étaient encore que tous les quatre, Bosch aurait parié qu'elles l'avaient été à l'instigation de Rooker. C'était lui le chef de la meute.

Bosch s'arrêta juste devant le petit groupe. Il resta debout et commença à leur raconter son histoire, en accompagnant ses paroles de gestes informels, un peu à la manière d'un présentateur de journal télévisé, pour bien montrer qu'il racontait juste une histoire et n'était pas en train de proférer des menaces :

– Vous recevez l'appel du machiniste, dit-il. Vous arrivez sur place, vous renvoyez les flics en uniforme et vous établissez un périmètre de sécurité. Quelqu'un fouille les corps et là, surprise, le permis de conduire de l'homme indique qu'il s'agit de Howard Elias. Alors vous…

– Il n'y avait pas de permis de conduire, déclara Rooker. Le capitaine vous l'a pas dit ?

– Si, il me l'a dit. Mais moi, je vous raconte ce qui s'est passé. Alors, fermez-la, Rooker, et écoutez-moi. J'essaye de sauver votre peau en ce moment et je n'ai pas beaucoup de temps.

Il attendit de voir si quelqu'un avait quelque chose à ajouter.

– Je disais donc, reprit-il en regardant Rooker droit dans les yeux, le permis de conduire indique que le macchabée n'est autre qu'Elias. Alors, comme quatre petits malins que vous êtes, vous cogitez et vous vous dites qu'il y a de fortes chances qu'il ait été descendu par un flic. Ce salopard a eu ce qu'il méritait, pensez-vous, et bravo au flic qui a eu assez de cran pour le buter. C'est à ce moment-là que vous devenez vraiment cons.

Vous décidez d'aider ce meurtrier, cet assassin, en simulant un vol. Vous arrachez…

– Arrêtez donc de raconter…

– Je vous ai dit de la fermer, Rooker ! Je n'ai pas le temps d'écouter vos salades, alors que vous savez parfaitement que ça s'est passé comme ça. Vous avez piqué la montre et le portefeuille d'Elias. Seulement, vous avez merdé. Vous lui avez égratigné le poignet en arrachant la montre. Blessure *post mortem*. Ça va apparaître à l'autopsie et ça, ça veut dire que vous allez vous retrouver dans la fosse à merde, et tous les quatre, si on étouffe pas le coup.

Il s'interrompit pour voir si Rooker avait encore quelque chose à ajouter. Mais non, rien.

– OK. Je crois que j'ai réussi à capter votre attention. Quelqu'un veut-il bien me dire où sont la montre et le portefeuille ?

Il y eut un nouveau silence. Bosch en profita pour consulter sa montre. Il était 10 heures moins le quart. Les quatre hommes du RHD demeurèrent muets.

– Je m'en doutais, reprit-il en les regardant tour à tour. Alors voici ce qu'on va faire. J'ai rendez-vous avec Irving dans un quart d'heure pour lui faire un topo. Il va donner une conférence de presse ensuite. Si le flic de l'accueil, dans le hall, ne reçoit pas un appel pour lui indiquer dans quelle poubelle ou bouche d'égout ces objets ont été abandonnés, j'expliquerai à Irving que le vol a été mis en scène par les inspecteurs arrivés les premiers sur les lieux et on verra ce qui se passera. Bonne chance, les gars.

Il les dévisagea de nouveau. Les faciès des quatre hommes n'exprimaient que de la colère et du mépris. Bosch n'en attendait pas moins.

– Personnellement, poursuivit-il, ça ne me gênerait pas de vous voir écoper de ce que vous méritez. Mais ça foutra toute l'enquête en l'air parce que les dés seront pipés. C'est pourquoi j'agis en égoïste et je vous donne une chance, même si ça me fait mal au ventre.

Il regarda sa montre encore une fois.

– Il vous reste quatorze minutes.

Sur ce, il pivota pour retraverser la grande salle. Mais Rooker l'appela :

– Qui êtes-vous pour nous juger, Bosch ? Ce type était un chien. Il méritait de crever comme un chien. Et qui va le regretter, hein ? Vous feriez mieux de laisser tomber.

Comme si c'était son intention depuis le début, Bosch contourna nonchalamment un bureau vide et redescendit par une autre allée, plus étroite, pour rejoindre le quatuor. Il avait reconnu les mots et les formules employés par Rooker. Sa fausse décontraction dissimulait une fureur grandissante. Arrivé devant le groupe, il brisa son cercle informel et se pencha au-dessus du bureau de Rooker, en prenant appui sur ses paumes.

– Écoutez-moi bien, Rooker. Si vous appelez encore une fois chez moi pour me menacer ou même me parler simplement de la pluie et du beau temps, je reviens m'occuper de vous. Et vous le regretterez.

Rooker tressaillit et leva les mains en l'air comme s'il faisait mine de se rendre.

– Hé, mec, je comprends rien à ce que…

– Gardez votre baratin pour quelqu'un qui pourra y croire. Vous auriez pu au moins avoir le courage d'enlever le papier de cellophane devant le téléphone. C'est un truc de trouillard, ça, petit bonhomme.

Bosch avait espéré avoir quelques minutes pour consulter ses notes et rassembler ses pensées avant d'arriver dans la salle de réunion. Malheureusement, le chef adjoint Irving était déjà assis à la grande table ronde, les coudes posés sur le plateau verni ; ses doigts joints formaient une pyramide devant son menton.

– Asseyez-vous, inspecteur, dit-il dès que Bosch eut poussé la porte. Où sont les autres ?

– Euh... ils sont toujours sur le terrain, répondit Bosch en posant sa mallette à plat sur la table. Je venais juste déposer mes affaires pour filer me chercher un café. Je vous rapporte quelque chose ?

– Non. Et vous n'avez pas le temps d'aller chercher un café. La presse commence déjà à appeler. Ils savent que la victime est Elias. Il y a eu des fuites ; sans doute au niveau du bureau du légiste. Résultat, ça va être de la folie dans pas longtemps. Je veux savoir où on en est, et tout de suite. Je dois briefer le chef de la police ; il donne une conférence de presse à 11 heures. Asseyez-vous.

Bosch prit un siège en face d'Irving. Il avait déjà conduit une enquête dans cette salle. Cela lui semblait extrêmement lointain, mais il se souvint qu'à l'époque il avait gagné le respect d'Irving et probablement autant de confiance qu'il était disposé à en accorder à quiconque portait un insigne de policier. Il regarda le plateau de la table et y vit la brûlure de cigarette qu'il y avait laissée lors de l'affaire de la « Blonde en béton [1] ». L'enquête avait été difficile, mais ressemblait presque à de la routine comparée à l'affaire qu'il devait démêler maintenant.

– Quand vont-ils arriver ? s'enquit Irving.

Ses doigts étaient toujours réunis en triangle. Bosch avait lu dans un manuel d'interrogatoire que ce langage corporel dénotait un sentiment de supériorité.

– Qui ça ?

– Les membres de votre équipe, inspecteur. Je vous ai dit que je voulais tous les voir ici pour le briefing et la conférence de presse.

– En fait, ils ne viendront pas. Ils continuent à enquêter. Je me suis dit que c'était idiot qu'on laisse tout

---

1. Ouvrage publié dans la même collection. *(N.d.T.)*

tomber tous les sept uniquement pour venir ici, alors qu'une seule personne suffisait pour vous tenir au courant.

Bosch vit des petites taches rouges enflammer les joues d'Irving.

– Une fois de plus, dit-il, il semblerait que nous ayons un problème de communication, inspecteur… à moins que vous n'ayez pas encore très bien assimilé la notion de hiérarchie. Je vous ai demandé expressément de venir avec votre équipe.

– J'ai mal compris, chef, mentit Bosch. Je croyais que l'enquête passait avant tout le reste. Je me souviens que vous vouliez être tenu au courant, mais pas que vous vouliez voir tout le monde. D'ailleurs, je me demande s'il y aurait assez de place pour caser tous les…

– Je voulais tous les voir ici, un point c'est tout. Vos collègues ont des téléphones ?

– Edgar et Rider ?

– A votre avis ?

– Oui, ils ont des téléphones, mais les batteries sont à plat. Ils ont servi toute la nuit. Le mien, c'est pareil.

– Bipez-les. Demandez-leur de venir immédiatement.

Bosch se leva lentement et se dirigea vers le téléphone posé sur le grand meuble de classement disposé contre un mur. Il appela les bipeurs de Rider et d'Edgar, mais en inscrivant le numéro à rappeler, il ajouta un 7 à la fin. C'était un vieux code qui avait fait ses preuves. Le chiffre 7 – allusion au « code 7 », utilisé par radio pour annoncer une fin de service – signifiait qu'ils devaient prendre tout leur temps pour rappeler, à supposer qu'ils le fassent.

– Voilà, chef, dit Bosch. Espérons qu'ils rappelleront. Que fait-on pour Chastain et ses collègues ?

– Ne vous occupez pas d'eux. Je veux que votre équipe soit ici à 11 heures pour la conférence de presse.

Bosch regagna son siège.

– Pourquoi donc ? demanda-t-il alors qu'il savait parfaitement pourquoi. Je croyais que c'était le chef de la police qui devait...

– Le chef présidera la conférence. Mais nous tenons à faire une démonstration de force. Nous voulons montrer au public que nous avons mis sur cette affaire des inspecteurs de premier ordre.

– Vous voulez dire des inspecteurs noirs de premier ordre ?

Les deux hommes s'affrontèrent du regard.

– Votre tâche, inspecteur, est de résoudre cette affaire, et de la résoudre le plus vite possible. Vous n'avez pas à vous soucier d'autres considérations.

– Ce n'est pas facile, chef, surtout si vous retirez mes hommes du terrain. On ne risque pas de résoudre quoi que ce soit si on doit venir parader devant les journalistes...

– Ça suffit, inspecteur.

– Ce sont des inspecteurs de premier ordre, en effet. Et c'est pour cette raison que je veux travailler avec eux. Pas pour qu'ils servent de chair à canon dans les conflits raciaux qui secouent la police. Eux non plus ne veulent pas servir à ça. C'est une forme de raci...

– Ça suffit, j'ai dit ! Je n'ai pas le temps de débattre avec vous des problèmes de racisme, institutionnel ou non. Nous parlons ici de la sensibilité de l'opinion publique. Disons simplement que si nous commettons un faux pas et renvoyons une mauvaise image au-dehors, cette ville risque de s'embraser à nouveau avant la fin de la journée.

Irving s'interrompit pour regarder sa montre.

– J'ai rendez-vous avec le chef de la police dans vingt minutes. Auriez-vous l'aimable obligeance de m'éclairer sur les dernières avancées de l'enquête ?

Bosch ouvrit sa mallette. Avant qu'il ait le temps de sortir son carnet, le téléphone posé sur le meuble de classement sonna. Il se leva pour aller décrocher.

– Souvenez-vous, dit Irving. Je veux les voir ici à 11 heures.

Bosch acquiesça et décrocha. Ce n'était ni Edgar ni Rider, comme il s'en doutait.

– Cornier, de l'accueil. C'est Bosch à l'appareil ?

– Oui.

– Vous avez un message. Le type n'a pas voulu dire son nom. Il m'a simplement chargé de vous dire que le truc que vous cherchiez était dans une poubelle de la station de métro de First and Hill. Dans une enveloppe en papier kraft. C'est tout.

– OK, merci.

Bosch raccrocha et se tourna vers Irving.

– Ce n'étaient pas eux.

Il se rassit à sa place et sortit son carnet de sa mallette, ainsi que la planchette sur laquelle étaient fixés les différents rapports concernant le lieu du crime, les schémas et les reçus des pièces à conviction. Il n'avait pas besoin de tout ça pour résumer l'affaire, mais Irving serait certainement rassuré en voyant l'accumulation de paperasses engendrée par l'enquête.

– J'attends, inspecteur.

Bosch leva les yeux.

– En gros, nous en sommes au point zéro. Pour l'instant, nous avons une vague idée. Mais nous ne savons quasiment rien concernant le « qui » et le « pourquoi ».

– Peut-on savoir ce que vous savez, inspecteur ?

– Nous pensons qu'Elias était la cible principale de ce qui ressemble à un assassinat pur et simple.

Irving laissa basculer sa tête en avant de manière à enfouir son visage entre ses mains jointes.

– Je sais que ce n'est pas ce que vous voulez entendre, chef, mais si vous voulez des faits, voilà ce qu'ils disent. Nous avons…

– Avant que je parte, le capitaine Garwood m'a dit que ça ressemblait fort à un vol. La victime portait un costume à 1 000 dollars, elle marchait seule dans les rues du centre à 11 heures du soir. Sa montre et son portefeuille ont disparu. Comment pouvez-vous écarter l'hypothèse du crime crapuleux ?

Bosch se renversa dans son siège et attendit. Il savait qu'Irving évacuait la pression. La nouvelle qu'il venait de lui annoncer allait sûrement lui flanquer un nouvel ulcère, dès que les médias s'en empareraient.

– On a retrouvé la montre et le portefeuille, déclara Bosch. Ils n'ont pas été volés.

– Où ça ?

Bosch hésita, bien qu'il ait déjà anticipé la question. Il hésita parce qu'il s'apprêtait à mentir à un supérieur, pour protéger quatre types qui ne méritaient pas qu'on prenne de tels risques pour eux.

– Dans le tiroir d'un bureau à son cabinet. Il a dû les oublier en partant pour regagner son pied-à-terre. Ou peut-être les a-t-il laissés volontairement, de peur de se faire agresser, justement.

Bosch songea qu'il devrait inventer une autre explication pour son rapport quand l'autopsie d'Elias révélerait la blessure *post mortem* au poignet. Il devrait expliquer que les égratignures avaient été faites pendant qu'on manipulait le corps ou qu'on l'emportait.

– Dans ce cas, peut-être Elias a-t-il été tué par un voleur armé rendu furieux par le fait qu'il n'avait pas de portefeuille, dit Irving, ignorant tout des préoccupations de Bosch. Peut-être le voleur a-t-il tiré d'abord et fouillé sa victime ensuite.

– La chronologie des faits et les angles de tir suggèrent une autre hypothèse. Ils laissent plutôt deviner un lien personnel entre le tueur et la victime, un désir de décharger sa rage sur Elias. La personne qui a fait ça connaissait la victime.

Irving posa les mains à plat sur la table et se pencha

très légèrement vers le centre. D'un ton où perçait nettement une note d'agacement, il déclara :

– Je dis simplement que vous ne pouvez pas écarter totalement les autres scénarios.

– Sans doute, mais ces scénarios, nous ne nous y intéressons pas. Ce serait une perte de temps, me semble-t-il, et, de toute façon, nous n'avons pas assez d'effectifs.

– Je vous ai dit que je voulais une enquête minutieuse. Je veux qu'on retourne chaque pierre.

– Nous nous occuperons des pierres plus tard. Écoutez, chef, si vous vous focalisez sur cette hypothèse pour pouvoir dire aux médias qu'il s'agit d'un crime crapuleux, très bien, libre à vous. Je me fous de ce que vous allez raconter à la presse. J'essaye simplement de vous expliquer où on en est et dans quelle direction nous allons chercher.

– Très bien. Continuez.

Il esquissa un petit geste de la main, comme pour mettre fin à la discussion.

– Nous devons éplucher les dossiers d'Elias et dresser la liste des suspects potentiels. C'est-à-dire tous les flics qu'il a crucifiés devant un tribunal ou vilipendés dans les médias pendant des années. Voire les deux. Tous les rancuniers. Sans oublier les policiers qu'il s'apprêtait à épingler à son tableau de chasse dès lundi.

Irving ne trahit aucune réaction cette fois. Bosch avait l'impression qu'il pensait déjà à la prochaine heure, lorsque le chef de la police et lui s'avanceraient au bord du précipice pour s'adresser à la presse.

– Mais nous sommes handicapés, ajouta Bosch. Carla Entrenkin a été désignée par le juge des mandats comme auxiliaire indépendant afin d'assurer la protection des clients d'Elias. En ce moment même, elle est dans son cabinet et refuse de nous laisser entrer.

– Je croyais que vous aviez retrouvé le portefeuille et la montre de la victime dans son bureau ?

– Exact. Juste avant qu'Entrenkin débarque et nous fiche à la porte.

– Comment a-t-elle été choisie ?

– Elle affirme que le juge l'a contactée en pensant qu'elle serait parfaite dans ce rôle. Elle est là-bas avec une adjointe du procureur. J'espère recevoir le premier lot de dossiers dès cet après-midi.

– OK. Quoi d'autre ?

– Il y a un truc que vous devez savoir. Avant qu'Entrenkin nous fiche dehors, nous sommes tombés sur deux choses intéressantes. La première, ce sont des notes prises par Elias. En les lisant, il apparaît qu'il possédait un informateur ici même. A Parker Center, je veux dire. Quelqu'un de haut placé, apparemment, et qui pouvait avoir accès à de vieux dossiers, des enquêtes des Affaires internes classées sans suite. Les notes font allusion à un différend. L'informateur ne voulait pas, ou ne pouvait pas, transmettre à Elias des informations que lui réclamait celui-ci concernant l'affaire Black Warrior.

Irving observa Bosch sans rien dire : il réfléchissait. Quand il parla enfin, sa voix était encore plus distante :

– Cet informateur est-il nommé ?

– Non. Pas dans ce que j'ai lu en tout cas, c'est-à-dire très peu. Le nom était codé.

– Quels renseignements réclamait Elias ? Se pourrait-il qu'il y ait un lien avec son assassinat ?

– Je l'ignore. Si vous voulez que je cherche de ce côté-là, je le ferai. Mais je pensais qu'il y avait d'autres priorités. A savoir les policiers qu'il a traînés devant les tribunaux dans le passé, et ceux qu'il allait y traîner dès lundi. Et il y a une deuxième chose que nous avons découverte dans son bureau avant d'en être chassés.

– De quoi s'agit-il ?

– En fait, cette découverte ouvre deux nouvelles voies à explorer.

Rapidement, Bosch évoqua la photo de Maîtresse Regina et la possibilité qu'Elias se soit adonné aux « relations qui font mal », pour reprendre l'expression de Chastain. Visiblement très intéressé par ce nouvel aspect de l'enquête, Irving demanda à Bosch ce qu'il comptait faire à ce niveau-là.

– Pour commencer, j'ai l'intention de retrouver et d'interroger cette femme pour savoir si Elias était véritablement en contact avec elle. On verra bien où ça nous mène.

– Quelle est la deuxième voie dont vous parliez ?

– La famille. Que ce soit avec cette Regina ou avec quelqu'un d'autre, Elias était apparemment un chaud lapin. Nous avons trouvé dans son pied-à-terre des éléments qui le suggèrent. Si sa femme était au courant de ses aventures, nous sommes en présence d'un mobile. Attention, ce ne sont que des hypothèses. Pour le moment, rien n'indique qu'elle savait quoi que ce soit, et à plus forte raison qu'elle ait organisé ou commis cet assassinat. D'autant que cela va à l'encontre de l'interprétation psychologique des faits.

– C'est-à-dire ?

– Ce meurtre ne ressemble pas à l'œuvre d'un tueur à gages désintéressé. Il y a énormément de rage dans la méthode employée. Pour moi, le meurtrier connaissait Elias et le haïssait… au moment du meurtre en tout cas. Je dirais également que c'est l'œuvre d'un homme.

– Et pourquoi donc ?

– A cause de la balle tirée dans l'anus. C'est un acte de vengeance. Une sorte de viol. Ce sont les hommes qui violent, pas les femmes. Instinctivement, je me dis que ça innocente la veuve. Mais mon instinct m'a déjà trompé. C'est une piste à approfondir. Il y a également le fils. Comme je vous l'ai dit, il a réagi de manière plutôt violente quand nous lui avons annoncé la nouvelle. Mais nous ignorons quels étaient ses rapports avec son père. Par contre, nous savons que ce gamin a déjà manié des armes à feu – il y avait une photo chez lui.

Irving pointa le doigt sur Bosch en signe de mise en garde.

– Allez-y en douceur avec la famille. Faites très attention. Il faut procéder avec beaucoup de doigté.

- Comptez sur moi.

- Je ne veux pas que ça nous pète à la gueule.

- Soyez tranquille.

Irving consulta sa montre encore une fois.

– Pourquoi vos collègues n'ont-ils toujours pas rappelé ?

– Je ne sais pas, chef. Je me posais justement la même question.

– Rappelez-les. Il faut que j'aille rejoindre le chef. Je veux que votre équipe et vous soyez dans la salle de la conférence de presse à 11 heures.

– Il vaudrait mieux que je retourne enquêter. J'ai...

– C'est un ordre, inspecteur, dit Irving en se levant. Il n'y a pas à discuter. Vous n'aurez pas à répondre aux questions, mais je veux vous avoir sous la main.

Bosch reprit la planchette porte-documents et la jeta dans sa mallette.

– Très bien, j'y serai, dit-il bien qu'Irving fût déjà sorti.

Bosch resta assis quelques minutes pour réfléchir. Il savait qu'Irving allait maintenant emballer dans un joli paquet toutes les informations qu'il venait de lui donner pour les transmettre au chef de la police. Et tous les deux, ils se creuseraient la cervelle pour leur donner une meilleure apparence encore avant de les présenter à la presse.

Il regarda sa montre. Il disposait d'une demi-heure avant le début de la conférence de presse. Avait-il le temps de foncer à la station de métro pour récupérer le portefeuille et la montre d'Elias ? Il devait absolument mettre la main sur les objets personnels de l'avocat assassiné, surtout après avoir affirmé à Irving qu'ils étaient en sa possession.

Finalement, il se dit qu'il n'avait pas assez de temps devant lui. Il décida de profiter de ce petit répit pour s'offrir un café et passer un coup de téléphone. Il se dirigea de nouveau vers le meuble de classement pour appeler chez lui. Une fois de plus, il tomba sur le répondeur. Il raccrocha en entendant sa propre voix lui annoncer qu'il n'était pas là.

# 14

Trop nerveux pour attendre le début de la conférence de presse, Bosch décida finalement de sauter dans sa voiture pour se rendre à la station de métro de First and Hill. Elle n'était qu'à trois minutes de Parker Center et il était sûr de revenir à temps… Il se gara illégalement le long du trottoir, juste devant l'entrée du métro. C'était un des avantages qu'on avait quand on roulait dans une voiture de police : on ne craignait pas d'attraper des PV pour stationnement illicite. Avant de descendre, il prit la matraque glissée dans la poche de la portière.

Il descendit l'escalator au petit trot et avisa une poubelle près des portillons automatiques. Tel qu'il voyait les choses, Rooker et son équipier avaient quitté la scène du crime en emportant les objets volés et s'étaient arrêtés au premier endroit où ils étaient sûrs de trouver une poubelle. L'un des deux avait attendu en haut, dans la voiture, pendant que l'autre dévalait l'escalier mécanique de la station de métro pour se débarrasser du portefeuille et de la montre. Bosch était donc prêt à parier que cette poubelle était la bonne. C'était un grand réceptacle blanc de forme rectangulaire avec le logo du Metrolink peint sur les côtés. Un couvercle bleu recouvrait la trappe de vidange. Bosch s'empressa de l'ôter pour regarder à l'intérieur. La poubelle était pleine, mais on n'apercevait aucune enveloppe en papier kraft sur le dessus.

Bosch posa le couvercle par terre et se servit de sa matraque pour remuer les vieux journaux, les emballages de fast-food et les ordures diverses. La poubelle empestait comme si elle n'avait pas été vidée depuis plusieurs jours, ni nettoyée depuis plusieurs mois. Il découvrit un porte-monnaie vide et une vieille chaussure. Utilisant sa matraque comme une rame pour plonger plus profondément, il commençait à craindre qu'un des nombreux sans-abri qui traînaient dans le quartier ne l'ait devancé et n'ait trouvé avant lui la montre et le portefeuille.

Juste avant d'atteindre le fond, alors qu'il était sur le point d'abandonner pour aller inspecter une des autres poubelles de la station, il aperçut une enveloppe maculée de ketchup. Il la sortit en la tenant soigneusement entre deux doigts. Il la déchira pour l'ouvrir, en prenant soin d'ôter le maximum de ketchup avec le morceau qu'il arrachait. A l'intérieur se trouvaient un portefeuille en cuir marron et une montre Cartier en or.

Il prit l'escalator pour remonter à la surface, mais cette fois il se laissa transporter tandis qu'il inspectait le contenu de l'enveloppe. Le bracelet de la montre était lui aussi en or, ou en plaqué ; c'était un bracelet extensible qui se glisse autour de la main et du poignet. Il agita légèrement l'enveloppe afin de déplacer la montre sans y toucher. Il cherchait d'éventuels fragments de peau qui auraient pu rester coincés dans le bracelet. En vain.

De retour dans la voiture, il enfila des gants, sortit le portefeuille et la montre de l'enveloppe déchirée et jeta celle-ci par-dessus le dossier du siège, sur la banquette arrière. Il inspecta ensuite les différentes poches du portefeuille. Elias possédait six cartes de crédit en plus de ses cartes d'identité et de mutuelle. Il gardait sur lui des petites photos, réalisées en studio, de sa femme et de son fils. Dans le soufflet destiné aux billets, il y avait trois reçus de carte de crédit et un chèque vierge. Mais pas d'argent liquide.

La mallette de Bosch était posée sur le siège du passager. Il l'ouvrit pour sortir la planchette porte-documents et passer en revue les divers formulaires jusqu'à ce qu'il tombe sur la liste des objets retrouvés sur la victime. L'adjoint du légiste qui avait fouillé les poches d'Elias n'avait découvert qu'une pièce de 25 cents.

– Bande de salopards ! cracha-t-il à voix haute en comprenant que celui ou ceux qui avaient volé le portefeuille en avaient profité pour rafler l'argent qu'il contenait.

Il était en effet peu probable qu'Elias soit rentré chez lui avec uniquement le quarter nécessaire pour prendre le funiculaire.

Une fois de plus, Bosch se demanda pourquoi il prenait autant de risques pour des types qui n'en valaient pas la peine. Il essaya de chasser cette pensée de son esprit, car il était trop tard pour revenir en arrière de toute façon. Il était complice des conspirateurs. Il secoua la tête, écœuré par lui-même, puis il déposa la montre et le portefeuille dans deux sachets en plastique différents, colla une étiquette blanche sur chacun et y inscrivit le numéro de l'affaire, la date et l'heure : 6 h 45. Il ajouta une brève description des deux objets et du tiroir dans lequel on les avait découverts, écrivit ses initiales dans le coin de chaque étiquette et rangea les sachets dans sa mallette.

Il jeta un coup d'œil à sa montre avant de mettre le contact. Il lui restait dix minutes pour arriver à la conférence de presse. Pas de problème.

Les journalistes étaient si nombreux que plusieurs d'entre eux avaient dû rester debout à la porte de la salle, trop petite pour accueillir tout le monde. Bosch se fraya un passage en jouant des coudes et en s'excusant. Arrivé à l'intérieur, il découvrit que le fond de la salle était

171

envahi, d'un bout à l'autre, de caméras de télévision sur pieds et de cameramen. Il en dénombra douze et conclut que l'affaire aurait droit à une couverture nationale. Il y avait à Los Angeles huit chaînes de télévision qui traitaient les informations locales, en comptant la chaîne en langue espagnole. Tous les flics savaient que s'il y avait plus de huit caméras sur les lieux d'un crime ou lors d'une conférence de presse, l'événement prenait une ampleur nationale. C'était une grosse affaire, une affaire à haut risque.

Au centre de la salle, toutes les chaises pliantes étaient occupées. Il y avait là une quarantaine de journalistes ; ceux de la télé étaient nettement identifiables à leurs jolis costumes et à leur maquillage, alors que ceux de la radio ou de la presse écrite se reconnaissaient à leurs jeans et à leurs cravates mal nouées.

Sur l'estrade régnait une vive agitation. Des preneurs de son branchaient leur matériel au-dessus d'une forêt de micros de plus en plus touffue. L'un d'eux, debout derrière le lutrin, faisait des essais de son. Légèrement en retrait, sur le côté, Irving discutait à voix basse avec deux policiers en uniforme ; l'un et l'autre arboraient des galons de lieutenant. Bosch reconnut Tom O'Rourke, chargé des relations avec la presse. L'autre, il ne le connaissait pas, mais supposa qu'il s'agissait de l'adjoint d'Irving, Michael Tulin, celui qui l'avait réveillé quelques heures plus tôt. Un quatrième homme se tenait de l'autre côté de l'estrade, seul. Il portait un costume gris et Bosch ignorait qui il était. Le chef de la police était invisible. Il n'était pas encore arrivé. Le chef de la police n'attendait pas que les journalistes soient prêts. C'était l'inverse.

Apercevant Bosch, Irving lui fit signe de le rejoindre sur l'estrade. Bosch gravit les trois marches et Irving le prit aussitôt par l'épaule pour l'entraîner loin des oreilles indiscrètes.

– Alors, où sont vos équipiers ?

– Je suis toujours sans nouvelles d'eux.

– C'est inacceptable, inspecteur. Je vous ai demandé de me les amener.

– Tout ce que je peux dire, chef, c'est qu'ils doivent être en train de mener un interrogatoire délicat et ne veulent pas briser leur élan pour répondre à mon appel. Ils sont retournés interroger l'épouse et le fils d'Elias. Cela exige énormément de tact, surtout dans une affaire comme…

– Ce n'est pas mon problème. Je voulais qu'ils soient présents, un point c'est tout. S'ils ne sont pas avec vous pour la prochaine conférence de presse, je disperse votre équipe aux quatre coins de la ville ; vous serez obligés de demander une journée de congé pour déjeuner ensemble.

Bosch dévisagea Irving

– C'est noté, chef

– Très bien. Tenez-vous-le pour dit. Ça va bientôt commencer. O'Rourke va aller chercher le chef. Vous n'aurez pas à répondre aux questions. Ne vous inquiétez pas.

– Pourquoi suis-je ici, alors ? Je peux m'en aller ?

Irving semblait sur le point de laisser échapper un juron pour la première fois de sa carrière, pour la première fois de sa vie peut-être. Son visage s'était empourpré et les muscles puissants de sa mâchoire roulaient sous sa peau.

– Vous êtes ici pour répondre à mes questions ou à celles du chef de la police. Vous ne pourrez partir que quand je vous le dirai.

Bosch leva les mains en l'air pour montrer qu'il n'insistait pas et recula d'un pas pour s'appuyer contre le mur en attendant le début du spectacle. Irving alla glisser quelques mots à son adjoint, puis tous les deux se dirigèrent vers l'homme au costume gris. Bosch balaya l'assemblée du regard. Les puissants projecteurs des caméras de télévision l'aveuglaient, mais au-delà du halo lumineux il parvint à distinguer quelques visages qu'il connaissait, personnellement ou pour les avoir vus à la télé. Ses yeux se posant sur Keisha Russell, il essaya de détourner la tête avant que la journaliste du *Times* l'aperçoive, mais trop tard. Leurs regards se croisèrent ; elle lui adressa un petit signe de tête, presque imperceptible. Bosch ne répondit pas. N'importe qui pouvait l'apercevoir. Or il n'était jamais bon d'avouer en public qu'on connaissait un journaliste. Bosch se contenta de soutenir le regard de Russell quelques instants, avant de tourner la tête.

La porte située sur le côté de l'estrade s'ouvrit ; O'Rourke apparut et se retourna de façon à tenir la porte au chef de la police, qui entra avec un visage encore plus sombre que son costume gris anthracite. O'Rourke monta sur l'estrade et se pencha vers la forêt de micros. Il était beaucoup plus grand que le chef de la police, pour qui on avait installé ces micros.

– Tout le monde est prêt ?

Quelques cameramen au fond de la pièce crièrent « Non ! » ou « Pas encore ! », mais O'Rourke les ignora.

– Le chef de la police va d'abord vous faire une brève déclaration concernant les événements survenus aujourd'hui, puis il répondra à quelques questions. Mais seuls les aspects généraux de cette affaire seront évoqués pour le moment, car l'enquête est en cours. Le chef adjoint Irving est là également pour répondre aux questions. Si nous procédons avec discipline, nous irons plus vite et tout le monde y trouvera son compte. Chef ?

O'Rourke s'écarta et le chef de la police s'approcha du lutrin. C'était un homme imposant. Grand, brun et beau, il avait été flic pendant trente ans à Los Angeles et savait s'y prendre avec les médias. Toutefois, il était tout nouveau au poste de chef de la police : on l'avait nommé l'été précédent, juste après que son prédécesseur, un poids lourd venu de l'extérieur, sans sympathie pour la police, pas plus que pour la communauté noire, avait été mis sur la touche au profit de l'homme du sérail, assez séduisant pour tenir son propre rôle dans un film produit par Hollywood. Bosch avait l'impression que cette affaire constituerait pour le nouveau chef de la police son premier véritable test. D'ailleurs, il était certain que le chef partageait ce sentiment.

– Bonjour, dit celui-ci. J'ai de bien tristes nouvelles à vous annoncer. Deux citoyens de cette ville ont trouvé la mort cette nuit, ici, dans le centre. Catalina Perez et Howard Elias voyageaient séparément à bord de l'Angels Flight quand ils ont été abattus avec une arme à feu, un peu avant 23 heures. La plupart des habitants de cette ville connaissent Howard Elias. Idolâtré ou détesté, il faisait partie intégrante de notre communauté et a façonné notre culture. A l'inverse, Catalina Perez, comme beaucoup d'entre nous, n'était pas une personne connue. C'était une femme qui luttait pour faire vivre sa famille : un mari et deux jeunes enfants. Elle faisait des ménages. Elle travaillait dur, jour et nuit. Elle rentrait chez elle pour retrouver les siens quand on l'a abattue. Si je viens ici devant vous ce matin, c'est pour assurer à nos concitoyens que ces deux meurtres ne resteront pas impunis ; ils ne seront pas oubliés. Soyez certains que nous œuvrerons sans relâche pour que justice soit rendue à Catalina Perez et Howard Elias.

Bosch ne pouvait qu'admirer la tactique du chef. Il mettait les deux victimes dans le même sac pour ne pas laisser croire qu'Elias était la véritable cible et Perez juste une pauvre femme prise entre deux feux. Il tentait habilement d'en faire deux victimes identiques de la violence idiote et souvent gratuite qui rongeait la ville comme un cancer.

– A ce stade, nous ne pouvons pas entrer dans les détails à cause de l'enquête. Mais je peux déjà vous dire que la police est sur plusieurs pistes et tout porte à croire que le ou les meurtriers seront très vite identifiés et traduits devant la justice. En attendant, nous demandons aux habitants de Los Angeles de garder leur calme et de nous laisser faire notre travail. Pour le moment, nous devons surtout nous garder de conclusions trop hâtives. Ne faisons pas d'autres victimes. Les services de police, que ce soit par mon intermédiaire ou par celui du chef adjoint Irving, vous tiendront régulièrement informés de l'évolution de l'enquête. Toute information non préjudiciable au déroulement de l'enquête et à d'éventuelles poursuites judiciaires vous sera fournie.

Sur ce, le chef recula d'un pas et se tourna vers O'Rourke, signe qu'il avait terminé. O'Rourke s'avança vers le lutrin, mais à peine eut-il fait un pas qu'un chœur tonitruant s'éleva de la masse des journalistes : « Chef ! Chef ! » Au-dessus de ce brouhaha monta la voix grave et puissante d'un seul journaliste, une voix reconnaissable par Bosch et tous ceux qui possédaient un téléviseur. C'était celle de Harvey Button, de Channel 4.

– Est-ce un policier qui a tué Howard Elias ?

La question provoqua un bref instant de silence avant que la clameur reprenne. Le chef de la police revint vers le lutrin en levant les mains en l'air comme s'il essayait de calmer une meute de chiens.

– Une seconde, une seconde. Ne criez pas tous en même..

– Est-ce un flic qui a fait le coup ? Pouvez-vous répondre à cette question, oui ou non ?

C'était encore Button. Cette fois, ses collègues restèrent muets et, ce faisant, se rangèrent derrière lui ; leur silence imposait au chef de la police de répondre. Après tout, c'était bien la question essentielle. Toute la conférence de presse pouvait se résumer à cette seule question et à sa réponse.

– A ce stade, je ne peux pas vous répondre. L'enquête se poursuit. Certes, nous connaissons tous les rapports

176

de Howard Elias avec la police. Nous ne ferions pas notre travail en négligeant cette piste. Sachez que nous ne nous voilerons pas la face. Nous cherchons dans cette voie. Mais pour le moment...

– Comment la police peut-elle enquêter sur elle-même tout en conservant sa crédibilité auprès de la communauté noire ?

C'était encore Button.

– Vous avez raison de soulever ce point, monsieur Button. Premièrement, la communauté noire peut être assurée que cette enquête ira jusqu'à son terme, quel qu'en soit le résultat. Quelles que soient les retombées. Si le coupable est un officier de police, il sera traduit en justice. Je vous le garantis. Deuxièmement, la police est assistée dans sa tâche par l'inspectrice générale Carla Entrenkin, qui, comme vous le savez tous, est un observateur civil placé sous le contrôle direct de la Commission, du conseil municipal et du maire.

Le chef leva de nouveau la main en l'air pour couper une autre question émanant de Button.

– Je n'ai pas terminé, monsieur Button. Pour finir, j'aimerais vous présenter l'agent spécial Gilbert Spencer, de l'antenne locale du FBI. J'ai longuement discuté de ce crime et de cette enquête avec M. Spencer et celui-ci a accepté de nous apporter l'aide du FBI. Dès demain, des agents fédéraux travailleront donc main dans la main avec les inspecteurs du LAPD pour tenter de parvenir le plus vite possible à la conclusion de cette enquête.

Bosch s'efforça de ne laisser paraître aucune émotion en entendant le chef de la police annoncer l'intervention du FBI. Il n'était pas choqué par cette nouvelle. C'était une tactique astucieuse de la part du chef : elle lui permettrait peut-être de gagner un peu de temps vis-à-vis de la communauté noire. Peut-être serait-ce aussi un moyen de résoudre l'affaire, même si cette considération passait sans doute au second plan dans les préoccupations du chef. Celui-ci voulait surtout éteindre l'incendie avant qu'il n'éclate. Pour ce faire, le FBI constituait une bonne lance de pompier. Néanmoins, Bosch était furieux d'apprendre la nouvelle en même temps que Harvey Button et tous les autres. Il jeta un œil en direction d'Irving, qui le capta avec son radar et se tourna vers lui. Les deux hommes échangèrent un regard noir, jusqu'à ce qu'Irving reporte son attention sur le lutrin, derrière lequel Spencer venait de prendre position.

– Je n'ai pas grand-chose à dire pour l'instant, déclara l'agent du FBI. Nous allons affecter une équipe à cette enquête. Nos agents travailleront avec les hommes du LAPD et nous pensons que tous ensemble nous parviendrons à élucider rapidement cette affaire.

– Allez-vous enquêter sur les policiers impliqués dans le dossier Black Warrior ? lança un journaliste.

– Nous ne négligerons aucun élément, mais ne comptez pas sur moi pour vous livrer notre stratégie à ce stade. A partir de maintenant, toutes les questions, tous les communiqués de presse transiteront par le LAPD. Le FBI, quant à lui…

– A quel titre le FBI intervient-il dans cette affaire ? demanda Button.

– D'après les textes, le FBI a le pouvoir d'ouvrir une enquête pour déterminer si les droits d'un individu ont été violés dans le cadre de l'application de la loi.

– C'est-à-dire ?

– Par un représentant de la loi, si vous préférez. Je vais maintenant transmettre la parole à…

Spencer tourna le dos aux micros et s'éloigna sans achever sa phrase. De toute évidence, il n'aimait pas être sous les feux des projecteurs. Le chef de la police prit sa place pour présenter Irving, qui s'approcha à son tour pour lire un communiqué de presse comportant quelques détails sur le crime et l'enquête. Des généralités, rien de très intéressant. Le nom de Bosch était cité en tant qu'inspecteur responsable de l'enquête. Le communiqué expliquait également pourquoi un conflit d'intérêts potentiel avec le RHD et des problèmes de planning avaient conduit à ce que ce soit une équipe de la brigade de Hollywood qui mène l'enquête. Irving se déclara ensuite prêt à répondre à quelques questions, non sans avoir rappelé qu'il ne pouvait pas prendre le risque de nuire à l'enquête en dévoilant des informations capitales.

– Pouvez-vous nous en dire davantage sur la direction suivie par l'enquête ? demanda un journaliste avant tous les autres.

– Le champ de l'enquête est vaste, répondit Irving. Nous nous intéressons à toutes les hypothèses : des policiers susceptibles d'en vouloir à Howard Elias au crime crapuleux. Nous…

– Justement ! aboya un autre journaliste qui savait qu'il fallait poser sa question avant que la personne interrogée ait fini de répondre à la précédente, sinon personne ne vous entendait dans la cacophonie. A-t-on trouvé sur le lieu du crime des éléments qui permettent de croire à un acte crapuleux ?

– Nous n'évoquerons pas les détails liés au lieu et aux circonstances du crime.

– D'après mes sources, on n'a retrouvé ni portefeuille ni montre sur le corps.

Bosch regarda le journaliste qui avait posé cette question. Ce n'était pas un gars de la télé ; ça se voyait à son costume froissé. Par ailleurs, il ne travaillait sans doute pas pour le *Times* puisque Keisha Russell était déjà dans la salle. Bosch ignorait de qui il s'agissait, mais, apparemment, il avait bénéficié de fuites.

Irving ne répondit pas immédiatement, comme s'il réfléchissait à ce qu'il pouvait dire ou pas.

– Votre information est exacte, mais incomplète. M. Elias a, semble-t-il, laissé son portefeuille et sa montre dans le tiroir de son bureau en quittant son cabinet hier soir. On a retrouvé ces objets aujourd'hui. Évidemment, cela n'exclut pas la théorie du crime crapuleux, mais l'enquête n'est pas encore assez avancée et nous n'avons pas suffisamment d'éléments pour tirer de telles conclusions.

Keisha Russell, toujours très détendue, n'avait pas hurlé en même temps que la meute pour attirer l'attention. Elle restait sagement assise, la main levée, attendant que les autres épuisent leur lot de questions et qu'Irving se tourne vers elle pour lui donner la parole. Ce qu'il fit après quelques questions redondantes émanant des journalistes de la télévision.

– Vous dites qu'on a retrouvé les affaires personnelles de M. Elias dans son bureau. Avez-vous fouillé son cabinet et, si oui, des mesures ont-elles été prises pour protéger le secret professionnel qui liait M. Elias à ses clients, dont la plupart attaquent en justice ceux-là mêmes qui ont mené la perquisition à son cabinet ?

– Très bonne question, répondit Irving. Nous n'avons pas effectué une perquisition complète des bureaux de la victime pour la raison que vous évoquez. C'est là que l'inspectrice générale Entrenkin entre en jeu. Elle est actuellement en train de consulter tous les dossiers de la victime et les remettra à nos enquêteurs après en avoir extrait toutes les informations sensibles susceptibles d'être protégées par le secret professionnel. Cette précaution a été ordonnée par le juge qui a rédigé les mandats de perquisition pour le cabinet d'Elias. Je crois savoir que la montre et le portefeuille ont été découverts sur le bureau de la victime, ou dans un tiroir, comme si leur propriétaire les avait simplement oubliés hier soir en quittant son travail. Voilà, je crois que nous avons fait le tour de la question. Nous devons nous concentrer sur notre enquête. Dès que nous aurons du nouveau…

– Une dernière question ! lança Russell. Pourquoi les services de police sont-ils passés en douze/douze ?

Irving s'apprêtait à répondre, mais se retourna vers le chef de la police qui lui fit un signe de tête et revint vers les micros.

– Nous voulons nous tenir prêts à toute éventualité, dit-il. Les roulements de douze heures permettent d'avoir plus de policiers dans les rues, à tout moment. Nous pensons que les habitants de cette ville garderont leur calme et nous laisseront le temps de mener cette enquête, mais, en guise de précaution, j'ai institué un plan d'urgence qui oblige tous les policiers à travailler par tranches de douze heures, et cela jusqu'à nouvel ordre.

– S'agit-il du plan élaboré après les dernières émeutes ? demanda Russell. Lorsque la police s'est trouvée prise au dépourvu parce qu'elle n'avait pas de plan, justement ?

– Il s'agit du plan établi en 1992, en effet.

Le chef s'apprêtait à partir, mais Russell lui lança encore :

– Vous redoutez donc des violences ?

C'était une affirmation, plus qu'une question. Le chef revint vers les micros.

– Non, mademoiselle… Russell. Je ne redoute aucune violence. Comme je vous l'ai déjà dit, ce sont des mesures de précaution. Je suis certain que les habitants de cette ville agiront de manière calme et responsable. Espérons que les médias sauront en faire autant.

Il attendit une nouvelle réaction de Russell, mais cette fois elle ne vint pas. O'Rourke s'avança vers le lutrin et se pencha devant le chef pour parler dans les micros :

– Voilà, la conférence est terminée. On vous distribuera des photocopies du communiqué du chef Irving dans la salle de presse dans environ un quart d'heure…

Tandis que les journalistes sortaient lentement de la salle en file indienne, Bosch ne quittait pas des yeux l'homme qui avait posé la question concernant le portefeuille et la montre. Il était curieux de savoir qui était ce journaliste et pour quel organe de presse il travaillait. Le bouchon provoqué à la sortie par la confluence de deux flots humains porta cet homme à la hauteur de Button et ils échangèrent quelques mots. Bosch trouva cela étrange, car il n'avait jamais vu un journaliste de la presse écrite s'abaisser à adresser la parole à un confrère de la télé.

– Inspecteur ?

Bosch se retourna. Le chef de la police se tenait juste derrière lui, main tendue en avant. Bosch la serra, instinctivement.

Cela faisait presque vingt-cinq ans qu'il était dans la police, cinq ans de moins que le chef, et pourtant les deux hommes n'avaient jamais eu l'occasion de s'adresser la parole, et encore moins de se serrer la main.

– Chef.

– Ravi de vous rencontrer. Je veux que vous sachiez à quel point nous comptons sur vous et votre équipe. Si vous avez besoin de quoi que ce soit, n'hésitez pas à me contacter ou à vous adresser à Irving. Pour n'importe quoi.

– Pour le moment, je crois que nous n'avons besoin de rien. Mais j'aurais aimé être averti de l'intervention du FBI.

Le chef hésita, un court instant seulement. Il semblait juger que la récrimination de Bosch n'avait aucune importance.

– Je ne pouvais pas faire autrement. J'ai eu la confirmation de l'intervention du FBI juste avant le début de la conférence de presse.

Le chef se tourna pour chercher l'agent du FBI. Celui-ci discutait avec Irving. Il leur fit signe de les rejoindre et présenta Bosch à Spencer. Bosch crut percevoir une lueur de mépris dans le regard de l'agent fédéral. Il n'avait jamais entretenu de très bonnes relations avec le FBI. Certes, il n'avait jamais eu affaire directement à Spencer, mais si celui-ci était responsable de l'antenne du FBI à Los Angeles, nul doute qu'il avait entendu parler de Bosch.

– Eh bien, comment allons-nous procéder, messieurs ? demanda le chef.

– Je convoquerai tous mes hommes ici même à 8 heures demain matin, si vous le souhaitez, dit Spencer.

– Excellent. Chef Irving ?

– C'est parfait. Nous établirons le QG dans la salle de réunion située à côté de mon bureau. Notre équipe sera là à 8 heures également. Nous ferons le point et nous aviserons ensuite.

Tout le monde hocha la tête, sauf Bosch. Il savait qu'il n'avait pas voix au chapitre.

Le petit groupe se sépara et se dirigea vers la porte latérale par laquelle était entré le chef. Bosch se retrouva à côté d'O'Rourke. Il lui demanda s'il savait qui était le journaliste qui avait posé la question sur la montre et le portefeuille.

– Tom Chainey.

Ce nom lui disait vaguement quelque chose.

– Il est journaliste ?

– Pas vraiment. Il a travaillé longtemps pour le *Times*, mais maintenant il bosse à la télé. C'est le producteur de Harvey Button. Son physique ne lui permet pas de se montrer devant la caméra. Alors, on le paie grassement pour dénicher des scoops pour Harvey et pour lui souffler ce qu'il doit dire et demander. Histoire de rehausser son image. Harvey a le physique et la voix. Chainey a la matière grise. Pourquoi cette question, au fait ? Je peux vous aider ?

– Non, simple curiosité.

– C'est à cause de sa question ? Comme je vous le disais, Chainey a pas mal roulé sa bosse. Il a des contacts. Plus que la majorité de ses collègues.

Ils sortirent dans le couloir et Bosch tourna à gauche

pour regagner la salle de réunion d'Irving. Il brûlait d'envie de quitter ce bâtiment, mais ne voulait pas attendre l'ascenseur avec tous les journalistes.

Irving l'attendait dans la salle de réunion. Assis à la même place que précédemment.

– Désolé pour l'histoire du FBI, dit-il. Je l'ai appris au dernier moment. C'était une idée du chef.

– Oui, il paraît. C'est sans doute une bonne idée.

Sur ce, il garda le silence ; il attendait qu'Irving prenne l'initiative.

– Je veux que votre équipe finisse les interrogatoires en cours et, ensuite, tout le monde s'offrira une bonne nuit de sommeil parce que demain on remet ça.

Bosch dut se retenir pour ne pas faire non de la tête.

– Vous voulez dire qu'on laisse tout en plan en attendant l'arrivée du FBI ? Bon sang, chef ! Il s'agit d'un meurtre... d'un double meurtre. On ne peut pas tout laisser en plan et recommencer à zéro demain.

– Je ne vous demande pas de tout laisser tomber. Je vous ai dit de terminer ce que vous aviez commencé. Demain, on fait le point et on établit un nouveau plan de bataille. Je veux que vous soyez tous en pleine forme, prêts à foncer.

- Très bien. Comme vous voulez.

Mais Bosch n'avait aucune intention d'attendre le FBI. Son intention était de continuer l'enquête, d'aller de l'avant et de voir où cela conduisait. Irving pouvait bien dire ce qu'il voulait.

– Puis-je avoir une clé de cette pièce ? demanda-t-il Nous n'allons pas tarder à recevoir les premiers dossiers envoyés par Entrenkin. Il faut les mettre en lieu sûr

Irving fit basculer le poids de son corps sur le côté pour glisser la main dans sa poche de pantalon. Il en sortit une clé attachée à un anneau et la fit glisser sur la table. Bosch la ramassa et l'ajouta aussitôt à son porte-clés.

– Combien de personnes ont un double de cette clé ? demanda-t-il. Juste pour savoir.

– Ne vous inquiétez pas, inspecteur. Personne n'entrera ici sans appartenir à l'équipe ou sans avoir mon autorisation.

Bosch hocha la tête, bien qu'Irving n'ait pas répondu à sa question.

# 15

En franchissant les portes vitrées de Parker Center, Bosch découvrit les prémices de la fabrication et du conditionnement d'un événement médiatique. Une demi-douzaine d'équipes de la télévision et des reporters étaient éparpillés sur le parvis, prêts à réaliser leur reportage en direct, en guise d'introduction à l'enregistrement de la conférence de presse. Le long du trottoir s'étendait la forêt électronique : une rangée de camionnettes de télétransmission coiffées de leurs antennes dressées. On était samedi, jour habituellement calme sur le front de l'information. Mais le meurtre de Howard Elias constituait un événement énorme. Gros titres assurés. Le rêve de tout rédacteur en chef réquisitionné pour le week-end. Les chaînes locales prendraient l'antenne à midi. Et ce serait parti. La nouvelle du meurtre d'Elias allait se répandre à travers la ville comme le souffle brûlant du Santa Anna, mettant les nerfs à fleur de peau et transformant peut-être les frustrations muettes en actions bruyantes et malveillantes. La police, comme tous les habitants de Los Angeles d'ailleurs, attendait de voir de quelle manière ces jeunes et belles personnes de la télé allaient retransmettre les informations qu'elle leur avait données. Elle espérait que leurs reportages n'attiseraient pas les tensions qui couvaient déjà au sein de la communauté noire. Elle espérait aussi que les journalistes feraient preuve de retenue, d'intégrité et de bon sens, qu'ils se contenteraient de rapporter les faits, sans spéculation ni déformations. Mais Bosch savait que ces espoirs n'avaient pas plus d'avenir qu'Elias au moment où il était monté à bord de l'Angels Flight, un peu plus de douze heures auparavant.

Bosch tourna immédiatement à gauche pour se diriger vers le parking réservé au personnel, en prenant soin de ne pas entrer dans le champ des caméras. Il n'avait aucune envie d'apparaître aux informations, sauf en cas d'absolue nécessité.

Il parvint à passer inaperçu et à atteindre sa voiture. Dix minutes plus tard, il se garait illégalement devant le Bradbury, juste derrière une autre camionnette de la télévision. Il scruta les environs avant de descendre de voiture, sans apercevoir les membres de l'équipe de télé. Il pensa qu'ils devaient s'être rendus au terminus de l'Angels Flight pour enregistrer des images qui serviraient à illustrer leur reportage.

Après avoir pris le vieil ascenseur jusqu'au dernier étage, il poussa la grille et sortit sur le palier, pour se retrouver nez à nez avec Harvey Button, son producteur et un cameraman. Il y eut un silence gêné tandis que Bosch essayait de contourner le trio. Finalement, le producteur demanda :

– Inspecteur Bosch, c'est bien ça ? Je me présente : Tom Chainey, Channel 4.

– Tant mieux pour vous.

– Peut-être pourrions-nous bavarder quelques instants pour…

– Non, je ne bavarde pas. Bonne journée.

Ayant réussi à se frayer un passage, Bosch se dirigea vers le cabinet d'Elias. Chainey s'adressa à lui dans son dos :

– Vous êtes sûr ? Nous avons déjà réuni un tas d'informations et si nous pouvions obtenir une confirmation, ce serait sans doute mieux pour tout le monde. Nous

187

avons tout intérêt à travailler en équipe. Vous comprenez ?

Bosch s'arrêta et se retourna.

– Non, je ne comprends pas, dit-il. Si vous voulez diffuser des informations non confirmées, c'est votre problème. Moi, je ne confirme rien. Et une équipe, j'en ai déjà une.

Sur ce, il se retourna sans attendre de réponse et continua à marcher vers la porte sur laquelle figurait le nom de Howard Elias. Chainey et Button ne firent aucune réflexion.

En entrant dans le cabinet, il découvrit Janis Langwiser assise au bureau de la secrétaire, occupée à consulter un dossier. A côté du bureau étaient posés trois cartons remplis de nouveaux dossiers. Langwiser leva la tête.

– Inspecteur Bosch.

– Bonjour. Ces cartons sont pour moi ?

Elle hocha la tête.

– C'est la première fournée. Dites, ce n'est pas très gentil ce que vous m'avez fait ce matin.

– Quoi donc ?

– Me faire croire qu'on allait embarquer ma voiture. C'était un mensonge, pas vrai ?

Bosch avait complètement oublié cette histoire.

– Euh… non, pas vraiment. Vous étiez dans une zone rouge. Ils vous l'auraient embarquée.

Il sourit en voyant qu'elle n'était pas dupe et se sentit rougir.

– Écoutez, dit-il. Il fallait que je parle à Entrenkin, en privé. Je suis désolé.

Avant que Langwiser ait pu répondre quoi que ce soit, Carla Entrenkin passa la tête dans l'entrebâillement de la porte du bureau voisin. Elle aussi tenait un dossier à la main. Bosch désigna les trois cartons par terre.

– Vous avancez, on dirait.

– Je l'espère. Puis-je vous parler un instant ?

188

– Bien sûr. Mais d'abord, j'aimerais savoir si les types de Channel 4 sont venus pour vous poser des questions ?

– Oui, répondit Langwiser. Et avant eux, on a eu la visite de Channel 9.

– Vous leur avez parlé ?

Le regard de Langwiser glissa subrepticement vers Entrenkin, avant de se fixer sur le sol. Elle ne dit rien.

– J'ai fait une brève déclaration, dit Entrenkin. Quelques banalités pour expliquer mon rôle. Puis-je vous parler ?

Elle s'écarta de l'encadrement de la porte pour laisser entrer Bosch dans la pièce des archives. Un autre carton était posé sur le bureau, à moitié enfoui sous les dossiers. Entrenkin referma la porte derrière Bosch. Elle lança le dossier qu'elle tenait à la main sur le bureau du clerc, croisa les bras et prit un air sévère.

– Qu'y a-t-il ? demanda Bosch.

– Tom Chainey vient de m'apprendre qu'on avait annoncé lors de la conférence de presse que How... que M. Elias avait laissé son portefeuille et sa montre dans un tiroir de son bureau. Or, quand je vous ai demandé de vider les lieux ce matin, je croyais qu'il était clair que...

– Je suis désolé. J'ai oublié.

Bosch posa sa mallette sur le bureau pour l'ouvrir. Il en sortit les sachets de pièces à conviction renfermant le portefeuille et la montre.

– Je les avais déjà emballés et rangés dans ma mallette quand vous êtes arrivée ce matin. Je les ai oubliés et suis reparti avec. Voulez-vous que je les remette où je les ai trouvés ?

– Non. Je voulais juste une explication. Et je ne suis pas certaine de croire celle que vous venez de me donner.

Il y eut un long silence, pendant lequel ils s'observèrent.

– C'est tout ce que vous aviez à me dire ? demanda-t-il enfin

Entrenkin se retourna vers le bureau et le dossier qu'elle était en train d'examiner.

– Je pensais que nos relations seraient plus franches.

– Écoutez, dit Bosch en refermant sa mallette. Vous avez vos petits secrets. Laissez-moi les miens. Ce qui compte, c'est de savoir qu'Elias n'a pas été détroussé. C'est un point de départ. D'accord ?

– Si vous me dites que des personnes impliquées dans cette enquête ont tenté de manipuler des indices, alors..

– Je ne vous ai rien dit.

Il vit la colère enflammer le regard d'Entrenkin.

– Ces individus ne devraient pas être dans la police. Vous le savez.

– C'est un autre cheval de bataille. J'ai des choses plus importantes…

– Certaines personnes pourraient penser qu'il n'y a rien de plus important que d'avoir une police dont les membres sont d'une intégrité au-dessus de tout soupçon.

– On dirait que vous donnez une conférence de presse, madame l'inspectrice. Je vais emporter les dossiers si vous le voulez bien. Je reviendrai chercher la deuxième fournée plus tard.

Il pivota pour revenir dans la première pièce.

– Je pensais que vous étiez différent, voilà tout, dit-elle.

Il se retourna.

– Vous ne savez pas si je suis différent ou non, car vous ne savez absolument rien de moi. A plus tard.

– Il manque encore une chose.

Bosch s'arrêta et se retourna de nouveau.

– Quoi donc ?

– Howard Elias avait la manie de prendre des notes. Il avait toujours un carnet à spirale, sur lui ou sur son bureau. Son dernier carnet a disparu. Sauriez-vous où il est, par hasard ?

Bosch retourna vers le bureau pour ouvrir sa mallette. Il sortit le carnet et le lança au milieu des dossiers.

– Vous n'allez pas me croire, mais je l'avais déjà rangé dans ma mallette quand vous êtes arrivée pour nous foutre dehors.

– A vrai dire, je vous crois. L'avez-vous lu ?

– J'en ai lu quelques passages. Avant votre arrivée.

Elle l'observa longuement.

– Je vais le parcourir et s'il n'y a pas de problème, vous le récupérez dans la journée. Merci de me l'avoir rendu.

– Je vous en prie.

Quand Bosch arriva chez Philippe's the Original, les autres étaient déjà là, en train de déjeuner. Ils occupaient une des grandes tables de la salle du fond et ils étaient seuls. Il décida d'en venir directement au fait avant de prendre place dans une des files du comptoir pour commander.

– Alors, comment ça s'est passé ? demanda Rider, tandis qu'il s'asseyait sur la banquette à côté d'elle.

– Je crois que j'étais un peu trop pâle au goût d'Irving.

– On l'emmerde ! s'exclama Edgar. Je refuse de jouer à ce petit jeu.

– Moi aussi, renchérit Rider.

– De quoi parlez-vous ? demanda Chastain.

– Des relations interraciales, lui expliqua Rider. Mais évidemment, c'est une chose qui vous échappe.

– Hé, je vous…

Bosch intervint :

– Stop. Parlons plutôt de l'affaire, OK ? On commence par vous, Chastain. Vos collègues et vous avez frappé à toutes les portes de l'immeuble ?

– Ouais, on a terminé. Ça n'a rien donné.

– Sauf qu'on en sait plus sur la femme, ajouta Fuentes.

– Ah oui, c'est vrai.

– Quelle femme ?

– L'autre victime. Catalina Perez. Attendez…

Chastain se pencha pour récupérer un bloc-notes posé sur la banquette à côté de lui. Il l'ouvrit à la deuxième page et consulta ses notes.

– Appartement 909. Perez allait faire le ménage là-bas. Tous les vendredis soir. C'est de là qu'elle venait.

– Mais elle montait, souligna Bosch. Elle commençait à 11 heures du soir ?

– Non, non, je vous explique. Elle bossait de 18 heures à 22 h 30, ensuite elle redescendait avec l'Angels Flight jusqu'à l'arrêt de bus et rentrait chez elle. Seulement, en descendant, elle a dû regarder dans son sac et s'apercevoir qu'elle avait oublié le carnet dans lequel elle notait son emploi du temps et les numéros de téléphone. Elle l'avait sorti dans l'appartement parce que son employeur, un certain M. D.H. Reilly, lui avait donné son nouveau numéro de téléphone. Mais elle avait laissé son carnet sur la table de la cuisine. Il fallait qu'elle retourne le chercher pour avoir son emploi du temps. Cette femme…

Il se pencha de nouveau vers la banquette pour prendre le carnet en question. Il était glissé dans un sachet en plastique.

– J'ai regardé son emploi du temps. Elle se tuait au boulot. Elle faisait des ménages toute la journée et même le soir. Ce type-là, ce… Reilly, m'a expliqué qu'il pouvait l'avoir seulement le vendredi soir. Elle faisait du bon travail…

– Donc, elle remontait chercher son carnet quand elle s'est fait descendre, résuma Edgar.

– Apparemment.

– Cette bonne vieille IDLV, chantonna Rider d'un ton qui n'avait rien d'enjoué.

– Pardon ? dit Chastain.

– Non, rien.

192

Tout le monde resta muet. Bosch songeait à ce carnet oublié qui avait coûté la vie à Catalina Perez. Il savait que la remarque mystérieuse de Rider faisait référence à l'« injustice de la vie » ; c'était un acronyme qu'elle avait adopté au bout d'un an passé à la brigade criminelle pour résumer les malchances, les coïncidences et les coups du sort qui laissaient si souvent des gens sur le carreau.

– Parfait, déclara finalement Bosch. On sait maintenant ce que les deux victimes faisaient dans le funiculaire. Rien à signaler dans les autres appartements ?

– Personne n'a rien vu, personne n'a rien entendu, dit Chastain.

– Vous avez interrogé tout le monde ?

– Quatre appartements étaient vides. Mais ils sont tous situés de l'autre côté, les fenêtres ne donnent pas sur l'Angels Flight.

– Laissons tomber pour le moment. Kiz, tu es retournée interroger l'épouse et le fils ?

Rider était en train de mastiquer son dernier morceau de sandwich ; elle leva le doigt pour lui faire signe de patienter.

– Oui. Séparément et ensemble. Rien ne m'a fait tiquer. Tous les deux semblent convaincus que le meurtrier est un flic. Je n'ai pas…

– Évidemment, commenta Chastain.

– Laissez-la parler, dit Bosch.

– Je n'ai pas eu le sentiment qu'ils étaient au courant des affaires dont s'occupait Elias ou d'éventuelles menaces. Elias n'avait même pas de bureau chez lui. J'ai évoqué la question de l'adultère et Millie m'a répondu qu'elle pensait que son mari était fidèle. C'est ce qu'elle a dit. Elle « pensait ». Il y a quelque chose de bizarre dans cette réponse. Si elle n'avait eu aucun doute, elle aurait dit « mon mari était fidèle » et non pas « je pense ». Tu comprends ce que je veux dire, Harry ?

– Autrement dit, tu supposes qu'elle était au courant ?

– Possible. Mais je pense aussi que si elle savait, elle est du genre à faire contre mauvaise fortune bon cœur. Être l'épouse de Howard Elias, c'est une marque de prestige. Un tas de femmes dans cette position font des choix. Parfois elles détournent la tête afin de ne pas ternir l'image du couple, pour ne pas écorner leur existence.

– Et le fils ?

– J'ai l'impression qu'il considérait son père comme un dieu. Il souffre.

Bosch hocha la tête. Il avait beaucoup de respect pour les talents d'inspecteur de Rider. Il l'avait vue à l'œuvre pendant des interrogatoires ; elle faisait preuve d'empathie. Il savait aussi qu'il s'était servi d'elle, exactement comme Irving souhaitait l'utiliser lors de la conférence de presse. Il l'avait chargée de mener le deuxième interrogatoire, car il savait qu'elle ferait du bon boulot. Mais aussi parce qu'elle était noire.

– Tu leur as posé la question à 100 000 dollars ?

– Oui. Tous les deux étaient à la maison la nuit dernière. Ils ne sont pas sortis. Autrement dit, chacun sert d'alibi à l'autre.

– Formidable, ironisa Chastain.

– Merci, Kiz, dit Bosch. Quelqu'un veut ajouter quelque chose ?

Il se pencha en avant pour regarder sur les côtés et voir tous les visages. Personne ne dit rien. Il remarqua qu'ils avaient tous fini leur sandwich.

– Bon. Je ne sais pas si vous avez eu des échos de la conférence de presse, mais le chef a appelé la cavalerie à la rescousse. Le FBI fait son entrée dès demain matin. Nous avons tous rendez-vous à 8 heures dans la salle de réunion d'Irving.

– Et merde ! s'écria Chastain.

– Qu'est-ce qu'ils peuvent faire de plus que nous ? demanda Edgar.

– Rien, sans doute, répondit Bosch. Mais cette annonce durant la conférence de presse va permettre de maintenir la paix. Pour l'instant, du moins. Il sera toujours temps de s'inquiéter demain quand on verra la tournure que prennent les événements. Il nous reste encore toute la journée d'aujourd'hui. Irving m'a mis en congé officieusement jusqu'à l'entrée en piste des fédéraux, mais je m'en fous. On continue à enquêter.

– Il ne faut pas que le requin se noie, c'est ça ? dit Chastain.

– Exact, Chastain. Je sais que vous avez tous du sommeil en retard. Certains d'entre nous peuvent continuer à bosser encore un peu et rentrer chez eux de bonne heure ; les autres n'ont qu'à rentrer piquer un roupillon dès maintenant pour reprendre le collier en début de soirée. Des objections ?

Une fois encore personne ne dit mot.

– Bon. Voici comment on va se répartir les tâches. Dans mon coffre de bagnole, j'ai trois cartons remplis de dossiers venant du cabinet d'Elias. Je veux que les inspecteurs des AI les prennent et les emportent dans la salle de réunion d'Irving. Vous épluchez les dossiers et vous notez les noms des flics et de toutes les personnes qu'il faut interroger. Dressez-moi une liste complète. Dès qu'on a établi un alibi, on raye le nom et on passe au suivant. Je veux que ce soit terminé quand le FBI débarquera demain matin. Quand vous aurez fini, les gars, vous pourrez rentrer à la maison.

– Et vous, qu'est-ce que vous comptez faire pendant ce temps ? demanda Chastain.

– On va interroger la secrétaire d'Elias et son assistant. Ensuite, je rentrerai chez moi pour dormir. Avec un peu de chance. Et ce soir, on s'occupera de Harris et on approfondira cette histoire de site Internet. Je veux savoir de quoi il retourne, avant l'intervention du FBI.

– Faites gaffe avec Harris.

– On fera gaffe. C'est d'ailleurs pour ça qu'on attend ce soir. Si on s'y prend bien, la presse ne saura même pas qu'on l'a interrogé.

Chastain hocha la tête.

– Ces dossiers que vous nous refilez, ils sont anciens ou récents ?

– Ce sont les anciens. Entrenkin a commencé par les affaires classées.

– Quand est-ce qu'on pourra voir le dossier Black Warrior ? C'est celui-là qui nous intéresse. Le reste, c'est de la merde.

– J'espère le récupérer un peu plus tard. Mais le reste n'est pas de la merde, comme vous dites. Il faut éplucher toutes ces saloperies de dossiers. Si on en laisse passer un, il y a des chances qu'un avocat nous l'enfonce dans le cul au procès. C'est bien compris ? Ne laissez rien passer.

– Pigé.

– D'ailleurs, pourquoi vous vous intéressez tant au dossier Black Warrior ? Vous avez blanchi les inspecteurs, non ?

– Ouais, et alors ?

– Qu'est-ce que vous espérez trouver que vous ne sachiez déjà ? Vous craignez d'être passé à côté d'un truc, Chastain ?

– Non, mais…

– Mais quoi ?

– C'est une affaire brûlante. Je suis sûr qu'il y a forcément quelque chose dans le dossier.

– On verra. Chaque chose en son temps. Pour l'instant, je vous demande de passer les vieux dossiers au crible.

– Je vous ai dit qu'on le ferait. Mais c'est pénible d'avoir l'impression de perdre son temps.

– Bienvenue à la Criminelle.

– Ouais, c'est ça.

Bosch sortit un petit sachet en papier brun de sa poche. Celui-ci contenait des doubles de la clé qu'Irving lui avait donnée et qu'il avait fait refaire en plusieurs exemplaires dans Chinatown en venant au restaurant. Il renversa le sachet et les clés s'éparpillèrent bruyamment sur la table.

– Que chacun prenne une clé. C'est celle de la salle de réunion. Une fois que les dossiers y seront, je veux que la porte reste verrouillée en permanence.

Tout le monde tendit la main vers le centre de la table pour prendre une clé, à l'exception de Bosch. Il avait déjà accroché l'originale à son porte-clés. Il se leva et se tourna vers Chastain.

– Allons chercher les dossiers dans ma voiture.

# 16

Les interrogatoires de la secrétaire et du clerc donnè-rent si peu de résultats que Bosch regretta que ses ins-pecteurs et lui ne soient pas plutôt allés se coucher. Tyla Quimby, la secrétaire, avait la grippe et s'était terrée chez elle, dans le quartier de Crenshaw, depuis une semaine. Elle ignorait donc tout des faits et gestes de Howard Elias le jour de sa mort. A part quelques microbes, elle ne donna pas grand-chose à Bosch, Edgar et Rider. Elias parlait très peu de ses tactiques et des autres aspects de son travail, leur expliqua-t-elle. Il la payait pour ouvrir le courrier, répondre au téléphone, accueillir les visiteurs ou les clients et régler les frais de fonctionnement du cabinet grâce à un petit compte en banque qu'Elias ali-mentait chaque mois. Pour ce qui était des communica-tions téléphoniques, Elias possédait une ligne directe dans son bureau, dont le numéro s'était répandu au fil des ans parmi ses amis et ses associés, mais aussi parmi les journalistes et même ses ennemis. Bref, Tyla Quimby n'était pas en mesure de leur dire si l'avocat avait reçu des menaces précises au cours des semaines qui avaient précédé son assassinat. Après l'avoir remerciée, les trois inspecteurs prirent congé, en espérant ne pas avoir attrapé la grippe.

L'interrogatoire du clerc, John Babineux, fut tout aussi décevant. Néanmoins, le jeune assistant put confirmer que c'étaient bien Michael Harris et lui qui étaient restés tard au cabinet vendredi soir en compagnie d'Elias. Mais Harris et Elias avaient passé presque toute la soirée enfermés dans le bureau. Sorti de la fac de droit d'USC à peine trois mois plus tôt, Babineux préparait son examen d'entrée au barreau le soir, tout en travaillant pour Elias dans la journée. Il préférait étudier dans le cabinet d'Elias : il avait sous la main tous les ouvrages de droit dont il avait besoin pour mémoriser la jurisprudence et les lois. De toute évidence, l'endroit était plus propice au travail que le petit appartement encombré qu'il partageait avec deux autres étudiants, près de la fac. Un peu avant 23 heures, ce vendredi-là, il était reparti en même temps qu'Elias et Harris, estimant qu'il avait assez travaillé. Harris et lui s'étaient dirigés vers leurs voitures garées dans un parking voisin, tandis qu'Elias remontait seul la 3e Rue en direction de Hill Street et de l'Angels Flight.

Comme Tyla Quimby avant lui, Babineux précisa qu'Elias ne parlait presque jamais de ses affaires et de la préparation de ses procès. Le travail du clerc, au cours de cette dernière semaine, avait surtout consisté à transcrire les nombreuses dépositions rassemblées avant le procès Black Warrior. Il avait pour tâche d'entrer toutes les dépositions et informations complémentaires dans un ordinateur portable qu'Elias emporterait avec lui dans la salle de tribunal afin d'avoir à tout moment, au cours du procès, accès à des détails relatifs aux pièces à conviction ou aux témoignages.

Babineux ne put leur fournir la moindre information concernant des menaces spécifiques visant Elias – des menaces dignes d'être prises au sérieux, s'entend. Elias était d'excellente humeur ces derniers temps, précisa le clerc. Il était absolument convaincu de remporter le procès Black Warrior.

– D'après Elias, c'était du tout cuit, leur confia-t-il encore.

En remontant Woodrow Wilson Drive pour rentrer chez lui, Bosch repensa à ces deux interrogatoires en se demandant pourquoi Elias se montrait si cachottier sur ce procès qu'il préparait. Cette discrétion ne collait pas avec sa stratégie habituelle, faite de fuites organisées, parfois même de grandes conférences de presse. Cette fois, Elias se montrait étrangement réservé, mais restait confiant, semblait-il. Il disait que c'était du tout cuit.

Bosch espéra trouver l'explication de ce comportement inhabituel dans le dossier Black Warrior, qu'Entrenkin lui remettrait dans quelques heures – avec un peu de chance… En attendant, il décida de se concentrer sur autre chose.

Eleanor lui vint immédiatement à l'esprit. Il pensa à la penderie dans la chambre. Il avait volontairement omis de l'ouvrir car il ignorait la réaction qu'il aurait si jamais il découvrait que sa femme avait emporté ses affaires. Mais maintenant, il éprouvait le besoin de savoir, il voulait être fixé. C'était le bon moment pour vérifier. Il était tellement épuisé qu'il s'effondrerait sur son lit, quoi qu'il découvre.

Mais à la sortie du dernier virage, il aperçut la voiture d'Eleanor, sa vieille Taurus cabossée, garée dans le tournant devant la maison. Elle avait laissé la porte du petit garage ouverte à son attention. Bosch sentit les muscles de sa nuque et de ses épaules se relâcher. L'étau qui lui comprimait la poitrine se desserra. Elle était rentrée.

La maison était silencieuse. Il déposa sa mallette sur une des chaises de la salle à manger et commença à dénouer sa cravate en entrant dans le living-room. Il traversa ensuite le petit couloir pour jeter un coup d'œil dans sa chambre. Les rideaux étaient tirés et la pièce plongée dans l'obscurité, à l'exception des rais de lumière autour de la fenêtre. La silhouette immobile d'Eleanor se dessinait sous les draps. Ses cheveux châtains étaient éparpillés sur l'oreiller.

Bosch entra dans la chambre et se déshabilla lentement en posant ses vêtements sur une chaise. Il ressortit ensuite dans le couloir et se rendit dans la salle de bains réservée aux invités afin de prendre une douche sans réveiller Eleanor. Dix minutes plus tard, il se glissait sous les draps à côté d'elle. Couché sur le dos, il contempla le plafond dans le noir. Il écoutait la respiration d'Eleanor. Il n'entendait pas le souffle lent et régulier qui indiquait qu'elle dormait et qu'il connaissait si bien.

– Tu es réveillée ? demanda-t-il à voix basse.

– Hmmm.

Il attendit un long moment.

– Où étais-tu, Eleanor ?

– A Hollywood Park.

Il garda le silence. Il ne voulait pas la traiter de menteuse. Peut-être que Jardine, le type de la sécurité, ne l'avait tout simplement pas vue sur ses écrans de surveillance. Il continua de fixer le plafond, ne sachant que dire.

– Je sais que tu as téléphoné là-bas pour savoir si j'y étais, dit-elle. J'ai rencontré Tom Jardine à Las Vegas. Il travaillait au Flamingo. Il t'a menti quand tu as appelé Il est venu me voir avant de te répondre.

Bosch ferma les yeux, sans rien dire.

– Je suis désolée, Harry. Je n'avais pas envie de t'affronter à ce moment-là.

– M'affronter ?

– Tu sais bien.

– Non, justement. Pourquoi tu n'as pas répondu à mon message en rentrant ?

– Quel message ?

Bosch se rappela qu'il avait lui-même réécouté son message un peu plus tôt. La lumière ne clignotait donc plus sur le répondeur. Eleanor ignorait qu'il y avait un message.

– Oublie ça. Quand es-tu rentrée ?

Elle décolla la tête de l'oreiller pour regarder les chiffres lumineux du réveil sur la table de chevet.

– Il y a deux heures environ.

– Comment ça s'est passé ?

En vérité, il s'en fichait. Il voulait juste qu'elle continue à lui parler.

– Bien. J'étais légèrement bénéficiaire, mais j'ai déconné ensuite. J'ai loupé un gros coup.

– Pourquoi donc ?

– J'ai tenté le diable alors que j'aurais dû assurer.

– C'est-à-dire ?

– J'ai tiré une paire d'as, mais j'avais aussi quatre trèfles : as, trois, quatre, cinq. Alors, j'ai cassé ma paire. J'ai jeté l'as de cœur en espérant rentrer le deux de trèfle pour avoir une quinte flush. Le pot était à 3 000 dollars.

– Et... que s'est-il passé ?

– Je n'ai pas eu le deux. Je n'ai même pas eu un trèfle pour faire une couleur. J'ai tiré l'as de pique.

– Merde !

– Ouais, j'ai balancé un as pour tirer un autre as. J'ai gardé ma paire, mais ça ne faisait pas le poids. Un brelan de dix a remporté le pot. Si j'avais gardé mon as de cœur, je me serais retrouvée avec un brelan d'as et j'aurais gagné. J'ai merdé. Après ça, j'ai décidé de partir.

Bosch ne dit rien. Il repensait à cette histoire de malchance et se demandait si Eleanor n'essayait pas de lui dire autre chose. Elle jetait l'as de cœur en espérant décrocher mieux et elle échouait.

Après quelques minutes de silence, Eleanor reprit la parole :

– Tu étais sur une affaire ? J'ai vu que tu ne t'étais pas couché.

– Ouais, j'ai reçu un appel d'urgence.

– Je croyais que tu n'étais pas de service

– C'est une longue histoire et je n'ai pas envie d'en parler. Je préfère qu'on parle de nous. Explique-moi ce qui se passe, Eleanor. On ne peut pas… ça ne va pas. Certains soirs, je ne sais même pas où tu es, si tu vas bien. Il y a un problème ; tu cherches quelque chose et je ne sais pas ce que c'est.

Elle se retourna et se déplaça sous les draps pour venir se serrer contre lui. Elle appuya sa tête sur son torse ; sa main remonta pour caresser la cicatrice sur son épaule.

– Harry…

Il attendit, mais elle ne dit rien de plus. Elle vint se placer sur lui et commença à onduler lentement du bassin.

– Eleanor, il faut qu'on parle.

Il sentit son doigt glisser sur ses lèvres, pour lui ordonner de se taire.

Ils firent l'amour, lentement. Dans l'esprit de Bosch, des pensées contradictoires se bousculaient. Il aimait cette femme, plus qu'il n'avait jamais aimé quiconque. Et il savait que, d'une certaine façon, elle aussi l'aimait. Depuis qu'elle était dans sa vie, il éprouvait un sentiment de plénitude. Mais il sentait aussi qu'Eleanor avait fini par comprendre qu'elle ne partageait pas ce sentiment. Il lui manquait quelque chose et Bosch était plus désespéré que jamais de songer qu'ils n'étaient pas embarqués sur le même bateau.

Un parfum de déchéance s'était abattu sur leur mariage. Durant l'été, il avait été accaparé par une série d'enquêtes très prenantes, dont une avait même nécessité un séjour d'une semaine à New York. En son absence, Eleanor était allée jouer à Hollywood Park pour la première fois. Par ennui car il l'avait laissée seule, par frustration aussi devant un sentiment d'échec car elle ne parvenait pas à trouver un boulot décent à Los Angeles. Elle avait retrouvé les cartes et recommencé ce qu'elle

203

faisait quand Bosch l'avait rencontrée ; c'était sur ces tapis de feutre bleu qu'elle trouvait ce qui lui manquait.

– Eleanor, dit-il, ses bras noués autour de son cou après qu'ils eurent fait l'amour. Je t'aime. Je ne veux pas te perdre.

Elle le fit taire avec un long baiser, puis elle murmura :

– Dors, mon amour. Dors.

– Reste comme ça. Ne bouge pas avant que je sois endormi.

– C'est promis.

Elle le serra dans ses bras et Bosch essaya de tout oublier pendant un moment. Juste un instant, se dit-il. Il rattraperait le temps perdu demain. En attendant, il voulait dormir.

En quelques minutes seulement, il plongea dans le sommeil et dans un rêve où il se vit à bord du wagon de l'Angels Flight qui montait vers le sommet de la colline. Au moment où l'autre wagon le croisait en descendant, il regardait par la fenêtre et voyait passer Eleanor, assise seule. Elle ne le regardait pas.

Il se réveilla au bout d'une heure environ. La chambre était plus sombre, la lumière du dehors ne tombant plus directement sur les fenêtres. Il regarda autour de lui et constata qu'Eleanor s'était levée. Il se redressa dans le lit et l'appela ; sa voix lui rappela le ton sur lequel il avait répondu au téléphone quelques heures plus tôt.

– Je suis là ! lança-t-elle du salon.

Bosch s'habilla et la rejoignit. Elle était assise dans le canapé, vêtue du peignoir qu'il lui avait acheté à l'hôtel à Hawaï, là où ils avaient séjourné après leur mariage à Las Vegas.

– Bonjour, dit-il. J'ai cru que... rien.

– Tu parlais dans ton sommeil  Alors, je suis venue ici.

– Qu'est-ce que je disais ?

– Tu as prononcé mon nom, et tu disais des trucs sans queue ni tête. Une histoire d'anges.

Il sourit et s'assit dans le fauteuil, de l'autre côté de la table basse.

– Tu as déjà pris l'Angels Flight ?

– Non.

– C'est un funiculaire avec deux wagons. Quand l'un des deux gravit la colline, l'autre descend. Ils se croisent à mi-chemin. J'ai rêvé que je montais, et toi, tu étais dans le wagon qui descendait. On se croisait au milieu, mais tu ne me regardais pas… Qu'est-ce que ça signifie, à ton avis ?… Qu'on suit des chemins séparés ?

Elle esquissa un sourire triste.

– Ça veut dire que c'est toi l'ange, j'imagine. Puisque tu montais.

Bosch ne sourit pas.

– Il faut que je retourne bosser, dit-il. Cette affaire va me bouffer la vie pendant un bon moment, je crois.

– Tu as envie d'en parler ? Pourquoi est-ce qu'ils ont fait appel à toi ?

Il lui résuma toute l'affaire en une dizaine de minutes. Il aimait lui parler de son travail. C'était une façon de satisfaire son ego, il le savait bien, mais, parfois, Eleanor faisait une suggestion ou une remarque qui l'aidait à voir quelque chose qui lui avait échappé. Cela faisait des années qu'elle ne travaillait plus pour le FBI. Cette partie de sa vie n'était plus qu'un lointain souvenir, mais Bosch respectait sa logique et ses talents d'enquêtrice.

– Oh, Harry, dit-elle quand il eut terminé son récit. Pourquoi ça tombe toujours sur toi ?

– Pas toujours.

– On dirait. Que vas-tu faire ?

– La même chose que d'habitude. Je vais mener l'enquête. Avec les autres. Il y a du pain sur la planche. Espérons seulement qu'ils nous accorderont le temps

205

qu'il faut. Cette affaire ne va pas se résoudre en deux coups de cuillère à pot.

– Ils vont utiliser tous les moyens pour te mettre des bâtons dans les roues. Ça fera du tort à tout le monde si on trouve un coupable. Mais je te connais, tu iras jusqu'au bout. Tu arrêteras le coupable, quel qu'il soit, quitte à te mettre à dos tous les flics de la ville.

– Chaque affaire compte, Eleanor. Chaque personne compte. Je méprise les individus comme Elias. Ce type était une sangsue ; il gagnait sa vie en montant des accusations bidon contre des flics qui essayaient simplement de faire leur boulot. Neuf fois sur dix, en tout cas. De temps à autre, il défendait un vrai dossier. Mais la question n'est pas là : personne n'a le droit de tuer quelqu'un en toute impunité. Même si c'est un flic qui a fait le coup. Ce n'est pas acceptable.

– Je sais, Harry.

Elle tourna la tête pour regarder dehors à travers les portes vitrées, au-delà de la terrasse. Les lumières de la ville s'allumaient peu à peu.

– Tu en es à combien de cigarettes ? demanda-t-il, histoire de dire quelque chose.

– J'en ai fumé deux. Et toi ?

– Toujours aucune.

Il avait senti l'odeur de tabac dans ses cheveux. Il était heureux qu'elle ne lui ait pas menti.

– Que s'est-il passé chez Stocks and Bonds ?

Il avait hésité à lui poser la question. Il savait que c'était le déroulement de cet entretien qui avait expédié Eleanor au cercle de jeu.

– Comme d'habitude. « On vous appellera si on a quelque chose. »

– J'en parlerai à Charlie la prochaine fois que j'irai au poste.

Stocks and Bonds était une agence de paiement de cautions installée en face du poste de police de Hollywood, dans Wilcox Avenue. Bosch avait entendu dire qu'ils cherchaient un chasseur de primes, une femme de préférence, une grande majorité des personnes en fuite dans le secteur de Hollywood étant des prostituées : une femme avait plus de chances de retrouver leur trace. Bosch était allé discuter avec le patron de l'agence, Charlie Scott, et celui-ci avait accepté de recevoir Eleanor. Bosch n'avait pas menti sur le passé de sa femme ; il avait évoqué les bons aspects et les mauvais. Ancien agent du FBI pour le côté positif, ancienne détenue pour le côté négatif. D'après Scott, le casier judiciaire d'Eleanor ne poserait pas de problème, cette profession n'exigeant pas de posséder une licence de détective privé. En revanche, Scott préférait que ses enquêteurs soient armés – surtout une femme – quand ils traquaient des fugitifs. Bosch ne partageait pas cette inquiétude. Il savait que la plupart des chasseurs de primes n'avaient pas de permis de port d'arme, ce qui ne les empêchait pas d'être armés. Tout l'art de ce métier consistait à demeurer à distance de la proie, afin que la possession ou non d'une arme à feu n'entre jamais en ligne de compte. Les meilleurs chasseurs localisaient leur proie de loin et appelaient les flics pour qu'ils se chargent de l'arrestation.

– Non, ne va pas le voir, Harry. Je pense qu'il a essayé de te rendre service en acceptant de me recevoir, mais entre le moment où il t'a dit que je pouvais venir le voir et celui où j'ai débarqué, il est retombé sur terre. Laisse tomber, va.

- Tu serais parfaite pour ce job.

– La question n'est pas là.

Il se leva.

– Il faut que je me prépare.

Il retourna dans la chambre, se déshabilla, prit encore une douche et enfila des vêtements propres. Eleanor n'avait pas changé de position sur le canapé quand il revint dans le salon.

– Je ne sais pas quand je rentrerai, dit-il sans la regarder. On a du boulot. Sans compter que le FBI débarque aujourd'hui.

– Le FBI ?

– Droits civiques obligent. Le chef l'a appelé.

– Il pense que ça va aider à maintenir le calme dans les quartiers sud ?

– Il l'espère.

– Tu sais qui doit venir ?

– Non. Un des responsables du bureau local était présent lors de la conférence de presse.

– Comment s'appelle-t-il ?

– Gilbert Spencer. Mais je doute qu'il participe à l'enquête.

Eleanor secoua la tête.

– C'est un nouveau. Il était juste là pour épater la galerie, à mon avis.

– Oui. Il est censé nous envoyer une équipe ce matin.

– Bonne chance.

Il la regarda en hochant la tête.

– Je ne connais pas encore le numéro de téléphone. Si tu as besoin de me joindre, utilise le bipeur.

– OK, Harry.

Il resta planté là quelques instants, avant d'oser enfin lui demander ce qu'il voulait lui demander depuis le début :

– Tu vas retourner là-bas ?

Elle tourna la tête vers les portes vitrées.

– Je ne sais pas. Peut-être.

– Eleanor…

– Tu as ta drogue, Harry. J'ai la mienne

– Qu'est-ce que ça veut dire ?

– Cette sensation que tu éprouves chaque fois que se présente une nouvelle affaire… Ce frisson que tu ressens quand tu te mets en chasse… Tu vois de quoi je parle. Eh bien, ce frisson, moi, je ne l'ai plus. Ce qui s'en approche le plus, c'est quand je ramasse ces cinq cartes sur le tapis pour regarder ce que j'ai en main. C'est difficile à expliquer, et encore plus à comprendre, mais dans ces moments-là, j'ai l'impression de revivre, Harry. On est tous des junkies. Il n'y a que la drogue qui diffère. J'aimerais avoir la tienne, mais je n'y ai plus droit.

Il la regarda longuement sans rien dire. Il n'était pas certain de pouvoir parler sans être trahi par sa voix. Il se dirigea vers la porte et, après l'avoir ouverte, se retourna vers Eleanor. Il sortit, puis revint sur ses pas.

– Tu me brises le cœur, Eleanor. J'espérais réussir à te redonner le goût de vivre.

Eleanor ferma les yeux. Elle semblait au bord des larmes.

– Je suis navrée, Harry, murmura-t-elle. Je n'aurais pas dû te raconter ça.

Il sortit sans un mot et referma la porte derrière lui.

# 17

Il était encore sous le choc quand il arriva au cabinet de Howard Elias, une demi-heure plus tard. La porte était fermée à clé, il frappa. Il s'apprêtait à utiliser ses clés lorsqu'il perçut un mouvement derrière la vitre en verre dépoli. Carla Entrenkin lui ouvrit la porte et le fit entrer. A la façon dont elle l'observa de la tête aux pieds, il comprit qu'elle avait remarqué qu'il avait changé de costume.

– J'avais besoin de faire un petit break, dit-il. Je crois qu'on va travailler une bonne partie de la nuit. Où est Mlle Langwiser ?

– Nous avions terminé, je l'ai renvoyée chez elle. Je lui ai dit que je vous attendrais. Elle est partie il y a quelques minutes.

Elle le conduisit dans le bureau d'Elias et retourna s'asseoir dans le fauteuil derrière l'énorme table. Bien qu'il fît presque nuit dehors, Bosch apercevait Anthony Quinn par la fenêtre. Il vit aussi les six cartons posés par terre devant le bureau.

– Désolé de vous avoir fait attendre, dit-il. Je pensais que vous m'appelleriez quand vous auriez terminé.

– J'allais le faire. J'étais assise à ce bureau et je réfléchissais…

Il lui montra les cartons.

– C'est le reste ?

– Exact. Ces six cartons contiennent les dossiers d'autres affaires terminées. Là, ce sont les affaires en cours.

Elle fit reculer son fauteuil et désigna le plancher derrière le bureau. Bosch se pencha pour regarder. Il y avait deux autres cartons remplis de dossiers par terre.

– Tout ça concerne essentiellement le cas de Michael Harris. Ce sont surtout des dossiers de police et des transcriptions des dépositions. Il y a aussi des dossiers concernant des affaires qui n'ont pas dépassé le stade de la plainte. Plus un, rempli de lettres de menaces ou d'insultes, sans rapport précis avec l'affaire Harris. Ce sont surtout des messages anonymes envoyés par des racistes sans courage.

– Très bien. Qu'est-ce que vous ne voulez pas me donner ?

– Je ne garde qu'un dossier. Il contient des notes de travail concernant la stratégie de Howard dans l'affaire Harris. J'estime que ça ne vous regarde pas. Cela ressortit directement au secret professionnel.

– Sa stratégie, dites-vous ?

– En gros, il s'agit d'une sorte de carte. Howard aimait représenter ses procès sous forme de graphique. Un jour, il m'a expliqué qu'il était comme un coach de football qui prévoit les séquences de jeu et sait comment il va les enchaîner avant même le début de la partie. Cette carte représente donc sa stratégie : à quel moment il ferait intervenir un témoin, à quel moment il introduirait un élément de preuve, etc. Il avait déjà noté les premières questions qu'il poserait à chacun de ses témoins. Ce dossier contient également les grandes lignes de son plaidoyer d'introduction.

– Je vois.

– Je ne peux donc pas vous le remettre. C'est le cœur de cette affaire et je pense que l'avocat qui héritera du dossier voudra suivre ce schéma. C'est un plan brillant. Voilà pourquoi il ne doit pas se retrouver entre les mains du LAPD.

– Vous pensez qu'il allait gagner ?

– Sans le moindre doute. Dois-je comprendre que vous n'êtes pas de cet avis ?

Il s'assit dans un des fauteuils disposés devant le bureau. Malgré son petit somme d'une heure, il était encore fatigué et le sentait.

– Je ne connais pas tous les détails de cette affaire, dit-il, mais je connais Frankie Sheehan. Harris l'a accusé d'avoir… enfin, vous voyez… avec le sac en plastique. Mais ce n'est pas le genre de Frankie.

– Comment pouvez-vous en être sûr ?

– Je ne peux pas. Mais je le connais depuis longtemps. Sheehan a été mon coéquipier. Ça remonte à loin, mais peu importe. Je le connais bien. Je ne le vois pas faisant ce genre de trucs. Et je ne le vois pas non plus laissant quelqu'un d'autre agir de cette manière.

– Les gens changent, vous savez.

Il hocha la tête.

– C'est vrai. Mais pas leur nature profonde.

– Leur nature profonde ?

– Je vais vous raconter une histoire. Un jour, Frankie et moi avons arrêté un jeune gars. Un pirate de la route. Il commençait par piquer une bagnole, n'importe quel tas de ferraille qu'il trouvait dans la rue, et ensuite il partait à la recherche d'une jolie voiture qu'il pourrait fourguer dans un atelier de carrosserie en échange d'un bon paquet de fric. Quand il repérait un modèle intéressant, il se mettait derrière la bagnole et au feu rouge il lui rentrait dedans. En douceur, juste un petit coup dans le pare-chocs, pour ne pas abîmer la carrosserie. Le propriétaire de la Mercedes, de la Porsche ou je ne sais quoi descendait alors de sa voiture pour inspecter les dégâts. Notre pirate descendait lui aussi, sautait dans la belle bagnole et foutait le camp. En laissant derrière lui le propriétaire et le tas de ferraille volé.

– Je me souviens de l'époque où le piratage de voitures était la grande mode.

– Une sacrée mode que c'était ! Bref, ce type faisait ça depuis trois mois environ et ça lui rapportait pas mal de fric. Et puis, un jour, il percute une Jaguar XJ6, un peu trop fort. La petite vieille qui conduisait n'avait pas bouclé sa ceinture. Elle pesait dans les cinquante kilos et s'est retrouvée projetée contre le volant. Violemment. Il n'y avait pas d'airbag. Le volant lui broie un poumon et une côte brisée lui perfore l'autre. Elle est assise sur son siège, en train de faire une hémorragie interne quand le gars se pointe ; il ouvre la portière et éjecte la vieille femme de la voiture. Il la laisse allongée au milieu de la chaussée et fout le camp avec la Jaguar.

– Je me souviens de cette affaire. Ça remonte à quand ? Il y a au moins dix ans, non ? Les médias se sont déchaînés à l'époque…

– Oui. Vol de voiture avec homicide. C'est là que Frankie et moi sommes intervenus. Cette affaire sentait le soufre et on subissait un maximum de pression. Finalement, on a retrouvé la piste du gars par le biais d'un atelier de carrosserie clandestin de la Vallée, démantelé par la brigade des cambriolages et vols d'automobiles. Le type habitait à Venice. Quand on est venus l'arrêter, il nous a vus arriver. Frankie a frappé à la porte et ce salopard a tiré à travers. Il l'a loupé d'un cheveu, c'est le cas de le dire. Frankie avait les cheveux plus longs à l'époque. La balle est carrément passée au milieu. Le gars a foutu le camp par la porte de derrière et on l'a poursuivi dans tout le quartier, en réclamant des renforts avec nos radios. Nos appels ont alerté les médias : hélicoptères, équipes de reporters, tout le tintouin.

– Vous l'avez eu, si je me souviens bien ?

– On l'a pourchassé presque jusqu'à Oakwood. Pour finir, on l'a coincé dans une maison abandonnée, un repaire de camés. Ils se sont tous tirés et il est resté seul à l'intérieur. On savait qu'il était armé et qu'il n'hésiterait pas à tirer. On aurait pu donner l'assaut et lui faire sauter la tête, personne n'y aurait trouvé à redire. Mais Frankie est entré le premier pour convaincre le gamin de se rendre. On n'était que tous les trois à ce moment-là : Frankie, le gamin et moi. Personne n'aurait su ce qui s'était passé. Pourtant, Frankie n'a pas raisonné de cette façon. Il a dit au gamin qu'il savait que la mort de la vieille dans la Jaguar était un accident, qu'il n'avait jamais eu l'intention de tuer quelqu'un. Il lui a expliqué qu'il avait encore une chance de s'en tirer. Un quart d'heure plus tôt, ce gars avait essayé de le descendre et Frankie tentait de lui sauver la vie.

Bosch s'interrompit ; il revoyait la scène dans la maison abandonnée.

– Finalement, le gamin est sorti d'un placard, les mains en l'air. Il tenait encore son arme. Ç'aurait été si facile… et légitime. Mais c'était Frankie qui menait la danse. C'était lui qui avait failli se faire descendre. Il s'est approché pour récupérer le flingue, simplement, et passer les menottes au gars. Fin de l'histoire.

Entrenkin réfléchit un long moment à ce que Bosch venait de lui raconter avant de réagir :

– Vous êtes en train de me dire que puisqu'il a épargné un jeune Noir qu'il aurait pu liquider sans problème, il n'a pas pu essayer d'étouffer un autre Noir, presque dix ans plus tard.

Bosch secoua la tête en fronçant les sourcils.

– Non, je ne dis pas ça. Je dis seulement que c'est une des rares fois où j'ai vu le vrai Frank Sheehan. C'est à ce moment-là que j'ai compris de quoi il était fait. Et c'est pour ça que je sais que cette histoire avec Harris, c'est du bidon. Jamais Frank n'aurait trafiqué des pièces à conviction ; jamais il n'aurait enfilé un sac en plastique sur la tête de ce type.

Il attendit qu'elle réagisse, mais elle garda le silence.

– Et je n'ai pas fait allusion au fait que le jeune voleur

de voitures était noir. Ça n'avait rien à voir. C'est vous qui introduisez cet élément dans l'histoire.

– Je pense que c'est un élément essentiel et vous l'avez omis. Peut-être que si le jeune garçon réfugié dans cette maison abandonnée avait été blanc, vous n'auriez jamais même pensé à l'éliminer sans être inquiétés.

Bosch l'observa longuement sans rien dire.

– Non, je ne crois pas.

– Ça ne sert à rien de discuter de ça, de toute façon. Vous avez laissé de côté un autre élément, je crois.

– Lequel ?

– Quelques années plus tard, votre copain Sheehan s'est servi de son arme. Il a abattu de plusieurs balles un Noir nommé Wilbert Dobbs. Je me souviens aussi de cette affaire.

– C'était totalement différent ; Sheehan a fait usage de son arme de manière légitime. Dobbs était un meurtrier et il a tiré sur Sheehan. D'ailleurs, Sheehan a été blanchi par les Affaires internes, par le procureur, par tout le monde.

– Mais pas par un jury composé de ses pairs. C'était une des affaires plaidées par Howard. Il a attaqué votre copain en justice et il a gagné.

– Les dés étaient pipés. Le procès a eu lieu quelques mois seulement après l'affaire Rodney King. A cette époque-là, aucun flic blanc accusé d'avoir tiré sur un Noir n'avait la moindre chance d'être innocenté.

– Attention, inspecteur, vous vous montrez sous votre vrai jour.

– Écoutez, tout ce que je vous ai dit, c'est la vérité. Et au fond de vous-même, vous le savez. Comment se fait-il que, à partir du moment où la vérité risque de devenir gênante, les gens soulèvent la question du racisme ?

– Changeons de sujet, inspecteur Bosch. Vous avez foi dans votre ami et j'admire cette fidélité. Nous verrons

215

bien ce qui se passera quand l'avocat qui héritera du dossier Howard portera l'affaire devant les tribunaux.

Bosch hocha la tête, heureux de cette trêve. Cette discussion l'avait mis mal à l'aise.

– Qu'avez-vous gardé, à part ce dossier ? demanda-t-il pour essayer d'en revenir à l'enquête.

– Quasiment rien. En fait, j'ai passé toute la journée ici pour conserver un seul dossier.

Elle laissa échapper un long soupir et parut soudain extrêmement fatiguée.

– Vous tenez le coup ? lui demanda Bosch.

– Ça ira. Je crois que ça m'a fait du bien de m'occuper l'esprit. Je n'ai pas eu le temps de penser à ce qui est arrivé. Mais ce soir, je ne pourrai pas y échapper.

Bosch se contenta d'un petit hochement de tête.

– Vous avez eu la visite d'autres journalistes ?

– Oui, deux. Je leur ai dit quelques mots et ils sont repartis contents. Ils sont tous persuadés que la ville va s'enflammer.

– Et vous, qu'en pensez-vous ?

– Je pense que si le coupable est un policier, nul ne peut prévoir ce qui va se passer. Et que si ce n'est pas un policier, il y aura des gens qui refuseront de le croire. Mais ça, vous le savez déjà.

Il hocha la tête.

– Il y encore une chose que vous devez savoir au sujet de la préparation de ce procès.

– Oui ?

– Malgré tout ce que vous venez de dire sur Frank Sheehan, Howard s'apprêtait à prouver l'innocence de Harris.

Bosch haussa les épaules.

– Je croyais qu'il avait déjà été innocenté lors de son procès.

– Non, il n'a pas été déclaré coupable. Ce n'est pas

pareil. Howard s'apprêtait à prouver son innocence en désignant le vrai coupable.

Bosch la dévisagea longuement une fois encore ; il se demandait quelle attitude adopter.

– L'identité du coupable figure dans les notes ?

– Non. Comme je vous le disais, le plan reprend uniquement des grandes lignes de son introduction. Mais c'est bien précisé : il promettrait aux jurés de leur livrer le meurtrier. Ce sont ses propres paroles : « Je vous livrerai le meurtrier. » Malheureusement, il n'a pas noté son nom. D'ailleurs, ç'aurait été une erreur de livrer son identité d'emblée. Il prévenait la partie adverse et se privait de l'effet de surprise.

Bosch resta muet, comme s'il réfléchissait. Il ne savait pas quel crédit accorder à ce que venait de lui dire Entrenkin. Elias avait le sens du spectacle, assurément, dans le prétoire comme dans la vie. Dénoncer un coupable en plein procès, c'était du Perry Mason. Ça n'arrivait presque jamais.

– Désolée, reprit-elle, j'aurais sans doute mieux fait de ne pas vous parler de ça.

– Pourquoi l'avez-vous fait, alors ?

– Parce que si d'autres personnes connaissaient sa stratégie, cela pouvait constituer un mobile.

– Vous voulez dire que le véritable meurtrier de cette fillette serait revenu tuer Elias ?

– C'est une possibilité.

– Avez-vous lu les dépositions ?

– Non, je n'ai pas eu le temps. Je vous les donne toutes, car la défense – en l'occurrence le cabinet du procureur – en a forcément des copies. Ce n'est pas comme si je vous remettais des éléments auxquels vous n'avez pas accès.

– Et pour l'ordinateur ?

– Je l'ai inspecté minutieusement. Apparemment, il

contenait des dépositions et d'autres informations provenant du dossier public. Rien de confidentiel.

– OK.

Il se leva pour prendre congé. Il pensait au nombre de trajets qu'il devrait effectuer pour transporter tous ces dossiers dans sa voiture.

– Oh, une dernière chose, dit Entrenkin.

Elle se baissa pour sortir une chemise du carton posé à ses pieds. Elle l'ouvrit sur le bureau, faisant apparaître deux enveloppes. Bosch se pencha en avant.

– Elles étaient dans le dossier Harris. Je ne sais pas ce que ça signifie.

Les deux enveloppes étaient adressées à Elias, à son cabinet. Sans nom ni adresse d'expéditeur. Elles portaient le tampon de Hollywood ; l'une avait été postée cinq semaines plus tôt, l'autre trois.

– A l'intérieur, il y a une juste une feuille avec une seule ligne. Ça ne m'évoque rien du tout.

Elle ouvrit une des deux enveloppes.

– Euh… attendez, fit Bosch.

Elle s'arrêta, l'enveloppe à la main.

– Qu'y a-t-il ?

– Je me disais… Je pensais aux empreintes.

– Je les ai déjà manipulées. Désolée.

– Bon, continuez.

Elle ouvrit l'enveloppe, déplia la feuille et la tourna sur le bureau pour que Bosch puisse la lire. En effet, il n'y avait qu'une seule ligne, tapée à la machine, au milieu :

*mettez les points sur les i humbert humbert*

– Humbert humbert… dit Bosch.

– C'est le nom d'un personnage de la littérature.. enfin, de ce que certains appellent littérature, dit Entrenkin. *Lolita* de Nabokov.

– Exact.

Bosch remarqua une annotation au stylo en bas de la feuille :

$$n^o\ 2\ -\ 12/3$$

– Sans doute une annotation faite par Howard, dit Entrenkin. Ou quelqu'un du cabinet.

Elle ouvrit la deuxième enveloppe, la plus récente, et déplia la lettre qu'elle contenait. Bosch se pencha de nouveau au-dessus du bureau :

*les plaques d'immatriculation prouvent son innocense*

– Apparemment, ça provient de la même personne, dit Entrenkin. Vous remarquerez la faute d'orthographe au mot « innocence ».

– Exact.

Là aussi il y avait une annotation en bas de la feuille :

$$n^o\ 3\ -\ 5/4$$

Bosch posa sa mallette à plat sur ses genoux et l'ouvrit. Il en sortit la pochette contenant la lettre qu'Elias transportait dans la poche intérieure de sa veste quand on l'avait abattu.

– Elias avait ceci sur lui quand... quand il est monté à bord de l'Angels Flight. J'avais complètement oublié que le gars du labo me l'avait remis. Ce n'est pas plus mal que je l'ouvre devant vous. L'enveloppe porte le même tampon que les deux autres. Elle a été postée mercredi. Celle-ci, je tiens à la conserver pour les empreintes.

Il prit une paire de gants en caoutchouc dans la boîte en carton qui se trouvait dans sa mallette et les enfila. Après quoi, il sortit l'enveloppe et l'ouvrit avec précaution. La feuille était semblable aux deux autres. Là encore, il n'y avait qu'une seule ligne, dactylographiée :

*il sait que vous savez*

En examinant cette feuille, Bosch sentit dans son cœur le léger frémissement qui accompagnait toujours une poussée d'adrénaline.

– Inspecteur Bosch, qu'est-ce que ça signifie ?

– Je ne sais pas. Mais une chose est sûre : je regrette de ne pas l'avoir ouverte avant.

Il n'y avait aucune annotation au crayon en bas de cette troisième feuille. Apparemment, Elias n'avait pas eu le temps d'en faire.

– On dirait qu'il nous manque une lettre, reprit Bosch. Les deux autres sont numérotées 2 et 3, celle-ci a été postée après... c'est donc la 4.

– Je n'ai rien trouvé qui pourrait être la numéro 1. En tout cas, elle n'était pas dans les dossiers. Peut-être Howard l'a-t-il jetée en se disant que ça n'avait aucun sens, avant de recevoir la deuxième.

– Oui, peut-être.

Il réfléchissait à la signification de ces lettres. Il agissait essentiellement par instinct, il suivait une prémonition, mais il le sentait dans son sang : il avait trouvé son point de mire. Il était grisé et dans le même temps se trouvait un peu idiot d'avoir transporté, sans le savoir, une pièce à conviction peut-être capitale pendant une douzaine d'heures.

– Howard vous avait parlé de cette affaire ? demanda-t-il.

– Non, nous ne parlions jamais de nos fonctions respectives. C'était une règle. Nous savions que notre... relation ne serait pas comprise. L'inspectrice générale qui fréquente un des pourfendeurs de la police les plus virulents et les plus connus qui soient...

– Sans parler du fait qu'il était marié.

Le visage d'Entrenkin se durcit.

– Quel est votre problème, inspecteur ? On fait des efforts pour coopérer, pour se comprendre, et tout à coup vous m'agressez…

– J'aimerais mieux que vous gardiez pour quelqu'un d'autre votre sermon du genre « on savait que c'était mal ». J'ai peine à croire que vous ne parliez pas du LAPD quand vous étiez seuls dans son appartement.

Il vit briller des flammes dans les yeux d'Entrenkin.

– Je me contrefous de ce que vous croyez ou pas, inspecteur.

– Nous avons conclu un arrangement. Je ne dirai rien à personne. Si je vous fais des ennuis, vous pouvez m'en faire également. Si j'avouais la vérité à mes équipiers, savez-vous ce qu'ils diraient ? Ils diraient que j'ai été stupide de ne pas vous traiter en suspect. C'est ce que je devrais faire, pourtant je ne le fais pas. Je me fie uniquement à mon instinct, j'opère sans filet, et, parfois, ça fout la trouille. Alors, pour compenser, je cherche à m'accrocher à n'importe quelle prise.

Elle prit son temps avant de répondre ·

– J'apprécie ce que vous faites pour moi, inspecteur. Mais je ne vous ai pas menti. Howard et moi ne parlions jamais en détail de ses affaires ni de mon travail au sein de la police. Jamais. La seule chose qu'il m'ait dite, et dont je me souvienne, concernant le dossier Harris était tellement vague que c'est un mystère. Mais si vous voulez vraiment savoir, je vais vous dire ce qu'il m'a dit. Il m'a conseillé de me préparer au choc, car il allait ébranler toute la police et quelques grosses huiles de cette ville avec cette affaire. Je ne lui ai pas demandé ce que ça voulait dire.

– Quand avez-vous eu cette discussion ?

– Mardi soir.

– Merci

221

Bosch se leva, se mit à arpenter la pièce et se retrouva devant la fenêtre, à contempler Anthony Quinn dans l'obscurité. Il jeta un coup d'œil à sa montre et s'aperçut qu'il était presque 18 heures. Il était censé retrouver Edgar et Rider à 19 heures au poste de police de Hollywood.

– Vous savez ce que ça signifie, non ? demanda-t-il sans se retourner vers Entrenkin.

– Quoi donc ?

Cette fois, il se retourna.

– Si Elias était sur une piste et s'il était sur le point d'identifier le meurtrier – le véritable meurtrier –, ce n'est donc pas un policier qui l'a tué.

Après un moment de réflexion, elle dit :

– Vous voyez les choses sous un seul angle.

– Il y en a un autre ?

– Supposons que Howard s'apprêtait à sortir le nom du meurtrier de son chapeau, en plein procès. De manière irréfutable. Il jetait le discrédit sur les preuves fournies par la police, non ? En prouvant l'innocence de Harris, il prouvait par la même occasion l'existence d'une machination policière. Si le véritable meurtrier savait que Howard allait le dénoncer, il se peut qu'il l'ait liquidé, en effet. Mais supposons qu'un flic ait appris que Howard allait prouver qu'il avait piégé Harris, lui aussi avait une raison de l'éliminer.

Bosch secoua la tête.

– Ce sont toujours les flics les coupables avec vous. Peut-être que le piège était en place avant même l'entrée en jeu de la police.

Il secoua la tête de nouveau, avec plus d'emphase, comme pour chasser une pensée indésirable.

– Je ne sais plus ce que je dis. Il n'y avait aucune machination. C'est tiré par les cheveux.

Entrenkin l'observa.

– Vous pensez ce que vous voulez, inspecteur. Mais ne venez pas me dire que je ne vous ai pas prévenu.

Il ignora cette réflexion et regarda les cartons posés par terre. Il remarqua alors le petit chariot appuyé contre le mur, près de la porte. Entrenkin avait suivi son regard.

– J'ai appelé le gardien de l'immeuble et lui ai dit que nous avions des cartons à transporter. Il a monté ça.

Bosch hocha la tête.

– Bon, je vais charger tout ça dans ma voiture. Vous avez toujours le mandat ou c'est Mlle Langwiser qui l'a repris ? Il faut que je remplisse le reçu.

– C'est moi qui l'ai et j'ai déjà noté la liste des dossiers. Vous n'avez plus qu'à signer.

Bosch se dirigea vers le diable. Soudain, il repensa à quelque chose et se retourna.

– Au fait… et le dossier que nous avions entre les mains quand vous êtes arrivée ce matin ? Celui avec la photo…

– Eh bien, quoi ? Il est dans ce carton, là.

– Non, je voulais dire… qu'en pensez-vous ?

– Je ne sais pas quoi en penser. Si vous me demandez si, à mon avis, Howard Elias avait des liens avec cette femme, je vous réponds que non.

– Nous avons demandé à son épouse s'il était possible que son mari ait une liaison et elle a répondu non, elle aussi. « Impossible. »

– Je comprends ce que vous voulez dire. Mais je continue à croire que c'est impossible. Howard était un homme très connu dans cette ville. Et d'un, il n'était pas obligé de payer pour coucher avec une femme. Et de deux, il était suffisamment intelligent pour savoir que ce genre de personnes risquaient de le faire chanter si jamais elles le reconnaissaient.

– Dans ce cas, que faisait cette photo dans son bureau ?

– Je vous le répète, je n'en sais rien. Ça concernait sans doute une affaire, mais j'ignore laquelle. J'ai épluché tous les dossiers qui se trouvaient ici et je n'ai rien trouvé qui ait un rapport avec cette photo.

Bosch se contenta de hocher la tête. Son esprit avait déjà abandonné la photo pour revenir sur les lettres mystérieuses, la dernière en particulier. A son avis, il s'agissait d'un avertissement adressé à Elias. Quelqu'un avait découvert que l'avocat possédait un renseignement dangereux. Bosch avait désormais la certitude que l'enquête, la véritable enquête, devait partir de cette lettre.

– Ça vous ennuie si j'allume la télé ? demanda Entrenkin. Il est 18 heures. J'aimerais regarder les infos.

Bosch sortit de sa rêverie.

– Pas de problème. Faites.

Elle se dirigea vers un grand placard en chêne adossé au mur opposé et ouvrit la double porte. A l'intérieur se trouvaient deux étagères, chacune supportant un téléviseur. Visiblement, Elias aimait bien regarder plusieurs chaînes en même temps. Sans doute pour multiplier les chances de voir ses apparitions au journal télévisé, se dit Bosch.

Entrenkin alluma les deux postes. L'image apparut d'abord sur le téléviseur du haut : un reporter se tenait devant un centre commercial dont trois ou quatre boutiques étaient en flammes. Au second plan, des pompiers luttaient pour circonscrire l'incendie, mais Bosch voyait bien qu'il n'y avait plus rien à faire pour sauver les bâtiments. Ils avaient été saccagés.

– C'est parti, dit-il.

– Oh, non, ça ne va pas recommencer ! soupira Entrenkin d'un ton suppliant et apeuré.

# 18

Bosch brancha l'autoradio sur KFWB alors qu'il roulait en direction de Hollywood. Les reportages radio se montraient plus réservés que les journaux télévisés de 18 heures. Sans doute parce qu'ils étaient uniquement composés de mots ; il n'y avait pas d'images.

L'information essentielle concernait l'incendie d'un centre commercial de Normandie Boulevard, à quelques rues seulement de l'intersection avec Florence Avenue, le carrefour où avaient éclaté les émeutes de 1992. Pour l'instant, c'était l'unique foyer dans le quartier de South L. A. et nul n'avait encore confirmé qu'il s'agissait d'un acte criminel en signe de protestation et de colère après le meurtre de Howard Elias. Mais toutes les chaînes d'informations que Bosch et Entrenkin avaient regardées dans le cabinet de l'avocat diffusaient des reportages en direct du centre commercial. Les flammes envahissaient les écrans, et l'image était on ne peut plus claire : Los Angeles était de nouveau en feu.

– Saloperie de télé ! cracha-t-il. Pardonnez mon langage.

– Pourquoi vous en prenez-vous à la télé ?

C'était Carla Entrenkin qui avait posé cette question. Elle avait convaincu Bosch de l'emmener avec lui pour interroger Harris. Bosch n'avait guère offert de résistance. Il savait qu'elle pourrait l'aider à mettre Harris à l'aise, s'il savait qui elle était. Or il était capital que

Harris soit disposé à leur parler. Peut-être était-il la seule personne à qui Howard Elias avait confié l'identité du véritable meurtrier de Stacey Kincaid.

– Ils réagissent de manière excessive, comme toujours, dit-il. Un malheureux incendie se déclare et ils se précipitent tous pour montrer les flammes. Résultat ? C'est comme balancer de l'huile sur le feu. Les flammes vont se propager. En découvrant ces images dans leurs salons, les gens vont sortir de chez eux pour voir ce qui se passe. Des groupes vont se former, les gens vont discuter entre eux et, au bout d'un moment, ils ne pourront plus contenir leur colère. De fil en aiguille, nous aurons droit à une émeute, fabriquée par les médias.

– Je fais un peu plus confiance que ça aux gens, rétorqua Entrenkin. Ils savent bien qu'il faut se méfier de la télé. Les troubles civils éclatent quand le sentiment d'impuissance atteint un seuil critique. Ça n'a rien à voir avec la télé. Le problème vient de la société, qui n'est pas capable de subvenir aux besoins vitaux des laissés-pour-compte.

Bosch remarqua qu'elle utilisait l'expression « troubles civils » et non pas le mot « émeutes ». Appeler une émeute une émeute était-il devenu politiquement incorrect ? se demanda-t-il.

– C'est une question d'espoir, inspecteur, reprit-elle. La plupart des minorités de Los Angeles n'ont ni pouvoir, ni argent, alors on ne les écoute pas. Dans tous ces domaines, elles vivent d'espoir. Howard Elias représentait l'espoir pour un grand nombre d'entre elles. Il était le symbole d'un jour où régnerait l'égalité, où leurs voix se feraient enfin entendre. Du jour où elles n'auraient plus à redouter les agents de police. Quand vous supprimez l'espoir, ça laisse un vide. Certains comblent le vide avec la colère et la violence. Rejeter la faute sur les médias est une erreur. Le problème est bien plus profond que ça.

Bosch hocha la tête.

– Je comprends, dit-il. Du moins, je crois. Mais je dis simplement que les médias n'arrangent rien en exagérant les choses.

Cette fois, Entrenkin approuva d'un hochement de tête.

– Quelqu'un, un jour, a appelé les médias des « marchands de chaos ».

– Et il avait bien raison.

– C'était Spiro Agnew. Juste avant de démissionner.

N'ayant rien à répondre à cela, Bosch décida de mettre fin à la discussion. Il récupéra son téléphone portable glissé dans le chargeur posé sur le plancher de la voiture entre les sièges et appela chez lui. Personne ne répondit, à part le répondeur ; il laissa un message pour demander à Eleanor de le rappeler et tenta de masquer sa contrariété. Il appela ensuite les renseignements pour réclamer encore une fois le numéro du cercle de jeux de Hollywood Park. Il composa le numéro et demanda à parler à Jardine, le responsable de la sécurité ; on le lui passa immédiatement.

– Jardine, j'écoute.

– Inspecteur Bosch à l'appareil. Je vous ai appelé hier soir. Je…

– Elle n'est pas venue, je vous assure, mon vieux. En tout cas, pas pendant mon…

– Ne vous fatiguez pas, *mon vieux*. Elle m'a expliqué que vous vous connaissiez depuis l'époque du Flamingo. Je comprends ce que vous avez fait, je ne vous en veux pas. Mais je sais qu'elle est revenue et je veux que vous lui transmettiez un message. Dites-lui de m'appeler sur mon portable dès qu'elle fera une pause. Dites-lui que c'est urgent. Vous avez compris, monsieur Jardine ?

Bosch insista sur le mot « monsieur » pour que Jardine comprenne qu'il aurait tort de jouer au malin avec le LAPD.

– OK. Pigé.

– Parfait.

Bosch coupa la communication

– Vous savez quel est le souvenir le plus marquant que j'ai gardé des événements de 1992 ? lui demanda Entrenkin. C'est une image. Une photo parue dans le *Times*. La légende était une phrase dans le genre « Pilleurs de père en fils », et la photo montrait un homme et son petit garçon de quatre ou cinq ans ressortant par la vitrine brisée d'un grand magasin Kmart ou un truc de ce genre. Et savez-vous ce qu'ils emportaient tous les deux, ce qu'ils venaient de voler ?

– Non. Quoi ?

– L'un et l'autre avaient emporté un Thigh Master ! Vous savez, ces appareils ridicules qui servent à vous muscler les cuisses et sont vendus par de vieilles stars des années 80 à la télé, la nuit.

Bosch secoua la tête devant l'ineptie de cette image.

– Ils ont vu ce truc à la télé et ils ont cru que ça avait de la valeur, dit-il. Comme Howard Elias.

Entrenkin ne releva pas cette pique et Bosch s'aperçut qu'il avait franchi les bornes, même s'il était persuadé qu'il y avait du vrai dans ce qu'il venait de dire.

– Désolé…

Ils roulèrent en silence pendant quelques minutes, avant que Bosch demande :

– Et moi, vous savez quelle image j'ai gardée de 1992 ?

– Non, laquelle ?

– J'étais en poste dans Hollywood Boulevard. Comme vous le savez, nous n'étions pas censés intervenir, sauf si on voyait des gens en danger. En gros, ça voulait dire que si les pillards agissaient dans le calme, on ne devait pas les empêcher d'agir. Ça n'avait aucun… Bref, j'étais sur le boulevard et je me souviens d'avoir vu un tas de trucs étranges. Les scientologues avaient encerclé leur immeuble ; ils se tenaient pratiquement au coude à coude, avec des manches à balai, prêts à se défendre en cas d'attaque. Le type qui tenait le surplus militaire près de Highland avait enfilé sa tenue de combat et avait une carabine sur l'épaule. Il faisait les cent pas devant sa boutique, comme s'il montait la garde à la porte d'un fort.. Les gens deviennent tous fous, les bons comme les méchants. C'est *L'Incendie de Los Angeles* [1].

– Mais, dites-moi, vous avez des lettres, inspecteur Bosch !

– Non, pas vraiment. J'ai vécu avec une femme qui enseignait la littérature au lycée Grant, dans la Vallée. C'était un des livres au programme. Je l'ai lu à cette époque-là. Bref, l'image que j'ai gardée de 1992, c'est la boutique Frederick, dans Hollywood Boulevard.

– Le magasin de lingerie ?

Il acquiesça d'un hochement de tête.

– Quand je suis arrivé sur place, ça grouillait de monde. Il y avait là toutes les races, tous les âges, des gens qui avaient perdu la tête. Ils ont vidé la boutique en un quart d'heure. Complètement vidé. Après leur départ, j'y suis entré ; il ne restait plus rien. Ils avaient même volé les mannequins. Il ne restait plus que les portemanteaux par terre et les portants chromés… et pourtant, ce magasin ne vendait que des sous-vêtements ! Quatre flics s'en tirent après avoir tabassé Rodney King en vidéo et les gens réagissent en pétant les plombs et en volant des sous-vêtements. C'était tellement surréaliste que c'est l'image qui me vient toujours à l'esprit quand on me parle des émeutes. Je me revois encore entrant dans ce magasin vide.

– Peu importe ce qu'ils ont volé. Ils agissaient par frustration. Comme avec les Thigh Master. Ce père et son fils se fichaient de ce qu'ils volaient. Ce qui comptait,

1. Titre français de *Day of the Locust*, roman de Nathaniel West. *(N.d.T.)*

c'était de voler quelque chose ; d'une certaine façon, ils envoyaient un message en accomplissant ce geste. Ils n'avaient pas besoin de ces machins, mais en les volant, ils s'affirmaient. Voilà la leçon que le père enseignait à son fils.

– Ça n'explique pas…

Le téléphone de Bosch sonna ; il s'empressa de répondre. C'était Eleanor.

– Alors, tu gagnes ? demanda-t-il.

Il avait dit cela en prenant un ton joyeux et s'aperçut au même moment qu'il avait adopté cette attitude nonchalante de manière à ce que sa passagère ne devine pas ses problèmes de couple. Il se sentit honteux et coupable de laisser les éventuelles pensées et déductions d'Entrenkin interférer dans ses relations avec Eleanor.

– Pas encore, répondit-elle. Je viens d'arriver.

– Je veux que tu rentres à la maison, Eleanor.

– On ne va pas parler de ça maintenant, Harry. Je…

– Non, il ne s'agit pas de ça. Je pense que toute la ville va… Tu as regardé les infos ?

– Non. J'étais en voiture.

– Ça sent le roussi. Les médias ont allumé la mèche. Si jamais ça pète de partout, tu n'es pas au bon endroit.

Bosch jeta un regard furtif à sa passagère. Il avait conscience de céder à la paranoïa des Blancs devant Entrenkin. Hollywood Park était situé à Inglewood, un quartier à majorité noire. Il voulait qu'Eleanor rentre chez eux dans les collines, à l'abri.

– Je crois que tu deviens parano, Harry. Je ne risque rien.

– Pourquoi courir le…

– Il faut que j'y aille, Harry. Ils me gardent ma place. Je te rappellerai.

Elle raccrocha et Bosch dit au revoir dans le vide. Il laissa tomber le téléphone sur ses genoux.

– Faites-en ce que vous voulez, dit Entrenkin, mais je pense que vous êtes parano.

– C'est ce qu'elle m'a dit.

– Je peux vous dire qu'il y a autant de Noirs que de Blancs, peut-être même plus, qui n'ont aucune envie que ça se reproduise. Accordez-leur le bénéfice du doute. inspecteur.

– Je n'ai pas le choix, il me semble.


Le poste de police de Hollywood paraissait désert quand ils y arrivèrent. Il n'y avait aucune voiture de patrouille dans le parking derrière le bâtiment, et quand ils entrèrent par la porte de service, le couloir du fond, qui bourdonnait généralement d'activité, était vide et silencieux, lui aussi. Bosch glissa la tête par la porte ouverte du hall : un seul policier en uniforme était assis à l'accueil derrière le guichet. Le téléviseur fixé au mur était allumé. Il n'y avait pas de flammes sur l'écran. A la place, on voyait un présentateur dans un studio. Au-dessus de son épaule apparaissait la photo de Howard Elias. Le son était trop faible pour que Bosch entende ce que disait le journaliste.

– Alors, ça donne quoi ? demanda-t-il au policier.

– RAS. Pour l'instant.

Bosch frappa deux petits coups à la porte et s'éloigna dans le couloir en direction du bureau des inspecteurs ; Entrenkin lui emboîta le pas. Rider et Edgar étaient déjà là. Ils avaient réquisitionné le téléviseur sur roulettes qui se trouvait dans le bureau du lieutenant et regardaient le même bulletin d'informations. Lorsqu'ils virent entrer Bosch et Entrenkin, la surprise se lut sur leurs visages.

Bosch présenta Entrenkin à Edgar, qui n'était pas dans le cabinet d'Elias ce matin-là. Il demanda ensuite à ses collègues de le mettre au courant des dernières nouvelles.

– Apparemment, la ville tient bon, dit Edgar. Deux ou trois incendies, c'est tout. En attendant, ils transforment

Elias en saint Howard. Personne n'ose dire que ce salopard était un opportuniste.

Bosch jeta un regard à Entrenkin. Elle ne laissait rien paraître.

– Éteignons cette télé, dit-il. Il faut qu'on parle.

Bosch les informa des derniers développements. Après quoi, il leur montra les trois lettres anonymes envoyées à Elias. Il leur expliqua la raison de la présence d'Entrenkin et précisa qu'il espérait obtenir la coopération de Harris et en même temps l'éliminer de la liste des suspects potentiels pour ces meurtres.

– Sait-on au moins où il est ? demanda Edgar. A ma connaissance, on ne l'a pas vu à la télé. Peut-être qu'il n'est même pas au courant de la mort d'Elias.

– On va le retrouver. Son adresse et son numéro de téléphone figuraient dans les dossiers d'Elias. Apparemment, Elias l'hébergeait quelque part, sans doute pour lui éviter des ennuis avant le procès. Il n'est pas loin d'ici… s'il est chez lui.

Bosch sortit son carnet pour trouver le numéro de téléphone. Il se dirigea vers son bureau pour appeler. Un homme décrocha.

– Pourrais-je parler à Harris ? demanda Bosch d'un ton joyeux.

– Y a pas d'Harry ici.

Et on raccrocha.

– En tout cas, il y a quelqu'un, dit Bosch en se retournant vers les autres. Allons-y.

Ils prirent une seule voiture. Harris occupait un appartement de Beverly Boulevard, près de l'immeuble de la CBS. Elias l'avait installé dans une vaste résidence qui, sans être luxueuse, était plus que correcte. En outre, le centre-ville n'était qu'à un jet de pierre de Beverly.

La porte d'entrée était munie d'un interphone, mais le nom de Harris ne figurait pas sur la liste des occupants. Bosch connaissait le numéro de l'appartement, mais n'était pas plus avancé. Les codes qui accompagnaient les noms des locataires ne correspondaient pas aux numéros des appartements, pour des raisons de sécurité. Bosch composa le code correspondant au logement du gardien, mais personne ne répondit.

– Regardez, dit Rider.

Elle lui montra une étiquette au nom de E. Howard. Bosch haussa les épaules, comme pour dire que ça valait le coup d'essayer, et composa le code correspondant sur le clavier.

– C'est pour quoi ? demanda un homme.

Bosch crut reconnaître la voix qui avait répondu au téléphone quand il avait appelé de son bureau.

– Michael Harris ?

– C'est qui ?

– LAPD. Nous voulons vous poser quelques questions. Je…

– Jamais de la vie. Pas sans mon avocat !

Il raccrocha. Bosch rappela immédiatement.

– Qu'est-ce que vous voulez, bordel ?

– Au cas où vous ne le sauriez pas, monsieur Harris, votre avocat est mort. Voilà pourquoi on vient vous voir. Écoutez-moi, ne raccrochez pas. Je suis avec l'inspectrice générale Entrenkin. Vous savez qui c'est, je suppose ? Elle veillera à ce que vous soyez bien traité. Nous voulons juste…

– C'est la chienne de garde qu'est censée pousser une gueulante quand le LAPD fait des conneries ?

– C'est exactement ça. Ne raccrochez pas.

Bosch s'écarta et tendit l'appareil à Entrenkin.

– Dites-lui qu'il n'a rien à craindre.

Elle prit le téléphone en jetant à Bosch un regard lourd de sous-entendus : elle comprenait maintenant pourquoi il l'avait autorisée à l'accompagner.

Sans le quitter des yeux, elle s'adressa à Harris :

– Michael, c'est moi, Carla Entrenkin. Ne vous inquiétez pas. Personne n'a l'intention de vous faire du mal. Nous voulons juste vous poser quelques questions concernant Howard Elias, c'est tout.

Si Harris répondit quelque chose, Bosch ne l'entendit pas. La serrure de la porte d'entrée émit un bourdonnement électrique et Edgar l'ouvrit. Entrenkin raccrocha et tout le monde entra dans l'immeuble.

– Ce type est un demeuré ! lança Edgar. Je ne comprends pas pourquoi on le traite comme un saint.

Entrenkin lui jeta un regard assassin.

– Vous le savez très bien, inspecteur Edgar.

Le ton qu'elle avait pris suffit à le faire taire.

Quand Harris ouvrit la porte de son appartement au troisième étage, il tenait un pistolet à la main.

– J'suis chez moi, déclara-t-il. J'ai pas l'intention de menacer qui que ce soit, mais j'ai besoin de ce flingue pour mon confort personnel et pour ma protection. Sinon, vous entrez pas chez moi, c'est compris ?

Bosch regarda les autres, sans obtenir de réaction, et reporta son attention sur Harris en s'efforçant de contenir sa rage. Malgré les belles paroles d'Entrenkin, il restait quasiment convaincu que Harris était un tueur d'enfant. Mais il savait aussi que pour l'instant au moins, l'enquête en cours passait avant tout le reste. Il devait donc faire abstraction de l'hostilité que lui inspirait cet homme afin de lui soutirer les informations qu'il détenait peut-être.

– Très bien, dit-il. Mais vous gardez votre arme baissée, le long du corps. Si jamais vous la pointez sur l'un de nous, on risque d'avoir un gros problème. On se comprend ?

– Oui, oui, très bien.

Harris recula d'un pas et les fit entrer en pointant son arme vers le living-room.

– Attention ! Je vous ai dit de garder votre arme baissée, répéta Bosch d'un ton menaçant.

Harris laissa retomber son bras et ils entrèrent. L'ap-

234

partement était meublé avec du mobilier de location : un canapé bleu ciel et des chauffeuses assorties, des tables et des étagères en faux bois massif. Reproductions de scènes pastorales sur les murs. Un placard renfermait un poste de télévision. Il diffusait les infos.

– Asseyez-vous, mesdames et messieurs.

Harris s'enfonça dans un des gros fauteuils, si profondément que le dossier était plus haut que sa tête, donnant l'impression qu'il était assis sur un trône. Bosch alla éteindre la télé, fit les présentations et montra son insigne.

– C'est le Blanc qui commande, logique, lança Harris.

Bosch ne releva pas.

– Vous savez que Howard Elias a été assassiné la nuit dernière, je suppose ? dit-il.

– Évidemment que je l'sais. J'suis resté ici à regarder cette putain de télé toute la journée.

– Dans ce cas, pourquoi avez-vous dit que vous refusiez de nous répondre sans votre avocat, si vous saviez qu'il était mort ?

– J'ai pas qu'un seul avocat, Ducon. J'ai aussi un avocat pour le pénal et j'ai un avocat pour m'amuser. J'manque pas d'avocats, vous bilez pas. J'en engagerai un autre pour remplacer Howie. J'vais en avoir sacrément besoin, surtout quand ça va commencer à chauffer à South Central. C'est que j'vais avoir mon émeute, moi aussi ! Pareil que Rodney ! J'vais devenir une vedette.

Bosch avait du mal à suivre le raisonnement de Harris, mais il comprenait une chose : Harris s'offrait un petit délire mégalomane aux frais de sa communauté.

– Parlons de votre avocat décédé, Howard Elias. Quand l'avez-vous vu pour la dernière fois ?

– Hier soir. Mais vous le savez déjà, pas vrai, grand chef ?

– Jusqu'à quelle heure ?

– Jusqu'à ce qu'on se sépare, sans blague. J'suis dans le collimateur ou quoi ?

235

– Pardon ?

– C'est un interrogatoire ?

– J'essaye de découvrir qui a tué Elias.

– C'est vous autres ! C'est vos copains qui l'ont descendu.

– C'est une possibilité. On essaye de découvrir la vérité

Harris éclata de rire, comme si Bosch venait de lâcher une absurdité.

– Ouais. Vous savez c'qu'on dit sur le pot de terre et le pot de fer, non ?

– Nous verrons. Quand vous êtes-vous quittés, Elias et vous ?

– Quand il est rentré chez lui et que je suis rentré chez moi.

– A quelle heure ?

– J'en sais foutre rien, grand chef. 11 heures moins le quart, 11 heures. J'ai pas de montre. Quand je veux connaître l'heure, je demande aux gens. Ils ont dit aux infos qu'il s'était fait buter à 11 heures, alors disons qu'on s'est quittés à moins le quart.

– A-t-il fait allusion à des menaces ? Avait-il peur de quelqu'un ?

– Il avait peur de rien. Mais il savait qu'il était mort.

– Comment ça ?

– C'est d'vous autres que je parle. Il savait que vous alliez le flinguer un de ces jours. Quelqu'un a fini par le faire. J'parie qu'il voudra me buter, moi aussi, un de ces quatre. C'est pour ça que dès que j'aurai empoché mon fric, j'me tire d'ici vite fait. C'est tout c'que j'ai à dire, grand chef.

– Pourquoi vous m'appelez comme ça ?

– C'est c'que vous êtes. Un grand chef.

Le sourire de Harris était une provocation. Bosch soutint son regard un instant, avant de se tourner vers Entrenkin et de hocher la tête. Elle prit la relève ·

– Michael, savez-vous qui je suis ?

– Évidemment, j'vous ai vue à la télé. Pareil que M. Elias. J'vous connais.

– Vous savez donc que je ne suis pas de la police. Mon travail consiste à m'assurer que les policiers de cette ville sont honnêtes et accomplissent leur devoir selon les règles.

Harris ricana.

– Vous avez du pain sur la planche, ma p'tite dame.

– Je sais, Michael. Mais si je suis ici, c'est pour vous dire que ces trois inspecteurs ont de bonnes intentions. Ils veulent découvrir qui a tué Howard Elias, même si c'est un policier. Et je veux les aider. Vous aussi, vous allez les aider. Vous devez bien ça à Howard. Alors… vous voulez bien répondre encore à quelques questions ?

Harris jeta un coup d'œil autour de lui, puis il regarda l'arme qu'il tenait dans la main. C'était un Smith & Wesson 9 mm en acier brossé. Bosch se demanda si Harris l'aurait brandi ainsi devant eux s'il avait su que l'arme du crime était un 9 mm. Harris glissa le pistolet entre le coussin et l'accoudoir du gros fauteuil.

– Bon, OK. Mais pas le grand chef. Je cause pas aux flics blancs, ni aux faux frères. C'est vous qui posez les questions.

Entrenkin se tourna vers Bosch, avant de revenir sur Harris.

– Michael, je veux que ces inspecteurs vous posent eux-mêmes les questions. Ils sont plus doués que moi pour ça. Mais je vous assure que vous pouvez leur répondre.

Harris secoua la tête.

– Vous comprenez rien, ma p'tite dame. Pourquoi que j'aiderais ces salopards de flics ? Ils m'ont torturé sans raison. J'ai perdu quarante pour cent de capacité auditive à cause du LAPD. J'veux pas coopérer ! Si vous avez une question à m'poser, j'vous écoute.

– Très bien, Michael, dit Entrenkin. Parlez-moi d'hier soir. De quoi avez-vous parlé avec Howard ?

– On a discuté de mon témoignage. Moi, j'appelle ça plutôt mon tiroir-caisse, parce qu'au LAPD ils vont devoir raquer un max pour m'avoir entubé et tabassé ensuite. Ah, putain, oui !

Bosch prit la suite de l'interrogatoire, en ignorant les réflexions de Harris, qui déclarait ne pas vouloir répondre à ses questions :

– C'est Howard qui vous a dit ça ?

– Exact, grand chef.

– A-t-il dit qu'il pouvait prouver que c'était un coup monté ?

– Ouais, parce qu'il savait qui c'est qu'a vraiment assassiné cette p'tite fille blanche et qui l'a déposée dans le terrain vague près d'chez moi. Howard disait qu'il allait me disculper complètement pour que j'touche mon fric.

Bosch marqua un temps d'arrêt. La question et la réponse suivantes seraient cruciales

– Et c'est qui ?

– Qui quoi ?

– Qui est le véritable meurtrier ? Elias vous l'a dit ?

– Jamais. Il disait que j'avais pas besoin de savoir. Paraît que c'était dangereux de le savoir. Mais j'parie que c'est marqué quelque part dans ses putains de dossiers. Il va pas s'en tirer cette fois, ce salopard !

Bosch jeta un regard à Entrenkin.

– Michael, dit-elle, j'ai passé toute la journée à éplucher les dossiers. J'ai trouvé des éléments indiquant que Howard savait qui a tué Stacey Kincaid, en effet, mais il n'y avait aucun nom nulle part. Êtes-vous sûr qu'il ne vous a pas donné un nom ou une indication concernant l'identité de cette personne ?

Harris demeura perplexe un instant. Apparemment, il venait de comprendre que si Elias emportait le nom du meurtrier dans sa tombe, son dossier en prendrait un coup, lui aussi. Il garderait éternellement les stigmates du meurtrier qui avait réussi à échapper à la justice grâce à un avocat rusé qui savait manipuler les jurés.

– Bon Dieu…

Bosch vint s'asseoir au bord de la table basse, pour être plus près de Harris.

– Réfléchissez bien, dit-il. Vous avez passé beaucoup de temps avec lui. Qui ça pourrait être ?

– J'en sais rien, répondit Harris, sur la défensive. Pourquoi vous posez pas la question à Pelfry ?

– Pelfry ?

– Son homme à tout faire. Son enquêteur.

– Vous connaissez son nom de famille ?

– Je crois que ça ressemble à Jenks, un truc comme ça.

– Jenks ?

– Ouais, Jenks. C'est comme ça que Howard l'appelait.

Bosch sentit un doigt appuyer sur son épaule ; il se retourna et capta le regard d'Entrenkin : elle savait qui était Pelfry. Pas la peine d'insister. Il se leva et toisa Harris.

– Vous êtes rentré directement ici hier soir, après avoir quitté Elias ?

– Ouais, évidemment. Pourquoi ?

– Vous étiez accompagné ? Vous avez appelé quelqu'un ?

– Hé, à quoi vous jouez, là ? Z'êtes en train de m'accuser ou quoi ?

– Simple routine. Calmez-vous, monsieur Harris. Nous demandons la même chose à tout le monde. Alors, où étiez-vous ?

– J'étais ici. J'étais claqué. J'suis rentré et j'me suis foutu au pieu. Tout seul.

– OK. Vous voulez bien que j'examine votre arme ?

– Putain, j'aurais dû m'douter qu'vous étiez pas réglo. Ah, la vache !

Il récupéra le pistolet coincé entre le coussin et le fauteuil et le tendit à Bosch. Celui-ci garda les yeux fixés sur Harris jusqu'à ce qu'il ait l'arme dans la main. Puis il l'examina et renifla le canon. Il ne releva aucune odeur de graisse ou de poudre. Il éjecta le chargeur et fit sauter la première balle avec son pouce. Une Federal. Une marque de munitions très répandue, et la même que celle utilisée pour les meurtres de l'Angels Flight. Bosch reporta son attention sur Harris.

– Vous avez été condamné, monsieur Harris. Vous savez que vous n'avez pas le droit de posséder cette arme ?

– Chez moi, c'est pas un crime. Faut que je me protège.

– C'est un crime où que vous soyez, j'en ai peur. Vous pourriez vous retrouver en prison.

Harris lui sourit. Bosch remarqua qu'une de ses incisives était en or, avec une étoile gravée sur le devant.

– Eh bien, embarquez-moi, allez-y !

Il tendit les bras, comme s'il attendait qu'on lui passe les menottes.

– Embarquez-moi et vous verrez cette putain de ville partir en fumée, mon vieux. En fumée !

– J'avais plutôt envie de passer l'éponge, vu que vous nous avez aidés ce soir. Mais je suis obligé de garder l'arme. Je commettrais un délit en vous la laissant.

– Faites donc, grand chef. J'irai en chercher une autre dans ma tire. Vous voyez ce que je veux dire ?

Il prononçait le mot « chef » comme certains Blancs prononcent le mot « nègre »

– Oui. Je vois très bien.

Ils attendirent l'ascenseur en silence. Quand ils furent à l'intérieur et commencèrent à descendre, Entrenkin demanda :

– L'arme correspond ?

– C'est le même modèle. Les balles sont identiques Il faudra l'expédier au labo pour vérifier, mais je ne crois pas qu'il l'aurait gardée s'il avait tué Elias avec. Il n'est pas stupide à ce point

– Et sa voiture ? Il a dit qu'il pouvait avoir tout ce qu'il voulait dans sa « tire ».

– Il ne parlait pas de sa vraie voiture. Il parlait de sa bande. De son gang, si vous préférez. Ensemble, ils forment une « tire » quand ils vont quelque part. C'est une expression qui vient de la prison. Huit personnes dans une cellule. Ils appellent ça une « tire » Mais parlez-moi de ce Pelfry. Vous le connaissez ?

– Jenkins Pelfry. C'est un détective privé. Un indépendant. Je crois qu'il a un bureau à l'Union Law Center, dans le centre. Beaucoup d'avocats de droit civil font appel à lui. Howard l'avait engagé pour cette affaire.

– Il faut qu'on l'interroge. Merci pour le tuyau.

Il y avait de la rancœur dans la voix de Bosch. Il consulta sa montre. Il songea qu'il était trop tard pour essayer de dénicher Pelfry.

– Écoutez, ça figure dans les dossiers que je vous ai remis, protesta Entrenkin. Vous ne m'avez pas posé la question. Comment vouliez-vous que je vous en parle ?

– Vous avez raison. Vous ne pouviez pas savoir.

– Si vous voulez, je peux téléphoner…

– Non, pas la peine. On prend les choses en main à partir de maintenant, madame l'inspectrice générale. Merci de votre aide avec Harris. Sans vous, on n'aurait certainement pas pu l'interroger.

– Vous pensez qu'il est lié à ces meurtres ?

– Pour l'instant, je ne pense rien.

– Personnellement, je doute qu'il soit mêlé à cette histoire.

Bosch se contenta de la regarder en espérant que son regard suffirait à traduire ce qu'il pensait, à savoir qu'elle s'aventurait sur un territoire où elle n'avait ni compétences ni autorité.

– On vous raccompagne, dit-il. Votre voiture est restée au Bradbury ?

Elle hocha la tête. Ils traversèrent le hall vers la sortie.

– Inspecteur, je veux être tenue au courant de tous les développements de cette affaire.

– Très bien. J'en parlerai au chef Irving demain matin et je verrai ce qu'il décide. Peut-être qu'il préférera vous informer lui-même.

– Je ne veux pas la version « blanchie ». Je veux que ce soit vous qui me teniez au courant.

– Et vous pensez que ma version ne sera pas « blanchie » ? Je suis flatté.

– Le mot était mal choisi. Quoi qu'il en soit, je préfère entendre la vérité de votre bouche plutôt que de me contenter de l'écho déformé par les responsables de la police.

Bosch la regarda pendant qu'il lui tenait la porte.

– Je m'en souviendrai, dit-il.

# 19

Kiz Rider avait introduit le numéro de téléphone trouvé sur la page Internet de Maîtresse Regina dans l'annuaire croisé contenu dans un CD-Rom de l'ordinateur du bureau des détectives. Ce numéro correspondait à une adresse de North Kings Road, à West Hollywood, mais ça ne voulait pas dire qu'ils trouveraient forcément cette femme à cette adresse. La plupart des prostituées, les masseuses de nuit et les soi-disant « danseuses exotiques » utilisaient des systèmes de transfert d'appel complexes pour éviter que les brigades de police spécialisées ne retrouvent leurs traces.

Bosch, Rider et Edgar s'arrêtèrent le long du trottoir, au croisement de Melrose et de Kings. Bosch se servit de son portable pour appeler le numéro. Une femme décrocha après la quatrième sonnerie. Bosch joua son rôle :

– Maîtresse Regina ?

– Oui. Qui êtes-vous ?

– Je m'appelle Harry. Je voulais savoir si, par hasard, vous étiez disponible ce soir.

– On a déjà fait une séance ?

– Non. Je suis tombé sur votre site Internet et je me suis dit…

– Vous vous êtes dit quoi ?

– Que j'aimerais bien essayer une… séance.

– Vous en êtes à quel niveau ?

– Je ne comp…

– C'est quoi, votre truc ?

– Je sais pas trop. Je voudrais essayer.

– Vous savez que c'est sans rapports sexuels, hein ? Aucun contact physique. Je pratique des jeux intellectuels. Il n'y a rien d'illégal.

– Je comprends.

– Vous avez un numéro de téléphone sécurisé pour que je puisse vous rappeler ?

– Qu'entendez-vous par « sécurisé » ?

– Pas une cabine téléphonique ! s'écria-t-elle d'un ton brutal. Vous devez me donner un vrai numéro.

Bosch lui donna celui de son portable.

– OK. Je vous rappelle dans une minute. Soyez là.

– J'y serai.

– Je demanderai à parler au numéro 367. C'est vous. Pour moi, vous n'êtes pas une personne. Vous n'avez pas de nom. Vous n'êtes qu'un numéro.

– 367. C'est noté.

Bosch ferma son téléphone et regarda ses collègues.

– On saura dans une minute si ça a marché.

– Tu avais l'air très doux et soumis, Harry, dit Rider.

– Merci. J'ai fait de mon mieux.

– Moi, je trouve que t'avais l'air d'un flic, dit Edgar.

– On verra bien.

Bosch remit le contact, histoire de faire quelque chose. Rider bâilla et il ne put s'empêcher de l'imiter. Puis ce fut au tour d'Edgar.

Le téléphone sonna. C'était Maîtresse Regina. Elle demanda à parler au 367.

– Vous pouvez venir dans une heure. Je demande un don de 200 dollars pour une séance d'une heure. En liquide uniquement, et d'avance. C'est compris ?

– Oui.

– Oui qui ?

– Euh… oui, Maîtresse Regina.

– Parfait.

Bosch se tourna vers Rider, assise à côté de lui à l'avant, et lui adressa un clin d'œil. Elle sourit.

Regina lui indiqua son adresse et le numéro de l'appartement. Bosch alluma le plafonnier pour consulter les notes prises par Rider. L'adresse correspondait à celle que possédait Rider, mais ce n'était pas le même numéro d'appartement. Il promit à Regina d'être à l'heure au rendez-vous et coupa la communication.

– On a le feu vert. Mais pas avant une heure. Apparemment, elle utilise un autre appartement dans le même immeuble.

– On va attendre une heure ? demanda Edgar.

– Pas question. J'ai hâte de rentrer chez moi pour dormir.

Bosch tourna dans Kings Road et roula pendant quelques centaines de mètres vers le nord, jusqu'à ce qu'ils trouvent l'adresse en question. Il s'agissait d'un petit immeuble en bois et stuc. Ne voyant aucun parking, il se gara dans une zone interdite, devant une bouche d'incendie, et tous les trois descendirent de voiture. Peu importait que Maîtresse Regina possède un appartement avec vue sur la rue et aperçoive la voiture de patrouille. Ils ne venaient pas pour l'arrêter. Ils voulaient juste des renseignements.

Les appartements 6 et 7 étaient mitoyens et situés à l'arrière de l'immeuble. Celle qui se faisait appeler « Maîtresse Regina » vivait sans doute dans l'un d'eux et exerçait ses activités dans l'autre. Ils frappèrent à la porte de son lieu de travail.

Pas de réponse.

Edgar frappa de nouveau, plus fort, en ajoutant deux petits coups de pied pour faire bonne mesure. Finalement, une voix se fit entendre de l'autre côté de la porte :

– C'est pour quoi ?

– Police. Ouvrez !

Rien.

– Allons, Regina, on veut juste vous poser quelques questions. C'est tout. Ouvrez cette porte, sinon on va être obligés de faire sauter la serrure. Alors, que décidez-vous ?

C'était une menace bidon. Bosch savait qu'il n'avait aucun droit d'agir si elle refusait d'ouvrir sa porte.

Finalement, il y eut un bruit de verrous et la porte s'ouvrit pour laisser apparaître le visage furieux d'une femme que Bosch reconnut pour l'avoir vue sur la photo retrouvée dans le cabinet de Howard Elias.

– Que voulez-vous ? Montrez-moi vos insignes

Bosch s'exécuta.

– On peut entrer ?

– Vous êtes du LAPD ? Ici, c'est West Hollywood, cher monsieur. Vous n'êtes pas sur votre territoire.

Elle voulut refermer la porte, mais Edgar arrêta l'huis avec son bras puissant. Il repoussa la porte vers l'intérieur et entra, l'air mauvais.

– Ne vous avisez pas de me claquer la porte au nez, Maîtresse Regina.

Edgar avait prononcé ce nom d'un ton qui indiquait qu'il n'était l'esclave de personne. Regina recula pour le laisser entrer. Bosch et Rider lui emboîtèrent le pas. Ils se retrouvèrent dans un vestibule mal éclairé d'où partaient deux escaliers  un descendait, l'autre montait. Bosch regarda celui qui se trouvait sur sa gauche et s'enfonçait dans une complète obscurité. L'autre conduisait à une pièce éclairée. Il s'en approcha et commença à monter.

– Hé, vous avez pas le droit d'entrer chez les gens comme ça ! protesta Regina, qui semblait avoir perdu un peu de sa virulence. Il vous faut un mandat…

– On n'a besoin de rien du tout, Maîtresse Regina. C'est vous qui nous avez invités chez vous. Je m'appelle

Harry… numéro 367, si vous préférez. On vient de se parler au téléphone, vous vous souvenez ?

Elle les suivit en haut de l'escalier. Bosch se retourna et l'examina véritablement pour la première fois. Elle portait une robe noire très légère, par-dessus un corset en cuir et des dessous en soie noire. Bas noirs et chaussures à talons aiguilles. Ses yeux étaient maquillés de noir et sa bouche peinte d'un rouge éclatant. Triste caricature d'un fantasme masculin déprimant.

– Halloween est passé depuis longtemps, reprit-il. C'est qui, votre personnage ?

Regina l'ignora :

– Que venez-vous faire ici ?

– On a des questions à vous poser. Asseyez-vous. J'aimerais vous montrer une photo.

Bosch lui montra un canapé en cuir noir, elle alla s'y asseoir à contrecœur. Il posa sa mallette sur la table basse et l'ouvrit. Après avoir adressé un petit signe de tête à Edgar, il chercha la photo d'Elias.

– Hé, il va où, lui ? s'écria Regina.

Edgar se dirigeait vers un autre escalier qui conduisait à une sorte de grenier.

– Il veille sur notre sécurité en s'assurant que vous ne cachez pas quelqu'un dans un placard, dit Bosch. Je vous demande de regarder cette photo.

Il la fit glisser sur la table basse ; Regina la regarda sans y toucher.

– Alors… vous le reconnaissez ?

– Qu'est-ce que ça signifie ?

– Vous le reconnaissez ?

– Évidemment.

– C'est un client ?

– Écoutez, je ne suis pas obligée de vous…

– EST-CE UN CLIENT ? hurla Bosch.

Edgar redescendit du grenier et traversa le living-room. Il jeta un coup d'œil dans le coin cuisine, sans rien remarquer d'intéressant, et redescendit dans le vestibule. Bosch l'entendit s'enfoncer dans l'obscurité à l'étage inférieur.

– Non, c'est pas un client, OK ? Vous voulez bien vous en aller, maintenant ?

– Si ce n'est pas un client, comment l'avez-vous reconnu ?

– Vous vous foutez de moi ? Vous n'avez pas regardé la télé aujourd'hui ?

– Qui est-ce ?

– C'est le type qui s'est fait buter dans…

– Harry ?

Edgar l'appelait d'en bas.

– Quoi ?

– Je crois que tu devrais venir voir.

Bosch se tourna vers Rider.

– Remplace-moi, Kiz. Interroge-la.

Bosch descendit l'escalier et tourna dans le vestibule. Une lumière rouge émanait de la pièce située en dessous. Il rejoignit Edgar au sous-sol : celui-ci avait les yeux qui lui sortaient de la tête.

– Qu'y a-t-il ?

– Vise un peu ça.

Bosch constata qu'ils se trouvaient dans une chambre Un des murs était entièrement recouvert de miroirs. Contre le mur opposé était installé un lit surélevé, dans le style hôpital, avec des draps plastifiés sur lesquels étaient posées des lanières en cuir. Juste à côté, il y avait une chaise et un lampadaire muni d'une ampoule rouge.

Edgar le conduisit vers une penderie murale. Une autre ampoule rouge pendait du plafond. Aucun vêtement sur les cintres accrochés de chaque côté du placard. Mais un homme entièrement nu était debout à l'intérieur, bras et jambes écartés, les bras levés et les poignets attachés par des menottes à la tringle. Les menottes étaient en plaqué or et ornées de motifs. L'homme avait un bandeau sur les yeux et une balle en caoutchouc rouge dans la bouche en guise de bâillon. Sa poitrine était zébrée de griffures écarlates. Entre ses cuisses se balançait une bouteille de Coca d'un litre, pleine, pendant au bout d'une lanière en cuir attachée à l'extrémité de son pénis.

– Nom de Dieu ! murmura Bosch.

– Je lui ai demandé s'il avait besoin d'aide et il m'a fait « non » de la tête. Je crois que c'est un client.

– Enlève-lui le bâillon.

Bosch releva le bandeau sur son front pendant qu'Edgar retirait la balle de caoutchouc. Le premier réflexe de l'homme fut de tourner la tête de côté pour essayer de se cacher. Il voulut masquer son visage avec son bras, mais les menottes l'en empêchaient. Agé d'environ trente-cinq ans, il était bien bâti. De toute évidence, il n'aurait eu aucun mal à se défendre contre la femme qui se trouvait au premier étage, s'il l'avait voulu.

– Je vous en prie, dit-il d'un ton suppliant. Laissez-moi tranquille. Je vais bien. Fichez-moi la paix.

– On est de la police, dit Bosch. Vous êtes sûr que ça va ?

– Évidemment que je suis sûr. Vous croyez que si j'avais besoin d'aide, je ne vous le dirais pas ? Je n'ai pas besoin de vous. C'est une activité totalement consentie et non sexuelle. Laissez-nous en paix.

– Harry, dit Edgar, je crois qu'on ferait mieux de foutre le camp d'ici et d'oublier tout ce qu'on a vu.

Bosch acquiesça d'un hochement de tête et ils ressortirent de la penderie. Regardant autour de lui, il aperçut des vêtements sur le dos de la chaise. Il fouilla le contenu des poches. Il en sortit le portefeuille, revint vers le lampadaire et examina le permis de conduire dans la lumière rouge. Il sentit qu'Edgar le rejoignait pour regarder par-dessus son épaule.

– Ce nom te dit quelque chose ? lui demanda-t-il.

– Non. Et toi ?

Bosch secoua la tête et referma le portefeuille. Il retourna vers la chaise et le rangea dans la poche du pantalon.

Rider et Regina étaient muettes quand ils remontèrent. Bosch observa Regina et crut discerner un regard de fierté et un petit sourire sur son visage. Elle savait que les deux policiers étaient choqués par ce qu'ils avaient vu en bas. Se tournant vers Rider, Bosch constata qu'elle aussi avait remarqué leur air effaré

– Ça va, les gars ? s'enquit-elle

– Oui, ça va.

– Que se passe-t-il ?

Bosch ignora la question et reporta son attention sur la dominatrice.

– Où sont les clés ?

Elle esquissa une petite moue et glissa la main dans son soutien-gorge. Elle en sortit la minuscule clé des menottes et la lui tendit. Bosch la prit et la donna à Edgar.

– Descends le libérer. S'il veut rester après, c'est son problème.

– Écoute, Harry, il a dit que…

– Je me fous de ce qu'il a dit. Je te demande d'aller le libérer. On ne va pas repartir en laissant un type prisonnier en bas.

Edgar redescendit pendant que Bosch observait Regina.

– C'est pour faire ça que vous réclamez 200 dollars de l'heure ?

– Je leur en donne pour leur argent, croyez-moi. Et figurez-vous qu'ils en redemandent. Franchement, je ne comprends pas ce qui ne va pas chez les hommes. Peut-être que vous devriez venir me voir un jour, inspecteur. Ça pourrait être amusant.

Bosch la dévisagea longuement avant de se tourner vers Rider.

- Alors, qu'as-tu appris, Kiz ?

– De son vrai nom, Maîtresse Regina s'appelle Virginia Lampley. Elle affirme connaître Elias pour l'avoir vu à la télé ; ce n'est pas un client. Mais elle dit que l'enquêteur d'Elias est venu ici il y a quelques semaines pour lui poser des questions, comme nous.

– Pelfry ? Que voulait-il savoir ?

– Un tas de conneries, répondit Regina avant Rider. Il voulait savoir si je savais des trucs sur la gamine qui a été assassinée l'année dernière. La fille du roi de l'automobile qu'on voit à la télé. Je lui ai répondu que je ne voyais pas pourquoi il me demandait ça. Qu'est-ce que je pouvais bien savoir ? Il a essayé de me menacer, mais je l'ai envoyé sur les roses. Je ne me laisse pas impressionner par les hommes. Il est reparti. Il faut croire qu'on vous a envoyés sur la même fausse piste que lui.

– Possible, dit Bosch.

Il y eut un moment de silence. Bosch était décontenancé par ce qu'il avait découvert dans la penderie. Il ne voyait pas d'autre question à poser.

– Le type veut rester.

C'était Edgar. Il reparut en haut de l'escalier et remit la clé des menottes à Regina. Elle la récupéra et fit tout un numéro pour la remettre dans son soutien-gorge, sans quitter Bosch des yeux.

– Allons-y, dit celui-ci.

– Vous êtes sûr que vous ne voulez pas rester boire un Coca, inspecteur ? demanda Virginia Lampley avec un sourire malicieux.

– On s'en va.

Ils redescendirent dans le vestibule sans un mot ; Bosch fermait la marche. Arrivé sur le palier, il plongea son regard en direction de la chambre obscure. La lumière rouge était restée allumée et Bosch distinguait la silhouette du client assis sur la chaise dans le coin de la pièce. Son visage était dans la pénombre, mais Bosch aurait parié que l'homme avait les yeux levés vers lui.

– Ne vous inquiétez pas, inspecteur, dit Regina dans son dos. Je prendrai bien soin de lui.

Bosch se retourna et la regarda avant de franchir le seuil. Elle avait retrouvé son sourire.

# 20

Sur le chemin qui les ramenait au poste, Rider demanda plusieurs fois à Bosch et à Edgar ce qu'ils avaient vu au sous-sol, mais les deux inspecteurs s'en tinrent à une explication minimale : un client de Maîtresse Regina était attaché dans la penderie. Rider devina qu'il y avait autre chose et insista pour savoir, mais en vain.

– Cet homme n'a aucun intérêt, finit par déclarer Bosch pour mettre un terme à la discussion. On ne sait toujours pas pourquoi Elias avait cette photo et cette adresse Internet. Ni pourquoi il a envoyé Pelfry chez cette femme.

– A mon avis, elle ment, dit Edgar. Elle est au courant de toute l'histoire.

– Possible, concéda Bosch. Mais si elle sait tout, pourquoi garder le secret maintenant qu'Elias est mort ?

– C'est Pelfry qui détient la réponse, dit Rider. On devrait aller l'interroger dès maintenant.

– Non, dit Bosch, pas ce soir. Il est tard et je ne veux pas interroger Pelfry avant d'avoir examiné les dossiers d'Elias. On épluche les dossiers et ensuite seulement on ira lui poser des questions sur Maîtresse Regina et le reste. Dès demain à la première heure.

– Et le FBI dans tout ça ? demanda Rider.

– On a rendez-vous à 8 heures. D'ici là, je trouverai quelque chose.

Le reste du trajet s'effectua en silence. Bosch les déposa à leurs voitures dans le parking du poste de police et leur rappela qu'ils devaient être à Parker Center à 8 heures le lendemain matin. Il gara ensuite sa voiture officielle, mais ne rendit pas les clés car les cartons de dossiers provenant du cabinet d'Elias étaient toujours dans le coffre. Après avoir verrouillé les portières, il regagna son véhicule personnel.

Il jeta un coup d'œil à la pendule de bord au moment où il s'engageait dans Wilcox : 22 h 30. Malgré l'heure tardive, il décida de passer un dernier coup de téléphone avant de rentrer chez lui. En traversant Laurel Canyon pour rejoindre la Vallée, il repensa à l'homme enfermé et attaché dans la penderie, à la manière dont il avait détourné la tête pour qu'on ne le voie pas. Après toutes les années qu'il avait passées à la Criminelle, Bosch n'était plus surpris par les horreurs que les gens faisaient subir aux autres. Mais celles qu'ils s'infligeaient à eux-mêmes, et délibérément, c'était une autre histoire.

Il prit Ventura Boulevard en direction de Sherman Oaks. C'était un samedi soir très animé. De l'autre côté de la colline, la ville était peut-être une poudrière, mais ici, dans l'artère principale de la Vallée, les bars, les cafés et les boutiques étaient bondés. Bosch vit des voituriers en veste rouge se précipiter vers les véhicules des clients devant le Pinot Bistro et les autres restaurants chics qui bordaient le boulevard. Des adolescents roulaient au ralenti dans leurs décapotables. Tout ce beau monde était indifférent à la haine qui couvait et à la colère qui bouillonnait dans d'autres quartiers de la ville, sous la surface, telle une ligne de faille inconnue, prête à s'ouvrir pour engloutir tout ce qui se trouvait au-dessus.

Dans Kester, il tourna vers le nord et bifurqua presque aussitôt dans un quartier de lotissements coincés entre le boulevard et le Ventura Freeway, des alignements de petites maisons sans style précis. Le bourdonnement de la voie rapide était omniprésent. C'étaient des maisons de flics, sauf qu'elles coûtaient entre 400 000 et 500 000 dollars, et que peu de flics pouvaient se les offrir. L'ancien équipier de Bosch, Frankie Sheehan, avait acheté la sienne il y avait longtemps et avait bien fait. Aujourd'hui, il était assis sur un joli magot. Cette maison constituait son épargne-retraite, s'il arrivait jamais à cet âge.

Bosch s'arrêta devant la maison de Sheehan, sans couper le moteur. Il sortit son téléphone, vérifia le numéro de son ancien équipier dans son répertoire et appela. Sheehan décrocha après deux sonneries. Il avait une voix alerte. Il ne dormait pas.

– Frankie ? C'est Harry.

– Hé, mec.

– Je suis devant chez toi. Ça te dirait de me rejoindre pour qu'on aille faire un tour ?

– Où ça ?

– N'importe où.

Un silence.

– Frankie ?

– OK, donne-moi deux minutes.

Bosch rangea son téléphone et chercha dans sa poche de veste un paquet de cigarettes qui ne s'y trouvait pas.

– Ah, merde !

En attendant, il repensa à la fois où Sheehan et lui s'étaient lancés à la recherche d'un dealer qu'on soupçonnait d'avoir liquidé ses concurrents en faisant irruption dans un repaire de camés avec une Uzi et en massacrant toutes les personnes présentes, six en tout, clients et dealers.

Ils avaient frappé plusieurs fois à la porte du suspect, sans obtenir de réponse. Ils réfléchissaient aux options qui s'offraient à eux lorsque Sheehan avait entendu une toute petite voix à l'intérieur de l'appartement qui disait : « Entrez ! Entrez ! »

Bosch avait tourné la poignée et la porte s'était ouverte. Elle n'était pas fermée à clé. Les deux inspecteurs avaient pénétré dans l'appartement, arme au poing, en position de tir, pour découvrir qu'il n'y avait personne... à l'exception d'un gros perroquet vert dans une cage au milieu du living-room. Et là, bien en évidence sur une table de cuisine, il y avait une mitraillette Uzi démontée pour nettoyage. Bosch était revenu vers la porte pour frapper de nouveau. Le perroquet s'était écrié : « Entrez ! Entrez ! »

Quelques minutes plus tard, quand le suspect était revenu du magasin avec la graisse qui lui manquait pour finir d'entretenir son Uzi, ils l'avaient arrêté. L'examen balistique avait prouvé qu'il s'agissait bien de l'arme utilisée pour le massacre et l'homme avait été condamné après qu'un juge eut refusé de rejeter les pièces à conviction malgré les hauts cris de l'avocat de la défense, qui affirmait que les deux policiers étaient entrés dans l'appartement sans autorisation, donc illégalement. Le juge avait affirmé que les deux inspecteurs avaient agi de bonne foi en répondant à l'invitation du perroquet. Aujourd'hui, l'affaire poursuivait son chemin tortueux à travers toutes les juridictions d'appel du pays, mais, en attendant, le meurtrier était toujours en prison.

La portière avant de la Jeep s'ouvrit et Sheehan monta à bord.

– Depuis quand tu as cette bagnole ? demanda-t-il.

– Depuis qu'ils m'obligent à conduire une voiture de patrouille.

– Oh là, laisse tomber.

– Évidemment, vous autres caïds du RHD, vous n'êtes pas emmerdés par ce genre de conneries.

– Alors, quoi de neuf ? Tu te retrouves en première ligne dans cette affaire, hein ?

– Ouais, tu peux le dire. Comment vont Margaret et les filles ?

– Très bien. Qu'est-ce qu'on fait ? On roule, on bavarde ?

– Je sais pas. Le pub irlandais de Van Nuys existe toujours ?

– Non, disparu. Mais je sais où on va aller. Tu remontes Oxnard et tu tournes à droite. Je connais un petit bar par là-bas.

Bosch démarra et suivit la direction indiquée par Sheehan.

– En t'attendant, je repensais à l'affaire du perroquet et de l'Uzi, dit-il.

Sheehan éclata de rire.

– Cette histoire me fait toujours marrer. J'arrive pas à croire que ça ne soit pas encore terminé. Il paraît que cette tête de nœud veut tenter un dernier recours : El Supremo Court.

– Il y arrivera.

– Ça remonte à quand ? Huit ans ? On en a eu pour notre argent, même s'ils le libèrent maintenant.

– Ouais, six meurtres, huit ans de tôle. C'est équitable.

– Six têtes de nœud comme lui.

– Tu aimes bien ce terme, hein ?

– Oui, j'ai un faible. Mais tu n'es pas venu jusqu'ici pour parler de perroquets, de têtes de nœud et du bon vieux temps, si ?

– Non. Il faut que je te pose des questions sur l'affaire Kincaid, Frankie.

– Pourquoi moi ?

– A ton avis ? Tu étais inspecteur principal dans cette enquête.

– Tout ce que je sais figure dans les dossiers. Tu devrais pouvoir les consulter. C'est toi qui diriges l'enquête Elias, non ?

– Je les ai. Mais il n'y a pas toujours tout dans les dossiers.

Sheehan lui montra une enseigne au néon rouge et

Bosch s'arrêta. Coup de chance, il y avait une place de stationnement juste devant l'entrée du bar.

– Il n'y a presque jamais personne ici, dit Sheehan. Même le samedi soir. Je me demande comment le patron fait son beurre. Il doit organiser des loteries clandestines ou vendre de l'herbe en douce.

– Frankie, dit Bosch, de toi à moi, il faut que je sache à quoi m'en tenir sur les empreintes. J'ai pas envie de tourner en rond. Je n'ai aucune raison de douter de toi, mais j'ai besoin de savoir si tu as entendu des choses. Tu vois ce que je veux dire ?

Sheehan descendit de la Cherokee sans un mot et se dirigea vers le bar. Bosch le regarda entrer avant de descendre à son tour. L'endroit était quasiment désert, en effet. Sheehan était déjà assis au comptoir. Le barman lui tirait une bière. Bosch s'assit sur le tabouret à côté de son ancien équipier.

– La même chose, dit-il.

Le barman posa les chopes glacées sur des serviettes en papier publicitaires annonçant le Superbowl qui avait eu lieu trois mois plus tôt. Il prit le billet de 20 dollars que lui tendait Bosch et s'éloigna vers la caisse. Comme un seul homme, Bosch et Sheehan burent une grande gorgée de bière.

– C'est depuis O.J., déclara Sheehan.

– Quoi donc ?

– Tu sais bien. Depuis l'affaire Simpson, tout se casse la gueule. Il y a plus de preuves, il y a plus de flics, rien. Tu peux débarquer dans un tribunal avec ce que tu veux, il y aura toujours quelqu'un pour démolir tes arguments, les balancer par terre et pisser dessus. Tout le monde doute de tout. Même des flics. Même de ses équipiers.

Bosch but une autre gorgée de bière avant de dire quelque chose.

– Je suis désolé, Frankie. J'ai aucune raison de douter de toi ou de ces empreintes. C'est simplement qu'en fourrant mon nez dans tous les papiers d'Elias, j'ai l'impression qu'il allait se présenter au tribunal la semaine prochaine dans le but de prouver qui avait tué la gamine. Et il ne parlait pas de Harris. Quelqu'un d'autre a…

– Qui ?

– Je ne sais pas. Mais j'essaye de voir les choses de son point de vue. S'il avait un coupable autre que Harris, comment diable est-ce que ces empreintes ont atterri…

– Elias était un enfoiré de première. Dès qu'ils l'auront foutu dans le trou, j'irai au cimetière une nuit et je danserai la gigue irlandaise de mon grand-père sur sa tombe. Ensuite, je pisserai dessus et j'oublierai Howard Elias pour toujours. Je regrette qu'une chose, c'est que Harris ait pas fait partie du voyage. Ce salopard d'assassin. Tu imagines le jackpot ? Tous les deux descendus en même temps.

Sheehan leva son verre de bière pour porter un toast au meurtrier d'Elias et il but une grande gorgée. Bosch sentait presque la haine qui irradiait de lui.

– Donc, personne n'a trafiqué les indices, dit Bosch. Les empreintes sont authentiques.

– Y a pas plus authentique. Les agents avaient scellé la pièce. Personne n'est entré avant notre arrivée. J'ai tout surveillé. On avait affaire à la famille Kincaid, je savais ce que ça voulait dire. Le roi de l'automobile et le généreux donateur des caisses noires des partis politiques locaux. J'ai suivi la procédure à la lettre. Les empreintes de Harris étaient sur un bouquin de classe, un bouquin de géo. Le labo a relevé quatre doigts d'un côté et un pouce de l'autre, comme s'il avait pris le livre par la reliure. Les empreintes étaient parfaites. Le type devait transpirer comme un porc.

Il vida son verre et le leva pour faire comprendre au barman qu'il voulait la même chose.

– Quand je pense qu'on n'a plus le droit de fumer dans aucun bar de cette putain de ville, dit Sheehan. Ah, les sales têtes de nœud !

– Ouais.

– Bref, on a foutu les empreintes dans l'ordinateur et il nous a sorti le nom de Harris. Un ancien taulard, condamné pour agression et cambriolage. Ses empreintes avaient à peu près autant de raisons de se retrouver dans la chambre de la gamine que j'ai de chances de gagner à la loterie… et je joue pas. Alors, bingo, on avait notre homme. On a débarqué chez lui et on l'a embarqué. N'oublie pas qu'à l'époque le corps de la gamine n'avait pas encore été retrouvé. On agissait avec l'idée qu'elle était peut-être encore vivante quelque part. On avait tort, mais on le savait pas à l'époque. Alors, on embarque le type, on l'amène au poste et on le fout dans la salle d'interrogatoire. Mais ce fils de pute ne voulait même pas nous donner l'heure. Trois jours d'interrogatoire et rien. La nuit, on le foutait même pas dans une cellule. Il est resté dans la même pièce pendant soixante-douze heures d'affilée. On se relayait, par équipes. Mais pas moyen de le faire craquer. Il a jamais craché le morceau. Je vais te dire un truc : j'aimerais buter cet enculé, mais je suis obligé d'avoir du respect pour lui. Personne ne m'a jamais donné autant de fil à retordre.

Sheehan but une double gorgée de son deuxième verre de bière. Bosch, lui, n'avait bu que la moitié du premier. Il laissait Sheehan raconter son histoire, à son rythme, sans l'interrompre avec des questions.

– Le dernier jour, quelques gars ont un peu pété les plombs. Ils ont fait des trucs.

Bosch ferma les yeux. Il s'était trompé au sujet de Sheehan.

– Moi aussi, Harry.

Il avait dit cela d'un air détaché, comme si ça lui faisait du bien de l'avouer à voix haute. Il but une autre gorgée de bière, se tourna sur son tabouret et balaya le bar du regard comme s'il le voyait pour la première fois. Un téléviseur était fixé au mur dans un coin. Il diffusait les images de la chaîne ESPN.

– Tout ça reste entre nous, hein, Harry ?

– Évidemment.

Sheehan se retourna et se pencha vers Bosch avec des airs de conspirateur.

– Ce qui s'est passé d'après Harris… ça s'est vraiment passé. Mais ça n'excuse pas son crime. Il viole et étrangle cette petite fille ; on lui enfonce un crayon dans l'oreille. On va pas en faire un plat. Il est innocenté et moi, je passe pour le nouveau Mark Fuhrman, un flic raciste qui truque les preuves. J'aimerais juste que quelqu'un m'explique comment j'ai fait pour truquer les empreintes.

Il avait haussé la voix. Heureusement, seul le barman lui prêtait attention.

– Je sais, dit Bosch. Je suis désolé, vieux. J'aurais pas dû te demander ça.

Sheehan continua comme s'il n'avait pas entendu :

– Peut-être que je trimbale toujours sur moi un jeu d'empreintes appartenant à une tête de nœud que j'ai envie d'envoyer en taule. Je les ai foutues sur le bouquin – me demande pas comment – et voilà ! Niquée, la tête de nœud. Seulement, pourquoi j'aurais décidé de faire porter le chapeau à Harris, hein ? Je le connaissais pas, ce connard, j'avais rien à voir avec lui. Et personne sur cette terre pourra prouver le contraire, car il n'y a rien à prouver.

– Tu as raison.

Sheehan secoua la tête et plongea le regard dans sa bière.

– J'ai décidé de me foutre de tout à partir du moment où le jury est revenu dans la salle en disant « non coupable ». Quand ils ont dit que c'était moi le coupable… quand ils ont préféré croire ce type plutôt que moi.

Bosch ne dit rien. Il savait que Sheehan avait besoin de vider son sac.

– On est en train de perdre la bataille, mec. Je m'en aperçois. Tout n'est qu'un jeu. Ces putains d'avocats, ils te tuent. Je laisse tomber, Harry. Sérieux. J'ai pris ma décision. Ça me fera vingt-cinq ans, je rends mes billes. Il me reste huit mois de merde à tirer, et je compte les jours. Je tire ma révérence, je me barre à Blue Heaven et je laisse ce merdier à toutes les têtes de nœud.

– Je crois que c'est une bonne idée, Frankie.

Bosch ne voyait pas quoi dire d'autre. Il était triste et abasourdi de voir que son ami avait sombré dans un état de haine et de cynisme absolus. Même s'il comprenait. En outre, il avait honte de lui et se sentait gêné d'avoir défendu sans réserve Sheehan face aux affirmations de Carla Entrenkin.

– Je me souviens, le dernier jour, reprit Sheehan. J'étais avec lui. Dans la pièce. La colère s'est emparée de moi, j'avais envie de sortir mon flingue et de le buter, ce salopard ! Mais je savais que je pouvais pas faire ça. Parce qu'il savait où elle était. Il avait la gamine !

Bosch se contenta de hocher la tête.

– On avait tout essayé, ça n'avait rien donné. C'est nous qui avons craqué les premiers. On en était arrivés au point où je l'ai supplié de tout nous dire. C'était gênant, Harry.

– Comment a-t-il réagi ?

– Il s'est contenté de me regarder fixement, comme si j'existais même pas. Et tout à coup… la colère m'a submergé comme… je ne sais pas. Comme si j'avais un os coincé dans la gorge. Ça m'était jamais arrivé. Il y avait une poubelle dans le coin de la pièce. Je suis allé chercher le sac en plastique et je l'ai enfilé sur la tête de ce salopard. Je l'ai refermé autour de son cou et je l'ai tenu comme ça, je l'ai tenu, je l'ai tenu…

Sheehan s'était mis à pleurer ; il essayait de terminer sa phrase.

– … et les autres… il a fallu qu'ils m'obligent à le lâcher.

Il appuya ses coudes sur le bar et pressa les paumes de ses mains sur ses yeux. Il demeura ainsi un long moment. Bosch vit une larme tomber de son menton, dans son verre de bière. Il posa la main sur l'épaule de son ancien équipier.

– C'est rien, Frankie.

Sans ôter ses mains de son visage, Sheehan dit :

– Tu vois, Harry, je suis devenu la chose même que j'ai traquée pendant toutes ces années. J'avais envie de le tuer, là, sur-le-champ. Et je l'aurais fait si mes hommes n'étaient pas intervenus. Je pourrai jamais oublier.

– C'est normal.

Sheehan but une gorgée de bière et sembla se ressaisir quelque peu.

– En agissant comme ça, j'ai ouvert une porte. Les autres gars ont fait le truc avec le crayon… ils lui ont crevé le tympan, à ce salopard. On est tous devenus des monstres. Comme au Vietnam, quand on se déchaînait dans les villages. Je crois qu'on aurait sans doute fini par le tuer, mais tu sais ce qui l'a sauvé ? C'est la gamine. Stacey Kincaid l'a sauvé.

– Comment ça ?

– Ils ont retrouvé le corps. On a appris la nouvelle et on s'est rendus sur place. On a laissé Harris dans une cellule. Il a eu du pot que la nouvelle arrive à ce moment-là.

Sheehan s'interrompit pour boire une autre gorgée.

– Je suis allé là-bas… A une rue de chez Harris. Elle était déjà bien décomposée ; les enfants, ça va plus vite. Mais je me souviens de quoi elle avait l'air. D'un petit ange, avec les bras écartés comme si elle volait…

Bosch revit les photos dans les journaux. Stacey Kincaid était une belle petite fille.

263

– Laisse-moi seul maintenant, Harry. Je vais rentrer à pied.

– Je te raccompagne.

– Non merci. Je préfère marcher.

– Ça va aller, tu es sûr ?

– Oui. Je suis juste un peu énervé. C'est tout. Tout ça restera entre nous, hein ?

– Pour toujours, vieux.

Sheehan esquissa un sourire. Mais il n'osait toujours pas regarder Bosch.

– Rends-moi un service, Hieronymus.

Bosch se souvenait de l'époque où ils formaient équipe. Ils n'utilisaient leurs véritables prénoms, Hieronymus et Francis, que lorsqu'ils parlaient de choses graves, venues du fond du cœur.

– Tout ce que tu veux, Francis.

– Quand tu coinceras le gars qui a buté Elias, peu importe si c'est un flic, je veux que tu lui serres la main de ma part. Dis-lui que c'est mon héros. Mais dis-lui aussi qu'il a loupé le coche. Il aurait dû flinguer Harris aussi.

Une demi-heure plus tard, Bosch poussait la porte de chez lui. Son lit était vide. Mais il était trop fatigué pour rester éveillé à attendre Eleanor. Il commença à se déshabiller en pensant à ses projets pour le lendemain. Il s'assit au bord du lit, prêt à dormir, et se pencha pour éteindre la lumière. A l'instant même où il se retrouva dans l'obscurité, le téléphone sonna.

Il ralluma et décrocha.

– Espèce de salaud.

C'était une voix de femme. Il la connaissait, sans pouvoir lui associer un nom.

– Qui est à l'appareil ?

– A votre avis ? Carla Entrenkin. Vous croyiez vraiment que je n'apprendrais pas ce que vous avez fait ?

– Je ne sais pas de quoi vous parlez. Que s'est-il passé ?

– Je viens de regarder Channel 4. Votre pote Harvey Button...

– Qu'a-t-il fait ?

– Il n'y est pas allé de main morte. Je vais essayer de le citer correctement : « Selon une source proche de l'enquête, on aurait découvert au cabinet d'Elias un lien entre l'avocat et un réseau de prostitution sur Internet. Cette même source estime qu'Elias aurait eu des rapports avec au moins une des femmes qui vendent leurs services de dominatrices sur un site Web. » Voilà, je crois avoir bien résumé. J'espère que vous êtes content.

– Je n'ai pas...

– Laissez tomber.

Entrenkin raccrocha. Bosch resta assis dans son lit un long moment, pour réfléchir à ce qu'elle avait dit.

– Chastain, espèce d'ordure ! dit-il à voix haute.

Il éteignit de nouveau la lumière et se coucha. Il s'endormit très vite et refit le même rêve. Il était à bord de l'Angels Flight, il montait. Mais cette fois, il y avait une fillette blonde assise en face de lui, dans la rangée opposée. Elle le regardait avec des yeux tristes et vides.

# 21

Une surprise attendait Bosch quand il franchit la porte de la salle de réunion en poussant un Caddie rempli de cartons. Il était 8 heures moins le quart, dimanche matin. Six agents du FBI étaient déjà rassemblés dans la pièce et attendaient. La surprise avait les traits de l'agent fédéral principal qui s'avançait vers Bosch, la main tendue et le sourire aux lèvres.

– Harry Bosch ! s'écria l'homme.

– Roy Lindell !

Bosch poussa son Caddie vers la table et serra la main de Roy Lindell.

– Vous êtes sur cette affaire ? Qu'est devenu le Crime organisé ?

– Ça commençait à m'ennuyer. Surtout après l'affaire Tony Aliso. Difficile de faire mieux, non ?

– Ça !

Deux ans plus tôt environ, les deux hommes avaient enquêté ensemble sur le meurtre d'un certain Aliso dans l'affaire du « cadavre dans la Rolls [1] », ainsi que l'avait surnommée la presse locale. Au début, Bosch et Lindell s'étaient affrontés, mais quand l'affaire avait été enfin résolue à Las Vegas, ils étaient unis par un respect mutuel que ne partageaient certainement pas les deux administrations pour lesquelles ils travaillaient. Bosch considéra

---

1. Ouvrage publié dans la même collection. (N.d.T.)

immédiatement l'affectation de Lindell à l'affaire Elias comme un signe encourageant.

– On a quelques minutes devant nous, je crois, dit celui-ci. Vous voulez qu'on aille boire un café pour discuter de deux ou trois trucs ?

– Bonne idée.

En se dirigeant vers l'ascenseur, ils croisèrent Chastain, qui se rendait à la salle de réunion. Bosch lui présenta Lindell.

– Vous allez boire un café ? dit Chastain. Je vous accompagne.

– Non, pas la peine, dit Bosch. On a des choses à se dire... et je n'ai pas envie de les entendre sortir de la bouche de Harvey Button aux infos de ce soir. Vous voyez ce que je veux dire ?

– Je ne comprends pas de quoi vous parlez, Bosch.

Celui-ci ne releva pas. Chastain se tourna vers Lindell avant de revenir sur Bosch.

– Tant pis pour le café, dit-il. Je n'ai pas besoin de stimulant artificiel, de toute façon.

Dès qu'ils se retrouvèrent seuls devant l'ascenseur, Bosch s'empressa de mettre en garde Lindell :

– Chastain transmet des renseignements à la presse. Vous avez regardé Channel 4 hier soir ?

– Le truc sado-maso sur Internet ?

– Oui. Six personnes seulement étaient au courant. Moi, mes deux équipiers, Chastain, Carla Entrenkin et le chef adjoint Irving. Je me porte garant de mes équipiers et je doute qu'Entrenkin colporte une rumeur préjudiciable à l'image d'Elias. C'est donc Irving ou Chastain qui a refilé le tuyau à Harvey Button. Je parie sur Chastain. Irving, lui, a essayé d'étouffer l'affaire dès le début.

– C'est du bidon, cette histoire de dominatrice ?

– On dirait. Impossible d'établir un lien. Le responsable de la fuite a fait ça pour salir Elias, histoire d'équilibrer un peu les choses.

– Je l'aurai à l'œil. Mais vous savez, les fuites ne viennent pas toujours de l'endroit le plus évident.

La porte de l'ascenseur s'ouvrit et Lindell y entra le premier, laissant Bosch planté dans le couloir, à se demander s'il était possible que les fuites viennent d'Irving.

– Alors, vous venez ? demanda Lindell.

Bosch pénétra dans la cabine à son tour et appuya sur le bouton du deuxième étage.

– Vous avez écouté les infos ce matin ? reprit Lindell. Ça se passe comment, dehors ?

– Pour l'instant, ça va. Il y a eu quelques incendies hier soir, mais c'est à peu près tout. Aucun pillage et ça semble plutôt calme. La météo prévoit de la pluie pour demain. Ça devrait aider.

Ils entrèrent dans la cafétéria et allèrent s'installer à une table avec leurs cafés. Bosch jeta un coup d'œil à sa montre et constata qu'il était déjà 8 heures moins 5. Il regarda Lindell.

– Alors ?

Lindell éclata de rire.

– Alors quoi ? On se répartit le boulot ou pas ?

– J'ai un arrangement à vous proposer, Roy. Un arrangement intéressant.

– Je vous écoute.

– Je vous laisse l'affaire. Je me retire et je vous laisse diriger les opérations. Je ne demande qu'une chose : que mon équipe s'occupe de la première affaire. Stacey Kincaid. On va reprendre le dossier et éplucher tous les rapports du RHD. Ensuite, on s'intéressera au boulot effectué par Elias et on partira de là.

Lindell plissa les yeux ; il se demandait où Bosch voulait en venir. Celui-ci continua :

– Apparemment, Elias avait l'intention de prouver devant le tribunal que Michael Harris n'avait pas assassiné la fillette. Il s'apprêtait à dénoncer le meurtrier et...

– Qui ?

– C'est la question à 1 million de dollars. On n'en sait rien. Il avait noté le nom dans sa tête et pas dans ses dossiers. C'est pour ça que je veux récupérer cette affaire. Si Elias avait quelqu'un dans le collimateur, ce quelqu'un fait un suspect de premier choix pour les meurtres de l'Angels Flight.

Lindell regarda son café fumant et demeura muet un long moment.

– Pour moi, dit-il finalement, ça ressemble à du baratin d'avocat. Il voulait épater la galerie. Comment aurait-il pu découvrir le meurtrier alors que la police n'y a pas réussi ? A supposer qu'il ne s'agisse pas bel et bien de Michael Harris, comme en sont persuadés tous les flics et tous les Blancs de cette ville…

Bosch haussa les épaules.

– Même si Elias se trompait, même s'il voulait accuser quelqu'un d'autre pour faire diversion, ça suffisait à faire de lui une cible.

Il ne disait pas tout à Lindell, et volontairement. Il avait omis, en particulier, d'évoquer les mystérieuses lettres. Il voulait que l'agent du FBI soit convaincu que ses équipiers et lui allaient partir à la chasse aux chimères pendant que les agents fédéraux dirigeraient la véritable enquête.

– Vous fouillez de ce côté-là et moi, je fais la chasse aux mauvais flics… C'est ça, votre proposition ?

– Oui, en gros. Chastain vous a déblayé le terrain. D'abord, c'est lui qui connaît le mieux l'affaire Black Warrior. Il a dirigé l'enquête des Affaires internes et…

– Il a disculpé tout le monde, si je me souviens bien.

– Peut-être qu'il a bâclé son travail. Ou peut-être qu'on lui a demandé de disculper tout le monde.

Lindell hocha la tête pour indiquer qu'il comprenait le sous-entendu.

– Par ailleurs, ses hommes étaient censés éplucher les dossiers d'Elias hier et dresser une liste de suspects. Et je viens d'apporter cinq autres cartons remplis de dossiers. Avec tout ça, vous aurez les noms de toutes les personnes à interroger. Je crois que ça se présente bien pour vous.

– Si c'est du gâteau, pourquoi me refilez-vous cette partie du boulot ?

– Parce que je suis un gars sympa.

– Vous me cachez des choses, Bosch.

– J'ai un pressentiment, voilà tout.

– Lequel ? Harris a vraiment été victime d'une machination ?

– Je ne sais pas. Mais il y a quelque chose qui cloche dans cette affaire. Je veux découvrir ce que c'est.

– Et pendant ce temps-là, je me coltine Chastain et son équipe.

– Ouais. C'est notre arrangement.

– Que vais-je faire avec ces types ? Vous venez de me dire que Chastain était un mouchard.

– Envoyez-les chercher un café et courez vous planquer.

Lindell rit de nouveau.

– Voici ce que je ferais à votre place, reprit Bosch d'un ton plus sérieux. J'en mettrais deux sur Elias et deux autres sur Perez. Pour s'occuper de la paperasserie, des pièces à conviction, des autopsies… qui auront sûrement lieu aujourd'hui. Ça les occupera et vous ne les aurez pas dans les pattes. De toute façon, que ce soit eux ou d'autres, vous êtes obligé de mettre quelqu'un sur Perez. Nous l'avons considérée comme une victime innocente, et c'est certainement le cas. Mais vous devez quand même enquêter un minimum de ce côté-là, sinon ça risque de vous revenir en pleine gueule si jamais il y a un procès et si l'avocat demande pourquoi Perez n'a jamais été considérée comme la cible principale…

– OK, OK. On doit couvrir tous les angles.

– Exact.

Lindell se contenta de hocher la tête, sans rien dire.

– Alors, marché conclu ? demanda Bosch.

– D'accord. Ça m'a l'air d'être un bon plan. Mais je tiens à être au courant de ce que vous faites avec votre équipe. Vous gardez le contact.

– Promis. Ah, au fait… un des gars des AI parle espagnol. Fuentes. Mettez-le sur Perez.

Lindell acquiesça d'un signe de tête et repoussa sa chaise pour se lever. Il n'avait pas touché à son gobelet de café. Bosch emporta le sien.

En traversant l'antichambre de la salle de réunion, Bosch remarqua que l'assistant du chef adjoint n'était pas assis à son bureau. Avisant sur le sous-main un petit bloc destiné à noter les messages téléphoniques, il le subtilisa au passage. Il le glissa dans sa poche juste avant d'entrer dans la pièce.

Les équipiers de Bosch et les hommes des AI avaient rejoint les agents du FBI. Irving était là également. La pièce était bondée. Après de brèves présentations, on donna la parole à Bosch, qui informa les nouveaux venus et Irving des progrès de l'enquête. Il garda pour lui les détails de sa visite au domicile de Virginia Lampley, alias Maîtresse Regina, en donnant l'impression que cet élément conduisait à une impasse. De même, il ne fit aucune allusion à sa conversation avec Frankie Sheehan au bar. Quand il eut terminé son exposé, il adressa un signe de tête à Irving, qui enchaîna. Bosch recula vers le mur et s'appuya contre un tableau d'affichage qu'Irving avait spécialement installé à l'intention des inspecteurs.

Irving commença par évoquer les tensions politiques qui entouraient l'affaire. Il indiqua que des manifestations étaient prévues le jour même devant trois postes de police du South End et devant Parker Center. Le conseiller municipal Royal Sparks et le révérend Preston Tuggins étaient les invités d'une émission de télé locale du type « face à la presse » baptisée *On en parle à L. A.*, ce matin même. Il précisa encore que le chef de la police s'était entretenu avec Tuggins et d'autres chefs religieux de South Central la veille au soir, pour évoquer des services rendus par le passé et les conjurer de lancer des appels au calme en chaire lors des offices du matin.

– On est assis sur un baril de poudre enflammé, déclara enfin Irving. Et le seul moyen d'éteindre la mèche, c'est d'élucider cette affaire, d'une manière ou d'une autre… et très rapidement.

Pendant qu'Irving discourait, Bosch sortit de sa poche le bloc-notes et griffonna quelques mots. Puis, après avoir vérifié que tous les yeux étaient braqués sur Irving, il arracha discrètement la feuille du dessus pour la punaiser sur le tableau d'affichage, avant de reculer pas à pas le long du mur. La feuille qu'il avait accrochée portait le nom de Chastain. Dans la partie réservée au message, on pouvait lire : *Harvey Button a appelé. Il vous remercie pour le tuyau. Il vous rappellera.*

Irving conclut son laïus par un commentaire sur le reportage de Channel 4.

– Quelqu'un dans cette pièce a transmis hier des informations à un journaliste de la télévision. Je vous préviens : je ne le tolérerai pas. Le délai de grâce est terminé. Encore une fuite de ce genre et c'est vous tous qui serez l'objet d'une enquête.

Il regarda tous les représentants du LAPD pour s'assurer que le message avait bien été reçu.

– Ce sera tout, conclut-il. Je vous laisse travailler. Inspecteur Bosch, agent Lindell ? Je souhaite être tenu informé des progrès de l'enquête à midi.

– Pas de problème, dit Lindell avant que Bosch ait eu le temps de répondre. Je vous contacterai.

Un quart d'heure plus tard, Bosch se dirigeait vers l'ascenseur au bout du couloir. Edgar et Rider marchaient derrière lui.

– Où on va, Harry ? demanda Edgar.

– S'installer au poste de Hollywood.

– Hein ? Mais pour quoi faire ? Qui c'est qui va diriger l'enquête ?

– Lindell. On a conclu un arrangement. C'est lui qui mène la danse. Nous, on a autre chose à faire.

– Ça me convient, dit Edgar. Il y a trop de fédéraux et trop de gradés par ici à mon goût.

Arrivé devant l'ascenseur, Bosch appuya sur le bouton d'appel.

– Que va-t-on faire exactement, Harry ? s'enquit Rider.

Il se tourna vers elle.

– On va tout reprendre à zéro.

## 22

Le bureau des inspecteurs était totalement désert, chose pour le moins inhabituelle, même un dimanche. Conformément au plan d'alerte permanente baptisé « douze/douze », tous les inspecteurs qui n'enquêtaient pas sur des affaires urgentes devaient enfiler leur uniforme et patrouiller dans les rues. La dernière fois où un tel déploiement de forces avait eu lieu, c'était en 1994, après qu'un important tremblement de terre avait secoué la ville. Le meurtre d'Elias était un cataclysme social et non pas géologique, mais son amplitude était tout aussi colossale.

Bosch transporta le carton qui contenait les dossiers d'Elias sur l'affaire Black Warrior vers ce qu'on appelait la « table des homicides », à savoir un rassemblement de bureaux collés les uns aux autres pour créer une sorte d'immense table de conférence. La partie dévolue à l'équipe numéro 1, celle de Bosch, était située tout au bout, près d'une alcôve occupée par des meubles de classement. Bosch déposa le carton au milieu, là où les trois bureaux de son équipe se touchaient.

– Piochez au hasard !

– Oh, Harry ! protesta Rider, qui n'appréciait pas ce manque de directives.

– Bon, d'accord, voici comment on va procéder. Kiz, tu tiendras le gouvernail. Jerry et moi, on ira sur le terrain.

Rider répondit par un grognement. Cette métaphore maritime signifiait qu'elle devait enregistrer tous les éléments de l'enquête. Elle devait se familiariser avec toutes les facettes des dossiers, devenir la mémoire vivante de l'affaire. Étant donné qu'ils démarraient déjà avec un carton rempli de dossiers, cela représentait un travail énorme. Ça signifiait surtout qu'elle ne ferait pas grand-chose au niveau de l'enquête sur le terrain, pour ne pas dire rien. Or aucun inspecteur n'aime rester enfermé toute la journée dans un bureau vide et sans fenêtres.

– Je sais, dit Bosch. Mais je pense que c'est toi la plus qualifiée pour ce travail. On a des tonnes d'éléments et je compte sur toi et ton ordinateur pour suivre le fil.

– La prochaine fois, tu m'envoies sur le terrain.

– Il n'y aura peut-être pas de prochaine fois si on se plante ce coup-ci. Bon, voyons voir ce qu'il y a dans ce carton.

Ils passèrent une heure et demie à éplucher les dossiers d'Elias relatifs à l'affaire Harris ; ils se signalaient mutuellement les documents qui semblaient mériter leur attention et rejetaient dans le carton les dossiers qui, de prime abord, paraissaient sans intérêt.

Bosch consacra son temps à lire les dossiers d'enquête du LAPD qu'Elias avait obtenus par décision de justice. Il possédait également le double des mains courantes du RHD. En lisant les comptes rendus journaliers remis par Sheehan et les autres enquêteurs du RHD, Bosch constata qu'au début l'enquête paraissait partir dans toutes les directions. Stacey Kincaid avait été kidnappée en pleine nuit ; son ravisseur était entré dans sa chambre en forçant le loquet d'une fenêtre à l'aide d'un tourne-vis et avait emmené la fillette pendant qu'elle dormait. Suspectant un membre de l'entourage, les inspecteurs avaient d'abord interrogé les jardiniers, le type qui s'occupait de la piscine, un employé chargé de l'entretien de la propriété, un plombier qui était venu travailler dans la maison quinze jours plus tôt, ainsi que les éboueurs et les postiers dont la tournée passait par la maison des Kincaid à Brentwood. Ils avaient aussi interrogé des enseignants, des concierges et même des élèves de l'école privée que fréquentait Stacey à West Hollywood. Mais Sheehan et ses troupes avaient relevé leurs immenses filets quand le labo avait établi le rapprochement entre les empreintes retrouvées sur le livre de classe de la fillette kidnappée et celles de Michael Harris. L'enquête s'était alors concentrée totalement sur ce dernier : aussitôt arrêté, on avait tenté de lui faire avouer ce qu'il avait fait de l'enfant.

La seconde partie du dossier concernait l'enquête effectuée sur le lieu du crime et les tentatives destinées à établir un lien formel entre Harris et le corps par le biais des analyses scientifiques et technologiques. Cela s'était soldé par une impasse. Le corps de la fillette avait été découvert par deux sans-abri dans un terrain vague. Le corps était nu et salement décomposé au bout de quatre jours. Apparemment, il avait été lavé après le décès ; on avait donc été dans l'impossibilité de prélever le moindre indice probant susceptible d'être analysé et d'établir ce fameux lien avec le domicile ou le véhicule de Harris. Bien que la fillette ait été apparemment violée, on n'avait ainsi découvert aucune substance corporelle appartenant à son agresseur. Ses vêtements n'avaient jamais été retrouvés. La corde ayant servi à l'étrangler n'avait jamais été retrouvée, elle non plus. En définitive, les seuls indices qui désignaient Harris comme coupable étaient ses empreintes digitales sur le livre de classe retrouvé dans la chambre de Stacey et le fait que le corps avait été abandonné dans un terrain vague situé à moins de deux rues de chez lui.

Bosch savait par expérience que c'était généralement plus que suffisant pour obtenir une condamnation. Il avait enquêté sur des affaires qui s'étaient conclues par une condamnation avec moins de preuves. Mais c'était avant le procès de O.J. Simpson, avant que les jurés ne regardent la police de Los Angeles d'un œil méfiant et critique.

Bosch était en train de dresser une liste de choses à faire et de personnes à interroger quand Edgar s'exclama soudain :

– Bingo !

Bosch et Rider le regardèrent, attendant une explication.

– Vous vous souvenez des lettres anonymes ? La deuxième ou la troisième disait que les plaques d'immatriculation prouvaient qu'il était innocent ?

– Attends un peu, dit Bosch.

Il sortit de sa mallette le dossier contenant les lettres.

– C'est la troisième. « Les plaques d'immatriculation prouvent son innocense. » Reçue le 5 avril. Avec une faute d'orthographe au mot « innocence ».

– OK, dit Edgar. On a le dossier d'Elias avec toutes les demandes de réquisition de pièces à conviction. Il y en a une datée du 15 avril. Elle concerne le Hollywood Wax and Shine, une laverie de voitures. C'est là que travaillait Harris avant d'être arrêté. La demande concerne, je cite, « les doubles de tous les dossiers, les reçus et les factures de clients où figurent les numéros d'immatriculation des susdits clients, entre le 1er avril et le 15 juin de l'année dernière ». Voilà sans doute à quoi faisait allusion la lettre.

Bosch se renversa contre le dossier de sa chaise pour réfléchir.

– Si cette demande figure dans le dossier, c'est qu'elle a été acceptée, non ?

– Exact.

– Entre le 1er avril et le 15 juin, ça fait soixante-quinze jours. Il…

– Soixante-seize, le corrigea Rider.

– Oui, soixante-seize. Ça représente un tas de factures. Or on n'en a aucune dans les dossiers et je n'en ai pas vu au cabinet. Il devrait y avoir des cartons remplis de factures.

– Peut-être qu'il les a rendues, dit Edgar.

– Tu dis qu'il avait réclamé des doubles.

Edgar haussa les épaules.

– Autre chose, dit Bosch. Pourquoi ces deux dates ? La fillette a été assassinée le 12 juillet. Pourquoi ne pas réclamer les factures jusqu'à cette date ?

– Parce que Elias savait ce qu'il cherchait, répondit Rider. Ou du moins il savait que ça s'était passé entre ces deux dates.

– Il savait quoi ?

Ils retombèrent dans le silence. Bosch tentait de reconstituer le puzzle, sans y parvenir. L'indice de la plaque d'immatriculation demeurait aussi mystérieux que la piste de Maîtresse Regina. Toutefois, en rassemblant les deux énigmes, il obtenait un début de réponse.

– Pelfry, encore une fois, dit-il. Il faut l'interroger.

Il se leva.

– Jerry, tu prends ton téléphone. Essaye de joindre ce Pelfry et d'organiser une rencontre le plus tôt possible. Je sors faire un tour derrière quelques minutes.

Habituellement, quand Bosch annonçait à ses collègues qu'il « sortait faire un tour derrière », ça signifiait qu'il allait fumer une cigarette. Alors qu'il se dirigeait vers la porte, Rider l'apostropha :

– Ne fais pas ça, Harry.

Il lui adressa un petit geste de la main, sans se retourner.

– Tu te trompes.

Une fois sur le parking, Bosch s'arrêta et regarda autour de lui. Certains de ses meilleurs raisonnements lui étaient venus pendant qu'il fumait à cet endroit. Il espérait parvenir au même résultat encore une fois, mais sans l'aide d'une cigarette. En regardant la jarre qui servait de cendrier aux fumeurs de la brigade, il aperçut une cigarette à moitié fumée qui dépassait du sable. Il y avait des traces de rouge à lèvres sur le filtre. Non… je ne suis pas en manque à ce point, se dit-il.

Il repensa aux lettres mystérieuses. Grâce aux tampons de la poste et aux annotations d'Elias, ils savaient qu'ils possédaient les lettres numéros 2, 3 et 4, mais pas la première. Le sens de la quatrième lettre – la mise en garde qu'Elias avait sur lui – était évident. Grâce à la demande de documents découverte par Edgar, ils avaient maintenant une piste pour la troisième lettre. Mais la deuxième – *mettez les points sur les i humbert humbert* – demeurait sibylline aux yeux de Bosch.

Son regard revint se poser sur le mégot de cigarette planté dans le sable, mais il s'empressa de rejeter cette pensée. De toute façon, il se souvint qu'il n'avait ni briquet ni allumettes.

Tout à coup, il songea que la seule autre pièce du puzzle qui n'avait aucun sens, pour l'instant du moins, était le lien avec Maîtresse Regina.

Il regagna aussitôt la salle des inspecteurs. Edgar et Rider avaient le nez plongé dans les dossiers. Il fouilla fébrilement parmi les piles de documents.

– Qui a le dossier de Maîtresse Regina ?

– Moi, dit Edgar.

Il tendit le dossier à Bosch, qui l'ouvrit pour sortir la photo de la dominatrice. Il la posa à côté d'une des lettres anonymes et tenta d'établir une comparaison entre le texte de la lettre et celui qui figurait sous la photo, l'adresse du site Internet. Il n'était pas en mesure de déterminer si c'était la même machine qui avait imprimé les deux textes. Il n'était pas spécialiste et aucune anomalie flagrante ne permettait d'établir un rapprochement.

Quand il ôta sa main posée sur la photo, les coins supérieurs et inférieurs se soulevèrent légèrement, indiquant que la feuille avait été pliée en deux, comme si on l'avait glissée dans une enveloppe.

– Je crois que c'est la première lettre, déclara-t-il.

Bosch avait souvent remarqué ce phénomène : lorsqu'il parvenait à une déduction logique, c'était comme s'il débouchait un conduit obstrué. La voie était libre pour d'autres découvertes. Il voyait brusquement ce qu'il aurait pu, et aurait dû, voir dès le début.

– Jerry, appelle la secrétaire d'Elias. Tout de suite. Demande-lui s'il avait une imprimante couleur au cabinet. On aurait dû s'en apercevoir. J'aurais dû m'en apercevoir.

– De quoi donc ?

– Appelle la secrétaire.

Edgar consulta un répertoire pour trouver le numéro. Pendant ce temps, Rider se leva de son siège et contourna le bureau pour rejoindre Bosch. Elle observa la photo. Elle s'était branchée sur la même longueur d'onde que lui. Elle voyait où il voulait en venir.

– C'était la première lettre, répéta Bosch. Mais Elias n'a pas gardé l'enveloppe, car il devait penser que c'était sans intérêt.

– Et il avait sûrement raison, dit Edgar, le téléphone collé contre l'oreille. On est allés voir cette femme, je te le rappelle ; elle ne connaissait pas Elias et ne savait même pas ce qu'on...

Il s'interrompit : quelqu'un venait de décrocher au bout du fil.

– Mademoiselle Quimby ? Ici l'inspecteur Edgar, on s'est vus hier. J'ai une petite question très simple à vous poser. Savez-vous s'il y a une imprimante couleur au cabinet ? Une imprimante qui pourrait imprimer des documents à partir d'un des ordinateurs. En couleur.

Il écouta la réponse, en regardant Bosch et Rider.

– Merci, mademoiselle Quimby.

Il raccrocha.

– Pas d'imprimante couleur.

Bosch hocha la tête et reporta son attention sur la photo de Maîtresse Regina.

– On aurait dû percuter hier, dit Rider.

Bosch acquiesça et demanda à Edgar s'il avait réussi à joindre Pelfry, le détective privé, quand son bipeur retentit. Il coupa la sonnerie et détacha l'appareil de sa ceinture. C'était son numéro personnel. Eleanor.

– Oui, je lui parlé, dit Edgar. Il nous attend à midi à son bureau. Je ne lui ai rien dit des factures de la laverie ni de cette Regina. Je l'ai simplement informé qu'on avait des questions à lui poser.

– Parfait.

Bosch décrocha son téléphone et composa le numéro de chez lui. Eleanor décrocha après trois sonneries. Elle paraissait endormie, ou triste.

– Eleanor ?

– Salut, Harry.

– Tout va bien ?

Il se rassit et Rider regagna sa place.

– Oui, ça va… C'est juste que…

– Quand es-tu rentrée ?

– Il y a quelques instants.

– Tu as gagné ?

– Je n'ai pas vraiment joué. Après que tu m'as appelée là-bas, hier soir… je suis partie.

Bosch se pencha en avant, un coude sur la table, une main plaquée sur le front.

– Ah… Où es-tu allée ?

– A l'hôtel… Écoute, Harry, je suis juste venue chercher des vêtements et quelques affaires. Je…

– Eleanor ?

Il y eut un long silence au téléphone. Bosch entendit Edgar annoncer qu'il allait chercher du café à l'accueil et Rider dire qu'elle l'accompagnait, alors que Bosch savait bien qu'elle ne buvait pas de café. Elle avait tout un assortiment de tisanes dans un des tiroirs de son bureau.

– Ça ne peut pas marcher, Harry.

– De quoi parles-tu, Eleanor ?

Un nouveau silence s'écoula.

– J'ai repensé à ce film qu'on a vu l'année dernière, dit-elle. L'histoire du *Titanic*.

– Oui, je m'en souviens.

– La fille, dans le film… Elle tombe amoureuse du garçon qu'elle vient juste de rencontrer sur le bateau. Et c'était… Elle est folle de lui. Elle l'aime tellement qu'à la fin elle refuse de le quitter. Elle ne veut pas monter dans le canot de sauvetage pour pouvoir rester avec lui.

– Oui, oui, je m'en souviens.

Il se souvenait d'Eleanor pleurant à son côté, et lui qui souriait car il ne comprenait pas comment un simple film pouvait lui faire un tel effet.

– Tu as pleuré, dit-il.

– Oui. Parce que tout le monde rêve d'un tel amour. Et toi, Harry, tu mérites que je te le donne. Je…

– Non, Eleanor, tu me donnes plus que…

– Cette fille a sauté du canot pour remonter à bord du *Titanic*, Harry ! (Elle eut un petit rire qu'il trouva plein de tristesse.) Personne ne pourra jamais faire mieux.

– Tu as raison. Personne ne peut faire mieux. C'est pour ça que c'était un film, justement. Écoute… tu représentes ce dont j'ai toujours rêvé, Eleanor. Je ne te demande rien de plus.

– Si. Je dois faire plus. Il le faut… Je t'aime, Harry. Mais pas suffisamment. Tu mérites mieux.

– Non, Eleanor… je t'en prie. Je…

– Je vais partir quelque temps. Pour réfléchir.

- Attends-moi, tu veux ? Je serai à la maison dans un quart d'heure. On pourra en parler…

– Non, non. C'est pour ça que je t'ai appelé. Je n'ai pas le courage de te dire ça de vive voix.

Il sentait qu'elle pleurait.

– J'arrive.

– Je ne serai plus là, dit-elle. J'ai mis mes affaires dans la voiture avant de t'appeler. Je savais que tu voudrais venir.

Bosch plaqua sa main sur ses yeux. Il avait envie d'être dans l'obscurité.

– Où vas-tu ?

– Je ne sais pas encore.

– Tu m'appelleras ?

– Oui, je t'appellerai.

– Ça va aller ?

– Je ne... Ça ira.

– Eleanor, je t'aime. Je sais que je ne l'ai pas souvent dit, mais je...

Elle fit « chut » dans le téléphone, il se tut.

– Je t'aime, Harry, mais je suis obligée de partir.

Après un long moment, pendant lequel il sentit une profonde plaie s'ouvrir en lui, il dit finalement :

– D'accord.

Le silence qui s'ensuivit était aussi sombre que l'intérieur d'un cercueil. Le sien.

– Au revoir, Harry. A un de ces jours.

Elle raccrocha. Bosch ôta sa main de son visage et décolla le téléphone de son oreille. Il voyait une piscine ; la surface de l'eau était aussi lisse qu'une couverture tendue sur un lit. Il repensa au jour lointain où on lui avait annoncé que sa mère était morte et qu'il était désormais seul au monde. Il avait couru vers cette piscine pour plonger sous sa surface paisible, dans l'eau tiède. Arrivé au fond, il avait hurlé jusqu'à ce que ses poumons soient vides et que sa poitrine brûle. Jusqu'à ce qu'il doive choisir entre rester là et mourir ou remonter et vivre.

Bosch avait envie de retrouver cette piscine et son eau tiède. Il avait envie de hurler jusqu'à ce que ses poumons brûlent à l'intérieur de son corps.

– Tout va bien ?

Il leva la tête. Rider et Edgar étaient revenus. Edgar tenait un gobelet de café fumant. L'expression de Rider indiquait qu'elle était inquiète, peut-être même effrayée par ce qu'elle voyait sur le visage de Bosch.

– Tout va bien, dit-il. Pas de problème.

## 23

Ils avaient une heure et demie à tuer avant leur rendez-vous avec Pelfry. Bosch demanda à Edgar de les conduire au Wax and Shine de Hollywood, dans Sunset Boulevard, pas très loin du poste de police. Edgar se gara le long du trottoir et ils restèrent assis à l'intérieur de la voiture, à observer la station de lavage. Les clients étaient rares. La plupart des types en combinaison orange employés pour sécher et lustrer les véhicules en échange du salaire minimum, plus les pourboires, étaient assis ici et là un chiffon sur l'épaule et attendaient. Presque tous regardaient d'un œil torve la voiture de patrouille, comme si la police était responsable de leur inactivité.

– Faut croire que les gens n'ont pas très envie de faire laver leurs bagnoles, alors qu'elles risquent d'être renversées ou incendiées, dit Edgar.

Bosch ne répondit pas.

– Je parie que tous ces types rêvent d'être à la place de Michael Harris, ajouta Edgar sans quitter des yeux les hommes en orange. Putain, moi aussi, je me taperais bien trois jours de garde à vue et un crayon dans l'oreille pour 1 million de dollars !

– Ça veut dire que tu crois Harris, dit Bosch, qui ne lui avait pas parlé des aveux de Frankie Sheehan dans le bar.

Après un instant de réflexion, Edgar acquiesça d'un hochement de tête.

– Oui, Harry, je crois que oui, plus ou moins.

Bosch se demanda comment il avait pu être aveugle au point de ne même pas envisager qu'un suspect puisse effectivement subir des tortures. Il se demanda aussi pour quelle raison Edgar privilégiait la version du suspect plutôt que celle de ses collègues policiers. Était-ce son expérience de flic ou son expérience de Noir ? Sans doute la deuxième, se dit-il, et cette idée le déprima car cela conférait à Edgar un avantage qu'il ne posséderait jamais.

– Je vais aller interroger le patron, dit-il. Tu ferais peut-être mieux de rester dans la bagnole…

– Que dalle ! Ils n'y toucheront pas.

Ils descendirent de voiture et prirent soin de verrouiller les portières.

Tandis qu'ils se dirigeaient vers la boutique, Bosch se demanda si le choix de ces combinaisons orange était une coïncidence ou non. La plupart des hommes travaillant dans cette laverie étaient certainement d'anciens détenus qui sortaient tout juste de prison – où, là aussi, on les obligeait à porter des combinaisons orange.

Dans la boutique, Bosch prit un café au distributeur et demanda à parler au gérant. Le caissier désigna une porte ouverte au bout d'un couloir. Pendant qu'ils s'en approchaient, Edgar glissa :

– J'ai envie de boire un Coca, mais je crois que je pourrai plus jamais en boire après ce que j'ai vu hier soir dans la penderie de cette salope.

Un homme était assis derrière un bureau dans une petite pièce sans fenêtres, les pieds posés sur un des tiroirs ouverts. Il leva les yeux vers Bosch et Harry.

– Eh bien, messieurs les inspecteurs, lança-t-il, que puis-je pour vous ?

Sa perspicacité fit sourire Bosch. Ce type était certainement à moitié gérant, à moitié contrôleur judiciaire. Si les cireurs de voitures étaient d'anciens détenus, c'était le seul boulot qu'ils pouvaient trouver. Cela signifiait que le gérant avait l'habitude de côtoyer les flics et avait appris à les repérer. A moins qu'il n'ait vu arriver Bosch et Edgar dans leur voiture de patrouille, tout simplement.

– Nous enquêtons sur une affaire, dit Bosch. Le meurtre de Howard Elias.

Le gérant émit un sifflement.

– Il y a quelques semaines, reprit Bosch, il a réclamé par voie judiciaire certains de vos dossiers. Des factures portant des numéros d'immatriculation. Vous savez de quoi il était question ?

Le gérant prit le temps de réfléchir.

– Tout ce que je sais, c'est que c'est moi qui ai dû fouiller dans la paperasse et faire les photocopies pour son sbire.

– Son sbire ? répéta Edgar.

– Qu'est-ce que vous croyez ? Vous imaginez qu'un type comme Elias se déplace lui-même ? Il a envoyé quelqu'un pour faire le boulot. J'ai gardé sa carte…

Il reposa les pieds par terre et ouvrit le tiroir supérieur du bureau. Celui-ci contenait une petite liasse de cartes de visite retenues par un élastique. Il l'ôta, passa les cartes en revue et en sortit une du paquet pour la montrer à Bosch.

– Pelfry ? demanda Edgar.

Bosch opina du chef.

– Ce type vous a-t-il dit ce qu'ils cherchaient exactement dans ces paperasses ?

– Aucune idée. Faudrait leur demander. Enfin, je veux dire… demander à Pelfry.

– Il vous a rapporté les documents ?

– Non. C'étaient des photocopies. Remarquez, il est quand même revenu, mais pas pour me rapporter les factures.

– Pourquoi, alors ? demanda Edgar.

287

– Il voulait voir une des vieilles cartes de pointage de Michael Harris. A l'époque où il bossait ici

– Laquelle ? insista Edgar d'un ton pressant.

– Alors là, je m'en souviens pas. Je lui ai fait une photocopie. Si vous lui demandez, peut-être que…

– Avait-il une citation à comparaître pour obtenir cette carte de pointage ? demanda Bosch.

– Non. Il me l'a demandée, tout simplement. Pas de problème, que je lui ai dit, et je la lui ai filée. Mais il m'a donné la date, lui, contrairement à vous. Je m'en souviens pas. Écoutez, si vous avez l'intention de me poser d'autres questions là-dessus, vous feriez peut-être mieux d'appeler notre avocat. Je veux pas avoir d'ennuis en racontant des choses que je…

– Oublions ça, dit Bosch. Parlez-moi plutôt de Michael Harris.

– Que voulez-vous que je vous dise ? J'ai jamais eu de problèmes avec lui. Il faisait pas d'histoires et voilà qu'un jour on vient me dire qu'il a tué cette gamine. Et qu'il lui a fait des trucs. Ça ressemblait pas au type que je connaissais. Mais bon, il ne bossait pas ici depuis longtemps. Cinq mois peut-être.

– Savez-vous ce qu'il faisait avant ? demanda Edgar.

– Ouais. Il était à Corcoran.

Corcoran était une prison d'État près de Bakersfield. Bosch remercia le gérant et ils prirent congé. Il but quelques gorgées de café en chemin, mais balança le reste dans une poubelle avant qu'ils atteignent la voiture. Puis Bosch attendit du côté passager tandis qu'Edgar faisait le tour de la voiture pour lui ouvrir la portière. Mais au moment d'introduire la clé dans la serrure, celui-ci se figea.

– Ah, putain !

– Quoi ?

– Ils ont écrit des conneries sur la portière.

Bosch fit le tour de la voiture à son tour. Quelqu'un s'était servi d'une craie bleue – comme celles qui servaient à noter des instructions de lavage sur les pare-brise des voitures – pour rayer les mots *Protéger et servir* sur l'aile avant, côté conducteur. A la place, en gros caractères, on avait écrit *Assassiner et mutiler*. Bosch hocha la tête.

– Original, lança-t-il.

– On va aller leur dire deux mots.

– Non, Jerry. Laisse tomber. On ne va pas risquer de déclencher les hostilités. Ça pourrait durer trois jours. Comme la dernière fois.

Edgar ouvrit la portière d'un air renfrogné, s'assit au volant et se pencha pour ouvrir celle de Bosch.

– On est tout près du poste, dit celui-ci en montant à bord. On peut aller effacer ce truc. Ou bien prendre ma bagnole.

– J'aimerais bien me servir de la gueule d'un de ces connards en guise d'éponge.

Après avoir fait nettoyer la voiture, il leur restait encore assez de temps pour rejoindre le terrain vague où on avait retrouvé le corps de Stacey Kincaid. Ce n'était pas très loin de Western Avenue, sur le chemin du centre-ville, où ils devaient retrouver Pelfry.

Edgar demeura silencieux durant tout le trajet. Il avait pris cette déprédation comme une attaque personnelle, mais ce silence n'était pas pour déplaire à Bosch, qui en profita pour repenser à Eleanor. Il éprouvait un sentiment de culpabilité car tout au fond de lui et malgré son amour pour elle, il sentait croître son soulagement en voyant que, quelle qu'en soit l'issue, leur relation évoluait enfin.

– C'est là, dit Edgar.

Il s'arrêta le long du trottoir et ils scrutèrent le terrain vague. Il s'étendait sur environ un demi-hectare, entre deux immeubles d'habitation sur les façades desquels étaient accrochées des banderoles annonçant des conditions de financement avantageuses. Ce n'était pas un endroit où des gens avaient envie de vivre s'ils avaient le choix. Tout le quartier dégageait une impression de décrépitude et de désespoir.

Bosch remarqua deux Noirs assis sur des cageots dans un coin, sous un grand eucalyptus qui dispensait de l'ombre. Il ouvrit le dossier qu'il avait emporté pour étudier le schéma indiquant l'emplacement du corps. Il calcula que celui-ci avait dû se trouver à moins de vingt mètres de l'endroit où étaient assis les deux hommes. Il feuilleta le dossier jusqu'à ce qu'il tombe sur le rapport initial dans lequel figuraient les noms des deux témoins qui avaient signalé la présence du cadavre.

– J'y vais, déclara-t-il. Je vais aller bavarder avec ces deux types.

Il descendit de voiture et Edgar l'imita. Ils traversèrent le terrain vague d'un pas nonchalant, en direction des deux hommes. En approchant, Bosch remarqua leurs sacs de couchage et leur vieux réchaud Coleman. Près du tronc de l'eucalyptus il y avait deux Caddie de supermarché bourrés de vêtements, de sacs remplis de boîtes de soda et de toutes sortes de bricoles.

– Vous êtes bien Rufus Gundy et Andy Mercer ?

– Ça dépend qui pose la question.

Bosch montra son insigne.

– Je voudrais vous poser quelques questions concernant le corps que vous avez découvert ici, l'année dernière.

– Vous en avez mis du temps, dites donc !

– Vous êtes M. Gundy ou M. Mercer ?

– Mercer.

Bosch hocha la tête.

– Pourquoi dites-vous qu'on a mis du temps ? Les inspecteurs ne vous ont pas interrogés quand vous avez découvert le corps ?

– Si, on a été interrogés, mais pas par des inspecteurs. C'est deux jeunots en uniforme qui nous ont demandé ce qu'on savait.

Bosch désigna les sacs de couchage et le réchaud.

– Vous vivez ici tous les deux ?

– On traverse une mauvaise passe. On s'est installés là le temps de retomber sur nos pattes.

Bosch savait que le rapport n'indiquait pas que les deux témoins vivaient sur le terrain vague. D'après ce qu'il avait lu, ils arpentaient le terrain vague à la recherche de boîtes de soda quand ils étaient tombés sur le corps. En réfléchissant, il comprit ce qui s'était passé.

– Vous viviez déjà ici à l'époque, hein ?

Personne ne répondit.

– Mais vous ne l'avez pas dit aux flics parce que vous aviez peur qu'ils vous chassent.

Toujours pas de réponse.

– Alors, vous avez planqué vos sacs de couchage et votre réchaud, et vous avez appelé la police. Vous avez raconté à l'agent que vous passiez par hasard.

Mercer s'exprima enfin :

– Si vous êtes si malin, comment ça se fait qu'vous êtes pas encore chef ?

Bosch rit de bon cœur.

– Eux aussi sont assez malins pour ne pas me nommer chef. Mais dites-moi un truc, messieurs Mercer et Gundy. Si vous viviez déjà ici à l'époque, vous auriez sans doute découvert le corps bien avant s'il était resté là depuis la disparition de la fillette, non ?

– Y a des chances, dit Gundy.

– Donc, on a certainement balancé le corps la veille du jour où vous l'avez découvert.

– Possible, dit Gundy.

– Ouais, c'est même probable, ajouta Mercer.

– Alors que vous dormiez à une dizaine de mètres de là ?

Cette fois, ils ne confirmèrent pas verbalement. Bosch s'avança vers eux et s'accroupit pour être à leur hauteur

– Racontez-moi ce que vous avez vu cette nuit-là, les gars.

– On n'a rien vu, répondit Gundy de façon catégorique.

– Mais on a entendu des trucs, dit Mercer. Ouais, on a entendu des trucs.

– Quoi donc ?

– Une bagnole s'est arrêtée. Une portière s'est ouverte, et après ç'a été le coffre. On a entendu un truc lourd heurter le sol. Quelqu'un a refermé le coffre et la portière, et la bagnole est repartie.

– Vous n'avez pas regardé ce qui se passait ? s'empressa de demander Edgar. (Il s'était approché, lui aussi, et se tenait penché en avant, les mains appuyées sur les cuisses.) On balance un corps à dix mètres de vous et vous ne jetez même pas un coup d'œil ?

– Non, on n'a pas regardé, répliqua Mercer. Les gens viennent balancer leurs ordures ou Dieu sait quoi presque toutes les nuits. On regarde jamais. On lève pas la tête. Le matin, on va voir. Des fois, on trouve des chouettes trucs. Mais on attend toujours le matin pour aller regarder ce que les gens ont balancé.

Bosch hocha la tête pour montrer qu'il comprenait ; il espérait qu'Edgar n'insisterait pas.

– Vous n'avez jamais raconté ça aux flics ?

– Non, répondirent-ils en chœur.

– Ni à personne d'autre ? Vous n'avez jamais dit ça à quelqu'un qui aurait pu vérifier si c'était vrai ?

Les deux hommes réfléchirent. Mercer faisait non de la tête, alors que Gundy hochait la sienne pour dire le contraire.

– Le seul à qui on en a parlé, c'est au gars de M. Elias.

Bosch se tourna brièvement vers Edgar avant de revenir sur Gundy.

– Qui ça ?

– Son gars. Son enquêteur ou je sais pas quoi. On lui a raconté ce qu'on vient de vous dire. Il a dit que M. Elias allait nous faire témoigner devant un tribunal. Il a dit que M. Elias s'occuperait de nous.

– Pelfry ? demanda Edgar. Il s'appelait comme ça ?

– Possible, dit Gundy. Je sais plus.

Mercer garda le silence.

– Vous avez lu le journal aujourd'hui, les gars ? demanda Bosch. Vous avez regardé la télé ?

– Et sur quel poste, hein ? ironisa Mercer.

Bosch se contenta de hocher la tête en se relevant. Ils ne savaient même pas qu'Elias était mort.

– Ça fait combien de temps que l'enquêteur de M. Elias est venu vous voir ?

– Un mois, environ, dit Mercer. Quelque chose comme ça.

Bosch se tourna de nouveau vers Edgar pour lui faire comprendre qu'il avait terminé. Edgar répondit par un petit signe de tête.

– Merci de votre aide, dit Bosch. Je peux vous offrir à dîner ?

Il sortit de l'argent de sa poche et leur tendit à chacun un billet de 10 dollars. Ils le remercièrent poliment et il repartit.

Alors qu'ils fonçaient dans Western Avenue en direction de Wilshire, Bosch se mit à cogiter sur les implications contenues dans les informations fournies par les deux sans-abri.

– Ça innocente Harris, déclara-t-il, tout excité. Voilà comment Elias savait. Le corps a été déplacé. On l'a balancé ici trois jours après sa mort. Et Harris était en prison à ce moment-là. C'est le meilleur alibi du monde. Elias s'apprêtait à faire témoigner ces deux types devant le tribunal pour dévoiler le mensonge de la police…

– Pas si vite, Harry, dit Edgar. Ça n'innocente pas complètement Harris. Il pouvait très bien avoir un complice. Quelqu'un qui aurait déplacé le corps pendant qu'il était derrière les barreaux.

– Mais, dans ce cas, pourquoi le déposer si près de chez lui et l'enfoncer davantage ? Non, je ne crois pas que c'était un complice. Je crois que c'était le meurtrier. Il a lu dans le journal ou vu à la télé que Harris était le suspect numéro 1 et il a déposé le cadavre dans son quartier pour enfoncer un peu plus le clou dans son cercueil.

– Et les empreintes ? Comment les empreintes de Harris ont-elles atterri dans cette jolie maison de Brentwood, hein ? Tu vas pas me dire comme eux que c'est un coup de ton pote Sheehan et de ses hommes ?

– Non, je ne dis pas ça. Il doit y avoir une explication. On ne la connaît pas encore, c'est tout. C'est ce qu'on demandera à Pel...

Une violente explosion fit voler en éclats la vitre arrière de la voiture et des morceaux de verre se trouvèrent projetés à l'intérieur de l'habitacle. Edgar perdit le contrôle du volant et la voiture fit une embardée sur la voie d'en face, provoquant un concert de coups de klaxon rageurs juste avant que Bosch ne stabilise le volant par la droite pour ramener le véhicule du bon côté de la ligne médiane.

– Putain, qu'est-ce qui se passe ? s'écria Edgar lorsqu'il parvint enfin à reprendre le contrôle du véhicule et à freiner.

– Non ! hurla Bosch. T'arrête pas ! Fonce !

Il s'empara de la radio de bord branchée sur le chargeur et enfonça la touche d'appel.

– Coups de feu ! Coups de feu ! Western et Olympic !

Il maintint le bouton enfoncé en jetant un coup d'œil par-dessus le siège arrière, à travers la vitre pulvérisée. Il balaya du regard les toits et les fenêtres des immeubles environnants. Sans rien voir.

– Suspect inconnu. Un tireur embusqué vise une voiture de patrouille. Demandons renforts immédiats. Surveillance aérienne des toits à l'est et à l'ouest de Western Avenue. Extrême prudence conseillée.

Il relâcha le bouton d'appel. Pendant que le dispatcher répétait presque mot pour mot ce qu'il venait de dire à l'attention d'autres voitures de police, Bosch demanda à Edgar de s'arrêter – ils étaient hors d'atteinte.

– Je crois que ça venait de l'East Side, dit-il. L'immeuble avec le toit plat. J'ai l'impression d'avoir entendu le coup de feu par l'oreille droite.

Edgar exhala bruyamment. Il serrait si fort le volant que ses doigts étaient aussi blancs que ceux de Bosch.

– Tu veux que je te dise, Harry ? Je crois que c'est la dernière fois que je conduis une de ces putains de cibles roulantes !

## 24

– Vous êtes en retard, les gars. Je m'apprêtais à rentrer chez moi.

Jenkins Pelfry était un colosse au torse puissant et à la peau si noire qu'on avait du mal à distinguer les traits de son visage. Il était assis sur un petit bureau de secrétaire dans l'antichambre de son cabinet de l'Union Law Center. Sur sa gauche, une console supportait un petit téléviseur. Celui-ci était branché sur la chaîne d'informations. Sur l'écran on voyait un hélicoptère tournoyer au-dessus d'un quartier de la ville.

Bosch et Edgar étaient arrivés avec quarante minutes de retard à leur rendez-vous prévu à midi.

– Désolé, monsieur Pelfry, dit Bosch. Nous avons eu un petit problème en chemin. Merci d'avoir attendu.

– Une chance pour vous que j'aie pas vu le temps passer. Je regardais la télé. Ça se présente pas très bien, j'ai l'impression. Ça m'a l'air un peu chaud, dehors.

Il désigna le téléviseur avec sa main énorme. Bosch reporta son attention sur l'écran et constata que l'hélicoptère de la police survolait l'endroit qu'Edgar et lui venaient de quitter : la police recherchait le tireur embusqué qui avait pris pour cible leur voiture. Les trottoirs étaient envahis de gens qui regardaient les policiers courir d'un immeuble à l'autre. Des renforts arrivaient sur place, et ces nouveaux venus portaient des casques anti-émeute.

– Ces types feraient mieux de foutre le camp. Ils provoquent la foule. C'est mauvais. Tirez-vous, les gars. Restez en vie si vous voulez combattre demain.

– On a essayé cette tactique la dernière fois, dit Edgar. Ça n'a pas marché.

Ils continuèrent à regarder la télé pendant quelques instants sans rien dire, puis Pelfry se pencha pour l'éteindre. Il se retourna vers ses visiteurs.

– Eh bien, que puis-je pour vous ?

Bosch fit les présentations.

– Vous savez certainement pourquoi nous sommes ici, dit-il. Nous enquêtons sur le meurtre de Howard Elias. Or nous savons que vous avez travaillé pour lui dans l'affaire Black Warrior. Nous avons besoin de votre aide, monsieur Pelfry. Si nous découvrons le coupable, nous aurons une chance de calmer la situation.

Bosch lui montra l'écran noir de la télé pour souligner sa remarque.

– Vous voulez mon aide, dit Pelfry. C'est vrai, j'ai travaillé pour Eli… Je l'ai toujours appelé Eli. Mais je ne vois pas en quoi je peux vous être utile.

Bosch se tourna vers son équipier et lui adressa un petit signe de tête discret.

– Monsieur Pelfry, dit-il, cette conversation doit rester confidentielle. Mon collègue et moi suivons une piste selon laquelle le meurtrier de Stacey Kincaid a sans doute également tué votre employeur. Nous pensons qu'Elias était trop près de la vérité. Si vous en savez autant que lui, vous êtes peut-être en danger, vous aussi…

Pelfry réagit par un éclat de rire ou, plutôt, par une sorte de bref ricanement sonore. Bosch se tourna vers Edgar avant de revenir sur Pelfry.

– Sans vouloir vous vexer, reprit Pelfry, c'est le baratin le plus nul que j'aie jamais entendu.

– Que voulez-vous dire ?

Pelfry lui montra encore une fois le téléviseur. Bosch remarqua comme l'intérieur de ses mains était blanc.

– Je vous ai dit que je regardais les infos. Channel 4 vient d'annoncer que les flics étaient déjà en train de préparer une cellule. Pour l'un des vôtres.

– De quoi parlez-vous ?

– Ils cuisinent un suspect à Parker Center. en ce moment même.

– Ils ont donné son nom ?

– Non, mais ils le connaissaient. Ils ont juste dit que c'était un des flics de l'affaire Black Warrior. L'inspecteur-chef, même.

Bosch était abasourdi. L'inspecteur-chef dans cette affaire n'était autre que Frankie Sheehan.

– C'est impos... Je peux utiliser votre téléphone ?

– Faites. Dites... vous savez que vous avez du verre dans les cheveux ?

Bosch passa sa main dans ses cheveux tandis qu'il s'approchait du bureau pour décrocher le téléphone. Il composa le numéro de la salle de réunion d'Irving, sous l'œil de Pelfry. Quelqu'un décrocha immédiatement.

– Je voudrais parler à Lindell.

– C'est moi

– Bosch à l'appareil. C'est quoi, cette histoire de suspect dont ils parlent à Channel 4 ?

– Je sais, je sais. J'essaye de me renseigner. Il y a eu des fuites. Tout ce que je sais, c'est que j'ai mis Irving au courant, et que le temps de me retourner on en parlait déjà à la télé. A mon avis, c'est lui votre informateur, pas Chas...

– Je m'en fous. Vous dites que Sheehan est suspect ? C'est imp...

– Je ne dis pas ça. Le tuyau vient de l'indic, et je pense que l'indic, c'est cet enfoiré de chef adjoint.

– Vous avez arrêté Sheehan ?

– Oui, on l'a amené ici ; on est en train de l'interroger.

Il agit de son plein gré pour l'instant. Il pense pouvoir se disculper tout seul. On a toute la journée, et même un peu plus. On verra bien s'il réussit.

– Pourquoi Sheehan ? Pourquoi l'avez-vous arrêté ?

– Je croyais que vous étiez au courant. Il figurait en première place sur la liste de Chastain ce matin. Elias l'avait attaqué en justice. C'était il y a cinq ans. Il a flingué un pauvre type en essayant de l'arrêter pour meurtre. Il lui a collé cinq balles dans la peau. La veuve a porté plainte et a fini par empocher 100 000 dollars… même si, à mes yeux, ça ressemblait à de la légitime défense. En fait, c'est votre pote Chastain qui a enquêté sur cette fusillade, et il a innocenté Sheehan.

– Je me souviens. C'était bien de la légitime défense, mais le jury s'en foutait. C'était peu de temps après l'affaire Rodney King.

– Juste avant le début du procès, Sheehan a menacé Elias. Au cours d'une déposition devant les avocats, la veuve et, surtout, devant la sténotypiste. Elle a tout transcrit, mot pour mot, et ses paroles apparaissent dans la déposition figurant au dossier que Chastain et ses hommes ont lu hier. Sheehan a dit à Elias qu'un de ces jours, au moment où il s'y attendrait le moins, quelqu'un allait s'approcher de lui par-derrière et l'abattre comme un chien. Ou un truc dans ce genre. Ça correspond assez bien à ce qui s'est passé dans l'Angels Flight.

– C'était il y a cinq ans ! Vous vous foutez de moi !

Bosch remarqua que Pelfry et Edgar l'observaient avec attention.

– Je sais, Bosch. Mais maintenant, on a ce nouveau procès, celui du Black Warrior, et qui c'est qui dirigeait l'enquête ? L'inspecteur Frank Sheehan. Par-dessus le marché, il se sert d'un Smith & Wesson 9 mm. Et ce n'est pas tout. On a sorti son dossier personnel. Il a reçu le titre de tireur d'élite de la police onze années de suite. Or on sait que le meurtrier de l'Angels Flight savait se servir d'une arme. Si on rassemble tous ces éléments, ça le place en tête de liste des personnes à interroger. Alors, on l'interroge.

– Cette histoire de tireur d'élite, c'est du bidon. Le centre de tir distribue ces médailles comme des sucettes. Je parie que sept ou huit flics sur dix l'ont reçue. Et ils sont aussi nombreux à avoir des Smith & Wesson. Mais ça n'empêche pas Irving – ou je ne sais quel informateur – de le jeter en pâture aux loups. On le sacrifie aux médias en espérant empêcher la ville de s'enflammer.

– On ne le sacrifie que s'il n'est pas coupable.

Il y avait dans le ton de Lindell une espèce de non chalance cynique qui ne plut pas du tout à Bosch.

– Je vous conseille d'y aller mollo, dit-il. Je peux vous assurer que c'est pas Frankie le meurtrier.

– Frankie ? Vous êtes potes, tous les deux ?

– On a fait équipe autrefois. Il y a longtemps.

– Tiens, c'est drôle. Il n'a plus tellement l'air de vous porter dans son cœur. D'après mes gars, la première chose qu'il a dite quand ils sont venus frapper à sa porte, c'est : « Enfoiré de Bosch ! » Il pense que vous l'avez dénoncé. Il ne sait pas qu'on a retrouvé ses menaces dans la déposition. Ou bien, il ne s'en souvient plus.

Bosch raccrocha. Il était hébété. Frankie Sheehan était persuadé qu'il avait utilisé leur conversation de la veille contre lui. Il était sûr qu'il l'avait dénoncé aux fédéraux. Cette idée lui était encore plus insupportable que de savoir que son ancien équipier et ami défendait sa peau en ce moment même dans une salle d'interrogatoire.

– Apparemment, vous n'êtes pas très d'accord avec Channel 4, dit Pelfry.

– Non, pas du tout.

– C'est juste une supposition, mais en voyant ce verre dans vos cheveux, je me dis que c'est vous, les deux types dont ils parlent à la télé, ceux qui se sont fait canarder dans Western Avenue.

300

– Oui, et alors ? demanda Edgar.

– Eh bien, c'est juste à côté de l'endroit où on a retrouvé le corps de la petite Stacey Kincaid.

– Exact. Et… ?

– Si vous veniez de là, je me demande si vous avez rencontré mes deux potes, Rufus et Andy.

– Oui, on les a rencontrés, et on sait que le corps a été déposé dans le terrain vague avec trois jours de retard.

– Vous marchez sur mes traces.

– Certaines, dit Edgar. On a rendu visite à Maîtresse Regina hier soir.

Bosch sortait enfin de son hébétement, mais demeura en retrait et laissa à Edgar le soin de poursuivre avec Pelfry.

– C'est donc pas du pipeau, ce que vous racontiez sur le meurtrier d'Eli ?

– Nous sommes là, non ?

– Qu'est-ce que vous vouliez savoir, à part ça ? Eli n'était pas du genre à montrer ses cartes. Il les tenait serrées contre lui. En fait, je savais jamais très bien sur quelle partie du puzzle je travaillais, si vous voyez ce que je veux dire.

– Parlez-nous des plaques d'immatriculation, dit Bosch en sortant enfin de son silence. Nous savons que vous avez réquisitionné soixante-quinze jours de factures chez Hollywood Wax. Pour quelle raison ?

Pelfry observa longuement les deux inspecteurs, comme s'il cherchait à prendre une décision.

– Suivez-moi, dit-il finalement.

Il les conduisit dans son bureau.

– Je voulais pas vous laisser entrer ici, reprit-il, mais maintenant…

D'un geste large, il désigna les cartons qui recouvraient toutes les surfaces horizontales de la pièce. C'étaient de petits cartons qui contenaient habituellement quatre packs de six boîtes de soda ou de bière. A l'intérieur étaient empilées des liasses de factures, séparées par des intercalaires en carton sur lesquels figuraient des dates.

– Ce sont les factures du centre de lavage de voitures ? demanda Bosch.

– Exact. Eli avait l'intention de les présenter devant le tribunal comme pièces à conviction. Je les gardais en attendant qu'il en ait besoin.

– Pourquoi voulait-il s'en servir ?

– Je croyais que vous le saviez.

– On a un peu de retard sur vous, monsieur Pelfry.

– Appelez-moi Jenkins. Ou Jenks. La plupart des gens m'appellent Jenks. Je sais pas exactement à quoi servent toutes ces factures – comme je vous l'ai dit, Eli ne montrait pas toutes les cartes qu'il avait en main –, mais j'ai ma petite idée. Quand il a réquisitionné toutes ces paperasses, il m'a filé une liste de numéros d'immatriculation. Il m'a demandé de passer en revue toutes les factures pour voir si je ne trouvais pas un des numéros de la liste.

– Vous l'avez fait ?

– Oui. Ça m'a pris presque une semaine.

– Vous avez trouvé des numéros qui correspondaient ?

– Un seul.

Il se dirigea vers un des cartons et écrasa son index sur la liasse de factures accompagnée d'un intercalaire portant la date *12/6*.

– Celui-ci.

Pelfry sortit la facture du paquet et l'apporta à Bosch. Edgar s'approcha pour regarder, lui aussi. Il s'agissait du règlement d'un forfait complet. La voiture était une Volvo break de couleur blanche. Le numéro d'immatriculation figurait sur la facture, ainsi que le montant du forfait : 14,95 dollars, plus les taxes.

– Ce numéro d'immatriculation figurait sur la liste que vous avait donnée Elias ? demanda Bosch.

– Exact.

– C'est le seul que vous avez trouvé ?

– Je viens de vous le dire.

– Vous savez à qui appartient cette voiture ?

– Non, pas vraiment. Eli ne m'avait pas demandé de me renseigner. Mais je crois avoir une petite idée.

– Aux Kincaid.

– Voilà, vous en savez autant que moi.

Bosch se tourna vers Edgar. L'expression de son visage indiquait qu'il n'avait pas fait le rapprochement.

– Les empreintes. Pour apporter la preuve absolue de l'innocence de Harris, Elias devait expliquer comment les empreintes de son client s'étaient retrouvées sur le livre de classe de la fillette. S'il n'y avait aucun moyen logique ou légitime pouvant expliquer pourquoi Harris se trouvait chez les Kincaid et pourquoi il avait touché ce livre, il ne restait que deux autres possibilités. Un : les empreintes étaient un coup monté de la police. Deux : Harris avait touché le livre dans un autre endroit, ailleurs que dans la chambre de la fillette.

Edgar hocha la tête pour indiquer qu'il comprenait.

– Les Kincaid ont fait laver leur voiture au Hollywood Wax and Shine, là où travaillait Harris. La facture l'atteste.

– Exact. Elias n'avait plus qu'à prouver que le livre se trouvait dans la voiture.

Bosch se tourna vers les cartons étalés sur le bureau de Pelfry et donna une pichenette dans l'intercalaire.

– Le 12 juin. C'est la fin de l'année scolaire. Les élèves vident leurs casiers à l'école, rapportent tous leurs livres à la maison, et comme ils n'ont plus de devoirs à faire, il est possible que les livres soient restés à l'arrière de la Volvo.

– La Volvo est passée à la laverie, enchaîna Edgar. Je parie que le forfait complet inclut le nettoyage de l'intérieur de la voiture.

– Et le type qui passe l'aspirateur touche forcément

au livre en travaillant à l'intérieur de la voiture, ajouta Bosch. D'où les empreintes !

– Et le laveur en question, c'était Harris, dit Edgar.

Il se tourna vers Pelfry.

– Le gérant de la laverie nous a dit que vous étiez revenu pour consulter les cartes de pointage.

Pelfry confirma d'un hochement de tête.

– C'est juste. J'ai obtenu une photocopie d'une fiche de présence prouvant que Harris travaillait à la laverie au moment où cette Volvo blanche a eu droit au forfait spécial. Eli m'avait chargé d'essayer d'obtenir ce renseignement par la ruse, sans ordre du juge. Cette carte était sans doute l'élément clé, et il ne voulait pas que quelqu'un soit au courant.

– Pas même le juge qui a signé les autres réquisitions dans cette affaire, dit Bosch. Il ne faisait confiance à personne.

– Et, apparemment, il avait raison, souligna Pelfry.

Pendant qu'Edgar demandait à Pelfry de lui montrer la carte de pointage, Bosch s'isola mentalement pour réfléchir à ce nouvel élément. Il se rappela ce que lui avait dit Sheehan la veille au soir, au sujet des empreintes parfaitement visibles, parce que celui qui les avait laissées « devait transpirer comme un porc ». Il comprenait enfin : la transpiration n'était pas due à la nervosité ou à l'excitation ; Harris travaillait à la laverie et il était en train de passer l'aspirateur dans la voiture quand il avait laissé ces empreintes sur le livre. Michael Harris était innocent. Totalement innocent. Bosch n'en avait jamais été entièrement convaincu jusqu'alors, et cette découverte constituait un choc. Ce n'était pas un doux rêveur. Il savait que les flics commettaient des erreurs et que des innocents se retrouvaient en prison. Mais ici, l'erreur était colossale. Un innocent avait été torturé par des flics qui voulaient lui faire avouer un crime qu'il n'avait pas commis. Convaincus d'avoir mis la main sur le coupable, ils avaient cessé d'enquêter et laissé filer le véritable meurtrier… jusqu'à ce qu'un avocat des droits civiques mène son enquête et découvre son identité – ce qui lui avait coûté la vie. La réaction en chaîne allait encore plus loin : une fois de plus, elle entraînait la ville au bord de l'autodestruction.

– A votre avis, monsieur Pelfry, demanda Bosch, qui a tué Stacey Kincaid ?

– Appelez-moi Jenks. J'en sais rien. Je sais seulement que ce n'est pas Michael Harris. Ça, j'en suis sûr et certain. Mais Eli ne m'a pas révélé le nom du meurtrier… s'il le savait avant que les autres l'éliminent.

– « Les autres » ?

– Façon de parler.

– Parlez-nous de Maîtresse Regina, demanda Edgar.

– Pour vous dire quoi ? Eli a reçu un tuyau, il me l'a transmis. Je suis allé interroger cette fille, mais je n'ai vu aucun rapport. C'est une espèce de flippée, ça ne menait nulle part. Si vous y êtes allés, vous comprendrez ce que je veux dire. D'ailleurs, je crois qu'Eli a laissé tomber quand je lui ai raconté ma visite.

Après un moment de réflexion, Bosch secoua la tête.

– Je ne suis pas de cet avis. Il y a autre chose.

– Dans ce cas, il ne m'en a pas parlé.

De retour à la voiture, Bosch appela Rider. Elle l'informa qu'elle avait fini d'éplucher les dossiers sans qu'un quelconque élément digne d'intérêt attire son attention.

– On va chez les Kincaid, déclara Bosch.

– Déjà ? Pourquoi ?

– Figure-toi que l'un d'eux était l'alibi de Harris.

– Hein ?

Bosch lui fit part de la découverte de Pelfry et Elias concernant la plaque d'immatriculation.

– Une sur quatre, lui fit remarquer Rider.

– Que veux-tu dire ?

– On connaît enfin le sens d'une des quatre lettres mystérieuses.

– Oui, sans doute.

– J'ai réfléchi aux deux premières. Je pense qu'elles sont liées, et j'ai une petite idée sur l'histoire des points sur les « i ». Je vais aller sur le Web pour vérifier. Sais-tu ce qu'est un lien hypertexte ?

– Je ne parle pas cette langue, Kiz. J'en suis encore à taper avec deux doigts.

– Oui, je sais. Je t'expliquerai quand tu rentreras. J'aurai peut-être du nouveau d'ici là.

– OK. Bonne chance.

Il s'apprêtait à couper la communication lorsqu'elle reprit la parole :

– Oh, Harry ?

– Quoi ?

– Tu as reçu un appel de Carla Entrenkin. Elle a besoin de te parler. J'ai failli lui donner ton numéro de bipeur, puis je me suis dit que ça ne te plairait peut-être pas. Elle risquait de t'appeler chaque fois qu'elle est en rogne.

– Tu as bien fait. Elle a laissé un numéro ?

Rider le lui donna et raccrocha.

– On va chez les Kincaid ? demanda Edgar.

– Oui. Je viens de me décider. Branche la radio et renseigne-toi sur la plaque de la Volvo. J'ai un coup de fil à passer.

Bosch composa le numéro laissé par Carla Entrenkin, qui décrocha après deux sonneries.

– Bosch à l'appareil, dit-il.

– Ah, inspecteur...

– Vous m'avez appelé ?

– Oui, euh... je voulais juste m'excuser pour l'autre soir. J'étais bouleversée par ce que je voyais à la télé et... je crains d'avoir parlé trop vite. J'ai vérifié et je pense m'être trompée.

– En effet.

– Je suis désolée.

– Très bien. Merci d'avoir appelé. Je dois…

– Comment se passe l'enquête ?

– Ça avance. Avez-vous parlé au chef Irving ?

– Oui. Il m'a dit qu'ils interrogeaient l'inspecteur Sheehan.

– Ne vous faites pas d'illusions.

– Ce n'est pas mon genre. Et de votre côté, où en êtes-vous ? J'ai entendu dire que vous repreniez l'enquête sur la première affaire. Le meurtre de Stacey Kincaid.

– On peut maintenant prouver que ce n'est pas Harris le meurtrier. Vous aviez raison sur ce point. Elias s'apprêtait à l'innocenter devant le tribunal. Ce n'est pas Harris qui a tué la fillette. Il ne nous reste plus qu'à trouver le vrai coupable. Et je suis toujours prêt à parier que c'est l'individu qui a éliminé Elias. Bon, il faut que je vous quitte.

– Vous promettez de m'appeler si vous avez du nouveau ?

Il réfléchit un instant avant de répondre. Collaborer avec Carla Entrenkin lui donnait le sentiment de pactiser avec l'ennemi.

– Promis, répondit-il. Je vous préviendrai s'il y a vraiment du nouveau.

– Merci, inspecteur.

– Pas de quoi.

# 25

Le « roi de l'auto » de Los Angeles et son épouse habitaient maintenant non loin de Mulholland Drive, dans un lotissement ultra-chic baptisé « Le Sommet ». Protégé par des grilles et des gardiens, c'était un quartier où se côtoyaient des milliardaires vivant dans des maisons spectaculaires accrochées à flanc de colline, face aux Santa Monica Mountains, et dominant, au nord, toute la plaine de la San Fernando Valley. Les Kincaid avaient quitté Brentwood pour venir se réfugier dans cette enclave après le meurtre de leur fille. Cette quête de sécurité arrivait malheureusement trop tard pour la fillette.

Bosch et Edgar avaient prévenu de leur arrivée et furent accueillis au poste de garde. On leur indiqua une route privée qui montait en lacet jusqu'à une immense demeure de style mas provençal bâtie sur un terrain qui devait représenter le sommet du Sommet. Une domestique hispanique vint leur ouvrir et les conduisit dans un salon qui était plus grand à lui seul que la maison de Bosch tout entière. Il y avait là deux cheminées et plusieurs groupes de fauteuils et canapés formant trois espaces distincts. Bosch n'était pas sûr de comprendre l'intérêt de la chose. L'immense mur orienté au nord était presque entièrement vitré. Il offrait une vue imprenable sur toute la Vallée. Bosch avait lui aussi une maison dans les collines, mais la différence de panorama se traduisait par quelques centaines de mètres d'altitude et, sans doute, 10 millions de dollars de plus. La domestique leur annonça que M. et Mme Kincaid allaient bientôt les recevoir.

Bosch et Edgar s'approchèrent de la baie vitrée, comme ils étaient censés le faire. Les gens riches vous font attendre pour qu'on ait le loisir d'admirer tout ce qu'ils possèdent.

– Vue supersonique, dit Edgar.

– Pardon ?

– C'est l'expression qu'ils emploient quand on est à cette hauteur. Vue supersonique.

Bosch hocha la tête. Edgar avait vendu des maisons avec son épouse, quelques années plus tôt, parallèlement à son métier de policier, jusqu'au jour où celui-ci avait failli devenir son boulot d'appoint.

Bosch distinguait les Santa Monica Mountains tout au fond de la Vallée. Il apercevait même Oat Mountain au-dessus de Chatsworth. Il se souvenait d'y être allé en excursion avec l'orphelinat. Malgré tout, cette vue ne pouvait pas être qualifiée de belle, une couche de smog – particulièrement épaisse pour un mois d'avril – s'étendant sur toute la Vallée. Mais ils étaient suffisamment haut pour la surplomber. Apparemment, du moins.

– Je sais ce que vous pensez. C'est une vue sur le smog à 1 million de dollars.

Bosch se retourna. Un homme souriant et une femme au visage inexpressif venaient d'entrer dans le salon. Derrière eux se tenait un deuxième homme, en costume sombre. Bosch reconnut le premier pour l'avoir vu à la télé. Sam Kincaid, le « roi de l'auto ». Il était plus petit que Bosch ne l'avait imaginé, plus trapu. Son bronzage très prononcé paraissait authentique – ce n'était pas du maquillage de télévision – et ses cheveux de jais semblaient vrais, eux aussi. A la télé, on avait l'impression que c'était une perruque. Il portait une chemise de golf comme celles qu'il arborait dans les publicités. Comme celles que portait son père à l'époque où c'était lui qui apparaissait dans les publicités, dix ans plus tôt.

La femme était plus jeune que lui de quelques années : la quarantaine bien conservée grâce à des massages hebdomadaires et à des séances dans les instituts de beauté de Rodeo Drive. Elle regardait la vue par-dessus la tête de Bosch et d'Edgar. En voyant son air vague, Bosch comprit immédiatement que Katherine Kincaid ne s'était toujours pas remise de la disparition tragique de sa fille, loin s'en fallait.

– Mais vous voulez que je vous dise ? reprit Sam Kincaid avec le même sourire. Ça ne me gêne pas de voir le smog. Ma famille vend des voitures dans cette ville depuis trois générations. Depuis 1928, très précisément. Ça fait un paquet d'années et un paquet de voitures. Le smog est là pour me le rappeler.

Son petit discours semblait bien rodé, comme s'il s'en servait en guise d'introduction avec tous ses visiteurs. Il s'avança, la main en avant.

– Sam Kincaid. Et voici mon épouse, Kate.

Bosch serra la main qu'on lui tendait et se présenta à son tour, sans oublier Edgar. A voir la manière dont Kincaid observa Edgar avant de lui serrer la main, Bosch se dit que son équipier était peut-être le premier Noir à mettre les pieds dans ce salon, hormis ceux qui étaient là pour servir les canapés et apporter à boire.

Bosch regarda, par-dessus l'épaule de Kincaid, l'homme qui était resté planté sur le seuil du salon. Remarquant l'intérêt de Bosch, Kincaid acheva les présentations :

– D.C. Richter, mon chef de la sécurité. Je lui ai demandé de se joindre à nous, si ça ne vous ennuie pas.

Bosch s'étonna de la présence de cet homme, mais ne fit aucun commentaire. Il salua Richter d'un signe de tête et celui-ci lui renvoya la pareille. Grand et décharné, il avait à peu près le même âge que Bosch et portait ses cheveux courts et grisonnants dressés sur son crâne avec du gel. Un petit anneau doré lui ornait le lobe de l'oreille gauche.

– Eh bien, messieurs, que puis-je pour vous ? demanda Kincaid. J'avoue que je suis surpris par cette visite. Avec tout ce qui se passe en ce moment, j'aurais cru que vous seriez dans la rue avec vos collègues pour essayer de contenir ces bêtes sauvages.

Il y eut un silence gêné. Kate Kincaid regardait fixement le tapis.

– Nous enquêtons sur le meurtre de Howard Elias, dit Edgar. Et sur celui de votre fille.

– De ma fille ? Je ne comprends pas.

– Si on s'asseyait pour parler, monsieur Kincaid ? suggéra Bosch.

– Certainement.

Kincaid les conduisit vers un des groupes de sièges. Deux canapés se faisaient face de part et d'autre d'une table basse en verre. D'un côté, il y avait une cheminée, si grande qu'on aurait presque pu se tenir debout à l'intérieur, et, de l'autre, il y avait la vue. Les Kincaid s'assirent dans un des canapés, tandis que Bosch et Edgar prenaient place dans celui d'en face. Richter vint se poster sur le côté, derrière le canapé où se trouvaient les Kincaid.

- Laissez-moi vous expliquer la situation, dit Bosch. Nous sommes venus vous informer que nous allons rouvrir l'enquête sur la mort de Stacey. Nous devons recommencer à zéro.

Les époux Kincaid en restèrent bouche bée. Bosch enchaîna :

– En enquêtant sur le meurtre de Howard Elias commis vendredi soir, nous avons découvert des faits nouveaux qui, nous le pensons, innocentent Michael Harris. Nous…

– Impossible ! aboya Kincaid. C'est lui le meurtrier. On a retrouvé ses empreintes chez nous, dans notre

311

ancienne maison. Vous allez me dire que la police de Los Angeles est maintenant persuadée que ce sont ses propres hommes qui ont maquillé les preuves ?

– Non, monsieur, je ne dis pas ça. Je dis simplement que nous croyons avoir trouvé une explication logique et convaincante à la présence de ces empreintes.

– J'aimerais bien la connaître !

Bosch sortit de sa poche de veste deux feuilles de papier qu'il déplia. La première était une photocopie de la facture de la station de lavage découverte par Pelfry, la seconde une photocopie de la carte de pointage de Harris, fournie également par Pelfry

– Madame Kincaid, dit-il, vous conduisez bien un break Volvo de couleur blanche, immatriculé 1-BH-668, n'est-ce pas ?

– Faux ! répondit Richter à sa place.

Bosch leva les yeux vers lui avant de revenir sur Mme Kincaid.

– Conduisiez-vous cette voiture *l'été dernier* ?

– J'avais un break Volvo blanc, en effet, dit-elle. Mais je ne me souviens pas du numéro.

– Ma famille possède onze concessions de voitures et des parts dans six autres, à travers tout le pays. Chevrolet, Cadillac, Mazda, tout ce que vous voulez. Même un concessionnaire Porsche. Tout, sauf Volvo. Et figurez-vous que c'est justement la marque qu'elle a choisie ! Sous prétexte que c'était plus sûr pour Stacey ! Tout ça pour qu'elle finisse…

Sam Kincaid plaqua sa main sur sa bouche et se figea. Bosch attendit un instant avant de poursuivre :

– Faites-moi confiance pour la plaque d'immatriculation. La voiture était enregistrée à votre nom, madame Kincaid. Au mois de juin l'année dernière, cette voiture, la Volvo, a subi un lavage au Hollywood Wax and Shine de Sunset Boulevard. La personne qui a amené la voiture à la laverie a réclamé un forfait complet, comprenant le nettoyage de l'intérieur et un lustrage. Voici la facture.

Il se pencha pour déposer la photocopie sur la table basse. Le mari et la femme se penchèrent à leur tour pour y jeter un coup d'œil. Richter se pencha par-dessus le dossier du canapé pour regarder, lui aussi.

– L'un de vous se rappelle-t-il avoir porté la voiture à la laverie ?

– Nous ne lavons pas nos voitures, déclara Sam Kincaid. Et nous ne fréquentons pas les laveries publiques. Quand je veux faire laver une de mes voitures, je vais dans un de mes garages. Je n'ai pas besoin de payer pour...

– Je m'en souviens, dit sa femme en lui coupant la parole. C'est moi qui y suis allée. J'avais emmené Stacey voir un film au El Captain. Il y avait des travaux à l'endroit où je me suis garée ; ils refaisaient le toit de l'immeuble à côté du parking. Quand on est sorties du cinéma, la voiture était sale ; il y avait des taches de goudron dessus. Comme c'était une voiture blanche, on ne voyait que ça. J'ai demandé au gardien du parking de m'indiquer la station de lavage la plus proche.

Kincaid regardait sa femme comme si elle venait de roter en plein gala de charité.

– Donc, vous êtes allée faire laver la voiture à cet endroit, dit Bosch.

– Oui. Ça me revient maintenant.

Elle se tourna vers son mari avant de reporter son attention sur Bosch.

– La facture est datée du 12 juin, dit celui-ci. C'était combien de temps après la fin de l'année scolaire ?

– Le lendemain. Je me souviens qu'on était allées au cinéma pour fêter le début des vacances. Un déjeuner au restaurant et un film ensuite. C'était l'histoire de deux types qui n'arrivent pas à capturer une souris cachée dans leur maison. C'était drôle... La souris finissait par gagner.

Elle avait les yeux fixés sur ce souvenir, sur sa fille. Finalement, ils revinrent se poser sur Bosch.

– L'école était donc finie, reprit-il. Votre fille aurait-elle laissé ses livres de classe dans la Volvo ? Sur la plage arrière, par exemple ?

Kate Kincaid hocha lentement la tête

– Oui. Je me souviens de lui avoir demandé, au cours de l'été, de les sortir de la voiture. Ils n'arrêtaient pas de glisser pendant que je roulais. Elle ne l'a jamais fait. J'ai fini par m'en occuper moi-même pour les mettre dans sa chambre.

Bosch se pencha de nouveau vers la table basse pour y déposer la deuxième photocopie.

– Michael Harris travaillait au Hollywood Wax and Shine l'été dernier. Voici sa carte de pointage pour la semaine du 12 juin. Il a travaillé toute la journée le jour où vous avez fait laver votre Volvo.

Sam Kincaid se pencha lui aussi pour examiner la photocopie.

– Vous voulez dire que pendant tout ce temps on a... (Kincaid n'acheva pas sa phrase.) Vous voulez dire que ce type... Harris... a nettoyé l'intérieur de la Volvo et que c'est comme ça qu'il a touché le livre de ma belle-fille ? Il l'a déplacé ou je ne sais quoi et, ensuite, le livre s'est retrouvé dans sa chambre ? Et après sa disparition..

– La police a relevé les empreintes de Harris sur le livre, conclut Bosch. Oui, c'est ce que nous pensons.

– Pourquoi n'en a-t-on pas parlé lors du procès ? Pourquoi est-ce...

– Parce que d'autres indices désignaient Harris comme le meurtrier, répondit Edgar. La fillette... je veux dire Stacey, a été retrouvée à moins de deux cents mètres de chez lui. Les dés étaient jetés. Son avocat a choisi de s'en prendre à la police. Sa tactique consistait à discré diter les empreintes en discréditant les flics. Il n'a jamais cherché à établir la vérité.

– La police non plus, ajouta Bosch. Elle avait les empreintes, et le corps de Stacey avait été retrouvé dans le quartier de Harris : il était inutile de chercher plus loin. N'oubliez pas que cette affaire était chargée d'une lourde émotion, dès le départ. Quand ils ont découvert le corps, tout s'est accéléré. On est passé de la recherche d'une petite fille disparue à l'acharnement sur une victime précise. Entre les deux, nul ne s'est jamais préoccupé d'établir la vérité.

Sam Kincaid paraissait traumatisé.

– Pendant tout ce temps… dit-il. Vous imaginez la haine que j'ai accumulée envers cet homme ? Cette haine, ce mépris sans bornes, ce sont les seules véritables émotions que j'ai ressenties au cours de ces neuf derniers mois…

– Je comprends, monsieur, dit Bosch. Mais nous devons repartir de zéro. Nous devons recommencer l'enquête. C'est ce qu'avait entrepris Howard Elias. Nous avons des raisons de penser qu'il savait ce que je viens de vous apprendre. Il connaissait aussi l'identité du vrai meurtrier, ou du moins il avait de fortes présomptions. Nous pensons d'ailleurs que c'est ce qui lui a coûté la vie.

Sam Kincaid parut étonné.

– Mais ils ont dit à la télé que…

– La télé se trompe, monsieur Kincaid. Elle se trompe et nous avons raison.

Kincaid hocha la tête. Son regard glissa vers la baie vitrée et le smog.

– Qu'attendez-vous de nous ? s'enquit Kate Kincaid.

– Votre aide. Votre coopération. Je sais bien que nous vous prenons au dépourvu et nous ne voulons pas vous brusquer. Mais comme vous le savez si vous avez regardé la télé, le temps nous est compté.

– Vous avez notre entière coopération, déclara Sam Kincaid. D.C. ici présent fera tout pour vous venir en aide.

– Je pense que ce ne sera pas nécessaire. Nous avons juste quelques questions à vous poser et, demain, nous reviendrons pour reprendre l'enquête.

– Très bien. Que voulez-vous savoir ?

– Howard Elias a appris tout ce que je viens de vous dire grâce à une lettre anonyme envoyée par la poste. L'un de vous sait-il de qui pouvait venir cette lettre ? Autrement dit, qui savait que la Volvo avait été emmenée à la laverie, ce jour-là ?

La réponse se fit attendre un long moment.

– Uniquement moi, dit enfin Kate Kincaid. Je ne vois personne d'autre. Je ne me rappelle pas en avoir parlé à qui que ce soit. Je n'avais aucune raison de le faire.

– Est-ce vous qui avez envoyé cette lettre à Howard Elias ?

– Non, bien sûr que non ! Pourquoi aurais-je aidé Michael Harris ? Je croyais que c'était lui qui… qui m'avait pris ma fille. Mais vous venez m'annoncer qu'il est innocent et j'ai tendance à vous croire. Mais avant cela, jamais je n'aurais levé le petit doigt pour aider cet homme.

Bosch l'observa pendant qu'elle parlait. Le regard de Kate Kincaid quitta la table basse pour dériver vers la baie vitrée, avant de revenir sur ses mains serrées devant elle. Elle ne regardait pas son interlocuteur. Bosch avait passé presque toute sa vie d'adulte à déchiffrer les expressions et les gestes des personnes qu'il interrogeait. A cet instant, il sut avec certitude que c'était elle qui avait envoyé ce message anonyme à Elias. Mais il ne comprenait pas pourquoi. Levant les yeux vers Richter, il remarqua que celui-ci observait attentivement Kate Kincaid, lui aussi. Lisait-il la même chose sur le visage de cette femme ? Il décida d'enchaîner :

– La maison où le crime a été commis… la maison de Brentwood. A qui appartient-elle maintenant ?

– Elle est toujours à nous, dit Sam Kincaid. On ne sait pas trop ce qu'on veut en faire. D'un côté, on a envie de s'en débarrasser pour ne plus jamais y penser, mais en même temps… Stacey y a vécu, vous comprenez. Elle y a passé la moitié de sa vie…

– Je comprends. Ce que j'aimerais…

Le bipeur de Bosch se mit à sonner. Il l'éteignit et poursuivit :

– J'aimerais aller y jeter un coup d'œil ; j'aimerais examiner sa chambre. Demain, si possible. Nous aurons un mandat de perquisition. Je sais que vous êtes un homme très occupé, monsieur Kincaid. Peut-être que vous, madame Kincaid, vous pourriez me servir de guide. Me montrer la chambre de Stacey. Si ce n'est pas trop dur pour vous.

Kate Kincaid semblait redouter de devoir retourner dans la maison de Brentwood. Malgré tout, elle donna son accord en hochant la tête avec une fausse nonchalance.

– Je demanderai à D.C. de l'emmener en voiture, déclara Sam Kincaid. Vous aurez toute la maison pour vous. Et pas besoin de demander un mandat de perquisition. Vous avez notre permission. On n'a rien à cacher.

– Ce n'est pas du tout ce que je voulais dire, monsieur. Le mandat permettra d'éviter d'éventuels problèmes par la suite. C'est plus un moyen de nous protéger, nous. Si jamais on découvre dans la maison un élément nouveau qui nous conduit au véritable meurtrier, on ne veut pas que cette personne puisse contester les preuves sur le plan juridique.

– Je vois.

– Nous vous remercions de nous offrir l'aide de M. Richter, mais ce ne sera pas nécessaire. (Bosch se tourna vers Kate Kincaid.) Je préférerais que vous veniez seule, madame Kincaid. Quelle heure vous arrangerait ?

Pendant qu'elle réfléchissait, Bosch consulta son bipeur. Le numéro affiché correspondait à une des lignes de la brigade criminelle. Mais il était suivi du nombre 911, un code de Kiz Rider qui signifiait « rappeler immédiatement ».

– Euh, excusez-moi, dit Bosch. Cet appel semble important. Puis-je me servir de votre téléphone ? J'ai un portable dans la voiture, mais au milieu de ces collines, je ne suis pas sûr de...

– Bien sûr, dit Sam Kincaid. Allez donc dans mon bureau. Vous ressortez dans le hall et vous tournez à gauche. C'est la deuxième porte. Vous serez tranquille. On vous attend ici avec l'inspecteur Edwards.

Bosch se leva.

– Je m'appelle Edgar, dit Edgar.

– Pardon. Inspecteur Edgar.

Au moment où Bosch se dirigeait vers le hall, un autre bipeur sonna. C'était celui d'Edgar, cette fois. Sans doute Rider qui envoyait le même message, pensa Bosch. Edgar consulta son bipeur à son tour, puis leva les yeux vers les Kincaid.

– Je ferais mieux d'accompagner l'inspecteur Bosch.

– Ça a l'air rudement important, dit Sam Kincaid. Espérons que ce n'est pas une émeute.

– Oui, espérons, dit Edgar.


Le bureau de Kincaid aurait pu abriter toute la Criminelle de Hollywood. C'était une pièce immense et très haute, avec deux murs entièrement recouverts de rayonnages de livres, du sol au plafond. Au centre trônait une table de travail à côté de laquelle celle de Howard Elias aurait paru minuscule.

Bosch la contourna pour décrocher le téléphone. Edgar le rejoignit dans la pièce.

– Tu as un message de Kiz, toi aussi ? demanda Bosch.

– Ouais. Il se passe des trucs.

Bosch composa le numéro et attendit. Il remarqua sur le bureau un cadre doré renfermant une photo qui montrait Kincaid tenant sa belle-fille sur ses genoux. La fillette était très belle, en effet. Il repensa à la remarque de Frankie Sheehan disant qu'elle ressemblait à un ange, même dans la mort. Détournant le regard, il découvrit l'ordinateur posé sur une table à roulettes à droite du bureau. Un économiseur d'écran montrait différentes voitures qui passaient dans les deux sens. Edgar l'avait remarqué, lui aussi.

– Le « roi de l'auto », murmura-t-il. Le roi du smog, plutôt.

Rider décrocha avant même la fin de la première sonnerie.

– C'est Bosch.

– Harry, tu as déjà interrogé les Kincaid ?

– On est en plein dedans. Qu'est-ce que…

– Vous leur avez récité leurs droits ?

Bosch ne répondit pas immédiatement. Finalement, il baissa la voix pour demander :

– Leurs droits ? Non. Pourquoi, Kiz ?

– Laissez tomber et revenez vite au poste.

Bosch n'avait jamais entendu un tel ton de gravité dans la voix de Rider. Il regarda Edgar, qui se contenta de hausser les sourcils. Il ne comprenait pas.

– OK, Kiz. On arrive. Tu veux bien m'expliquer ce qui se passe ?

– Non. Il faut que je te montre. J'ai découvert Stacey Kincaid dans l'au-delà.

## 26

Bosch était incapable de définir l'expression qu'il découvrit sur le visage de Kizmin Rider quand Edgar et lui pénétrèrent dans le bureau des inspecteurs. Elle était assise à la table des homicides, son ordinateur portable ouvert devant elle ; la lueur de l'écran se reflétait légèrement sur son visage à la peau sombre. Elle paraissait à la fois horrifiée et débordante d'énergie. Bosch connaissait cette expression, mais il n'avait pas les mots pour la décrire. Apparemment, Rider avait vu une chose horrible, mais, en même temps, elle savait qu'elle allait pouvoir agir.

– Salut, Kiz, dit Bosch.

– Asseyez-vous. J'espère que vous n'avez pas laissé un cheveu dans la soupe chez les Kincaid.

Bosch tira sa chaise et s'assit. Edgar l'imita. L'expression utilisée par Rider signifiait commettre un faux pas qui entacherait l'enquête d'une violation des droits constitutionnels ou d'une erreur de procédure. Si un suspect réclamait un avocat, puis avouait son crime avant l'arrivée de l'avocat, il y avait « un cheveu dans la soupe ». Les aveux étaient entachés. De même, si un suspect n'était pas averti de ses droits avant d'être interrogé, il y avait peu de chances que ce qu'il allait dire puisse être utilisé contre lui devant un tribunal.

– Écoute, Kiz, dit Bosch, aucun des deux époux n'était suspect quand on a débarqué là-bas. On n'avait aucune raison de leur réciter leurs droits. On leur a juste annoncé qu'on rouvrait l'enquête et on leur a posé quelques questions banales. On n'a rien appris d'essentiel. On leur a dit que Harris avait été innocenté, c'est tout. Mais qu'as-tu découvert, bon sang ? Fais-nous voir de quoi il s'agit.

– OK. Approchez vos chaises. Je vais vous faire un cours.

Bosch et Edgar prirent place, chacun d'un côté. Jetant un coup d'œil à l'ordinateur, Bosch remarqua que la page Internet de Maîtresse Regina était affichée sur l'écran.

– Premièrement, l'un de vous deux connaît-il Lisa ou Stacey O'Connor, de la Répression des fraudes ?

Bosch et Edgar firent non de la tête.

– Elles ne sont pas sœurs, je le précise. Il se trouve qu'elles portent le même nom. Elles travaillent avec Sloane Inglert. Elle, vous la connaissez, je suppose ?

Cette fois, ils hochèrent la tête. Inglert appartenait à une nouvelle section de lutte contre la criminalité informatique basée à Parker Center. Cette équipe, et Inglert en particulier, avait occupé une grande place dans les médias au début de l'année, quand elle avait épinglé Brian Fielder, un pirate informatique de réputation internationale qui dirigeait une bande de hackers baptisés « les Joyeux Farceurs ». Les exploits de Fielder et la traque menée par Inglert à travers le réseau Internet avaient fait le bonheur de la presse pendant des semaines ; Hollywood avait décidé d'en faire un film.

– Bien, dit Rider. Ce sont des amies que j'ai connues à l'époque où je travaillais à la Répression des fraudes. Je les ai appelées. Elles étaient ravies de venir travailler sur cette histoire au lieu d'enfiler un uniforme et de patrouiller pendant toute la nuit.

– Elles sont venues ici ? demanda Bosch.

– Non, elles sont restées à Parker Center. C'est là que se trouvent les gros ordinateurs. Mais on s'est parlé au téléphone. Je leur ai fait un topo, je leur ai dit qu'on avait mis la main sur une adresse Internet qui semblait importante mais qui, pour nous, n'avait apparemment aucun sens. Je leur ai parlé de votre visite chez Maîtresse Regina et je crois que ça leur a filé les jetons. Bref, elles m'ont dit qu'il y avait de fortes chances pour que le truc qu'on cherche n'ait aucun rapport avec Regina elle-même, uniquement avec sa page Internet. Cette page a pu être piratée, m'ont-elles expliqué, et il fallait chercher un lien hypertexte caché quelque part dans l'image.

Bosch leva les deux mains, paumes ouvertes, mais avant qu'il puisse dire quoi que ce soit, Rider enchaîna :

– Je sais, je sais. « Parle anglais, Kiz. » J'y arrive. Je voulais juste vous faire avancer étape par étape. L'un de vous deux a-t-il quelques connaissances dans le domaine des sites Internet ? Est-ce qu'au moins vous comprenez de quoi je parle ?

– Pas du tout, dit Bosch.

– Nada, dit Edgar.

– Bon. Je vais essayer de rester simple. Commençons par Internet. C'est ce qu'on appelle les « autoroutes de l'information », d'accord ? Des milliers et des milliers de systèmes informatiques tous reliés par le même réseau. Dans le monde entier. Sur ces autoroutes, il y a des millions d'embranchements, différents endroits où aller. Ce sont des réseaux informatiques entiers, des sites et ainsi de suite.

Elle désigna l'image de Maîtresse Regina sur l'écran de son ordinateur.

– Ceci est une page personnelle qui se trouve sur un site où il y a un tas d'autres pages, reprit-elle. Elle est « hébergée », comme on dit, à l'intérieur d'un site Internet beaucoup plus vaste. Et ce site existe à l'intérieur d'une machine bien réelle, un ordinateur qu'on appelle « serveur » ou « provider ». Vous me suivez ?

Bosch et Edgar hochèrent la tête.

– Jusque-là, oui, dit Bosch. Je crois.

– Très bien. Le serveur peut héberger un tas de sites qu'il gère et entretient. Supposons que tu veuilles avoir une page Harry Bosch sur Internet, tu vas voir un serveur et tu lui dis : « Mettez ma page sur un de vos sites. Avez-vous un site consacré aux inspecteurs de police taciturnes qui gardent les informations pour eux ? »

Cette plaisanterie arracha un sourire à Bosch.

– C'est comme ça que ça fonctionne. Généralement, on trouve sur un même site des pages commerciales ou des rubriques regroupant des pôles d'intérêts communs. Voilà pourquoi, quand tu consultes un site comme celui-ci, tu tombes sur une sorte de Sodome et Gomorrhe sur Internet. Les annonceurs qui partagent les mêmes intérêts recherchent les mêmes sites.

– Compris, dit Bosch.

– L'unique chose que le serveur devrait offrir, c'est la sécurité. Je veux dire par là qu'il devrait empêcher un pirate de s'introduire sur ta page et de la modifier ou de la détruire complètement. Le problème, c'est qu'il n'y a pas beaucoup de sécurité sur tous ces serveurs. Et qu'à partir du moment où quelqu'un peut s'introduire à l'intérieur d'un serveur, il peut s'accaparer les fonctions de gestion du site et pirater n'importe quelle page.

– Qu'entends-tu par « pirater » ? demanda Edgar.

– Que des hackers peuvent aller sur une page du site et s'en servir comme d'un paravent pour leurs propres activités. Imagine que c'est l'écran de mon ordinateur. Ils peuvent se placer derrière l'image que tu vois et ajouter un tas de portes et de commandes cachées, tout ce qu'ils veulent. Ils peuvent se servir de cette page comme d'une entrée sur n'importe quoi.

– Et c'est ce qui s'est passé avec cette page ? demanda Bosch.

– Exactement. J'ai chargé O'Connor/O'Connor de lancer une recherche de provider. Concrètement, elles sont remontées jusqu'au serveur à partir de cette page. Elles l'ont examiné. Il y a bien quelques barrières – des portes de sécurité – mais les codes par défaut sont toujours valides. En fait, ils rendent inutiles les barrières de protection.

– Là, je suis largué, avoua Bosch.

– Quand on crée un serveur, il faut installer des codes par défaut pour pouvoir y entrer au départ. Des noms et des mots de passe de connexion standard, si tu préfères. Une fois que le serveur fonctionne, ces codes d'accès devraient être supprimés afin d'éviter les parasitages, mais très souvent on les oublie et ils se transforment en issues de secours qui permettent d'entrer en douce. C'est le cas ici. Lisa O'Connor est entrée en utilisant le code de l'administrateur du site. Et si elle y a réussi, n'importe quel pirate digne de ce nom a pu en faire autant et pirater la page de Maîtresse Regina. Et quelqu'un l'a fait.

– Il a fait quoi ? demanda Bosch.

– Il a introduit un lien hypertexte caché. Un bouton secret, en quelque sorte. Une fois localisé et actionné, il conduit l'utilisateur sur un site totalement différent

– En anglais, s'il te plaît, dit Edgar.

Rider chercha le moyen d'être plus claire.

– Bon. Imagine un grand immeuble, l'Empire State Building, par exemple. Tu te trouves à un étage. Celui de Maîtresse Regina. Tu découvres un bouton caché dans le mur. Tu appuies dessus et la porte d'un ascenseur que tu n'avais même pas vue s'ouvre devant toi. Tu montes dedans. L'ascenseur te conduit à un autre étage, les portes s'ouvrent, tu descends. Te voilà dans un endroit totalement nouveau. Mais tu n'aurais jamais pu y arriver si tu n'étais pas monté à l'étage de Maîtresse Regina pour commencer et si tu n'avais pas découvert par hasard le bouton caché.

– Ou si on ne m'avait pas dit où il était, précisa Bosch.

– Exactement, dit Rider. Les personnes averties savent où le trouver.

Bosch désigna l'ordinateur portable d'un mouvement de tête.

– Montre-nous.

– Souvenez-vous.. le premier message adressé à Elias était l'adresse de la page Internet et l'image de Regina. Le deuxième message disait « mettez les points sur les i humbert humbert ». L'auteur anonyme expliquait simplement à Elias comment utiliser la page Internet.

– Le « i » de Regina ? demanda Edgar. Il faut cliquer sur le point du « i » ?

– C'est ce que j'ai pensé, mais O'Connor/O'Connor m'ont expliqué qu'un bouton d'accès ne pouvait se cacher que derrière une image. Pour une question de redéfinition pixélisée qu'il n'est pas nécessaire de vous expliquer.

– Alors, tu as cliqué sur l'œil, dit Bosch en désignant son œil.

– Exact.

Elle se tourna vers son ordinateur portable, auquel elle avait connecté une souris. Elle déplaça celle-ci avec sa main droite et Bosch vit la flèche du curseur glisser vers l'œil gauche de Maîtresse Regina. Rider cliqua sur la souris et l'écran devint noir.

– OK. On est dans l'ascenseur.

Au bout de quelques secondes, un paysage de ciel bleu avec des nuages s'afficha sur l'écran. Puis de petits anges avec des ailes et des auréoles apparurent à leur tour, assis sur les nuages. S'afficha ensuite un cadre destiné à recevoir le mot de passe.

– Humbert humbert, dit Bosch.

– Tu vois bien que tu t'y connais, Harry ! Tu fais seulement semblant de ne rien comprendre !

Rider tapa le mot « humbert » dans les cases réservées au nom de l'utilisateur et au mot de passe. L'écran redevint noir. Quelques secondes plus tard, un message apparut

BIENVENUE SUR LA TOILE DE CHARLOTTE

Sous le message, une image de dessin animé se forma. Une araignée rampa au bas de la page et se mit à tisser sa toile sur l'écran en le traversant d'un bout à l'autre jusqu'à ce que la toile soit terminée. Alors, de minuscules photos de visages de petites filles apparurent au milieu de la toile, comme si elles y étaient prisonnières. Quand l'image de la toile et de ses captives eut atteint son aspect définitif, l'araignée prit position au sommet de sa toile.

– C'est ignoble, dit Edgar. J'ai un mauvais pressentiment.

– C'est un site pédophile, dit Rider. (Avec son ongle, elle tapota l'écran, sous une des photos au milieu de la toile.) Voici Stacey Kincaid. Vous cliquez sur la photo de votre choix et vous avez tout un éventail de photos et de vidéos. C'est vraiment, *vraiment* horrible. Pauvre petit ange. Il vaut mieux qu'elle soit morte.

Rider fit glisser le curseur sur la photo de la fillette blonde. L'image était trop petite pour que Bosch reconnaisse Stacey Kincaid. Il aurait voulu se contenter de croire Rider sur parole.

– Vous êtes prêts à regarder ? demanda-t-elle. Je ne peux pas charger des vidéos sur mon portable, mais les photos vous donneront une idée.

Elle n'attendait pas de réponse et elle n'en obtint pas. Elle cliqua avec la souris et un nouvel écran succéda au précédent. Une photo apparut. Une petite fille était nue devant une haie. Elle souriait, mais c'était un sourire forcé. On voyait qu'elle avait l'air perdue, égarée. Elle avait les mains sur les hanches. Cette fois, Bosch reconnut bien Stacey Kincaid. Il essaya de respirer, mais c'était comme si ses poumons faisaient un collapsus. Il croisa les bras. Rider fit défiler l'écran et une série de photos se succédèrent, montrant la fillette dans plusieurs poses, seule d'abord, puis avec un homme. De l'homme, on ne voyait que le torse nu, jamais son visage. Les dernières photos montraient la fillette et l'homme se livrant à divers actes sexuels. Puis venait la toute dernière photo. Elle montrait Stacey Kincaid vêtue d'une robe blanche ornée de petits drapeaux de sémaphore. Elle faisait coucou à l'objectif. Curieusement, cette photo était peut-être la plus horrible de toutes, alors que c'était la plus innocente.

– Continue ou reviens en arrière, je ne sais pas, mais fais-moi disparaître ça, dit Bosch.

Rider fit descendre le curseur sous la dernière photo, vers une petite case portant la mention RETOUR. Bosch trouvait ça tristement ironique : il fallait cliquer sur RETOUR pour sortir. Rider cliqua et l'écran afficha de nouveau la toile d'araignée. Bosch rapporta sa chaise à sa place et s'y laissa tomber. La fatigue et la déprime s'abattirent sur lui d'un coup. Il avait envie de rentrer chez lui, pour dormir et oublier tout ce qu'il savait.

– Les êtres humains sont les bêtes les plus dangereuses qui soient, dit Rider. Ils sont capables de tout infliger à leurs semblables. Dans le seul but d'assouvir leurs fantasmes.

Bosch se leva pour se diriger vers un des bureaux. C'était celui d'un inspecteur de la brigade des cambriolages nommé McGrath. Il ouvrit tous les tiroirs et fouilla frénétiquement à l'intérieur.

– Que cherches-tu, Harry ? demanda Rider.

– Une cigarette. Je croyais que Paul les rangeait dans son bureau.

– Oui, dans le temps. Je lui ai demandé de les emporter chez lui.

Bosch se tourna vers Rider, la main posée sur un des tiroirs.

– Tu lui as dit ça ?

– Je ne voulais pas que tu rechutes, Harry

Bosch referma le tiroir et regagna sa chaise.

– Merci mille fois, Kizmin. Tu m'as sauvé la vie.

Il n'y avait pas une once de reconnaissance dans le ton de sa voix.

– Tu y arriveras, Harry.

Il la foudroya du regard.

– Je parie que tu n'as jamais fumé une seule cigarette entière de toute ta vie et tu viens me parler de la difficulté d'arrêter ?

– Désolée. J'essaye seulement de t'aider

– Je t'ai dit merci.

Il se retourna vers l'ordinateur.

– A part ça ? A quoi penses-tu ? En quoi est-ce que ça implique Sam et Kate Kincaid, au point qu'on aurait dû leur lire leurs droits ?

– Ils étaient forcément au courant, répondit Rider, stupéfaite de voir que Bosch n'était pas frappé par l'évidence, comme elle. L'homme sur les photos, c'est forcément Kincaid !

– Oh là ! s'exclama Edgar. Comment peux-tu affirmer une chose pareille ? On ne voit même pas la tête du type. On vient de rendre visite à ce type, je peux te dire que sa femme et lui ne se sont pas encore remis de cette histoire...

Bosch comprit soudain. En découvrant les photos sur l'ordinateur, il avait cru qu'elles avaient été prises par le ravisseur de la fillette

– Tu penses que ces photos sont anciennes, dit-il en s'adressant à Rider. Que la fillette a été violée avant même d'être enlevée..

– Je te dis qu'il n'y a peut-être même pas eu d'enlèvement. Stacey Kincaid était victime de sévices sexuels

A mon avis, c'est certainement son beau-père qui l'a souillée et l'a tuée ensuite. Et ce genre de choses ne se produit pas sans l'accord tacite, pour ne pas dire l'approbation, de la mère.

Bosch garda le silence. Rider avait dit cela avec une telle ferveur, de la douleur même, qu'il ne put s'empêcher de se demander si elle s'inspirait d'une expérience personnelle.

– Écoutez, reprit celle-ci en devinant le scepticisme de ses équipiers. A une époque, j'ai eu envie d'entrer dans la brigade de protection de l'enfance. Avant de postuler à la Criminelle. Il y avait un poste à pourvoir dans l'équipe anti-pédophilie de Pacific et je pouvais l'avoir si je le souhaitais. Pour commencer, ils m'ont envoyée à Quantico pour suivre le programme de quinze jours organisé chaque année par le FBI sur les crimes sexuels visant les enfants. J'ai tenu huit jours. J'ai compris que je ne pourrais pas le supporter. Alors, je suis revenue et je suis entrée à la Criminelle..

Elle s'interrompit, mais Bosch et Edgar restèrent muets. Ils savaient que ce n'était pas terminé.

– Mais avant de laisser tomber, reprit Rider, j'en ai appris suffisamment pour savoir que la plupart des sévices sexuels infligés aux enfants sont commis dans le cadre familial, par des parents ou des amis proches. Les affreux croque-mitaines qui entrent par la fenêtre la nuit sont très rares.

– Rien ne prouve que ce soit le cas dans cette affaire, Kiz, fit remarquer Bosch d'un ton calme. Il peut s'agir d'une de ces rares exceptions, justement. Ce n'est pas Harris qui est entré par la fenêtre, mais ce type, là.

Il désigna l'ordinateur, où les images de l'homme sans tête martyrisant Stacey Kincaid avaient heureusement disparu de l'écran.

– Personne n'est entré par la fenêtre, déclara Rider.

Elle ouvrit une chemise qui se trouvait sur son bureau

Bosch constata que celle-ci renfermait un double du rapport de l'autopsie pratiquée sur Stacey Kincaid. Elle le feuilleta jusqu'à ce qu'elle arrive aux photos, choisit celle qui l'intéressait et la tendit à Bosch. Pendant qu'il l'examinait, elle parcourut le rapport.

La photo que tenait Bosch montrait le corps de Stacey Kincaid *in situ*, c'est-à-dire dans la position et à l'endroit où on l'avait découvert. Elle avait les bras écartés. Sheehan avait raison. Le corps commençait à noircir sous l'effet de la décomposition interne et le visage était décharné, mais Stacey avait malgré tout quelque chose d'angélique dans le repos éternel. Il souffrit de voir cette enfant torturée, puis assassinée.

– Regarde son genou gauche, reprit Rider.

Il s'exécuta. Il remarqua une tache sombre de forme ronde qui ressemblait à une croûte.

– Une croûte ?

– Exact. D'après l'autopsie, elle est antérieure à la mort de cinq ou six jours. Stacey s'est donc blessée avant d'être kidnappée. Elle avait cette croûte au genou durant tout le temps où elle était avec son ravisseur, en supposant qu'il existe vraiment. Or, sur les photos du site Internet, elle n'a pas de croûte. Je peux y retourner pour te faire voir, si tu veux.

– Non, je te crois sur parole, dit Bosch.

– Oui, oui, moi aussi, ajouta Edgar.

– Autrement dit, les photos du Web ont été prises bien avant ce supposé kidnapping, bien avant que Stacey soit assassinée.

Bosch hocha, puis secoua la tête.

– Quoi ? demanda Rider.

– C'est juste que... je ne sais pas. Il y a vingt-quatre heures, on travaillait sur l'affaire Elias, on se disait que, peut-être, on cherchait un flic. Et maintenant, voilà que tout à coup...

– Ça change un tas de choses, en effet, dit Edgar.

– Attendez un peu, dit Bosch. Si c'est réellement Sam Kincaid qu'on voit sur ces photos avec la fillette, pourquoi sont-elles encore sur le site ? Il ne prendrait pas un tel risque ! Ça n'a pas de sens.

– Je me suis posé la question, dit Rider. Il y a deux explications possibles. La première, c'est qu'il n'a pas accès au site. En d'autres termes, il ne peut pas retirer ses photos sans contacter le gérant du site, au risque d'éveiller les soupçons et de se griller. La deuxième explication, mais ça peut être aussi un mélange des deux, c'est qu'il se sentait en sécurité. Harris avait été désigné comme coupable et, qu'il soit condamné ou pas, l'enquête était close.

– C'est quand même risqué de laisser ces photos comme ça, au vu de tous, dit Edgar.

– Qui va les voir, hein ? lui répliqua Rider. Et qui va le dénoncer ?

Sa voix était trop agressive. Elle s'en aperçut, visiblement, car elle changea de ton.

– Vous ne comprenez donc pas ? s'écria-t-elle. Les gens qui ont accès à ce site sont des pédophiles ! Même si quelqu'un reconnaissait Stacey, ce qui est peu probable, que ferait-il ? Il appellerait la police en disant : « Oui, d'accord, j'aime baiser avec des enfants, mais je ne supporte pas qu'on les tue. Soyez gentils de faire disparaître ces photos de notre site » ? Jamais de la vie ! Si ça se trouve, le fait de laisser les photos est une sorte de bravade. On ne sait pas sur quoi on est tombés. Peut-être que toutes ces gamines sur le site sont mortes.

Sa voix redevenait de plus en plus tendue, tandis qu'elle s'efforçait de les convaincre.

– OK, OK, dit Bosch. Ton raisonnement se tient, Kiz. Mais tenons-nous-en à notre enquête pour le moment. Quelle est ta théorie ? Tu penses qu'Elias est remonté jusque-là, lui aussi, et qu'il en est mort ?

– Absolument. On en est sûrs. La quatrième lettre :

« il sait que vous savez ». Elias s'est rendu sur le site secret et s'est fait repérer.

– Comment peuvent-ils savoir qu'il est allé sur le site s'il a utilisé les codes donnés dans la troisième lettre ? demanda Edgar.

– Bonne question, dit Rider. Je l'ai posée aux O'Connor. Elles ont fouillé un peu partout après être entrées sur le serveur et ont découvert une boîte à cookies sur le site. Ça veut dire qu'il est muni d'un programme qui capture des informations sur chaque utilisateur qui visite le site. Le programme analyse ensuite les informations pour savoir si une personne indésirable est venue sur le site. Même si la personne possède le code d'accès, son entrée est enregistrée et elle laisse derrière elle une donnée appelée « adresse IP ». C'est comme des empreintes digitales. Le IP, le « cookie » comme on dit, reste sur le site qu'on a visité. Le programme analyse ensuite l'adresse IP et la compare avec une liste d'utilisateurs répertoriés. S'il ne reconnaît pas l'utilisateur, il déclenche l'alerte. Le gérant du site peut alors retrouver la trace de l'intrus. Ou bien il peut installer un programme piège qui guette la prochaine visite de l'intrus. A ce moment-là, le programme lui colle une sorte de mouchard qui fournira au gérant l'adresse e-mail de l'intrus. A partir de ce moment-là, celui-ci est grillé. On peut l'identifier facilement. Si ça semble être un flic, on arrête l'ascenseur – la page qu'on a piratée et qui sert d'entrée secrète – et on va squatter une autre page. Mais dans ce cas précis, ce n'était pas un flic. C'était un avocat.

– Et ils n'ont pas fermé le site, dit Bosch. Ils ont envoyé quelqu'un pour tuer l'intrus.

– Voilà.

– Tu penses donc que c'est ce qu'a fait Elias ? demanda Bosch. Il a reçu les messages anonymes par courrier et a suivi les indices. Il est tombé sur ce site caché et a déclenché une alarme sans le savoir. Et ils l'ont tué.

– Oui, c'est comme ça que j'interprète les éléments dont on dispose à ce stade, particulièrement à la lumière de la quatrième lettre, « il sait que vous savez ».

Bosch secoua la tête, perplexe face à sa propre extrapolation des faits.

– Je ne comprends toujours pas. Qui sont ces gens dont on parle ? Ceux que je viens d'accuser de meurtre ?

– Le groupe. Les utilisateurs du site. Le gérant du site – qui pourrait être Kincaid lui-même – a découvert l'intrus. Il a compris qu'il s'agissait d'Elias et a envoyé quelqu'un pour régler le problème afin de ne pas être démasqué. Qu'il ait consulté ou non les autres membres du groupe avant ne change rien. Ils sont tous coupables, car ce site est une entreprise criminelle.

Bosch leva la main pour l'interrompre.

– Attends un peu. Laissons le procureur s'occuper de tous les utilisateurs de ce site. Concentrons-nous sur le meurtrier et sur Kincaid. On part de l'hypothèse qu'il était mêlé à cette affaire, que quelqu'un l'a découvert d'une manière ou d'une autre et qu'il a choisi de prévenir Elias plutôt que les flics. Ça te semble tenir debout ?

– Évidemment. Simplement, on ne connaît pas encore tous les détails. Mais les lettres parlent d'elles-mêmes. Elles indiquent clairement que quelqu'un a renseigné Elias sur l'existence du site et lui a signalé ensuite qu'il était repéré.

Bosch acquiesça d'un signe de tête et réfléchit un instant.

– Mais j'y pense… S'il a déclenché un système d'alarme, on a sûrement fait la même chose ?

– Non. Grâce aux O'Connor. Une fois à l'intérieur du serveur, elles ont ajouté mon IP et le leur à la liste des bons utilisateurs du site. On n'a pas déclenché l'alarme. Les opérateurs et les utilisateurs du site ne sauront pas que nous sommes venus visiter le site, sauf s'ils consultent la liste et s'aperçoivent qu'elle a été modifiée. Mais je pense que ça nous laisse le temps de faire ce qu'on a à faire.

Bosch avait envie de demander si les opérations effectuées par les O'Connor étaient bien légales, mais il jugea préférable de ne pas savoir.

– Qui a envoyé ces messages à Elias ? demanda-t-il à la place.

– L'épouse, répondit Edgar. A mon avis, elle a été prise de remords et a voulu aider Elias à se payer le « roi de l'auto » en lui envoyant ces lettres anonymes.

– Ça colle, dit Rider. La personne qui a écrit ces messages connaissait deux choses : le site Internet de Charlotte et les factures de la laverie de voitures. Trois choses même : elle savait aussi qu'Elias avait déclenché une alarme en allant sur le site. Voilà pourquoi je vote pour la femme, moi aussi. Comment était-elle aujourd'hui ?

Bosch passa les dix minutes suivantes à lui résumer leurs activités de la journée.

– Harry te raconte uniquement ce qui concerne l'enquête, ajouta Edgar. Il ne t'a pas dit qu'on avait canardé la vitre arrière de la bagnole.

– Hein ?

Edgar raconta toute l'histoire à Rider, qui parut subjuguée.

– On a retrouvé le tireur ?

– Pas que je sache. Mais on n'a pas attendu.

– Je ne me suis jamais fait tirer dessus, dit Rider. Ça doit faire de sacrées sensations.

– Pas très agréables, dit Bosch. J'ai encore quelques petites questions concernant cette histoire d'Internet.

– Lesquelles ? Si je ne peux pas y répondre, les O'Connor le pourront sûrement.

– Ce ne sont pas des questions techniques, mais des questions de logique. Je ne comprends toujours pas comment on peut encore avoir accès à ces photos. Je sais que tu m'as expliqué que les utilisateurs étaient des pédophiles et qu'ils se sentaient à l'abri, mais quand même… maintenant qu'Elias est mort… S'ils l'ont tué, pourquoi est-ce qu'ils n'essayent pas au moins de trouver un autre… portail ?

– Peut-être qu'ils essayent. Elias est mort depuis moins de quarante-huit heures.

– Et Kincaid ? On vient de lui annoncer qu'on allait rouvrir l'enquête. Qu'il risque d'être démasqué ou pas, il me semble qu'il aurait dû se jeter sur son ordinateur aussitôt après notre départ et contacter le gérant du site ou essayer de supprimer lui-même ce site et toutes les photos qu'il contient.

– Là encore, c'est peut-être en cours. De toute façon, c'est trop tard. Les O'Connor ont tout chargé sur un disque Zip. Même s'ils détruisent le site, on aura toujours les preuves. On pourra retrouver les adresses IP et faire tomber toutes ces personnes, si on peut appeler ça des personnes.

Une fois de plus, la fureur contenue dans la voix de Rider poussa Bosch à se demander si ce qu'elle avait découvert sur ce site Internet n'avait pas touché un point extrêmement sensible tout au fond d'elle.

– Bon, alors, que fait-on maintenant ? demanda-t-il. On réclame des mandats de perquisition ?

– Oui, dit Rider. Et on embarque les Kincaid. Et merde à leur grande baraque sur la colline. On a déjà de quoi les interroger pour sévices à enfant. On les sépare et on les cuisine l'un après l'autre. On pousse l'épouse à faire des aveux. On l'incite à nous livrer son mari, ce salopard.

– Tu parles d'une famille très puissante avec des relations politiques, je te signale.

– Ne me dis pas que tu as peur du « roi de l'auto » ?

Bosch l'observa pour vérifier qu'elle plaisantait.

– J'ai surtout peur d'aller trop vite et de tout faire

335

foirer. Nous n'avons rien qui établisse un lien entre ces gens et Stacey Kincaid ou Howard Elias. Si on fait venir l'épouse et qu'on ne réussit pas à la retourner, le « roi de l'auto » nous file entre les pattes. Voilà de quoi j'ai peur, pigé ?

Rider hocha la tête.

– Elle crève d'envie de cracher le morceau, dit Edgar. Sinon, pourquoi aurait-elle envoyé ces lettres à Elias ?

Les coudes appuyés sur le bureau, Bosch se frotta le visage des deux mains en réfléchissant. Il devait prendre une décision.

– Et pour la Toile de Charlotte ? demanda-t-il sans décoller les paumes de son visage. Qu'est-ce qu'on fait ?

– On refile ça à Inglert et aux O'Connor, dit Rider. Elles vont se jeter dessus. Comme je vous l'ai expliqué, elles vont pouvoir remonter jusqu'aux utilisateurs à partir de la liste. Elles vont les identifier et les faire plonger. On peut s'attendre à de nombreuses arrestations et au démantèlement de tout un réseau pédophile… pour commencer. Le procureur cherchera peut-être à établir un lien avec les meurtres.

– Il y a sans doute des ramifications dans tout le pays, souligna Edgar. Pas uniquement à L. A.

– Dans le monde entier, tu veux dire. Mais peu importe. Nos services travailleront en liaison avec le FBI.

Un nouveau silence s'installa ; Bosch laissa finalement retomber ses mains sur le bureau. Il avait pris sa décision.

– Très bien. Vous deux, vous restez ici pour vous occuper des mandats. Je veux qu'ils soient prêts ce soir, au cas où on déciderait de passer à l'action. On veut tout, les armes, le matériel informatique… vous savez ce qu'il faut faire. Je veux des mandats de perquisition pour les deux maisons : l'ancienne, qui leur appartient toujours, et la nouvelle.. ainsi que pour tous les véhicules et le bureau de Kincaid. Jerry, regarde ce que tu peux trouver sur le type de la sécurité.

– D.C. Richter ? OK. Mais qu'est-ce…

– Pendant que tu y es, réclame aussi un mandat pour sa bagnole.

– A quel motif ? demanda Rider.

Bosch réfléchit. Il savait ce qu'il cherchait, mais il avait besoin d'un moyen légal pour l'obtenir.

– Dis simplement qu'en tant que chef de la sécurité de Kincaid, on pense que son véhicule a pu servir à commettre des crimes liés à Stacey Kincaid.

– C'est pas un motif légal, Harry.

– On collera le mandat avec les autres. Peut-être que le juge ne sera pas trop regardant après avoir lu de quoi il est question. D'ailleurs, consultez la liste des juges et choisissez une femme.

Rider sourit.

– C'est que nous sommes rusés, nous autres, dit-elle d'un ton ironique.

– Et toi, que vas-tu faire ? demanda Edgar.

– Je vais aller voir Irving et Lindell ; je vais leur raconter ce qu'on sait et voir comment ils veulent jouer le coup.

Se tournant vers Rider, il lut la déception sur son visage.

– Ça ne te ressemble pas, Harry, dit-elle. Tu sais très bien que si tu vas voir Irving, il choisira la voie de la prudence. Il ne nous laissera pas agir à notre guise tant qu'on n'aura pas éliminé toutes les autres possibilités.

Bosch hocha la tête.

– En temps normal, tu aurais raison. Mais nous ne sommes pas en temps normal. Il veut éviter que la ville ne s'enflamme. La solution, c'est peut-être de suivre cette piste, et vite. Irving est suffisamment intelligent pour le comprendre.

– Tu as trop confiance dans la nature humaine

– De quoi parles-tu ?

– La meilleure façon de faire retomber la tension, c'est d'arrêter un flic. Irving a déjà coincé Sheehan. Il n'aura pas envie d'écouter ton histoire, Harry.

– Tu crois que si tu arrêtes le « roi de l'auto » en disant qu'il a buté Elias, tout le monde te croira et rentrera gentiment à la maison ? ajouta Edgar. Tu ne comprends pas. Il y a des gens, au-dehors, qui ont absolument besoin que le coupable soit un flic, et ils refuseront d'entendre autre chose. Irving est suffisamment intelligent pour comprendre ça également.

Bosch pensa à Sheehan enfermé dans une pièce au Parker Center. Il serait l'agneau sacrificiel de la police.

– Occupez-vous des mandats, dit-il. Je m'occupe du reste.

# 27

Bosch regardait par la fenêtre les manifestants massés sur les trottoirs devant Parker Center et dans Los Angeles Street. Ils avançaient en ordre en brandissant des pancartes qui réclamaient JUSTICE IMMÉDIATE d'un côté et JUSTICE POUR HOWARD ELIAS de l'autre. La multiplication de toutes ces pancartes identiques attestait le soin avec lequel cette manifestation avait été organisée à l'intention des médias. Bosch aperçut le révérend Preston Tuggins en tête du cortège. Des journalistes marchaient à sa hauteur pour lui coller des micros sous le nez et lui braquer des caméras sur le visage. Bosch ne vit aucune pancarte faisant allusion à Catalina Perez.

– Inspecteur Bosch, dit le chef adjoint Irving dans son dos, vous nous avez fait part de toutes les informations que vous avez récoltées. Très bien. Dites-nous maintenant comment vous les reliez entre elles et les conclusions qu'il faut en tirer, à votre avis.

Bosch se retourna. Il regarda Irving, puis Lindell. Ils étaient réunis dans le bureau d'Irving. Le chef adjoint était installé derrière son bureau, droit comme un « i » dans son uniforme, signe qu'il allait participer à une conférence de presse un peu plus tard. Lindell était assis dans un des fauteuils, en face du bureau. Bosch venait de les informer des découvertes faites par Rider et des mesures prises par son équipe. Irving voulait maintenant connaître son interprétation des faits.

Bosch rassembla ses pensées pendant qu'il revenait vers le bureau pour s'asseoir à côté de Lindell.

– Je pense que Sam Kincaid a assassiné sa belle-fille, ou qu'il est lié à ce meurtre. Il n'y a jamais eu d'enlèvement. C'est une histoire qu'il a inventée. Et il a bénéficié d'un coup de chance quand on a découvert que les empreintes accusaient Harris. A partir de ce moment-là, il savait qu'il était tiré d'affaire.

– Commencez par le commencement, je vous prie

– Entendu. Commençons par dire que Kincaid est pédophile. Il a épousé Kate il y a six ans, sans doute pour sauver les apparences. Et pour s'approcher de sa fille. Le corps de la fillette était dans un état de décomposition trop avancé pour que le légiste puisse déterminer si elle subissait des violences sexuelles depuis longtemps. Mais je suis sûr que oui. Et au...

La mère était au courant ?

– Je ne sais pas. Elle a dû découvrir la vérité à un moment ou un autre, mais quant à savoir quand... c'est la question.

– Continuez. Pardon de vous avoir interrompu.

– Il s'est passé quelque chose l'été dernier. Peut-être que la fillette a menacé de tout révéler à quelqu'un ; à sa mère si celle-ci n'était pas déjà au courant ou bien à la police. Ou peut-être encore Kincaid a-t-il fini par se lasser d'elle, tout simplement. Les pédophiles s'intéressent à une classe d'âge très précise. Ils ne fantasment pas sur des enfants plus âgés que leur groupe de prédilection. Stacey Kincaid allait avoir douze ans. Peut-être devenait-elle trop âgée pour... les goûts de son beau-père. Sans plus aucune utilité pour lui, elle n'était plus qu'une source de dangers ..

– Cette conversation me donne la nausée, inspecteur. Nous parlons d'une gamine de onze ans !

– Que voulez-vous que j'y fasse, chef ? Moi aussi, ça me file la nausée. Et moi, j'ai vu les photos.

340

– Continuez, je vous prie.

– Quelque chose s'est passé et il l'a tuée. Il a caché le corps et forcé la fenêtre de la chambre. Après, il a laissé les événements suivre leur cours. Le matin suivant, la mère découvre la disparition de sa fille et alerte la police. L'histoire de l'enlèvement commence à prendre forme.

– C'est alors que la chance lui sourit, dit Lindell.

– Exact. Un vrai coup de pot. Parmi toutes les empreintes digitales prélevées dans la chambre de la fillette et le reste de la maison, l'ordinateur crache le nom de Michael Harris, un individu louche et méprisable qui a déjà fait de la prison. A partir de ce moment-là, les gars du RHD se lancent sur sa piste avec des œillères. Ils ont tout laissé tomber pour se concentrer uniquement sur lui. Ils l'ont arrêté et se sont acharnés sur lui. Mais il s'est passé un truc bizarre en cours de route. Harris n'a jamais avoué et il n'y avait aucun autre indice pour accompagner les empreintes. Entre-temps, il y a eu des fuites et la presse a appris que la police détenait un suspect nommé Harris. Kincaid a découvert, je ne sais pas comment, où vivait Harris, peut-être par l'intermédiaire d'un policier charitable qui voulait simplement tenir informés les pauvres parents de la victime. Quoi qu'il en soit, il a su où habitait Harris. Il est retourné à l'endroit où il avait caché le corps et l'a déplacé. Selon moi, le corps était resté dans le coffre d'une voiture pendant tout ce temps. Sans doute sur le parking d'un de ses garages. Bref, il est allé dans le quartier de Harris et a déposé le corps dans un terrain vague, tout près du domicile du suspect. Quand on l'a découvert, le lendemain matin, la police possédait désormais une autre preuve, en plus des empreintes. Mais Harris n'était rien d'autre qu'un bouc émissaire.

– Il avait laissé ses empreintes sur ıe lıvre de la fillette en lavant la voiture de Mme Kincaid, dit Irving.

– Exact.

– Et Elias dans tout ça ? demanda Lindell. Pourquoi a-t-il été tué ?

– Je pense que c'est Mme Kincaid la responsable. Involontairement. Après avoir enterré sa fille, je crois qu'elle a commencé à voir des fantômes. Elle se sentait coupable et a peut-être tenté de se racheter. Elle savait ce dont était capable son mari, peut-être même l'avait-il menacée ouvertement, alors elle a essayé d'agir en douce. Elle a commencé à envoyer des lettres anonymes à Elias pour l'aider dans son enquête. Ça a marché. Elias a réussi à accéder au site Internet secret, la Toile de Charlotte. En découvrant les photos de la fillette, il a deviné l'identité du véritable meurtrier. Il avançait prudemment. Mais il avait l'intention de citer Kincaid à comparaître et de le dénoncer publiquement devant le tribunal. Malheureusement, il a commis l'erreur de montrer son jeu. Il a laissé des traces sur le site Internet. Kincaid ou les opérateurs du site ont compris qu'ils avaient été découverts.

– Et ils ont envoyé un tueur, dit Lindell.

– Je doute qu'il s'agisse de Kincaid lui-même. J'opterais plutôt pour une personne à son service. Il emploie une sorte de garde du corps. On se renseigne à son sujet.

Les trois hommes restèrent muets un instant. Finalement, Irving fit claquer ses mains sur son bureau. Il n'y avait absolument rien sur la surface en bois verni.

– Il faut relâcher Sheehan, dit Bosch. Ce n'est pas lui.

– Ne vous inquiétez pas pour Sheehan, dit Irving. S'il n'a rien à se reprocher, il rentrera chez lui. Je veux savoir comment on va s'y prendre avec Kincaid. Tout cela semble tellement...

Bosch ignora cette marque d'hésitation.

– On fera ce qu'il faut, déclara-t-il. Nous avons réclamé des mandats de perquisition. J'ai rendez-vous avec Mme Kincaid demain matin, dans leur ancienne maison. Je vais lui parler, essayer de lui soutirer des aveux. Elle me paraît fragile, sur le point de craquer. Quoi qu'il arrive, on utilisera les mandats. On fera appel à des renforts pour fouiller tous les endroits en même temps : les deux maisons, les voitures, les bureaux. On verra bien ce qu'il en ressort. Il faudra également éplucher les dossiers de ses diverses concessions pour savoir quelles voitures Kincaid utilisait en juillet. Et Richter.

– Richter ?

– Son garde du corps.

Irving se leva et gagna la fenêtre à son tour.

– Vous parlez d'un homme appartenant à une famille qui a participé à la construction de cette ville, dit-il. Le propre fils de Jackson Kincaid.

– Je sais, répondit Bosch. Ce type vient d'une famille riche et puissante. Il s'estime même propriétaire du smog. Il le contemple comme si c'était une réussite familiale. Mais ça ne compte pas, chef. Pas après ce qu'il a fait.

Irving baissa les yeux ; Bosch savait qu'il regardait passer les manifestants dans la rue.

– Tous les habitants de la ville…

Il n'acheva pas sa phrase. C'était inutile. Bosch savait aussi ce qu'il pensait. Ces gens qui défilaient sur les trottoirs attendaient qu'une inculpation soit prononcée… contre un flic.

– Où en sommes-nous avec l'inspecteur Sheehan ? demanda Irving.

Lindell consulta sa montre

– Ça va faire six heures qu'on l'interroge. Quand je suis parti, il n'avait toujours pas prononcé une seule parole qui permette de l'accuser du meurtre de Howard Elias.

– Il avait menacé de tuer la victime de la manière exacte dont elle a été tuée.

– C'était il y a longtemps. En outre, ces menaces ont été formulées en public, devant témoins. Par expérience.

343

je sais que les personnes qui lancent ce genre de menaces ne les mettent jamais à exécution. La plupart du temps, c'est juste une façon d'évacuer la pression.

Irving hocha la tête sans détourner le regard de la fenêtre.

– Et au niveau balistique ? demanda-t-il.

– Rien pour l'instant. L'autopsie du corps d'Elias devait débuter cet après-midi. J'ai envoyé l'inspecteur Chastain sur place. Dès qu'ils auront extrait les balles, il les portera à vos spécialistes. Ce serait trop long de les envoyer au centre du FBI à Washington. Mais n'oubliez pas que Sheehan nous a spontanément remis son arme. « Allez-y, comparez les empreintes balistiques », a-t-il dit. Il possède un 9 mm, en effet, mais je pense qu'il ne nous l'aurait pas remis si facilement si les balles provenaient réellement de son arme.

– Et à son domicile ?

– On a tout fouillé, du sol au plafond. Avec son autorisation, là encore. Rien. Pas d'autre arme, pas de messages de haine visant Elias, rien.

– Il a un alibi ?

– C'est là que le bât blesse. Il était seul chez lui vendredi soir.

– Et sa femme ? demanda Bosch.

– Son épouse et ses enfants étaient à Bakersfield, dit Lindell. Apparemment, ils y sont même depuis un moment.

Ça faisait une surprise concernant Sheehan. Bosch se demanda pourquoi son ancien équipier ne lui avait rien dit quand il lui avait parlé de sa famille.

Comme Irving restait muet, Lindell enchaîna .

– Pour résumer, on peut encore le garder et attendre de recevoir le rapport d'analyse balistique demain pour le disculper. Mais on peut aussi suivre l'avis de Harry et le relâcher sur-le-champ. Mais si on le garde toute la nuit, ça ne fera que renforcer l'impatience de l'opinion publique…

– Et si on le libère sans explications, on risque de déclencher une émeute, dit Irving.

Il continuait de regarder par la fenêtre, l'air sombre. Cette fois, Lindell attendit.

– Libérons-le à 18 heures, déclara finalement Irving. Au point presse de 17 heures, j'annoncerai qu'on le libère dans l'attente d'un complément d'enquête. J'entends déjà hurler Preston Tuggins et ses ouailles.

– Ça ne suffit pas, chef, dit Bosch. Vous devez annoncer qu'il est innocent. « Dans l'attente d'un complément d'enquête » : c'est comme si vous annonciez qu'il est coupable, mais qu'on n'a pas encore assez de preuves pour l'inculper.

Irving se détourna de la fenêtre pour regarder Bosch.

– Je vous interdis de me dire ce que je dois faire, inspecteur. Faites votre travail, je ferai le mien. En parlant de ça… la conférence de presse a lieu dans une heure. Je veux que vos deux équipiers soient présents. Je ne tiens pas à débarquer dans la salle avec une rangée de visages pâles derrière moi pour annoncer qu'on libère un flic blanc en attendant un complément d'enquête. Cette fois, je veux qu'ils soient présents tous les deux. Je n'accepterai aucune excuse.

– Ils seront là.

– Très bien. Voyons maintenant ce que nous allons dire aux journalistes.

La conférence de presse fut brève. Cette fois, le chef de la police ne montra pas le bout de son nez ; il incomba à Irving d'expliquer que l'enquête se poursuivait et qu'on élargissait son champ d'action. Il indiqua également que l'officier de police qui avait été interrogé pendant plusieurs heures allait être libéré. Cette dernière information déclencha immédiatement un feu de questions de la part des journalistes. Irving leva les mains en l'air, comme s'il espérait ainsi maîtriser la meute. Peine perdue.

– Cette conférence de presse ne dégénérera pas en foire d'empoigne ! aboya-t-il. Je vais répondre à quelques questions, et c'est tout. Nous avons une enquête sur le feu. Et nous…

– Qu'entendez-vous par « libérer », chef ? lança Harvey Button. Voulez-vous dire que ce policier a été innocenté ou simplement que vous manquez de preuves pour le garder ?

Irving observa Button avant de lui répondre.

– Je dis simplement que l'enquête s'oriente maintenant dans une autre direction.

– Autrement dit, l'inspecteur Sheehan a été disculpé, c'est ça ?

– Je me refuse à citer des noms.

– Allons, chef, nous savons tous de qui il s'agit. Pourquoi ne répondez-vous pas à la question ?

Bosch trouvait qu'il y avait quelque chose d'amusant et d'assez cynique dans cet échange : Lindell l'avait en effet convaincu que c'était Irving qui avait révélé le nom de Frankie Sheehan à la presse. Et maintenant, c'était le chef adjoint qui jouait les offusqués en l'entendant prononcer en public.

– Je dis simplement que l'officier de police que nous avons interrogé a apporté des réponses satisfaisantes à nos questions à ce stade. Il va pouvoir rentrer chez lui et c'est tout ce que…

– Dans quelle nouvelle direction va se diriger l'enquête ? demanda un autre journaliste.

– Je ne peux pas entrer dans les détails, répondit Irving. Sachez simplement que nous ne négligeons aucune piste.

– Peut-on poser des questions à l'agent du FBI ?

Irving se tourna brièvement vers Lindell, qui se tenait au fond de l'estrade, à côté de Bosch, Edgar et Rider. Il revint ensuite sur la meute de projecteurs, de caméras et de journalistes.

– Le FBI et le LAPD ont décidé qu'il était préférable de faire transiter toutes les informations par nos services. Si vous avez des questions, c'est à moi que vous devez les poser.

– D'autres policiers sont-ils interrogés en ce moment même ? demanda Button.

Irving dut réfléchir à nouveau pour être sûr de ne pas commettre d'impair.

– Oui, d'autres policiers sont entendus dans le cadre d'une enquête de routine. A ce stade, aucun officier de police ne peut être catalogué comme suspect.

– Vous affirmez donc que Sheehan n'est pas suspect.

Button l'avait coincé, Irving le savait. Il s'était lui-même poussé dans le piège de la logique. Il choisit la méthode la plus simple, à défaut d'être la plus honnête, pour se tirer de ce mauvais pas :

– Pas de commentaire.

– Allons, chef ! s'exclama Button par-dessus le brouhaha de ses collègues. Les meurtres remontent à presque quarante-huit heures. Êtes-vous en train de nous dire que vous n'avez aucun suspect sérieux ?

– Je me refuse à évoquer devant vous le nombre et l'identité des éventuels suspects. Question suivante.

Irving s'empressa de désigner un autre journaliste afin de voler la parole à Button. Les questions se succédèrent pendant encore dix minutes. A un moment donné, Bosch se tourna vers Rider. Celle-ci lui lança un regard qui semblait dire : « Qu'est-ce qu'on fout ici ? » La réponse muette de Bosch pouvait s'interpréter ainsi : « On perd notre temps. »

Une fois la conférence de presse enfin terminée, Bosch rejoignit Edgar et Rider sur l'estrade. Ils étaient arrivés du poste de Hollywood juste au moment où débutait la conférence de presse et il n'avait pas eu le temps de leur parler.

– Alors, on en est où pour les mandats ? demanda-t-il.

– C'est presque terminé, dit Edgar. Ce serait déjà réglé si on n'avait pas été obligés de venir faire les guignols ici.

– Je sais.

– Je croyais que tu devais nous épargner ce genre de conneries, Harry, dit Rider.

– Je sais. J'ai agi en égoïste. Frankie Sheehan est un ami. C'est dégueulasse ce qu'ils lui ont fait… de lâcher son nom comme ça. J'espérais qu'en vous faisant venir tous les deux, ça ajouterait un peu de crédibilité à l'annonce de sa remise en liberté.

– Autrement dit, tu t'es servi de nous comme Irving voulait le faire hier, dit-elle. Tu l'as empêché de le faire, mais toi, tu as le droit.

Bosch la dévisagea. Il voyait qu'elle était sincèrement furieuse d'avoir été utilisée de cette façon. Bosch s'était rendu coupable d'une trahison. Sans conséquence à ses yeux, mais une trahison quand même.

– Écoute, Kiz, on parlera de ça plus tard. Mais je te le répète, Frankie est un ami. C'est le tien aussi maintenant. Ça pourrait te servir un jour.

Il attendit sa réponse. Rider finit par esquisser un petit hochement de tête. L'incident était clos, pour l'instant.

– Combien de temps vous faut-il encore ? demanda-t-il.

– Une heure environ, dit Edgar. Ensuite, il faudra trouver un juge.

– Comment a réagi Irving ? demanda Rider.

– Il refuse de prendre position. C'est pour ça que je veux que tout soit prêt. Je veux pouvoir agir dès que possible. Demain matin

– Demain matin, pas de problème, dit Edgar.

– Parfait. Allez finir ce que vous avez commencé. Trouvez un juge dès ce soir. Demain, on...

– Inspecteur Bosch ?

Bosch se retourna. Harvey Button et son producteur, Tom Chainey, se tenaient devant lui.

– Je ne peux pas vous parler maintenant, dit Bosch.

– Nous croyons savoir que vous avez rouvert l'affaire Stacey Kincaid, dit Chainey. Nous aimerions vous parler de...

– Qui vous a dit ça ? s'exclama Bosch, incapable de masquer sa fureur.

– Nous avons des sources qui...

– Dites à vos sources qu'elles racontent des conneries. Pas de commentaire.

Un cameraman s'approcha et braqua son objectif par-dessus l'épaule de Button. Celui-ci brandit un micro.

– Avez-vous disculpé Michael Harris ? demanda-t-il.

– Pas de commentaire, j'ai dit. Enlevez-moi ça !

Bosch se pencha vers la caméra et plaqua sa paume sur l'objectif. Le cameraman poussa un cri effarouché.

– Touchez pas à ma caméra ! C'est ma propriété privée !

– Mon visage aussi. Enlevez-moi ça ! La conférence de presse est terminée.

Bosch posa la main sur l'épaule de Button et l'obligea à descendre de l'estrade. Le cameraman les suivit. Chainey fit de même, mais d'un pas lent, avec nonchalance, comme pour mettre Bosch au défi de le rudoyer, lui aussi. Les deux hommes s'affrontèrent du regard.

– Regardez les infos ce soir, inspecteur, dit Chainey Ça pourrait vous intéresser.

– J'en doute, dit Bosch.

Vingt minutes plus tard, Bosch était assis sur un bureau inoccupé, à l'entrée du couloir qui menait aux salles d'interrogatoire du RHD au deuxième étage de

Parker Center. Il repensait encore à son échange avec Button et Chainey et se demandait ce qu'ils savaient au juste. En entendant une porte s'ouvrir, il leva la tête. Frankie Sheehan remonta le couloir, accompagné de Lindell. L'ancien équipier de Bosch paraissait vidé. Il avait le visage défait, les cheveux ébouriffés, et ses vêtements, les mêmes que ceux qu'il portait dans le bar la veille, étaient tout fripés. Bosch descendit du bureau et se redressa, prêt à contrer une attaque physique en cas de besoin. Mais Sheehan, qui avait apparemment remarqué sa posture de défense, leva les mains, paumes ouvertes. Il lui adressa un sourire en coin.

– T'inquiète pas, Harry, dit-il d'une voix lasse et enrouée. L'agent Lindell m'a fait un topo. Enfin… une partie. C'est pas toi qui… C'est moi. J'avais complètement oublié que j'avais menacé cette tête de nœud.

– Allez, viens, Frankie. Je te ramène.

Sans trop réfléchir, Bosch l'entraîna vers les ascenseurs principaux pour descendre dans le hall. Debout côte à côte dans la cabine, ils regardaient les chiffres lumineux qui défilaient au-dessus de la porte.

– Pardon d'avoir douté de toi, vieux, dit Sheehan.

– T'en fais pas pour ça. On est quittes.

– Ah ? Que veux-tu dire ?

– Hier soir, quand je t'ai interrogé au sujet des empreintes.

– Tu as encore des doutes ?

– Non. Plus aucun.

Arrivés dans le hall, ils sortirent par une porte latérale qui donnait sur le parking du personnel. Ils étaient à mi-chemin de la voiture quand Bosch entendit soudain un énorme raffut. Tournant la tête, il vit plusieurs journalistes et cameramen se précipiter vers eux.

– Surtout, ne dis rien, glissa-t-il à Sheehan. Ne leur dis pas un mot.

La première vague de journalistes s'abattit sur eux et les encercla. D'autres arrivaient déjà au loin.

– Aucun commentaire, déclara Bosch.

Mais ce n'était pas Bosch qui les intéressait. Ils braquaient leurs micros et leurs caméras sous le nez de Sheehan. Les yeux de celui-ci, déjà rouges de fatigue, semblèrent affolés tout à coup, voire effrayés. Bosch tenta de tirer son ami à travers la foule, vers la voiture. Les journalistes hurlaient leurs questions.

– Inspecteur Sheehan, avez-vous tué Howard Elias ? demanda une femme d'une voix plus puissante que les autres.

– Non. Je l'ai pas tué… J'ai rien fait

– Aviez-vous menacé la victime ?

– Pas de commentaire, déclara Bosch avant que Sheehan réagisse à la question. Vous avez entendu ? Pas de commentaire. Fichez-nous la…

– Pourquoi vous a-t-on interrogé ?

– Dites-nous pourquoi on vous a interrogé, inspecteur.

Ils étaient presque arrivés à la voiture. Certains journalistes avaient abandonné en comprenant qu'ils n'obtiendraient aucune déclaration. Mais les caméras continuaient à les suivre : on pourrait toujours utiliser les images. Soudain, Sheehan se libéra de la main de Bosch et se retourna face à la meute.

– Vous voulez savoir pourquoi on m'a interrogé ? On m'a interrogé parce que la police a besoin de sacrifier quelqu'un. Pour maintenir la paix. N'importe qui, du moment qu'il joue le rôle de bouc émissaire. Voilà pourquoi on m'a interrogé. J'ai servi de…

Bosch agrippa Sheehan par le bras et l'entraîna de force.

– Viens, Frankie, laisse tomber.

En se faufilant entre deux voitures en stationnement, ils parvinrent à distancer la masse des journalistes et des cameramen. Bosch poussa rapidement Sheehan vers sa voiture de patrouille et ouvrit la portière. Le temps que les journalistes passent en file indienne entre les deux véhicules, Sheehan était réfugié à l'intérieur, à l'abri des micros. Bosch fit le tour pour s'installer au volant.

Ils roulèrent en silence jusqu'à l'autoroute 101 qui montait vers le nord. Bosch jeta alors un coup d'œil à Sheehan. Celui-ci regardait droit devant lui.

– Tu n'aurais pas dû dire ça, Frankie. Tu attises le feu.

– J'en ai rien à foutre, du feu. Plus maintenant.

Le silence retomba. Ils traversaient Hollywood et la circulation était fluide. Bosch aperçut un nuage de fumée provoqué par un incendie quelque part vers le sud-ouest. Il songea à se brancher sur KFWB pour écouter les infos, mais se dit finalement qu'il préférait ne pas connaître l'origine de cette fumée.

– Ils t'ont laissé appeler Margaret ? demanda-t-il au bout d'un moment.

– Tu parles ! Le seul truc qu'ils voulaient me laisser faire, c'est des aveux. Heureusement que tu as débarqué pour jouer les sauveurs, Harry. On ne m'a pas dit ce que tu leur avais raconté, mais en tout cas, je te dois une fière chandelle.

Bosch devinait la question qui se cachait derrière ces paroles, mais il n'était pas encore prêt à tout lui dire.

– Je parie que les journalistes font le siège devant chez toi, dit-il. Margaret doit être assiégée.

– J'ai un scoop pour toi, Harry. Margaret a fichu le camp il y a huit mois. Elle a pris les filles et elle est partie à Bakersfield. Pour être près de ses parents Il y a personne chez moi.

– Désolé, Frankie.

– J'aurais dû te le dire hier soir quand tu m'as demandé de leurs nouvelles.

Bosch continua à rouler sans rien dire ; il réfléchissait.

– Pourquoi tu n'irais pas chercher quelques affaires chez toi pour venir t'installer à la maison ? suggéra-t-il.

Les journalistes ne te retrouveront pas avant que cette affaire soit réglée.

– Merci, Harry, mais… Ta baraque est grande comme une boîte à chaussures. Je me sens déjà claustrophobe après avoir passé toute la journée enfermé dans cette pièce. Et je te signale que j'ai jamais rencontré ta femme. Je doute qu'elle apprécie qu'un inconnu vienne dormir sur son canapé.

Bosch regarda l'immeuble de Capitol Records situé en bordure de l'autoroute. Cette construction était censée ressembler à une pile de disques surmontée d'un bras d'électrophone. Mais comme presque partout à Holly wood, le temps était passé par là. On ne fabriquait presque plus de disques en vinyle. La musique était vendue sous forme de disques compacts maintenant. On trouvait les vinyles dans des magasins d'occasions. Parfois, Bosch avait l'impression que tout Hollywood ressemblait à un magasin d'occasions.

– Ma maison a été détruite par le tremblement de terre, dit Bosch. Elle a été reconstruite. J'ai même une chambre d'amis… et ma femme m'a quitté, moi aussi, Frankie.

Il lui parut étrange de prononcer cette phrase à voix haute ; comme si c'était la confirmation officielle de la mort de son mariage.

– Merde alors ! Vous étiez mariés que depuis un an ou deux, non ? Ça s'est passé quand ?

Bosch regarda brièvement Sheehan avant de reporter son attention sur la route.

– Récemment.

Aucun journaliste n'attendait devant le domicile de Sheehan quand ils y arrivèrent, vingt minutes plus tard. Bosch annonça qu'il resterait dans la voiture pour passer quelques coups de téléphone pendant que Sheehan allait chercher ses affaires. Une fois seul il appela chez lui pour interroger son répondeur, afin de ne pas être obligé d'écouter ses messages devant Sheehan. Il n'y en avait aucun. Il referma son téléphone et resta assis au volant sans bouger. Inviter Sheehan à s'installer chez lui, était-ce une manière inconsciente d'éviter d'affronter le vide de sa maison ? Il se le demanda. Après réflexion, il se dit que non. Il avait vécu seul presque toute sa vie, il était habitué aux maisons vides. Il savait que le véritable refuge d'un foyer se trouvait à l'intérieur de soi.

Une lumière qui balaya le rétroviseur capta soudain son regard. Jetant un coup d'œil en biais, il aperçut les phares d'une voiture arrêtée le long du trottoir, une rue plus loin. Il ne s'agissait certainement pas d'un journaliste. Un journaliste serait rentré directement dans l'allée de chez Sheehan, sans chercher à se cacher. Il réfléchit aux questions qu'il voulait poser à son ancien équipier.

Quelques minutes plus tard, celui-ci ressortit de chez lui avec un gros sac d'épicerie. Il ouvrit la portière arrière et jeta le sac sur la banquette, avant de revenir s'asseoir à l'avant. Il souriait.

– Margie a embarqué toutes les valises. Je m'en étais même pas aperçu.

Ils empruntèrent Beverly Glen pour gravir les collines jusqu'à Mulholland et bifurquèrent vers l'est, en direction de Woodrow Wilson. Habituellement, Bosch aimait rouler dans Mulholland la nuit. Il aimait la route sinueuse, les lumières de la ville qui surgissaient, puis disparaissaient au gré des tournants. Mais en chemin, ils passèrent devant la résidence Le Sommet et, en regardant le portail, Bosch repensa aux Kincaid, bien à l'abri dans leur maison avec leur vue « supersonique ».

– Il faut que je te demande un truc, Frankie.

– Vas-y.

– Pour en revenir à l'affaire Kincaid, as-tu souvent parlé avec Kincaid durant l'enquête ? Sam Kincaid, je veux dire.

– Ouais, évidemment. Un type comme ça, faut le prendre avec des pincettes. Pareil pour le vieux. Si tu fais pas gaffe où tu fous les pieds, ça risque de te retomber dessus.

– Exact. Autrement dit, tu le tenais informé des développements de l'enquête ?

– Oui, assez souvent. Pourquoi ? J'ai l'impression de réentendre les types du FBI qui m'ont cuisiné toute la journée, Harry.

– Désolé, c'était juste pour savoir. C'est lui qui te contactait ou c'était plutôt toi ?

– Les deux. Il avait aussi un type chargé de la sécurité qui nous appelait, pour garder le contact.

– D.C. Richter ?

– Ouais, c'est ça. Vas-tu enfin m'expliquer ce qui se passe, oui ou merde ?

– Bientôt. J'ai encore un truc à te demander. Te souviens-tu de ce que tu as dit à Kincaid ou à Richter au sujet de Michael Harris ?

– Où tu veux en venir ?

– Je ne dis pas que tu as mal agi. Dans ce genre d'affaire, tu tiens informés les principaux intéressés, et c'est normal. Es-tu allé les voir pour leur annoncer que vous aviez arrêté Harris, sur la foi des empreintes, et que… vous étiez en train de le cuisiner ?

– Évidemment ! C'est la procédure habituelle.

– OK. Et leur as-tu dit aussi qui était Harris, d'où il venait et ainsi de suite ?

– Oui, sans doute.

Bosch décida de ne pas insister pour l'instant. Il tourna dans Woodrow Wilson et descendit la route en lacet jusqu'à sa maison. Il s'arrêta sous l'auvent.

– Hé, c'est chouette comme baraque ! s'écria Sheehan.

Bosch coupa le moteur, mais ne descendit pas immédiatement de la voiture.

– As-tu dit aux Kincaid, ou à Richter, où vivait Harris ? Sheehan l'observa.

– Qu'est-ce que ça veut dire ?

– Je te pose une question. Leur as-tu dit où vivait Harris ?

– Possible. Je m'en souviens plus.

Bosch descendit de voiture et se dirigea vers la porte de la cuisine. Sheehan récupéra ses affaires à l'arrière et lui emboîta le pas.

– Dis-moi tout, Hieronymus.

Bosch ouvrit la porte.

– Je crois que tu as commis une erreur.

Il entra.

– Dis-moi tout, Hieronymus, répéta Sheehan.

Bosch le conduisit à la chambre d'amis, et Sheehan jeta ses affaires sur le lit. En ressortant dans le couloir, Bosch lui indiqua la salle de bains et retourna dans le salon. Sheehan ne disait rien, il attendait.

– La poignée de la chasse d'eau est cassée, dit Bosch sans le regarder. Il faut la maintenir baissée pendant que l'eau coule.

Enfin, il se retourna vers son ancien équipier.

– On sait d'où viennent les empreintes de Harris. Il n'a ni kidnappé ni assassiné Stacey Kincaid. En fait, on pense même qu'il n'y a jamais eu d'enlèvement. C'est Kincaid qui a tué sa belle-fille. Il abusait d'elle et il l'a tuée, et il a inventé cette histoire d'enlèvement. Les empreintes de Harris retrouvées sur le livre étaient un énorme coup de bol pour Kincaid. Il s'en est servi. On pense que c'est lui, ou son sbire, Richter, qui a déposé le corps de la fillette près de chez Harris, car il savait où il habitait. Alors, réfléchis bien, Francis. Je ne veux pas de « peut-être ». J'ai besoin de savoir si tu as dit à Kincaid ou à Richter où vivait Harris.

Sheehan eut l'air abasourdi et regarda le plancher.

– Tu veux dire qu'on s'est gourés au sujet de Harris…

– Vous aviez des visières. A partir du moment où les empreintes sont apparues, vous n'avez plus vu que lui.

Sans détacher son regard du sol, Sheehan hocha lentement la tête.

– On fait tous des erreurs, Frankie. Réfléchis bien à ce que je te demande. Qu'as-tu dit exactement à Kincaid et à quel moment ? Je reviens.

Abandonnant Sheehan à ses réflexions, Bosch quitta le salon pour se rendre dans sa chambre. Il entra et regarda autour de lui. En apparence, rien n'avait changé. Il ouvrit la porte du dressing-room et alluma la lumière. Les vêtements d'Eleanor n'étaient plus là. Il regarda par terre. Ses chaussures aussi avaient disparu. Sur le tapis, il aperçut une petite boule de tulle fermée par un ruban bleu. Il se pencha pour la ramasser. Le tulle renfermait une poignée de riz. Il se souvint que ces petites aumônières faisaient partie du « kit de mariage » fourni par la chapelle de Las Vegas ; on était censé les lancer sur l'heureux couple de mariés. Eleanor en avait gardé une en souvenir. Bosch se demanda si elle l'avait oubliée par erreur ou si elle l'avait jetée.

Il glissa la petite balle dans sa poche et éteignit la lumière.

## 28

Edgar et Rider avaient sorti la télévision du bureau du lieutenant en tirant la table à roulettes et regardaient les informations quand Bosch fit son entrée dans le bureau des détectives, après avoir laissé Sheehan chez lui. Ils levèrent à peine la tête pour le saluer.

– Que se passe-t-il ? demanda Bosch.

– On dirait que les gens n'apprécient pas qu'on ait relâché Sheehan, dit Edgar.

– Pillages et incendies sporadiques, dit Rider. Mais rien de comparable avec la dernière fois. Si ça reste comme ça jusqu'à demain, on sera tirés d'affaire. On a envoyé des patrouilles en hélico ; elles foncent sur tout ce qui bouge.

– S'agit pas de déconner comme la dernière fois, ajouta Edgar.

Bosch regarda l'écran. Les images montraient des pompiers braquant d'énormes tuyaux au milieu des tourbillons de flammes qui jaillissaient de la toiture d'un centre commercial. Il était trop tard pour le sauver. C'était comme si on se donnait tout ce mal uniquement pour les caméras.

– Réaménagement urbain, dit Edgar. On supprime tous les centres commerciaux.

– Le problème, c'est qu'ils en reconstruisent d'autres à la place, dit Rider.

– Mais ils font moins miteux que ceux d'avant. Le

vrai problème, c'est les boutiques d'alcool. Ça démarre toujours là. Si on foutait une brigade devant chaque boutique, y aurait pas d'émeutes, croyez-moi.

– Où en sommes-nous pour les mandats ? s'enquit Bosch.

– On a fini, dit Rider. Il n'y a plus qu'à les faire signer par le juge.

– Qui avez-vous choisi ?

– Terry Baker. Je l'ai déjà appelée, elle a promis de nous attendre.

– Parfait. Voyons voir ça.

Rider se leva pour se diriger vers la table des homicides pendant qu'Edgar continuait à regarder la télé. Les demandes de mandats de perquisition étaient soigneusement empilées à la place qu'elle occupait. Elle les tendit à Bosch.

– On a les deux baraques, toutes les voitures, les garages et les bureaux ; pour Richter, on a sa bagnole à l'époque du meurtre et on a même ajouté son appart'. Je crois qu'on est parés.

Chaque demande se composait de plusieurs feuilles agrafées. Bosch savait que les deux premières pages n'étaient que du jargon juridique. Il les sauta pour parcourir les éléments justificatifs de chaque demande. Rider et Edgar avaient fait du bon travail, même si Bosch savait que le mérite en revenait essentiellement à Rider. C'était elle la plus douée pour toutes les questions juridiques. Les demandes de perquisition au domicile et dans la voiture de Richter avaient toutes les chances d'être acceptées, elles aussi. En utilisant des formulations choisies et des éléments de l'enquête soigneusement sélectionnés, les requêtes soulignaient que, selon toute vraisemblance, deux suspects avaient participé à l'élimination du corps de Stacey Kincaid. Et qu'en raison des relations intimes du type employeur/employé qui existaient au moment des faits entre Sam Kincaid et

D.C. Richter, celui-ci pouvait légitimement être considéré comme le deuxième suspect. La demande de mandat sollicitait l'autorisation de fouiller tous les véhicules utilisés ou utilisables par ces deux hommes à l'époque du crime. C'était un coup de génie de la part de Rider. Si la demande était accordée, et elle le serait certainement, ils pourraient avoir accès à n'importe quelle voiture rangée dans n'importe quel parking appartenant à Kincaid car il avait certainement accès à tous ces véhicules.

– Ça m'a l'air parfait, déclara Bosch quand il eut fini de lire. (Il rendit la liasse de feuilles à Rider.) Faisons-les signer ce soir pour pouvoir agir dès demain, au moment voulu.

Un mandat de perquisition était valable vingt-quatre heures après l'approbation du juge. Dans la plupart des cas, il pouvait être prolongé de vingt-quatre heures, sur simple coup de téléphone au juge qui l'avait délivré.

– Et pour Richter ? demanda Bosch. On sait des choses sur lui ?

– Quelques-unes, dit Edgar.

Il se leva enfin, coupa le son de la télé et s'approcha de la table.

– Son passage à l'école de police a été un vrai fiasco. Ça remonte à loin, automne 81. Après, il s'est inscrit dans une école de détectives privés à la con dans la Vallée. Il a décroché sa licence en 84. Apparemment, il a été engagé par la famille Kincaid juste après. Il s'est hissé jusqu'au sommet, j'imagine.

– Pourquoi a-t-il échoué à l'école de police ?

– On ne sait pas encore. On est dimanche soir, Harry. Il n'y a personne là-bas. On réclamera les dossiers demain.

Bosch hocha la tête.

– Vous avez interrogé l'ordinateur pour savoir s'il avait un permis de port d'arme ?

– Évidemment. Il en a un et porte un flingue.

– Quel genre ? Dis-moi que c'est un 9 mm.

– Désolé, Harry. L'ATF était fermé ce soir. Là aussi, on aura le renseignement demain. Tout ce qu'on sait pour l'instant, c'est qu'il a le droit de porter une arme.

– Souvenez-vous-en tous les deux. Et souvenez-vous que le meurtrier de l'Angels Flight sait tirer.

Rider et Edgar hochèrent la tête.

– Tu penses donc que Richter est le factotum de Kincaid ? demanda Rider.

– Sans doute. Les gens riches ne se salissent pas les mains. Ils désignent la cible, ils n'appuient pas sur la détente. Pour l'instant, je mise sur Richter.

Il observa ses deux équipiers. Il sentait qu'ils étaient sur le point d'élucider l'affaire. Dans vingt-quatre heures, ils seraient fixés. Pourvu que la ville patiente jusque-là.

– Autre chose ? demanda-t-il.

– Tu as bien pris soin de Sheehan ? demanda Rider.

Bosch nota son ton sardonique.

– Oui. Je le dorlote. Euh, écoute… je m'excuse pour la conférence de presse. Irving voulait absolument que vous soyez présents tous les deux, mais j'aurais sans doute pu vous éviter ça. Je ne l'ai pas fait. C'était une erreur. Toutes mes excuses.

OK, Harry, dit Rider.

Edgar se contenta de hocher la tête.

– Autre chose avant qu'on y aille ? demanda Bosch.

Edgar commença par secouer la tête, puis…

- Ah, si ! Les gars de la balistique ont appelé. Ils ont jeté un coup d'œil au flingue de Michael Harris ce matin et, apparemment, rien à signaler. D'après eux, il n'a pas servi et n'a pas été nettoyé depuis un mois environ, à en juger par la poussière à l'intérieur du canon. Harris n'a rien à se reprocher.

– Ils vont quand même poursuivre l'examen ?

– C'est pour ça qu'ils appelaient. Irving leur a ordonné d'examiner en priorité le flingue de Sheehan demain matin, dès qu'ils recevront les balles après l'autopsie. Alors, ils se demandaient si tu voulais qu'ils continuent quand même avec le flingue de Harris. J'ai répondu oui.

– Parfait. Autre chose ?

Edgar et Rider secouèrent la tête.

– OK. Allons voir le juge Baker et ensuite on rentrera se coucher. J'ai l'impression que la journée va être longue demain.

# 29

Il avait commencé à pleuvoir. Bosch se gara sous l'auvent et coupa le moteur. Il avait hâte de boire une ou deux bières pour atténuer l'effet de la caféine sur ses nerfs. Le juge Baker leur avait servi du café pendant qu'elle examinait les demandes de mandats de perquisition. Elle les avait lues soigneusement, du début à la fin, et Bosch avait eu le temps de boire deux tasses de café. Finalement, elle avait signé tous les mandats et Bosch n'avait pas besoin de caféine pour se sentir surexcité. Dès demain matin, ils passeraient à l'offensive ; dans toute enquête il y avait une heure de vérité, un moment où les théories et les intuitions se transformaient en preuves et en accusations. Si elles ne volaient pas en éclats.

Bosch entra par la porte de la cuisine. Il pensait à sa bière, mais aussi à Kate Kincaid et à la façon dont il se comporterait avec elle le lendemain. Il attendait cette rencontre avec impatience, comme un quarterback confiant qui a analysé toutes les tactiques de l'adversaire et meurt d'impatience d'entrer sur le terrain.

La lumière était allumée dans la cuisine. Bosch déposa sa mallette sur le comptoir et ouvrit le réfrigérateur. Il n'y avait plus de bière.

– Merde.

Il savait pourtant qu'il lui restait au moins cinq bouteilles d'Anchor Steam. En se retournant, il découvrit les cinq capsules sur le comptoir.

Il passa dans la pièce voisine.

– Hé, Frankie ! Ne me dis pas que tu as tout bu !

Pas de réponse. Bosch traversa la salle à manger, puis le salon. Tout était à sa place, rien n'avait bougé depuis qu'il était parti en début de soirée, comme si Sheehan ne s'était pas installé. Il jeta un coup d'œil à la terrasse à travers la porte-fenêtre. La lumière de dehors était éteinte et il ne voyait aucune trace de son ancien équipier. Il parcourut tout le couloir et colla son oreille à la porte de la chambre d'amis. Pas un bruit. Il regarda sa montre. Il n'était même pas 23 heures.

– Frankie ? murmura-t-il.

Pas de réponse, uniquement le martèlement de la pluie sur le toit. Il frappa doucement à la porte.

– Frankie ? dit-il un peu plus fort.

Toujours pas de réponse. Il referma la main sur la poignée et ouvrit lentement la porte. Il faisait noir dans la chambre, mais l'éclairage du couloir découpait un rectangle de lumière sur le lit et Bosch constata qu'il était vide. Il abaissa l'interrupteur ; une lampe de chevet s'alluma. Le sac d'épicerie dans lequel Sheehan avait transporté ses affaires était posé par terre, vide. Ses vêtements traînaient sur le lit, en tas.

La curiosité de Bosch se transforma en légère inquiétude. Très vite, il ressortit dans le couloir pour aller jeter un coup d'œil dans sa chambre et dans la salle de bains. Sheehan demeurait invisible.

De retour dans le salon, Bosch fit les cent pas en se demandant où pouvait bien être passé Sheehan. Il n'avait pas de voiture. Il était peu probable qu'il ait essayé de descendre en ville à pied – et pour aller où, de toute façon ? Il décrocha le téléphone et appuya sur la touche « Bis » pour voir si, par hasard, Sheehan n'avait pas appelé un taxi. Il crut entendre plus de sept bips, mais la composition automatique du numéro était si rapide qu'il n'en fut pas sûr. Quelqu'un décrocha après une seule sonnerie, il entendit une voix de femme, endormie.

– Allô ?

– Euh… qui est à l'appareil ?

– Et vous, qui êtes-vous ?

– Pardonnez-moi. Je suis l'inspecteur Harry Bosch, du LAPD. J'essaye de localiser un appel provenant de…

– Harry, c'est Margie Sheehan.

– Oh… Margie…

Il se dit qu'il aurait dû se douter que Sheehan appellerait sa femme.

– Que se passe-t-il, Harry ?

– Rien, Margie, rien. Je cherche simplement Frankie et je me suis dit qu'il avait peut-être appelé un taxi pour… Je suis désolé de…

– Comment ça, tu le cherches ?

Il sentait croître l'inquiétude dans la voix de Margie.

– Inutile de t'inquiéter, Margie. Je l'héberge chez moi ce soir, mais j'ai dû m'absenter. A mon retour, il n'était plus là. J'essaye juste de savoir où il est allé. Il t'a appelée ?

– Oui, tout à l'heure.

– Comment était-il ?

– Il m'a raconté ce qu'ils lui ont fait. Comment ils voulaient lui faire porter le chapeau.

– Non, plus maintenant. C'est pour ça qu'il loge chez moi. On l'a remis en liberté et il vaut mieux qu'il se planque ici quelques jours en attendant que ça se tasse. Je suis désolé de t'avoir réveillée…

– Il m'a dit qu'ils ne le lâcheraient pas

– Hein ?

– Il est sûr qu'ils vont revenir à la charge. Il n'a plus confiance en personne, Harry. Dans la police. A part toi. Il sait que tu es son ami.

Bosch ne répondit pas. Il ne savait pas quoi dire

365

– Retrouve-le, Harry, d'accord ? Et rappelle-moi. Quelle que soit l'heure.

En regardant à travers la porte-fenêtre il aperçut quelque chose sur la balustrade de la terrasse. Il s'approcha du mur et alluma la lumière extérieure. Cinq bouteilles de bière ambrées étaient alignées sur le garde-fou.

– OK, Margie. Donne-moi ton numéro.

Il le nota et s'apprêtait à raccrocher quand elle ajouta :

– Harry... Il m'a dit que tu venais de te marier et que tu avais déjà divorcé.

– Euh, je ne suis pas divorcé, mais... enfin, tu vois.

– Oui, je vois. Prends soin de toi, Harry. Retrouve Francis et appelez-moi, l'un ou l'autre.

– Entendu.

Il raccrocha, fit coulisser la porte-fenêtre et sortit sur la terrasse. Les bouteilles de bière étaient vides. Il tourna la tête vers la droite et là, couché dans la chaise longue, il découvrit le corps de Francis Sheehan. Des cheveux et du sang avaient éclaboussé le coussin au-dessus de sa tête et le mur à côté de la porte-fenêtre.

– Nom de Dieu ! murmura-t-il.

Il s'approcha. La bouche de Sheehan était grande ouverte. Le sang s'y était accumulé et avait coulé sur sa lèvre inférieure. Il avait un orifice de la taille d'une soucoupe au sommet du crâne, à l'endroit où était ressortie la balle. La pluie avait plaqué ses cheveux sur son crâne, dégageant l'horrible blessure. Bosch recula d'un pas et regarda par terre autour de lui. Il découvrit un pistolet au pied de la chaise longue.

Il s'avança de nouveau pour examiner le corps de son ami. Il relâcha sa respiration en produisant un râle animal.

– Frankie...

Une question lui traversa l'esprit, mais il n'osa pas la formuler à voix haute : Est-ce à cause de moi ?

Bosch regarda un des hommes du coroner refermer la housse mortuaire caoutchoutée sur le visage de Frankie Sheehan, tandis que ses deux collègues tenaient des parapluies pour l'abriter. Ils les posèrent pour soulever le corps sur une civière et le recouvrir d'une couverture verte avant de pousser la civière vers l'intérieur de la maison. Ils durent lui demander de s'écarter pour les laisser passer. Alors qu'il les regardait se diriger vers la sortie, il se sentit de nouveau écrasé par le poids énorme de la culpabilité. Il leva la tête et, Dieu soit loué, constata qu'aucun hélicoptère ne tournoyait dans le ciel au-dessus d'eux. Tous les appels concernant le décès avaient été effectués par téléphone et non par radio ; autrement dit, les médias n'étaient pas encore avertis du suicide de Frankie Sheehan. Un hélicoptère survolant sa maison pour filmer le cadavre gisant sur la terrasse aurait constitué l'insulte ultime pour son ancien équipier.

– Inspecteur Bosch ?

Bosch se retourna. Le chef adjoint Irving lui faisait signe dans l'encadrement de la porte-fenêtre. Bosch le rejoignit et le suivit à l'intérieur, jusqu'à la table de la salle à manger. L'agent Roy Lindell s'y trouvait déjà.

– Parlons de ce qui s'est passé, dit Irving. Des policiers discutent devant chez vous avec une femme qui prétend être votre voisine. Adrienne Tegreeny ?

– Oui.

– Oui quoi ?

– Elle habite la maison d'à côté.

– Elle affirme avoir entendu trois ou quatre coups de feu venant d'ici, un peu plus tôt dans la soirée. Elle croyait que c'était vous. Elle n'a pas appelé la police.

Bosch se contenta de hocher la tête.

– Avez-vous l'habitude de tirer des coups de feu chez vous ou sur la terrasse ?

Bosch hésita avant de répondre.

– Il ne s'agit pas de moi, chef. Disons simplement qu'elle avait des raisons de croire que ça pouvait être moi.

– Très bien. Ce qui m'intéresse, c'est que l'inspecteur Sheehan semblait avoir bu, beaucoup bu même, et qu'il s'amusait à tirer des coups de feu. Quelle est votre interprétation des faits ?

– Mon interprétation ? répéta Bosch en regardant la table d'un air absent.

– Accident ou acte volontaire ?

– Oh…

Bosch faillit éclater de rire, mais se retint.

– Je crois qu'il n'y a guère de doute, dit-il. Il s'est suicidé.

– Il n'a pas laissé de mot.

– Non, pas de mot, juste plusieurs bouteilles de bière et des coups tirés en l'air. Voilà son mot d'adieu. C'était tout ce qu'il avait à dire. Un tas de flics tirent leur révérence de cette façon, vous savez.

– On venait de le relâcher. Pourquoi a-t-il fait ça ?

– Ça me paraît clair…

– Soyez gentil de nous éclairer dans ce cas, vous voulez bien ?

– Il a appelé sa femme ce soir. Je lui ai parlé peu de temps après. Il avait été relâché, mais il était persuadé que ce n'était pas fini.

– A cause du rapport de balistique ? demanda Irving.

– Non. Je ne crois pas qu'il faisait allusion à ça. Il savait que la police devait absolument désigner un bouc émissaire. Un flic.

– C'est pour ça qu'il s'est suicidé ? Ça ne paraît pas très plausible, inspecteur.

– Il n'a pas tué Elias. Ni cette femme.

– Pour l'instant, c'est uniquement votre opinion. La seule chose dont on est sûrs, c'est que cet homme s'est suicidé quelques heures avant qu'on reçoive le rapport de balistique. Et c'est vous, inspecteur, qui m'avez convaincu de le relâcher pour qu'il puisse se tirer une balle dans la tête.

Bosch détourna le regard et s'efforça de contenir la colère qu'il sentait monter en lui.

– Parlons de l'arme, reprit Irving. Un vieux Beretta calibre 25. Numéro de série brûlé à l'acide. Impossible de retrouver son origine. Une arme illégale. Cette arme vous appartenait, inspecteur Bosch ?

Bosch secoua la tête.

– Vous en êtes sûr, inspecteur ? J'aimerais mieux qu'on règle cette histoire rapidement, sans passer par une enquête interne.

Bosch revint sur Irving.

– Qu'êtes-vous en train d'affirmer ? Que je lui ai donné cette arme pour qu'il puisse se suicider ? J'étais son ami ; le seul qui lui restait à ce jour. Non, cette arme n'est pas à moi, compris ? On est passé chez lui pour qu'il prenne des affaires. Il a dû la récupérer à ce moment-là. Je l'ai peut-être aidé à en finir, comme vous dites, mais pas en lui donnant une arme.

Bosch et Irving s'affrontèrent du regard.

Ce fut Lindell qui brisa la tension :

– Vous oubliez une chose, Bosch. Nous avons fouillé le domicile de Sheehan aujourd'hui même. Et nous n'avons découvert aucune arme.

Bosch détacha son regard de celui d'Irving pour se tourner vers Lindell.

– Ça veut juste dire que vos hommes sont passés à côté. Sheehan est venu ici avec cette arme dans son sac, car elle n'est pas à moi.

Bosch choisit de s'éloigner des deux hommes avant de se laisser submerger par la colère et de prononcer des paroles qui pourraient lui valoir des ennuis. Il se laissa tomber dans un des fauteuils du salon. Il était trempé, mais se fichait pas mal d'abîmer ses meubles. Il regardait fixement à travers la porte-fenêtre, l'air absent.

Irving le rejoignit, mais ne s'assit pas.

– Pourquoi dites-vous que vous l'avez aidé ?

Bosch leva les yeux vers lui.

– Hier soir, on a bu un verre ensemble. Il m'a raconté des choses. Il m'a expliqué qu'il avait perdu son sang-froid avec Harris. Pour lui, ce que Harris affirmait dans sa plainte, les choses dont il accusait les flics étaient vraies. Tout était vrai. A l'époque de l'interrogatoire, il était persuadé que Harris avait tué la fillette ; cela ne faisait aucun doute dans son esprit. Malgré tout, il avait honte de ce qu'il avait fait. Il m'a avoué qu'à un moment donné, dans cette pièce avec Harris, il avait perdu la tête. Il m'a dit qu'il était devenu la chose même qu'il avait passé des années à traquer. Un monstre. Et cette idée le hantait. Je voyais bien que ça le rongeait. Alors, je suis allé le chercher ce soir pour l'amener ici…

Bosch sentait la culpabilité monter dans sa gorge, comme un raz de marée. Il n'avait pas réfléchi. Il n'avait pas vu l'évidence. Il était trop obnubilé par son enquête, par Eleanor et sa maison vide, par un tas de choses autres que Frankie Sheehan.

– Et alors ? demanda Irving.

– Et alors, j'ai détruit la seule chose à laquelle il a cru durant tous ces mois, la seule chose qui le protégeait. Je lui ai dit qu'on avait innocenté Michael Harris. Je lui ai dit qu'il s'était trompé et qu'on pouvait le prouver. Je n'ai pas réfléchi aux conséquences que ça pouvait avoir pour lui. Je ne pensais qu'à mon enquête.

– Et vous croyez que c'est ça qui l'a fait craquer ? demanda Irving.

– Il lui est arrivé quelque chose dans cette salle d'interrogatoire avec Harris. Un truc affreux. Il a perdu sa famille après ça, il a perdu l'affaire… L'unique fil auquel il se raccrochait, c'était la certitude d'avoir coincé le coupable. Quand il a découvert qu'il s'était trompé, quand j'ai déboulé dans son univers pour lui dire qu'il était à côté de la plaque, ce fil s'est brisé.

– Des conneries tout ça, Bosch, dit Lindell. Je respecte vos liens d'amitié avec cet homme, mais vous refusez de voir la réalité en face. Vous refusez l'évidence. Ce type s'est suicidé parce que c'est lui le coupable et il savait qu'on allait le coincer. Son suicide équivaut à des aveux.

Irving observa Bosch : il attendait sa riposte, mais Bosch garda le silence. Il était las de se battre.

– Il se trouve que je suis d'accord avec l'agent Lindell sur ce point, déclara finalement le chef adjoint.

Bosch hocha la tête. Il n'était pas surpris. Ils ne connaissaient pas Sheehan comme lui. Même si son ancien équipier et lui s'étaient un peu éloignés ces dernières années, ils avaient été suffisamment proches pour que Bosch sache que Lindell et Irving se trompaient. Il aurait été pourtant plus facile pour lui de partager leur avis. Ça l'aurait soulagé d'une bonne partie de sa culpabilité. Mais non, rien à faire, il ne pouvait pas être d'accord avec eux.

– Accordez-moi la matinée, dit-il.

– Pardon ? dit Irving.

– Étouffez le suicide pendant une demi-journée. On continue comme prévu avec les mandats et on suit notre plan de demain matin. Donnez-moi le temps de voir ce qu'il en ressort et ce que nous dit Mme Kincaid.

– Si elle accepte de parler.

– Elle parlera. Elle en meurt d'envie. Accordez-moi la matinée avec elle. Pour voir ce qui se passe. Si je ne découvre pas le lien entre Kincaid et Elias, vous pourrez faire ce que vous voulez avec Frankie Sheehan. Vous direz au monde entier ce que vous pensez savoir.

Irving réfléchit un long moment avant de hocher la tête.

– Je pense que c'est la voie de la sagesse, déclara-t-il. Nous devrions avoir reçu le rapport de balistique d'ici là.

Bosch le remercia d'un petit signe de tête. Il regarda de nouveau la terrasse à travers la porte-fenêtre grande ouverte. La pluie avait redoublé de violence. Il jeta un coup d'œil à sa montre ; il était déjà tard. Mais il savait qu'il lui restait encore une chose à faire avant d'essayer de dormir.

# 30

Bosch se sentait obligé d'aller voir personnellement Margaret Sheehan pour l'informer du geste de Frankie. Peu importe si le couple était séparé. Margaret et Frankie avaient vécu longtemps ensemble avant cela. Leurs deux filles et Margaret méritaient de recevoir la visite d'un ami plutôt que l'effroyable coup de téléphone d'un étranger au milieu de la nuit. Irving avait suggéré de contacter la police de Bakersfield, afin qu'elle envoie un agent sur place, mais Bosch savait que ce serait aussi maladroit et brutal qu'un coup de téléphone. Il se porta volontaire pour servir de messager.

Il contacta malgré tout le poste de police principal de Bakersfield, mais uniquement pour obtenir l'adresse de Margaret Sheehan. Évidemment, il aurait pu l'appeler directement pour lui demander son chemin, mais ç'aurait été une façon de lui annoncer la nouvelle sans oser le faire réellement, une vieille ruse utilisée par les flics pour se faciliter la tâche. Ç'aurait été de la lâcheté.

Le Golden State Freeway en direction du nord était quasiment désert ; la pluie et l'heure tardive n'avaient laissé sur la route que les automobilistes qui n'avaient pas le choix. La majorité d'entre eux étaient des chauffeurs routiers qui transportaient leur cargaison vers San Francisco, voire plus loin, ou qui revenaient à vide vers les immenses plantations de Californie pour récupérer un nouveau chargement. Le Grapevine, portion d'autoroute abrupte et sinueuse qui franchissait la chaîne de montagnes au nord de Los Angeles, était bordé de semi-remorques qui avaient quitté la chaussée glissante, ou dont les chauffeurs avaient préféré s'arrêter sur le bas-côté plutôt que d'affronter cette descente traîtresse sous la pluie battante. Après avoir franchi cet obstacle et commencé à redescendre de la montagne, Bosch put enfin accélérer et rattraper ainsi le temps perdu. Il voyait les éclairs qui zébraient le ciel pourpre à l'horizon. Et il repensait à son ancien équipier. Il essaya de se remémorer de vieilles enquêtes et les blagues irlandaises que racontait Sheehan. Tout était bon du moment que ça l'empêchait de penser au geste de son équipier et à son propre sentiment de culpabilité.

Il avait apporté une cassette qu'il avait enregistrée, il l'écouta sur l'autoradio de la voiture. C'était une compilation de morceaux de saxophone qu'il aimait particulièrement. Il fit défiler la bande en avance rapide jusqu'à ce qu'il tombe sur le thème qu'il cherchait. *Lullaby*, par Frank Morgan. C'était comme un chant funéraire vibrant, un adieu et des excuses adressés à Frankie Sheehan. Un adieu et des excuses adressés à Eleanor. Cette musique allait bien avec la pluie. Bosch ne cessa de l'écouter en roulant.

Il était un peu moins de 2 heures du matin quand il arriva devant la maison où Margaret Sheehan vivait avec ses deux filles. La lumière de dehors était allumée et on distinguait une autre lumière à l'intérieur à travers les rideaux des fenêtres de devant. Margie attendait peut-être son appel, se dit-il, ou même sa visite. Devant la porte, il marqua un temps d'hésitation en se demandant combien de fois il avait effectué cette démarche. Il frappa.

Quand Margie vint lui ouvrir, il se souvint brutalement qu'il était impossible de prévoir ce qu'on allait dire. Elle le regarda si longtemps qu'il pensa qu'elle ne le reconnaissait pas. Bien des années avaient passé.

– Margie, c'est..

– Harry ? Harry Bosch ? On vient juste..

Elle se tut, elle avait compris. Elles comprenaient vite, généralement.

– Oh, Harry, non ! Oh non ! Pas Francis !

Elle porta ses mains à son visage. Avec sa bouche grande ouverte, elle ressemblait à un célèbre tableau représentant une personne qui hurle sur un pont

– Désolé, Margie. Sincèrement. Je ferais peut-être mieux d'entrer.

Elle réagit avec stoïcisme. Bosch lui donna des détails, puis Margie Sheehan lui fit du café pour qu'il ne s'endorme pas au volant sur le chemin du retour. C'était une préoccupation de femme de flic. Dans la cuisine, Bosch s'appuya contre le comptoir pendant que le café passait.

– Il t'a appelée, ce soir.

– Oui, je te l'ai dit.

– Comment l'as-tu trouvé ?

– Mal en point. Il m'a raconté ce qu'ils lui avaient fait. Il se sentait… trahi ? C'est le mot qui convient ? Ses propres collègues, ses soi-disant amis, l'avaient arrêté. Il était extrêmement triste, Harry.

Bosch hocha la tête sans rien dire.

– Il a donné sa vie à la police… et voilà comment on l'a remercié.

Bosch hocha de nouveau la tête.

– A-t-il parlé de son désir de…

Il n'acheva pas sa phrase.

– Se suicider ? dit-elle. Non, il n'y a pas fait allusion. J'ai lu un livre sur le suicide chez les policiers. Il y a longtemps. C'était à l'époque où Elias l'avait traîné en justice pour la première fois, à cause de ce type qu'il avait tué. Frankie était très déprimé à ce moment-là, et j'ai eu peur. J'ai lu ce livre. Il disait que lorsque les gens vous parlent de suicide ou disent qu'ils vont le faire, en fait ils vous supplient de les en empêcher.

Bosch ne dit rien.

– Sans doute que Frankie ne voulait pas qu'on l'en empêche, ajouta-t-elle. Il ne m'en a pas parlé.

Elle prit le pot en verre de la cafetière électrique et versa du café dans une tasse. Elle ouvrit ensuite un placard pour prendre une bouteille Thermos argentée. Elle la remplit.

– C'est pour la route, dit-elle. Je ne veux pas que tu t'endormes en roulant.

Bosch s'approcha d'elle et mit la main sur son épaule. Margie reposa le pot en verre sur la table et se tourna vers lui pour qu'il la serre dans ses bras.

– La dernière année, dit-elle Tout est.    tout s'est détraqué.

– Je sais. Il m'a raconté.

Elle s'écarta pour finir de remplir le Thermos.

– Margie, j'ai une question à te poser avant de repartir. Ils lui ont confisqué son arme aujourd'hui pour faire un examen balistique. Frankie s'est servi d'une autre arme. Tu connaissais son existence ?

– Non. Il n'avait que son pistolet de service. On n'avait pas d'autre arme à la maison. Pas avec deux enfants. Quand il rentrait, Frankie rangeait son arme dans un petit coffre en bas de la penderie. Lui seul avait la clé. Je ne voulais pas d'arme supplémentaire dans la maison.

Si elle avait décrété qu'il n'y aurait jamais d'autre arme dans sa maison que celle que Sheehan était obligé de porter en service, ça posait problème, se dit Bosch. Peut-être Frankie avait-il quand même introduit chez lui une arme qu'il avait cachée, tellement bien que les agents du FBI eux-mêmes ne l'avaient pas trouvée en fouillant la maison. Peut-être était-elle emballée dans un sac plastique et enterrée dans le jardin. Frankie pouvait également se l'être procurée après le départ de son épouse et de ses filles. Margie ignorait donc son existence.

Il décida de ne pas insister.

– OK, dit-il.

– Pourquoi cette question, Harry ? Ils disent qu'il s'est servi de ton arme ? Tu as des ennuis ?

Il prit le temps de réfléchir avant de répondre :

– Non, Margie, tout va bien. Ne t'en fais pas pour moi.

# 31

La pluie qui continuait de tomber le lundi matin obligea Bosch à rouler au pas pour se rendre à Brentwood ; exaspérant. Ce n'était pourtant pas une averse violente, mais, à Los Angeles, quelques gouttes de pluie suffisent à paralyser toute la ville. A ses yeux, cela faisait partie des mystères insondables. Une ville bâtie autour de l'automobile et peuplée de conducteurs désorientés par la moindre intempérie. Il écouta KFWB en roulant. Il était beaucoup plus question des embouteillages que d'émeutes et d'actes de violence commis durant la nuit. Malheureusement, la météo prédisait le retour du soleil pour l'après-midi.

Il arriva vingt minutes en retard à son rendez-vous avec Kate Kincaid. La maison dans laquelle Stacey Kincaid avait été prétendument kidnappée était une vaste demeure de style ranch avec des volets peints en noir et un toit d'ardoise grise. Une grande pelouse verte montait en pente douce du trottoir jusqu'à la porte, traversée par une allée qui passait devant la maison et menait au garage situé sur le côté. Bosch s'y engagea ; une Mercedes gris métallisé était déjà garée près du porche. La porte de la maison était ouverte.

Arrivé sur le seuil, Bosch cria « Bonjour ! » et entendit Kate Kincaid qui lui disait d'entrer. Il la trouva dans le salon, assise dans un canapé recouvert d'un drap blanc. Tous les meubles étaient recouverts de la même façon.

La pièce semblait accueillir un rassemblement de fantômes obèses. Kate Kincaid vit que Bosch observait cet étrange décor.

– Quand nous avons déménagé, nous n'avons emporté aucun meuble, lui expliqua-t-elle. Nous avons décidé de recommencer à zéro. Sans souvenirs.

Bosch hocha la tête et examina Kate Kincaid. Entièrement vêtue de blanc, elle portait un chemisier en soie glissé dans un pantalon en lin ajusté. Ainsi vêtue, elle aussi ressemblait à un fantôme. Son gros sac à main en cuir noir, posé sur le canapé à côté d'elle, jurait avec sa tenue et les draps qui masquaient les meubles.

– Comment allez-vous, madame Kincaid ?

– Je vous en prie, appelez-moi Kate.

– Kate, d'accord.

– Je vais très bien, merci. En fait, il y a bien longtemps que je ne me suis pas sentie aussi bien. Et vous, comment allez-vous ?

– Couci-couça aujourd'hui, Kate. J'ai passé une mauvaise nuit. Et je n'aime pas la pluie.

– Ah, je suis navrée. On voit que vous n'avez pas beaucoup dormi, en effet.

– Ça vous ennuie si je jette un petit coup d'œil avant qu'on commence à discuter ?

Il avait un mandat de perquisition en bonne et due forme dans sa mallette, mais il ne voulait pas le sortir tout de suite.

– Je vous en prie, faites. La chambre de Stacey est au bout du couloir, sur votre gauche. La première porte.

Bosch laissa sa mallette sur le sol dallé de l'entrée et partit dans la direction indiquée. Dans la chambre de la fillette les meubles n'étaient pas recouverts. Les draps blancs qui avaient servi à cet usage étaient empilés par terre. Comme si quelqu'un, sans doute la mère de l'enfant morte, était venue dans cette pièce de temps à autre. Le lit était défait. Le couvre-lit rose et les draps assortis étaient roulés en boule, pas comme si on avait dormi dedans, plutôt comme si une personne allongée sur le lit les avait serrés contre sa poitrine. Bosch eut un pincement au cœur devant ce spectacle.

Il s'avança au milieu de la chambre en gardant les mains enfoncées dans les poches de son imperméable. Il observa les affaires de la fillette. Il y avait des peluches et des poupées, une étagère avec des livres d'images. Aucune affiche de cinéma, aucune photo de jeunes vedettes de la télévision ou de chanteurs pop. C'était comme si cette chambre avait appartenu à une fillette beaucoup plus jeune que Stacey. Bosch se demanda si ce décor était un choix imposé par ses parents ou s'il correspondait à ses goûts personnels – peut-être avait-elle eu le sentiment, en se raccrochant aux choses de son passé, d'échapper aux horreurs du présent. Cette pensée déclencha en lui une douleur plus violente encore que la vision du lit défait.

Il remarqua une brosse à cheveux sur la commode ; quelques cheveux blonds étaient restés accrochés dans les poils. Cette découverte lui remonta le moral : les cheveux sur la brosse pourraient se révéler utiles s'il fallait établir un rapprochement entre la jeune victime et certains autres indices, retrouvés dans le coffre d'une voiture par exemple.

Il s'approcha de la fenêtre. C'était une porte-fenêtre coulissante ; il aperçut sur les montants les traces de poudre noire ayant servi à relever les empreintes. Il déverrouilla la fenêtre et l'ouvrit. Des traces d'éclats étaient visibles à l'endroit où le ravisseur avait, paraît-il, forcé la serrure à l'aide d'un tournevis ou d'un outil semblable.

Bosch contempla le jardin à travers le rideau de pluie. Une petite piscine en forme de haricot était recouverte d'une bâche. L'eau de pluie formait une petite flaque au centre de la toile plastifiée. Une fois encore, Bosch repensa à la petite fille. Plongeait-elle dans la piscine pour s'échapper et nageait-elle jusqu'au fond pour hurler ?

Derrière la piscine, il aperçut la haie qui bordait le jardin. Haute d'environ trois mètres, elle protégeait l'intimité des habitants de la maison. Bosch reconnut la haie des photos numériques présentées sur le site Internet de la Toile de Charlotte.

Il referma la porte-fenêtre. La pluie l'avait toujours rendu triste. Mais aujourd'hui, il n'avait pas besoin de ça. Ses pensées étaient déjà habitées par le fantôme de Frankie Sheehan, par l'échec d'un mariage auquel il n'avait pas le temps de penser, et il était hanté par l'image d'une petite fille au visage affolé.

Il sortit une main de sa poche pour ouvrir la porte de la penderie. Les vêtements de la fillette étaient encore là. Des robes aux couleurs vives suspendues à des cintres en plastique blanc. Il les passa en revue jusqu'à ce qu'il trouve la robe banche ornée de petits drapeaux de sémaphore. Celle qu'il avait vue sur le site Internet.

Il ressortit dans le couloir et inspecta les autres pièces. Il y avait une sorte de chambre d'amis que Bosch reconnut également pour l'avoir vue sur les mêmes photos au site Internet. C'était là, dans cette pièce, que Stacey avait été violée et filmée. Bosch ne s'attarda pas. Un peu plus loin dans le couloir, il y avait une salle de bains, la chambre principale et une autre chambre qui avait été transformée en bureau-bibliothèque.

Il retourna au salon. Apparemment, Kate Kincaid n'avait pas bougé. Il récupéra sa mallette au passage.

– Je suis un peu mouillé, madame Kincaid, dit-il. Je peux m'asseoir ?

– Bien sûr. Mais je vous en prie, appelez-moi Kate.

– Je pense qu'il est préférable de conserver des relations formelles pour le moment, si vous êtes d'accord.

– Comme vous voulez, inspecteur.

Bosch était furieux contre elle, furieux à cause de ce qui s'était passé dans cette maison et du secret qu'on avait soigneusement gardé. Il en avait vu suffisamment au cours de cette brève visite pour avoir la confirmation des soupçons émis avec véhémence par Kizmin Rider la veille.

Il s'assit sur une des chaises recouvertes d'un drap, en face du canapé, et posa sa mallette à plat sur ses genoux. Il l'ouvrit et fouilla à l'intérieur, parmi toutes les choses que Kate Kincaid ne pouvait voir d'où elle se trouvait.

– Avez-vous découvert quelque chose d'intéressant dans la chambre de Stacey ?

Bosch s'interrompit pour la regarder par-dessus sa mallette.

– Non, pas vraiment. En fait, je voulais juste m'imprégner de l'endroit. Je suppose que la chambre a été inspectée dans les moindres recoins et qu'il n'y a plus rien à y découvrir. Stacey aimait se baigner dans la piscine ?

Il replongea la tête dans sa mallette pendant que Kate Kincaid lui expliquait que sa fille nageait comme un poisson. En vérité, Bosch ne cherchait rien dans sa mallette ; il exécutait simplement un numéro qu'il avait répété dans sa tête toute la matinée durant.

– Elle pouvait rester longtemps au fond de l'eau sans reprendre sa respiration, ajouta Kate Kincaid.

Bosch referma sa mallette et regarda la femme assise en face de lui. Elle souriait en évoquant le souvenir de sa fille. Bosch lui renvoya son sourire, mais sans chaleur.

– Madame Kincaid, dit-il, comment écrivez-vous le mot « innocence » ?

– Pardon ?

– Le mot « innocence »… comment l'écrivez-vous ?

– Ça concerne Stacey ? Je ne comprends pas. Pourquoi me…

– Faites-moi plaisir. S'il vous plaît. Épelez ce mot.

– Je ne suis pas très bonne en orthographe. Avec Stacey, j'avais toujours un dictionnaire dans mon sac quand elle me demandait comment s'écrivait un mot. Vous savez, ces petits dictionnaires qui…

– Allez-y. Essayez.

Elle prit le temps de réfléchir. Le désarroi se lisait sur son visage.

– I-n-n… je sais qu'il y a deux « n ». I-n-n-o-c-e-n-s-e…

Elle le regarda en haussant les sourcils d'un air interrogateur. Bosch secoua la tête et rouvrit sa mallette.

– Presque. Mais c'est un « c » à la fin, pas un « s ».

– Zut. Je vous l'avais dit.

Elle lui sourit. Il sortit enfin quelque chose de sa mallette, referma celle-ci et la reposa par terre. Il se leva, s'approcha du canapé et tendit à Kate Kincaid une pochette plastifiée. A l'intérieur se trouvait une des lettres anonymes qu'elle avait envoyées à Howard Elias.

– Regardez, dit-il. Vous avez fait la même faute.

Elle regarda longuement la lettre avant d'inspirer profondément. Sans regarder Bosch, elle dit :

– J'aurais dû me servir de mon petit dictionnaire. Mais j'étais pressée quand j'ai écrit ça.

Bosch sentit un poids s'envoler. Il comprit qu'il n'y aurait pas de bagarre, pas de difficultés. Elle attendait cet instant. Peut-être l'espérait-elle. Peut-être même était-ce pour cette raison qu'elle avait avoué ne pas s'être sentie aussi bien depuis longtemps.

– Je comprends, dit-il. Avez-vous envie de me parler de cette lettre, madame Kincaid ? Et du reste ?

– Oui, j'en ai envie.

Bosch introduisit une pile neuve dans le magnétophone, le mit en marche et le posa sur la table basse, le micro vers le haut afin qu'il puisse enregistrer sa voix et celle de Kate Kincaid.

– Vous êtes prête ?

– Oui.

Il déclina son identité, celle de la personne interrogée,

et précisa la date et l'heure, sans oublier le lieu de l'enregistrement. Il énuméra les droits constitutionnels de Kate Kincaid en lisant un petit imprimé qu'il avait sorti de sa mallette.

– Comprenez-vous les droits que je viens de vous énoncer ?

– Oui.

– Souhaitez-vous répondre à mes questions, madame Kincaid, ou souhaitez-vous contacter un avocat ?

– Non

– Non, quoi ?

– Pas d'avocat. Un avocat ne peut rien faire pour moi. Je veux parler.

Bosch marqua un temps d'arrêt. Il réfléchissait à la meilleure façon d'éviter les « cheveux dans la soupe ».

– Je ne peux vous donner aucun conseil juridique. Mais quand vous dites : « Un avocat ne peut rien faire pour moi », je ne suis pas sûr que vous renonciez officiellement au droit de vous faire assister. Vous voyez ce que je veux dire ? Il est toujours possible qu'un avocat...

– Inspecteur Bosch, je ne veux pas d'avocat. J'ai très bien compris quels étaient mes droits et je ne veux pas d'avocat.

– Très bien. Dans ce cas, je vous demanderai de signer ce document, tout en bas, et aussi à l'endroit où il est indiqué que vous ne voulez pas d'avocat.

Il posa le document sur la table basse pour qu'elle le signe. Il le récupéra et, après avoir vérifié qu'elle avait bien signé de son vrai nom, il le signa à son tour en tant que témoin, puis il le glissa dans un des compartiments de la chemise à soufflet qui se trouvait dans sa mallette. Il se rassit sur sa chaise et observa Kate Kincaid. Un instant, il envisagea de lui faire signer une clause de désistement matrimonial, mais se dit que ça pouvait attendre. Il laisserait le bureau du procureur s'en charger le moment venu, si nécessaire.

– Je crois que tout est en règle, dit-il. Voulez-vous que nous commencions l'interrogatoire, madame Kincaid, ou souhaitez-vous me poser quelques questions ?

Il prononçait fréquemment son nom, délibérément, pour qu'il n'y ait pas de confusion possible si jamais la bande était présentée devant un jury.

– C'est mon mari qui a tué ma fille. Je suppose que c'est ce qui vous intéresse avant tout. C'est pour ça que vous êtes ici.

Bosch se figea un instant, puis il hocha la tête.

– Comment savez-vous que c'est lui ?

– Pendant longtemps j'ai eu des soupçons… puis c'est devenu une certitude quand j'ai entendu certaines choses. Et finalement, il me l'a avoué. Je lui ai posé la question en face et il a tout avoué.

– Que vous a-t-il dit exactement ?

– Il a dit que c'était un accident… mais on n'étrangle pas les gens par accident. Il m'a dit qu'elle le menaçait, qu'elle allait raconter à ses camarades ce qu'il… ce qu'il lui faisait avec ses amis. Il a dit qu'il voulait l'en empêcher, la persuader de ne rien dire. Il a dit que les choses avaient dégénéré.

– Ça s'est passé où ?

– Ici même. Dans la maison

– Quand ?

Elle donna la date du prétendu enlèvement de sa fille. Elle avait l'air de comprendre pourquoi Bosch était obligé de poser des questions dont les réponses semblaient évidentes. Il établissait les faits.

– Votre mari abusait sexuellement de Stacey ?

– Oui.

– Il vous l'a avoué également ?

– Oui.

Elle se mit à pleurer et prit un mouchoir en papier dans son sac. Bosch lui laissa le temps de se ressaisir. Il se demandait si c'était le chagrin, la culpabilité ou le soulagement de raconter enfin cette histoire qui la faisait pleurer. Sans doute un mélange des trois.

– Pendant combien de temps a-t-il ainsi abusé d'elle ?

Kate Kincaid laissa tomber son mouchoir sur ses genoux.

– Je ne sais pas. On était mariés depuis cinq ans quand… quand elle est morte. J'ignore quand ça a commencé.

– A quel moment l'avez-vous découvert ?

– Je préférerais ne pas répondre à cette question, si ça ne vous ennuie pas.

Bosch l'observa. Elle avait les yeux baissés. Cette question était à l'origine de son sentiment de culpabilité.

– C'est important, madame Kincaid.

– Stacey est venue me trouver un jour… (Elle sortit un autre mouchoir de son sac pour sécher un nouveau torrent de larmes.) Environ un an avant… Elle m'a dit qu'il lui faisait des choses qui ne lui semblaient pas bien… Au début, je ne l'ai pas crue. Mais j'ai quand même posé la question à Sam. Il a nié, évidemment. Et je l'ai cru. Je me suis dit que c'était juste un problème d'adaptation. Entre Stacey et son beau-père, vous voyez… Je me suis dit que c'était une façon pour elle de s'affirmer ou je ne sais quoi.

– Et plus tard ?

Elle ne répondit pas. Elle regardait fixement ses mains. Elle remonta son sac sur ses genoux et le tint fermement.

– Madame Kincaid ?

– Il y a eu d'autres indices par la suite. Des petites choses. Stacey ne voulait jamais que je parte en la laissant seule avec lui, mais elle ne me disait jamais pourquoi. Rétrospectivement, c'est évident. Ça l'était moins sur le coup, je vous assure. Un soir où il restait longtemps dans la chambre de Stacey pour lui souhaiter bonne nuit, je suis allée voir ce qui se passait ; la porte était fermée à clé.

– Vous avez frappé ?

Elle demeura comme pétrifiée un long moment avant de secouer la tête.

– Cette réponse est un « non » ?

Il était obligé de poser la question, pour l'enregistrement.

– Oui, enfin, non. Je n'ai pas frappé à la porte.

Bosch décida d'insister. Il savait que très souvent les mères des victimes d'inceste ou d'agressions sexuelles ne voient pas ce qui crève les yeux ou ne prennent pas les mesures nécessaires pour protéger leurs filles du danger. Aujourd'hui, Kate Kincaid vivait un enfer car sa décision de livrer son mari – et elle-même – à la honte populaire et aux poursuites judiciaires lui semblerait toujours insuffisante et trop tardive. Elle avait raison. Aucun avocat ne pourrait rien pour elle. Personne ne pouvait rien pour elle.

– Madame Kincaid, reprit-il, à partir de quel moment avez-vous soupçonné votre mari d'être lié à la mort de votre fille ?

– Pendant le procès de Michael Harris. J'étais persuadée qu'il était coupable… je parle de Harris. Je ne pouvais pas croire que la police avait fabriqué des preuves. Le procureur lui-même m'a assuré que c'était improbable. Alors, j'ai cru à cette accusation. Je voulais y croire. Mais au cours du procès, un des inspecteurs chargés de l'enquête, je crois que c'est Frankie Sheehan, est venu dire qu'ils avaient arrêté Michael Harris sur son lieu de travail…

– La laverie de voitures.

– Exact, et il a donné le nom et l'adresse. A ce moment-là, ça m'est revenu. Je me suis souvenue d'être allée à cette laverie automatique avec Stacey. Je me suis souvenue que ses livres de classe étaient dans la voiture. J'en ai parlé à mon mari, en lui disant qu'il fallait prévenir Jim Camp, le procureur. Mais Sam m'en a dissuadée. Il m'a dit que la police était certaine que Michael Harris l'avait tuée, et que lui aussi en était sûr. Si j'évoquais ce détail, m'a-t-il dit, la défense l'apprendrait et s'en servirait pour saborder le procès. Comme dans l'affaire O.J., la vérité ne voulait rien dire. On perdrait. Il m'a rappelé que le corps de Stacey avait été découvert près du domicile de Harris… Il m'a dit que Harris avait certainement vu Stacey avec moi ce jour-là, à la laverie, et qu'il avait commencé à nous espionner… à la suivre. Il m'a convaincue… et je n'ai pas insisté. Je n'étais toujours pas sûre que le coupable n'était pas Harris. Alors, j'ai fait ce que mon mari m'a dit.

– Et Harris a été innocenté.

– Oui.

Bosch marqua un temps d'arrêt. Une pause s'imposait avant la question suivante.

– Qu'est-ce qui a changé, madame Kincaid ? lui demanda-t-il enfin. Qu'est-ce qui vous a poussée à envoyer ces messages à Howard Elias ?

– Le doute ne m'avait jamais quittée. Et un jour, il y a quelques mois, j'ai surpris une conversation entre mon mari et… son ami.

Elle prononça ce mot comme si c'était la pire insulte qu'on puisse adresser à quelqu'un.

– Richter ?

– Oui. Ils croyaient que je n'étais pas à la maison, et c'est vrai que je n'aurais pas dû y être. J'étais censée déjeuner avec mes amies au club. A Mountaingate. Mais j'ai cessé d'aller déjeuner avec mes amies après que Stacey… Vous savez, les déjeuners et tout ça, ça ne m'intéressait plus. Alors, je disais à mon mari que j'allais à mon club, mais en vérité j'allais voir Stacey. Au cimetière…

– Je comprends.

– Non, je doute que vous compreniez, inspecteur Bosch.

Il hocha la tête.

– Pardonnez-moi. Vous avez certainement raison. Continuez, madame Kincaid.

– Il pleuvait ce jour-là. Comme aujourd'hui ; une pluie violente et déprimante. Alors, je ne suis restée que quelques minutes au cimetière. Je suis rentrée de bonne heure à la maison. Ils ne m'ont pas entendue, sans doute à cause de la pluie. Mais moi, si. Ils discutaient dans son bureau… Comme j'avais toujours des doutes, je me suis approchée. Sans faire de bruit. Je suis restée derrière la porte et j'ai écouté.

Bosch se pencha en avant. C'était le moment de vérité. Dans quelques secondes, il saurait si elle était digne de confiance car il doutait que deux hommes impliqués dans le meurtre d'une fillette de douze ans aient évoqué tranquillement leur acte, de vive voix. Si Kate Kincaid osait l'affirmer, Bosch serait obligé de penser qu'elle mentait.

– Que disaient-ils ?

– Ils ne discutaient pas véritablement. Vous voyez ce que je veux dire ? C'étaient plutôt des commentaires brefs. J'ai compris qu'ils parlaient de petites filles. De différentes petites filles. C'était écœurant, ce qu'ils disaient. J'ignorais que tout cela était organisé. Je m'étais forcée à croire que s'il s'était vraiment passé quelque chose avec Stacey, c'était à cause d'une faiblesse de Sam, contre laquelle il luttait. J'avais tort. Ces hommes étaient des prédateurs organisés.

– Donc, vous avez écouté derrière la porte… dit Bosch pour la ramener sur la bonne voie.

– Ils ne discutaient pas entre eux. Ils faisaient des commentaires. A entendre ce qu'ils disaient, j'ai compris qu'ils regardaient quelque chose. Et j'entendais l'ordinateur, les bruits du clavier et tout ça. Par la suite, j'ai pu me servir de l'ordinateur et j'ai découvert ce qu'ils regardaient. C'étaient des images de petites filles, dix ou onze ans au maximum…

– Nous reviendrons à l'ordinateur plus tard. Pour l'instant, parlons de ce que vous avez entendu. Comment ces... commentaires vous ont conduite à faire le lien avec Stacey ?

– Ils ont cité son nom. J'ai entendu Richter dire : « La voilà. » Et mon mari a prononcé son nom. Il avait un ton... concupiscent, pas du tout comme un père ou un beau-père. Et après, ils se sont tus. J'ai deviné qu'ils la regardaient. Je le savais.

Bosch repensa aux images qu'il avait vues sur l'ordinateur de Rider la veille. Il avait du mal à imaginer Kincaid et Richter assis ensemble dans un bureau et regardant les mêmes scènes en réagissant de manière radicalement différente.

– Ensuite, Richter a demandé à mon mari s'il avait des nouvelles de l'inspecteur Sheehan. « En quel honneur ? » a répondu mon mari, et Richter a parlé de l'argent versé pour avoir mis les empreintes de Harris sur le livre de Stacey. Mon mari a éclaté de rire. Il a dit qu'il n'avait jamais versé le moindre pot-de-vin. Il a raconté à Richter ce que je lui avais dit durant le procès, à savoir que j'avais apporté ma voiture à la laverie. Ils ont ri tous les deux et mon mari a dit alors, je m'en souviens parfaitement, il a dit : « J'ai eu de la chance comme ça toute ma vie... » A ce moment-là, j'ai compris. C'était lui le coupable. C'étaient eux.

– Et vous avez décidé d'aider Howard Elias ?

– Oui.

– Pourquoi lui ? Pourquoi ne pas avoir prévenu la police ?

– Je savais qu'on ne l'inculperait pas. Les Kincaid sont une famille puissante. La fortune du père de mon mari a engraissé tous les politiciens de cette ville. Démocrates ou républicains, sans distinction. Ils lui étaient tous redevables. De plus, ça ne changeait rien. J'ai appelé Jim Camp pour lui demander ce qui arriverait s'ils découvraient que quelqu'un d'autre que Harris avait tué Stacey. Il m'a répondu qu'ils ne pourraient pas juger cette personne à cause du premier procès. La défense n'aurait qu'à faire allusion à ce procès en soulignant que l'année précédente la police avait accusé un autre suspect. Il y avait largement de quoi démonter l'acte d'accusation. Il n'y aurait donc pas eu d'autre inculpation.

Bosch hocha la tête. Il savait qu'elle avait raison. Le procès de Harris avait foutu un cheveu dans la soupe pour toujours.

– Nous devrions peut-être faire une pause pendant quelques minutes, dit-il. J'ai un coup de téléphone à passer.

Il arrêta le magnétophone. Il sortit son téléphone de sa mallette et annonça à Kate Kincaid qu'il allait inspecter l'autre côté de la maison pendant qu'il téléphonait.

En traversant la salle à manger pour se rendre dans la cuisine, Bosch appela le téléphone portable de Lindell. L'agent du FBI répondit immédiatement. Bosch parla à voix basse, en espérant qu'elle ne portait pas jusqu'au salon.

– Bosch à l'appareil. C'est bon. Le témoin coopère.

– C'est enregistré ?

– J'ai tout sur bande. Elle affirme que son mari a tué sa fille.

– Et Elias ?

– On n'y est pas encore. Je vous appelais pour vous donner le feu vert.

– Je transmets le message.

– On les a repérés ?

– Pas pour le moment. Apparemment, le mari est toujours chez lui.

– Et Richter ? Il est dans le coup, lui aussi.

– On ne sait pas trop où il est. S'il est à son domicile, il n'est pas encore sorti. Mais on le trouvera

– Bonne chasse.

Après avoir refermé son téléphone, Bosch s'arrêta sur le seuil de la cuisine pour observer Kate Kincaid de dos. Elle semblait regarder fixement l'endroit où il était assis précédemment, en face d'elle. Sans bouger.

– Bien, dit-il en revenant dans le salon. Voulez-vous quelque chose ? Un verre d'eau ?

– Non, je vous remercie. Je n'ai besoin de rien.

Il remit le magnétophone en marche et déclina de nouveau son identité et celle de la personne interrogée. Il précisa également l'heure exacte et la date.

– On vous a informée de vos droits, n'est-ce pas, madame Kincaid ?

– Oui.

– Désirez-vous poursuivre cet interrogatoire ?

– Oui.

– Vous disiez que vous aviez décidé d'aider Howard Elias. Pour quelle raison ?

– Il défendait les droits de Michael Harris. Je voulais que Michael Harris soit totalement disculpé. Je voulais que mon mari et son ami soient accusés publiquement. Je savais que les autorités ne le feraient sûrement pas. Mais je savais aussi que Howard Elias n'appartenait pas à l'establishment. Il n'était pas contrôlé par l'argent et le pouvoir. Seule la vérité l'intéressait.

– Avez-vous parlé avec M. Elias directement ?

– Non, jamais. J'avais peur que mon mari m'espionne A partir du jour où je l'ai entendu parler avec Richter, où j'ai su que c'était lui, je ne pouvais plus masquer la répulsion qu'il m'inspirait. Je crois qu'il avait deviné que je savais tout. Je crois qu'il avait demandé à Richter de me surveiller. A Richter ou à des gens travaillant pour lui.

Bosch songea brusquement que Richter pouvait se cacher dans les parages après avoir suivi Kate Kincaid jusqu'ici. Lindell venait de lui dire qu'ils ignoraient où se trouvait le détective privé. Il jeta un coup d'œil en direction de la porte et s'aperçut qu'il ne l'avait pas verrouillée.

– Donc, vous avez envoyé des lettres à Elias.

– Oui, des lettres anonymes. Je devais espérer qu'il dénonce ces personnes en me laissant en dehors de tout ça… C'était égoïste, je sais. J'ai été une mère horrible. Je me faisais des illusions, j'espérais que tous les méchants seraient montrés du doigt alors que la mère indigne resterait dans l'ombre.

Bosch voyait des monceaux de souffrance dans les yeux de cette femme. Il attendit de voir resurgir les larmes, mais rien ne vint.

– J'ai encore quelques questions à vous poser. Comment connaissiez-vous l'adresse du site Internet et le moyen d'y accéder ?

– Vous parlez de la Toile de Charlotte ? Mon mari n'est pas un homme très intelligent, inspecteur Bosch. Il est riche et ça lui confère un certain vernis intellectuel. Il avait noté toutes les instructions pour ne pas avoir à les mémoriser et les avait cachées dans son bureau. Je les ai découvertes. Je sais me servir d'un ordinateur. Je suis allée sur ce site épouvantable… J'y ai vu Stacey.

Ses yeux demeuraient secs. Bosch était bluffé. Kate Kincaid s'exprimait maintenant d'une voix monocorde. Elle récitait son histoire, par devoir. Mais l'impact que ce drame avait eu sur sa vie était une chose qui appartenait au passé, bien rangée, enfouie tout au fond d'elle-même.

– Pensez-vous que ce soit votre mari qu'on voit avec Stacey sur les photos ?

– Non. Mais je ne sais pas qui c'est.

– Comment pouvez-vous en être si sûre ?

– Mon mari a une marque de naissance. Une dépigmentation dans le dos. Je vous ai dit qu'il n'était pas très intelligent, mais suffisamment quand même pour ne pas apparaître sur ce site Internet.

Bosch réfléchissait. S'il ne doutait pas de l'histoire de Kate Kincaid, il savait aussi qu'il faudrait des preuves concrètes pour pouvoir inculper son mari. Pour la raison même qui avait dissuadé Kate Kincaid d'alerter les autorités, Bosch devrait aller voir le procureur avec un faisceau de preuves irréfutables. Pour l'instant, il n'avait qu'une épouse qui accusait son mari des pires horreurs. Le fait que Kincaid ne soit apparemment pas l'homme qu'on apercevait avec sa belle-fille sur les images du site Internet constituait un sérieux handicap pour une mise en accusation. Restaient les perquisitions. En ce moment même, des policiers fouillaient le domicile et les bureaux de Sam Kincaid. Bosch pria le ciel qu'ils y découvrent des indices capables de corroborer les affirmations de son épouse.

– Parlons de votre dernière lettre à Howard Elias, dit-il. Vous le mettiez en garde. Vous disiez que votre mari savait. Vouliez-vous dire que votre mari savait qu'Elias avait découvert le site Internet ?

– A ce moment-là, oui.

– Pourquoi ?

– A cause de son comportement… Il était nerveux, il se méfiait de moi. Il me demandait si j'avais utilisé son ordinateur. J'en ai déduit qu'ils savaient que quelqu'un fouillait dans leurs sales histoires. Alors, j'ai envoyé ce message, mais maintenant, je n'en suis plus aussi sûre.

– Pour quelle raison ? Howard Elias est mort.

– Je ne suis pas certaine qu'il l'ait tué. Il me l'aurait dit.

– Hein ?

La logique de ce raisonnement échappait à Bosch.

– Il me l'aurait dit. Il m'a bien dit la vérité pour Stacey, pourquoi aurait-il menti pour Elias ? Sans oublier que vous avez découvert le site. S'ils pensaient qu'Elias était au courant, vous ne pensez pas qu'ils l'auraient fermé ou caché ailleurs ?

– A moins qu'ils n'aient décidé d'éliminer l'intrus.

Elle secoua la tête. Visiblement, elle ne voyait pas les choses comme Bosch.

– Je continue à penser qu'il me l'aurait dit.

Bosch demeurait dubitatif.

– Attendez un peu. Vous faites allusion à la discussion avec votre mari dont vous parliez au début de l'interrogatoire ?

Le bipeur de Bosch retentit à ce moment-là ; il l'éteignit sans quitter des yeux Kate Kincaid.

– Oui.

– Quand a eu lieu cette discussion ?

– Hier soir.

– Hier soir ?

Bosch était abasourdi. Il avait tout de suite pensé que cette confrontation dont elle avait parlé avait eu lieu des semaines, voire des mois plus tôt.

– Oui. Après votre départ. D'après les questions que vous avez posées, j'ai deviné que vous aviez probablement découvert mes lettres. Et je savais que vous découvririez le site de la Toile de Charlotte. C'était juste une question de temps.

Bosch consulta son bipeur. Le numéro affiché sur le petit écran était celui du portable de Lindell. Suivi du code d'urgence 911. Il reporta son attention sur Kate Kincaid.

– J'ai finalement trouvé le courage qui m'avait manqué durant tous ces mois, toutes ces années. J'ai affronté mon mari. Et il m'a tout dit. Il s'est même moqué de moi. Il m'a demandé pourquoi je me préoccupais de ça maintenant, alors que je m'en fichais quand Stacey était vivante.

Le téléphone portable de Bosch sonna à l'intérieur de sa mallette. Kate Kincaid se leva lentement.

– Je vous laisse répondre...

Tandis qu'il prenait sa mallette, il la vit récupérer son sac et traverser la pièce en direction du couloir qui conduisait à la chambre de sa fille morte. Il s'énerva sur les fermoirs de la mallette et parvint enfin à l'ouvrir pour prendre son téléphone. C'était Lindell.

– Je suis sur place, déclara l'agent du FBI d'une voix rendue fébrile par l'adrénaline et l'excitation. Kincaid et Richter sont là tous les deux. C'est pas beau à voir.

– Je vous écoute.

– Ils sont morts. Et, apparemment, ça ne s'est pas fait en douceur. On leur a fait sauter les rotules, on leur a tiré dans les couilles… Vous êtes toujours avec l'épouse ?

Bosch regarda vers le couloir.

– Oui.

Au moment même où il prononçait ce mot, il entendit un petit « pop » au bout du couloir. Il comprit.

– Vous devriez l'amener ici, dit Lindell.

– Entendu.

Bosch referma son téléphone et le rangea dans sa mallette, les yeux fixés sur le couloir.

– Madame Kincaid ?

Pas de réponse. Il n'entendait que le bruit de la pluie.

# 32

Le temps que Bosch quitte la maison de Brentwood et gravisse la colline jusqu'au Sommet, il était presque 14 heures. Tandis qu'il roulait sous la pluie, une seule image occupait son esprit : le visage de Kate Kincaid. Il était entré dans la chambre de Stacey moins de dix secondes après avoir entendu le coup de feu, mais la mère de la fillette était déjà morte. Elle s'était servie d'un calibre 22 dont elle avait introduit le canon dans sa bouche, en visant le haut du crâne. La mort avait été instantanée. Éjectée de la bouche par le recul, l'arme était tombée par terre. Comme souvent avec du 22, la balle n'était pas ressortie. On aurait simplement dit que Kate Kincaid dormait. Elle s'était enveloppée dans la couverture de sa fille. Elle paraissait sereine dans la mort. Aucun embaumeur ne pourrait faire mieux.

Plusieurs voitures et camionnettes étaient stationnées devant la demeure des Kincaid. Bosch fut obligé de se garer si loin de la maison que son imperméable était trempé quand il arriva à la porte. Lindell l'attendait sur le seuil.

– Un joli gâchis ! lança l'agent du FBI en guise d'accueil.

– Ouais.

– Est-ce qu'on aurait pu le prévoir ?

– Je ne sais pas. On ne sait jamais ce que vont faire les gens.

– On en est où, là-bas ?

– Le légiste et les gars du labo sont toujours sur place. Plus quelques types du RHD… Ils ont pris les choses en main.

Lindell hocha simplement la tête.

– J'ai vu ce que je devais voir. Montrez-moi ce que vous avez ici.

Ils entrèrent. Lindell ouvrit le chemin jusqu'à l'immense salon dans lequel Bosch s'était assis avec les Kincaid la veille. Il découvrit les corps. Sam Kincaid occupait le même endroit sur le canapé que la dernière fois où Bosch l'avait vu. D.C. Richter, lui, était allongé sur le sol, devant la baie vitrée qui dominait la Vallée. Mais il n'y avait pas de vue supersonique aujourd'hui. Uniquement du ciel gris. Le sang avait fait une mare autour du corps de Richter, celui de Kincaid ayant, lui, été absorbé par le tissu du canapé. Plusieurs techniciens travaillaient dans la pièce, toutes les lumières étaient allumées. Bosch remarqua les petits marqueurs en plastique disposés aux endroits où on avait retrouvé les douilles de 22, sur le sol.

– Vous avez trouvé le 22 à Brentwood, je suppose ? dit Lindell.

– Oui, elle s'est servie de la même arme.

– Vous n'avez pas pensé à la fouiller avant de commencer à l'interroger ?

Bosch regarda l'agent du FBI et secoua légèrement la tête, sans cacher son agacement.

– Vous vous foutez de moi ? C'était une déposition volontaire. Peut-être que vous n'avez jamais interrogé personne, là-bas au FBI, mais ici, la règle numéro 1, c'est de ne jamais donner l'impression à la personne qu'elle est suspecte avant de commencer. Non, je ne l'ai pas fouillée et j'aurais commis une erreur si…

– Je sais, je sais. Désolé. C'est juste que…

Il n'acheva pas sa phrase, mais Bosch comprenait ce qu'il voulait dire. Il décida de changer de sujet :

– Le vieux a pointé son nez ?

– Jack Kincaid ? Non, on a envoyé quelqu'un chez lui. Je crois savoir qu'il réagit très mal. Il appelle tous les politiciens qu'il a financés. Peut-être pense-t-il que le conseil municipal ou le maire pourront lui rendre son fils.

– Il savait ce que faisait son fils. Sans doute l'a-t-il toujours su. Voilà pourquoi il passe tous ces coups de fil. Il ne veut pas que l'affaire s'ébruite.

– C'est ce qu'on va voir ! On a déjà découvert des caméras vidéo numériques et du matériel de montage. On n'aura aucun mal à établir le lien avec la Toile de Charlotte. Je suis confiant.

– Ça ne changera rien. Où est le chef Irving ?

– Il arrive.

Bosch s'approcha du canapé et se pencha en avant, les mains sur les genoux, pour examiner de plus près le « roi de l'auto ». Celui-ci avait les yeux ouverts et la bouche déformée par une ultime grimace. Lindell avait raison : la mort n'avait pas été douce. Il rapprocha cette expression de celle de son épouse. Il n'y avait aucune comparaison possible.

– A votre avis, ça s'est passé comment ? demanda-t-il. Comment a-t-elle pu les tuer tous les deux ?

Il continua à fixer le corps pendant que Lindell parlait :

– Quand on tire dans les couilles d'un type, il a tendance à se montrer docile. A en juger par la quantité de sang, je dirais qu'elle a commencé par ça. A partir de ce moment-là, je crois qu'elle avait la situation bien en main.

– Richter n'était pas armé ?

– Non.

– On a retrouvé un 9 mm dans les parages ?

– Non, rien pour l'instant.

Lindell adressa à Bosch un autre regard qui voulait dire : « On a merdé. »

– Il nous faut ce 9 mm, dit Bosch. Mme Kincaid a réussi à leur faire avouer ce qu'ils avaient fait à la fillette, mais elle n'a pas parlé d'Elias. Il faut retrouver l'arme du crime pour établir leur culpabilité et boucler cette affaire.

– On cherche. Si quelqu'un la trouve, on sera les premiers informés.

– Vous avez envoyé des hommes fouiller le domicile de Richter, son bureau et sa voiture ? Je continue à miser sur lui pour le meurtre d'Elias.

– Oui, on s'en occupe, mais n'espérez pas trop de ce côté-là.

Bosch essaya de déchiffrer l'expression de l'agent du FBI, sans y parvenir. Il sentait qu'on lui cachait quelque chose.

– Qu'y a-t-il ?

– Edgar a récupéré le dossier de Richter à l'école de police ce matin.

– Oui, je sais. Il n'a pas été reçu. Pour quelle raison ?

– Il se trouve qu'il était aveugle d'un œil. L'œil gauche. Il a essayé de faire comme si de rien n'était. Il s'est bien débrouillé jusqu'à l'épreuve de tir. Il était incapable d'atteindre la cible. C'est comme ça qu'ils ont découvert la vérité. Et ils l'ont renvoyé.

Bosch hocha la tête. Il repensa à la double exécution à l'intérieur de l'Angels Flight et comprit que cette révélation changeait tout. Il était peu probable que Richter soit le meurtrier.

Il fut interrompu dans ses pensées par le vrombissement étouffé d'un hélicoptère. Levant les yeux vers la fenêtre, il aperçut un appareil de Channel 4 immobilisé dans les airs, une cinquantaine de mètres au-dessus de la maison. A travers le rideau de pluie, on distinguait à peine le cameraman dans l'entrebâillement de la porte coulissante.

– Saloperies de vautours ! dit Lindell. On pourrait penser qu'ils ne mettraient pas le nez dehors avec cette putain de pluie !

Il se dirigea vers l'entrée de la pièce où se trouvait un tableau de commandes électroniques. Il enfonça un bouton rond et garda le doigt appuyé dessus. Bosch entendit le gémissement d'un moteur électrique et vit un store automatique descendre lentement devant les vitres.

– Ils ne peuvent pas approcher de la maison à cause des grilles, reprit-il. Il ne leur reste que la voie des airs.

– Je m'en fous. On va bien voir ce qu'ils vont faire maintenant.

Bosch s'en foutait, lui aussi. Il reporta son attention sur les corps. A en juger par la couleur de leur peau et la légère odeur qui flottait dans la pièce, les deux hommes étaient morts depuis quelques heures déjà. Cela voulait-il dire que Kate Kincaid était restée dans la maison durant tout ce temps avec les cadavres, ou bien s'était-elle rendue à Brentwood pour passer la nuit dans le lit de sa fille ? Il penchait pour la deuxième hypothèse.

– Quelqu'un a donné l'heure des décès ? s'enquit-il.

– Oui. Le légiste fait remonter leur mort à hier soir, entre 21 heures et minuit. D'après lui, la quantité de sang indique qu'ils ont pu rester en vie pendant environ deux heures entre la première et la dernière balle. Apparemment, elle voulait leur arracher des renseignements, mais ils n'ont pas voulu parler.. au début, du moins.

– Son mari a parlé. Pour Richter, je ne sais pas ; sans doute qu'elle s'en foutait. Mais son mari lui a raconté tout ce qu'elle avait envie de savoir concernant Stacey. Après, elle l'a achevé, je suppose. Elle les a achevés tous les deux. Ce n'était pas son mari qu'on voit avec sa fille sur les images du site. Vous devriez demander au légiste de prendre des photos du torse de Richter pour effectuer une comparaison. C'était peut-être lui.

– Ce sera fait. Alors, qu'en pensez-vous ? Elle a commis ce carnage hier soir et elle est montée se coucher après ?

– Ça m'étonnerait. Je pense plutôt qu'elle a passé la nuit dans la maison de Brentwood. J'ai eu l'impression que quelqu'un avait couché dans le lit de Stacey. Il fallait qu'elle me raconte toute l'histoire avant d'achever son plan.

– Se suicider, vous voulez dire ?

– Oui.

– C'est dur.

– Vivre avec le fantôme de sa fille et de ce qu'elle avait toléré l'était encore plus. Le suicide était la solution de facilité.

– Ce n'est pas mon avis. Je n'arrête pas de penser à Sheehan et je ne comprends pas. Merde alors, qu'est-ce qu'il devait éprouver pour en arriver là ?

– Je vous souhaite de ne jamais le savoir. Où est mon équipe ?

– Dans le bureau, au fond du couloir. Ils fouillent la pièce.

– J'y vais. Si on a besoin de moi, je serai là-bas.

Abandonnant Lindell, Bosch emprunta le couloir pour se rendre dans le bureau de Kincaid. Edgar et Rider inspectaient la pièce sans mot dire. Tous les objets qu'ils souhaitaient emporter étaient posés sur la grande table. Bosch les salua d'un hochement de tête ; ils lui répondirent de la même façon. Un voile terne flottait maintenant au-dessus de l'enquête. Il n'y aurait pas d'inculpation, pas de procès. C'était à eux qu'il reviendrait d'expliquer ce qui s'était passé. Et ils savaient que les médias seraient sceptiques et que l'opinion publique ne les croirait pas forcément.

Bosch s'approcha du bureau. Dessus étaient posés une grande quantité de matériel informatique et des câbles. Ainsi que des boîtes de grosses disquettes servant à stocker d'importants volumes de données. Plus une petite caméra et une table de montage.

– On a tout ce qu'on veut, Harry, dit Rider. On aurait fait plonger Kincaid sans problème pour le réseau pédophile. Il avait un Zip avec toutes les images provenant du site Internet secret. Plus la caméra… on pense qu'il s'en est servi pour filmer Stacey.

Rider, qui portait des gants, souleva la caméra pour la lui montrer.

– C'est du numérique. Tu filmes, tu branches la caméra sur la sortie, là et là, et tu charges tout ce que tu veux. Ensuite, tu balances les images sur le réseau pédophile. Tout ça dans l'intimité de ton salon. C'est simple comme un…

Elle n'acheva pas sa phrase. Bosch se retourna pour voir ce qui l'avait interrompue et découvrit le chef adjoint Irving sur le seuil de la pièce. Derrière lui se tenaient Lindell et l'assistant d'Irving, le lieutenant Tulin. Irving entra dans le bureau, tendit son imperméable à Tulin et lui dit d'aller attendre dans une autre pièce.

– Laquelle, chef ?

– N'importe laquelle.

Irving referma la porte après le départ de Tulin. Il n'y avait plus que lui, Lindell, Bosch et son équipe dans la pièce. Bosch crut deviner la suite. Le grand arrangeur venait d'arriver. L'enquête allait entrer dans la phase de laminage et de polissage, celle des décisions et des déclarations publiques inspirées par les intérêts de la police, et non par la recherche de la vérité. Bosch croisa les bras et attendit.

– Je tiens à tirer un trait sur cette affaire, déclara Irving. Emportez ce que vous avez trouvé et déguerpissez.

– Chef, dit Rider, il reste encore un tas de pièces à fouiller…

– Je m'en fous. Je veux qu'on emporte les corps et que la police fiche le camp.

– Mais, monsieur, insista-t-elle, nous n'avons pas encore retrouvé l'arme. Nous avons besoin de cette arme pour…

– Vous ne la trouverez pas.

Irving fit deux pas en avant. Il regarda autour de lui, ses yeux se posant sur Bosch.

– J'ai commis une erreur en vous écoutant, dit-il. J'espère que la ville n'aura pas à en payer les conséquences.

Bosch ne réagit pas immédiatement. Irving ne le quittait pas des yeux.

– Chef, je sais que vous raisonnez en termes... politiques. Mais nous devons continuer à fouiller cette maison et tous les autres endroits liés aux Kincaid. Nous devons retrouver cette arme pour prouver que...

– Je vous le répète, vous ne retrouverez pas cette arme. Ni ici, ni dans aucun autre endroit appartenant aux Kincaid. Tout cela n'était qu'une diversion. Une diversion qui a causé trois morts.

Bosch ne comprenait pas ce qui se passait, mais se sentit sur la défensive. D'un geste, il désigna tout le matériel accumulé sur le bureau.

– Je n'appelle pas ça une diversion, chef. Kincaid était impliqué dans un important réseau pédophile et nous...

– Votre enquête concernait le double meurtre de l'Angels Flight. De toute évidence, je vous ai laissé trop de latitude, à tous les trois, et voilà où nous en sommes.

– Mais il s'agit de l'Angels Flight ! C'est pour ça qu'il faut retrouver l'arme. C'est le lien entre tous...

– Nom de Dieu, nous l'avons déjà, cette arme ! Nous l'avons depuis vingt-quatre heures ! Nous avions même le meurtrier ! NOUS L'AVIONS ! Mais nous l'avons laissé filer, et on ne le rattrapera jamais !

Bosch ne pouvait que regarder fixement Irving, dont le visage avait viré au cramoisi sous l'effet de la colère.

– L'analyse balistique est terminée depuis moins d'une heure, ajouta Irving. Les trois balles retrouvées dans le corps de Howard Elias correspondent sans aucun doute possible à celles tirées dans le laboratoire et provenant du Smith & Wesson 9 mm de l'inspecteur Frank

Sheehan. C'est lui qui a tué ces deux personnes dans le funiculaire. Fin de l'histoire. Certains d'entre nous croyaient à cette possibilité, mais ils se sont laissé convaincre. Cette possibilité est devenue maintenant une réalité, mais l'inspecteur Sheehan a disparu depuis belle lurette.

Bosch en resta sans voix et dut faire un grand effort de volonté pour ne pas demeurer bouche bée.

– Vous voulez… parvint-il à articuler. Vous faites tout ça pour le vieux. Pour Kincaid. Vous…

Rider le saisit par le bras pour l'empêcher de commettre un acte suicidaire pour sa carrière. Bosch se libéra d'un mouvement d'épaules et pointa le doigt en direction du salon où gisaient les deux cadavres.

– … vous sacrifiez un des vôtres pour protéger ça ! Comment osez-vous ? Comment pouvez-vous accepter ce genre de compromis avec eux ? Et avec vous-même ?

– Vous avez TORT ! lui renvoya Irving sur le même ton.

Puis il baissa la voix pour ajouter :

– Vous avez tort et je pourrais vous faire payer cher ce que vous venez de dire.

Bosch ne répondit pas. Il continuait à soutenir le regard du chef adjoint.

– Cette ville réclame justice pour Howard Elias, dit Irving. Et pour la femme qui a été tuée en même temps que lui. Vous l'en avez privée, inspecteur Bosch. Vous avez offert à Sheehan une porte de sortie de lâche. Vous avez privé tous ces gens de justice et ils ne seront pas contents. Que Dieu nous garde !

# 33

Le plan consistait à organiser la conférence de presse le plus vite possible, pendant que la pluie qui continuait à tomber pouvait maintenir les fous furieux chez eux. Toute l'équipe chargée de l'enquête était réunie et alignée contre le mur, au fond de l'estrade. Le chef de la police et l'agent du FBI Gilbert Spencer devaient faire des déclarations et répondre aux questions. C'était une procédure habituelle dans les situations hautement sensibles comme celle-ci. Le chef de la police et Spencer n'en savaient pas beaucoup plus que ce qui figurait sur le communiqué de presse. Par conséquent, toutes les questions concernant les détails de l'enquête pouvaient être esquivées aisément et honnêtement avec des réponses du type : « Je ne suis pas au courant », ou : « Pas à ma connaissance. »

O'Rourke, du bureau des relations avec la presse, se chargea du préambule en priant la meute des journalistes d'agir de manière responsable et en précisant que la conférence serait brève. Des informations complémentaires seraient fournies dans les jours à venir. Il présenta ensuite le chef de la police, qui vint se placer derrière la rangée de micros pour lire une déclaration rédigée avec le plus grand soin

– Au cours de mes brèves fonctions de chef de la police, j'ai eu la lourde tâche d'assister aux obsèques de policiers morts dans l'accomplissement de leur devoir.

J'ai tenu les mains de mères ayant perdu leurs enfants, victimes de la violence aveugle de cette ville. Pourtant, mon cœur n'a jamais été aussi gros qu'en cet instant. Car je dois annoncer aux habitants de cette grande ville que nous savons qui a assassiné Howard Elias et Catalina Perez. Et c'est avec le plus profond regret que je vous annonce qu'il s'agit d'un membre de notre police. Un peu plus tôt dans la journée, les analyses balistiques ont confirmé que les balles ayant tué Howard Elias et Catalina Perez provenaient de l'arme de service de l'inspecteur Frank Sheehan de la brigade des vols et homicides.

Bosch balaya du regard les visages des journalistes ; la stupeur se lisait sur un grand nombre d'entre eux. Cette nouvelle les réduisit même au silence pendant quelques instants car ils devinaient déjà les conséquences. Cette nouvelle était l'allumette, ils étaient le carburant. La pluie ne suffirait pas à éteindre l'incendie.

Deux ou trois journalistes, travaillant sans doute pour des agences de presse, se frayèrent un chemin au milieu de leurs confrères pour quitter la salle et être les premiers à transmettre la nouvelle. Pendant ce temps, le chef de la police poursuivit :

– Comme beaucoup d'entre vous le savent, Sheehan faisait partie des quelques officiers de police traînés en justice par Howard Elias pour le compte de Michael Harris. Les enquêteurs chargés de cette affaire estiment que Sheehan n'a pas supporté la pression infligée par ce procès et l'échec de son mariage survenu dernièrement. Peut-être a-t-il perdu la raison. Nous ne le saurons sans doute jamais, car l'inspecteur Sheehan s'est donné la mort hier soir, lorsqu'il a compris que ce n'était plus qu'une question de temps avant qu'il soit désigné comme coupable. Quand on est chef de la police, on espère ne jamais être obligé de faire ce genre de déclaration. Mais notre police n'a rien à cacher aux citoyens. Les mauvaises choses doivent être étalées au grand jour si l'on veut pouvoir fêter pleinement les bonnes. Je sais que les huit mille personnes honnêtes qui composent ce corps se joignent à moi pour transmettre leurs excuses et leurs condoléances aux familles des deux victimes, et aux autres habitants de cette ville. En retour, nous demandons à tous les honnêtes citoyens de réagir de manière responsable et avec calme à cette horrible révélation… Voilà. J'ai d'autres choses à vous annoncer, mais s'il y a des questions concernant cette enquête, je prendrai le temps de répondre à certaines d'entre elles.

Ce fut aussitôt une explosion de cris inintelligibles. Le chef de la police désigna simplement du doigt un journaliste placé devant lui. Bosch ne le connaissait pas.

– Comment et où Sheehan s'est-il suicidé ?

– Il était hébergé chez un ami hier soir. Il s'est tiré une balle dans la tête. Son arme de service avait été confisquée pour procéder aux examens balistiques. Il s'est servi d'une autre arme, dont nous ignorons la provenance pour l'instant. Les enquêteurs ont cru qu'il n'avait plus d'arme à sa disposition. De toute évidence, ils avaient tort.

La cacophonie reprit, mais elle ne pouvait rivaliser avec la voix tonitruante de Harvey Button. Sa question jaillit au-dessus du flot – impossible de ne pas y répondre :

– Pourquoi cet homme était-il en liberté ? Hier encore, il était suspect. Pourquoi l'a-t-on relâché ?

Le chef observa longuement Button avant de répondre :

– Vous avez vous-même répondu à la question. Il était suspect. Il n'était pas en état d'arrestation. Nous attendions les résultats de l'expertise balistique, nous n'avions aucune raison de le maintenir en garde à vue. Nous n'avions aucun élément à charge permettant de l'inculper. La preuve nous a été fournie par le rapport balistique. Malheureusement, nous l'avons reçue trop tard.

– Chef, nous savons tous que la police peut garder un suspect quarante-huit heures avant de l'inculper. Pourquoi l'inspecteur Sheehan a-t-il été relâché ?

– De fait, l'enquête s'était déjà orientée dans d'autres directions. Sheehan n'était pas un suspect à part entière. Il faisait partie d'un certain nombre de personnes que nous avons interrogées. Nous n'avions aucune raison de le maintenir en garde à vue, je le répète. Il avait fourni des réponses satisfaisantes à nos questions ; il faisait partie de la police et rien ne permettait de penser qu'il avait l'intention de fuir. En outre, nous ne pouvions imaginer qu'il avait des tendances suicidaires.

– Autre question ! s'écria Button par-dessus le vacarme. Voulez-vous dire que son statut d'officier de police lui a valu le privilège d'être libéré pour pouvoir rentrer chez lui et se suicider ?

– Non, monsieur Button, je n'ai jamais dit ça. J'ai dit que nous avons eu la preuve de sa culpabilité quand il était déjà trop tard. Nous avons su la vérité aujourd'hui. L'inspecteur Sheehan a été relâché et il s'est suicidé hier soir.

– S'il s'était agi d'un citoyen comme les autres, un Noir, par exemple, comme Michael Harris, aurait-il eu le droit de rentrer chez lui ?

– Je ne m'abaisserai pas à répondre à cette question.

Le chef leva les bras pour contrer le feu des questions des autres journalistes.

– J'ai encore une déclaration à faire.

Les journalistes continuèrent à lancer leurs questions et O'Rourke s'avança vers les micros pour couvrir leurs voix et menacer de mettre fin à la conférence de presse s'il n'obtenait pas le silence. La menace fut payante. Le chef put reprendre :

– Cette information est liée indirectement aux événements que je viens d'évoquer. J'ai la triste tâche de vous annoncer également les décès de Sam Kincaid, Kate Kincaid et Donald Charles Richter, un agent de sécurité qui travaillait pour les Kincaid.

Il enchaîna en lisant un autre communiqué qui décrivait le double meurtre et le suicide, présentés comme l'acte de folie d'une Kate Kincaid désespérée, victime du chagrin causé par la disparition de sa fille. Aucune allusion à la souillure infligée par le mari à cette enfant, à ses activités pédophiles sur un site Internet secret consacré à cette perversion. Aucune allusion, non plus, à l'enquête sur ce site menée par le FBI et la brigade de lutte contre la fraude informatique

Bosch savait que c'était l'œuvre du patriarche l'œuvre du premier « roi de l'auto » qui tirait les ficelles pour sauver l'honneur de sa famille Nul doute que dans toute la ville on évoquait de vieux services rendus. Jackson Kincaid ne permettrait pas que la réputation de son fils soit salie – et la sienne, par la même occasion. Ça risquait de faire du tort à ses affaires.

Quand le chef eut fini de lire sa deuxième déclaration, de nouvelles questions fusèrent dans l'assistance :

– Si Kate Kincaid était bouleversée, pourquoi a-t-elle tué son mari ? demanda Keisha Russell, du *Times*.

– On ne le saura jamais.

– Et l'agent de la sécurité, Richter ? Pourquoi l'avoir tué, lui aussi, si le motif était la disparition de sa fille ?

– Là encore, nous n'avons aucune certitude. Nous pensons que M. Richter se trouvait dans la maison ou qu'il est entré au moment où Mme Kincaid a pris l'arme et annoncé son intention de se suicider. Il est fort probable que les deux hommes aient été tués en essayant d'empêcher Mme Kincaid de commettre son geste. Elle s'est ensuite rendue dans leur ancienne maison, où le couple avait vécu avec sa fille. Elle s'est donné la mort dans le lit de sa fille. C'est une chose très triste et toute notre sympathie va à la famille et aux amis des Kincaid.

Bosch était écœuré. Il faillit secouer la tête, mais il se tenait au fond de l'estrade, derrière le chef de la police, et savait que cette marque de désapprobation n'échapperait pas aux caméras et aux journalistes.

– Si vous n'avez plus de questions, j'aimerais vous demander de…

– Chef ! lança Button. L'inspectrice générale Carla Entrenkin tient une conférence de presse au cabinet de Howard Elias dans une heure. Savez-vous ce qu'elle a l'intention de dire et avez-vous un commentaire ?

– Non. L'inspectrice générale Entrenkin agit en toute indépendance. Elle n'a aucun compte à me rendre et, de ce fait, je n'ai aucune idée de ce qu'elle va dire.

Toutefois, à en juger par son ton, il était évident qu'il ne s'attendait pas à des propos très favorables à la police

– Avant d'en terminer, dit-il, je tiens à remercier le FBI, et plus particulièrement l'agent spécial Spencer, pour l'aide qu'il nous a fournie. S'il est permis de tirer une satisfaction de cette triste histoire, c'est en se disant que les citoyens de cette communauté peuvent avoir la certitude que la police est déterminée à couper toutes les branches pourries, quelles qu'elles soient. Elle est également disposée à dénoncer et à assumer les fautes commises par ses éléments, sans chercher à dissimuler la vérité, quoi qu'il en coûte à notre fierté et à notre réputation. J'espère que les citoyens de Los Angeles s'en souviendront et qu'ils accepteront mes excuses les plus sincères. J'espère qu'ils réagiront avec calme et de manière responsable à ces déclarations.

Ses dernières paroles furent couvertes par les bruits de chaises et de matériel des journalistes qui s'étaient levés en masse pour se diriger vers la sortie. Ils avaient un article à écrire et une autre conférence de presse allait débuter.

– Inspecteur Bosch !

411

Bosch se retourna. Irving s'était approché de lui dans son dos.

– Cette déclaration vous pose un problème ? A vous ou à votre équipe ?

Bosch dévisagea le chef adjoint. Le sous-entendu était clair : « Faites des vagues et c'est votre bateau à vous qui sera le premier à couler, en emportant tout l'équipage. » « Ferme ta gueule et tout ira bien. » Le slogan de la maison. Voilà ce qu'on devrait écrire sur les portières des voitures de flics. Oublions « Protéger et servir ».

Bosch secoua lentement la tête alors qu'il n'avait qu'une envie : étrangler Irving.

– Non, aucun problème, répondit-il entre ses dents serrées.

Irving hocha la tête ; il sentit instinctivement qu'il ne fallait pas insister.

Voyant que la sortie était maintenant dégagée, Bosch s'éloigna, tête baissée. Il avait l'impression de ne plus rien comprendre. Sa femme, son vieil ami, sa ville. Tout et tout le monde lui étaient étrangers. Et à travers ce sentiment de solitude, il croyait toucher du doigt ce qu'avaient éprouvé Kate Kincaid et Frankie Sheehan à la fin du trajet.

## 34

Bosch était rentré chez lui pour regarder tout ça à la télé. Penché au-dessus de sa machine à écrire portable posée sur la table basse, il tapait à deux doigts ses derniers rapports relatifs à l'enquête. Évidemment, il aurait pu demander à Rider de s'en charger sur son ordinateur portable ; elle aurait fait dix fois plus vite, mais Bosch tenait à rédiger lui-même les conclusions de cette affaire. Il avait décidé de rapporter les faits exactement tels qu'ils s'étaient produits, sans rien dissimuler, sans protéger personne, ni la famille Kincaid ni lui-même. Il remettrait tout à Irving, et si le chef adjoint choisissait de tout réécrire, de couper des passages ou même de tout déchirer, libre à lui. En racontant ce qui s'était réellement passé, en couchant tout par écrit, Bosch avait le sentiment de conserver une parcelle d'intégrité.

Il arrêta de taper pour regarder la télé quand les reportages sur les troubles et les actes de violence sporadiques laissèrent place au résumé des événements du jour. La chaîne diffusa plusieurs extraits de la conférence de presse et Bosch se vit debout au fond de l'estrade, derrière le chef de la police ; son visage démentait toutes les affirmations d'Irving. Vint ensuite la conférence de presse organisée par Carla Entrenkin dans le hall du Bradbury. D'emblée, elle annonça sa démission du poste d'inspectrice générale. Après s'être entretenue avec la veuve de Howard Elias, expliqua-t-elle, il avait été décidé et convenu qu'elle reprendrait la direction du cabinet de l'avocat assassiné.

« Je pense que ce nouveau rôle me placera dans une position plus favorable pour réformer les forces de police de cette ville et en éradiquer tous les éléments nuisibles, dit-elle. Poursuivre le travail de Howard Elias sera pour moi un honneur en même temps qu'un défi. »

Interrogée par les journalistes sur l'affaire Black Warrior, Entrenkin déclara qu'elle avait l'intention de reprendre le dossier le plus vite possible. Dès le lendemain matin, elle demanderait au juge de reporter le début du procès au lundi suivant. D'ici là, elle aurait eu le temps de se familiariser avec les subtilités du dossier et la stratégie envisagée par Howard Elias. Quand un journaliste lui fit remarquer que la municipalité ferait certainement tout son possible pour trouver un règlement à l'amiable, au vu des événements survenus le jour même, elle protesta :

« Comme Howard, je n'ai nullement l'intention de trouver un compromis, déclara-t-elle face à la caméra. Cette affaire mérite d'être jugée au grand jour, devant l'opinion publique. Nous irons au procès. »

Formidable, ironisa Bosch alors que s'achevait le reportage. Il ne pleuvrait pas éternellement. Si une émeute gigantesque était évitée maintenant, Carla « J'examine » ne manquerait pas de la déclencher la semaine suivante.

La chaîne avait enregistré les réactions de plusieurs leaders de la communauté noire après les derniers événements et les déclarations du chef de la police. En voyant apparaître le visage du révérend Preston Tuggins sur l'écran, Bosch prit la télécommande pour zapper. Deux autres chaînes diffusaient les mêmes images de paisibles veillées aux chandelles ; une troisième diffusait l'interview du conseiller municipal Royal Sparks ; une quatrième montrait des vues aériennes du carrefour Florence Avenue-Normandie Boulevard. L'endroit où avaient éclaté les émeutes de 1992 était envahi par une foule importante. La manifestation – si on pouvait employer ce terme – se déroulait dans le calme, mais Bosch savait que l'émeute n'était plus qu'une question de temps. La pluie et la tombée de la nuit ne pourraient pas contenir bien longtemps la fureur des manifestants. Il repensa à ce que lui avait dit Carla Entrenkin le samedi soir précédent sur la colère et la violence qui comblaient le vide laissé par la disparition de l'espoir. Il songea à ce vide qu'il sentait lui-même en cet instant et se demanda avec quoi il pourrait bien le remplir.

Il baissa le son de la télé et se remit à son rapport. Quand il eut terminé, il arracha la dernière feuille de la machine à écrire et la glissa à l'intérieur d'une chemise. Il la déposerait dès le lendemain matin, à la première occasion. Maintenant que l'enquête était terminée, ses équipiers et lui avaient été réquisitionnés, comme tous les autres policiers. Ils devaient se présenter le lendemain matin à 6 heures, en uniforme, au poste de commandement du bureau sud. Ils allaient passer plusieurs jours, au minimum, à parcourir les rues de la zone rouge, par groupes de deux voitures et de huit policiers.

Bosch décida d'aller examiner l'état de son costume rangé dans la penderie. Il ne l'avait pas porté depuis cinq ans, depuis le tremblement de terre, lorsque le plan d'urgence avait été mis en place. Au moment où il sortait l'uniforme de sa housse en plastique, le téléphone sonna et il se précipita pour aller répondre en espérant que c'était Eleanor qui l'appelait de quelque part pour dire qu'elle allait bien. Mais ce n'était pas Eleanor. C'était Carla Entrenkin.

– Vous avez mes dossiers, dit-elle.

– Pardon ?

– Les dossiers. L'affaire Black Warrior. Je reprends l'affaire. J'ai besoin de récupérer les dossiers.

- Ah, oui, d'accord. Je viens de voir ça à la télé.

Il s'ensuivit un moment de silence qui mit Bosch mal à l'aise. Il y avait chez cette femme quelque chose qu'il aimait bien, même s'il semblait peu intéressé par sa cause.

– Je crois que c'est une bonne idée, dit-il finalement. Que vous repreniez l'affaire, je veux dire... Vous êtes convenue de ça avec la veuve, hein ?

– Oui. Et si vous voulez tout savoir, je ne lui ai pas parlé de ma liaison avec Howard. Je ne voyais pas l'utilité de gâcher ses souvenirs ; c'est déjà assez dur pour elle.

– C'est très noble à vous.

– Inspecteur ..

– Oui ?

– Rien. Parfois, je ne vous comprends pas.

– Bienvenue au club.

Nouveau silence.

– Les dossiers sont ici, dit-il. J'ai toute la boîte. Je viens justement de taper mes conclusions. Je vais tout empaqueter pour essayer de vous le déposer demain. Mais je ne peux rien vous promettre, je suis réquisitionné pour patrouiller dans le South Side jusqu'à ce que la tension retombe.

– Pas de problème.

– Vous reprenez aussi son cabinet ? C'est là que je dois rapporter les dossiers ?

– Oui. Si possible. Ce serait bien.

Il hocha la tête en sachant qu'elle ne pouvait pas le voir.

– OK, dit-il. Merci pour votre aide, au fait. Je ne sais pas si Irving vous en a parlé, mais la piste de Sheehan se trouvait dans les dossiers. C'était une vieille affaire. Vous en avez entendu parler, je suppose.

– En fait... non. Mais je suis ravie d'avoir pu vous aider, inspecteur Bosch. Toutefois, je me pose des questions. Sur Sheehan. C'était votre ancien équipier..

416

– Exact.

– Est-ce que tout cela vous semble plausible ? Qu'il ait pu tuer Howard avant de se suicider ? Sans oublier la femme qui se trouvait dans le funiculaire..

– Si vous m'aviez posé la question hier, je vous aurais répondu « jamais de la vie ». Mais aujourd'hui, j'ai l'impression de ne plus rien comprendre, ni aux autres ni à moi-même. Dans la police, quand on ne peut pas expliquer certaines choses, on a un dicton. Les preuves, c'est ce qui existe… Et basta.

Bosch s'allongea sur son lit et contempla le plafond en gardant le téléphone collé contre son oreille. Au bout d'un long moment de silence, Carla Entrenkin lui demanda :

– Ne peut-il pas y avoir une autre façon d'interpréter les preuves ?

Elle avait dit ça lentement, avec concision. Elle était avocate. Elle choisissait ses mots avec soin.

– Où voulez-vous en venir, madame l'inspectrice ?

– Appelez-moi Carla, maintenant.

– Où voulez-vous en venir, Carla ? Quelle est votre question exactement ?

– Comprenez bien une chose : mon rôle a changé. Je suis tenue au secret professionnel. Je représente Michael Harris dans un procès contre votre employeur et plusieurs de vos collègues. Je dois faire atten…

– Il existe un élément qui l'innocente ? Je parle de Sheehan. Quelque chose que vous auriez caché jusqu'à maintenant ?

Bosch s'était redressé sur le lit. Il regardait fixement un point invisible. Replié sur ses pensées, il essayait de se rappeler quelque chose qui lui aurait échappé. Il savait qu'Entrenkin avait conservé le dossier relatif à la stratégie de Howard pour le procès. Ce dossier contenait forcément une information capitale.

– Je ne peux pas répondre à votre..

– Le dossier stratégie ! s'exclama-t-il. Il contient un élément qui dément tout ça. Il…

Il s'interrompit. Ce qu'elle lui suggérait, ou plutôt ce qu'il devinait dans ses paroles, n'avait aucun sens. L'arme de service de Sheehan avait servi à commettre le double meurtre de l'Angels Flight. L'analyse balistique était formelle. Trois balles extraites du corps de Howard Elias, trois balles provenant de la même arme. Fin de la discussion, fin de l'enquête. La preuve, c'est ce qui existe…

Telle était la réalité à laquelle il se trouvait confronté et pourtant, son instinct lui disait que Sheehan n'était pas le bon coupable – il n'aurait jamais fait une chose pareille. Certes, il aurait dansé de joie sur la tombe d'Elias, mais jamais il ne l'y aurait expédié. Ça faisait une sacrée différence. Et l'instinct de Bosch, désarmé dans la lumière cruelle des faits, lui disait que Frankie Sheehan restait un homme foncièrement bon. Malgré ce qu'il avait fait à Michael Harris, il aurait été incapable de commettre le geste dont on l'accusait. Il avait déjà tué, mais ce n'était pas un meurtrier pour autant. Pas de cette façon.

– Écoutez, dit-il, j'ignore ce que vous savez ou croyez savoir, mais il faut m'aider. Je ne peux pas…

– Tout est là, dit-elle. Si vous avez les dossiers, tout est là. J'ai caché un élément que j'étais obligée de cacher. Mais une partie figurait dans les dossiers publics. Si vous cherchez, vous trouverez. Je ne dis pas que votre équipier est innocent. Je dis simplement qu'il existe un autre élément qu'il aurait sans doute fallu prendre en considération. Et on ne l'a pas fait.

– Vous ne voulez pas m'en dire plus ?

– Je ne peux pas… Je vous en ai déjà trop dit.

Il resta muet. Il ne savait pas s'il devait lui en vouloir de ne pas lui dire précisément ce qu'elle savait ou se réjouir qu'elle lui ait fourni un indice et une direction.

– Très bien, dit-il. Si la réponse est dans le dossier, je la trouverai

## 35

Il lui fallut presque deux heures pour parcourir tous
les dossiers relatifs à l'affaire Black Warrior. Il avait déjà
feuilleté la plupart d'entre eux, mais certains avaient été
lus par Edgar et Rider, ou confiés à d'autres membres
de l'équipe d'enquêteurs constituée par Irving sur les
lieux mêmes du crime, moins de soixante-douze heures
plus tôt. Il s'efforça d'examiner chaque dossier comme
s'il ne l'avait jamais vu et d'y trouver ce qui lui avait
échappé, le détail révélateur, le boomerang qui change-
rait son interprétation des faits et l'expédierait dans une
tout autre direction.

C'était ça, le problème quand on mettait plusieurs
inspecteurs sur le coup. Ce n'était pas toujours la même
paire d'yeux qui voyait tous les indices, toutes les pistes
et même tous les documents. Tout était divisé. Et même
s'il y avait un inspecteur principal, toutes les informations ne transitaient pas forcément par son écran radar.
Maintenant, Bosch ne devait rien laisser passer.

Il pensa avoir trouvé ce qu'il cherchait – le détail
auquel Carla Entrenkin avait fait allusion – dans le dossier des assignations où se trouvaient tous les doubles de
l'huissier. Ceux-ci arrivaient au cabinet de Howard Elias
une fois que la personne concernée avait reçu son assignation pour venir déposer ou témoigner devant le tribunal. La chemise était remplie de formulaires blancs
épais comme du papier à cigarette. Ils étaient classés par

ordre chronologique. La première partie du paquet se composait d'assignations concernant des dépositions vieilles de plusieurs mois. La deuxième était constituée de citations à comparaître dans le procès qui aurait dû débuter le jour même. Elles concernaient aussi bien les policiers accusés que d'autres témoins.

Bosch se souvenait qu'Edgar avait déjà épluché ce dossier ; c'était là qu'il avait découvert la demande de réquisition des archives de la laverie de voitures. Mais cette découverte l'avait sans doute empêché de s'intéresser au reste du dossier. En feuilletant les citations, Bosch fut attiré par un autre document qui semblait mériter qu'on s'y attarde. La citation était rédigée au nom de l'inspecteur John Chastain, des Affaires internes. C'était d'autant plus étonnant que Chastain n'avait jamais indiqué qu'il était impliqué dans ce procès. Étant donné qu'il avait dirigé l'enquête des Affaires internes qui avait disculpé les inspecteurs du RHD accusés de violences par Michael Harris, il n'était pas surprenant qu'on l'ait convoqué. Qu'il vienne témoigner pour défendre les inspecteurs mis en cause par Michael Harris n'avait rien d'étonnant. Ce qui l'était plus en revanche, c'était qu'il n'ait pas indiqué qu'il devait témoigner en faveur du plaignant. Si cela s'était su, il n'aurait pas été choisi pour diriger l'équipe chargée d'enquêter sur les meurtres, pour la même raison qu'on avait écarté les caïds du RHD. De toute évidence, il y avait là un conflit d'intérêts. Cette assignation exigeait une explication. L'intérêt de Bosch redoubla quand il s'aperçut qu'elle avait été signifiée à l'intéressé le jeudi précédent, soit la veille du meurtre d'Elias. Sa curiosité se transforma en soupçons quand il découvrit la note manuscrite apposée au bas de la citation à comparaître : *L'insp. Chastain a refusé l'assignation. Document glissé sous l'essuie-glace.*

Apparemment, Chastain ne voulait pas être mêlé à l'affaire. Bosch était totalement absorbé par cette découverte. La ville aurait pu être en flammes, du Dodger Stadium à la mer, qu'il n'aurait même pas fait attention à la télé.

En relisant les pièces, il constata que Chastain s'était vu spécifier une date et une heure bien précises pour venir témoigner au tribunal. Il feuilleta toutes les assignations et constata qu'elles étaient classées dans l'ordre de leur distribution, et non pas dans celui où les personnes citées se présenteraient devant le tribunal. En les classant par jour et heure d'apparition, Bosch savait qu'il obtiendrait l'ordre chronologique choisi par Elias et aurait ainsi une meilleure image du procès tel qu'il aurait dû se dérouler.

Il lui fallut deux minutes pour remettre les assignations dans le bon ordre. Cela fait, il passa les documents en revue un par un, en imaginant le déroulement du procès. Michael Harris témoignerait en premier et raconterait son histoire. Lui succéderait le capitaine John Garwood, chef du RHD. Garwood évoquerait l'enquête et en offrirait la version expurgée. L'assignation suivante concernait Chastain. Il témoignerait donc après Garwood. Mais ce serait à contrecœur (il avait essayé de refuser l'assignation) qu'il succéderait au chef du RHD

Pourquoi ?

Bosch mit cette question momentanément de côté pour continuer à passer en revue les autres assignations. Il était évident qu'Elias voulait adopter une stratégie vieille comme le monde, celle qui consiste à faire alterner les témoins positifs et négatifs. Il avait l'intention de faire alterner les témoignages des hommes du RHD, les prévenus, avec ceux qui étaient favorables à Michael Harris : à savoir Harris lui-même, puis le médecin qui avait soigné son oreille, Jenkins Pelfry, le gérant de la station de lavage de voitures, les deux sans-abri qui avaient découvert le corps de Stacey Kincaid et, pour finir, Kate et Sam Kincaid. Il était évident qu'Elias s'apprêtait à attaquer l'enquête du RHD et à dévoiler les tortures infligées à Harris, accusé à tort. Après quoi, il braquerait les projecteurs sur les malversations du RHD en demandant à Kate Kincaid d'établir le lien entre la station de lavage et la présence des empreintes. Ensuite, ce serait très certainement le tour de Sam Kincaid. Elias se servirait de lui pour mettre au jour le site de la Toile de Charlotte et les horreurs subies par la petite Stacey. Le dossier qu'Elias souhaitait présenter aux jurés suivait de manière évidente l'enquête menée par Bosch et son équipe : Harris était innocent, il y avait donc une explication à la présence de ses empreintes sur le livre de classe et Sam Kincaid, ou une personne proche de lui et impliquée dans le réseau pédophile, avait assassiné sa belle-fille.

Bosch savait que c'était une bonne stratégie. Elias aurait certainement gagné le procès. Il revint au début des assignations. Chastain se trouvait en troisième position, c'est-à-dire du côté positif de la stratégie d'alternance : entre Garwood et un des prévenus du RHD. Il devait servir de témoin positif pour Elias et Harris, et pourtant il avait essayé de refuser sa citation à comparaître.

Bosch releva le nom du cabinet d'huissiers figurant sur le formulaire et appela les renseignements. Il était tard, mais il n'y avait pas d'horaires dans ce métier-là. Les huissiers ne distribuaient pas uniquement leurs assignations entre 9 heures et 17 heures. Quelqu'un ayant décroché, Bosch regarda l'assignation adressée à Chastain et demanda à parler à un certain Steve Vascik.

– Il est pas là, ce soir. Il est chez lui.

Bosch déclina son identité et expliqua qu'il menait une enquête sur un homicide ; il devait parler immédiatement à Vascik. L'homme au bout du fil répugnait à lui donner le numéro personnel de Vascik, mais il accepta de prendre celui de Bosch et de transmettre le message à Vascik.

Après avoir raccroché, Bosch se leva et se mit à arpenter la maison. Il ne savait pas ce qu'il avait découvert, mais il sentait dans son ventre les palpitations qui le prenaient quand il était sur le point de découvrir une piste. Il fonctionnait à l'instinct et son instinct lui disait qu'il n'était pas loin de mettre la main sur quelque chose.

Le téléphone sonna. Il se jeta sur l'appareil posé sur le canapé.

– Monsieur Vascik ?

– Harry ? C'est moi.

– Eleanor ! Hé, quoi de neuf ? Tout va bien ?

– Oui, ça va. Mais je ne suis pas dans une ville sur le point de s'enflammer, contrairement à toi. J'ai regardé les infos.

– Ouais. Ça sent mauvais.

– Je suis navrée qu'on en soit arrivé là, Harry. Tu m'as parlé de Sheehan un jour. Je sais que vous étiez très proches tous les deux.

Eleanor ignorait que la maison de l'ami dans laquelle Sheehan s'était suicidé était la leur. Il décida de ne rien dire. Et regretta d'avoir un signal d'appel.

– Où es-tu, Eleanor ?

– Je suis retournée à Vegas, répondit-elle avec un petit rire sans joie. La voiture a eu du mal à arriver jusqu'ici.

– Au Flamingo ?

– Non… ailleurs.

Elle ne voulait pas lui dire où elle se trouvait et cela lui fit mal.

– Il y a un numéro où je peux te joindre ?

– Je ne sais pas encore combien de temps je vais rester ici. Je t'appelais juste pour m'assurer que tu allais bien.

– Ne t'en fais pas pour moi. Mais toi, Eleanor, ça va ?

– Oui, ça va.

Bosch ne pensait plus à Vascik.

– Tu as besoin de quelque chose ? Ta voiture marche encore ?

– Ça va, je te remercie. Maintenant que je suis ici, je ne m'inquiète plus pour la voiture.

Il y eut un long silence. Bosch entendit un des petits bruits électroniques que quelqu'un avait un jour qualifiés de bulles numériques.

– Bon, ben… tu veux qu'on parle ? demanda-t-il.

– Je crois que le moment est mal choisi. Réfléchissons encore pendant deux ou trois jours, on bavardera ensuite. Je te rappellerai, Harry. Sois prudent.

– C'est promis ? Tu m'appelleras ?

– Promis.

– OK, Eleanor. J'attendrai.

– Au revoir, Harry.

Elle raccrocha avant qu'il puisse lui renvoyer son au revoir. Il resta planté là, près du canapé, pendant un long moment ; il pensait à Eleanor, à ce qu'était devenu leur couple.

Le téléphone sonna alors qu'il le tenait encore dans la main.

– Allô ?

– Inspecteur Bosch ? On m'a demandé de vous rappeler.

– Monsieur Vascik ?

– Oui. Du cabinet AAA. Mon patron, M. Shelly, m'a dit que…

– Exact, je vous ai appelé.

Bosch s'assit sur le canapé et posa son carnet sur sa cuisse. Il sortit un stylo de sa poche et inscrivit le nom de Vascik en haut de la feuille. Vascik avait une voix jeune, une voix de Blanc. Avec un rien d'accent du Middle West.

– Quel âge avez-vous, Steve ?

– Vingt-cinq ans.

– Ça fait longtemps que vous travaillez pour le cabinet AAA ?

– Quelques mois.

– OK. La semaine dernière, jeudi très exactement, vous avez délivré une assignation à un inspecteur du LAPD nommé John Chastain… vous vous en souvenez ?

– Bien sûr. Il ne voulait pas l'accepter. Généralement, les flics s'en foutent. Ils sont habitués.

– Justement. C'était ce que je voulais vous demander. Quand vous dites qu'il a refusé l'assignation, que voulez-vous dire exactement ?

– La première fois que j'ai essayé de la lui remettre, il a refusé de la prendre et a fichu le camp. Ensuite, quand…

– Attendez une minute. Revenons en arrière. La première fois, c'était quand ?

– Jeudi matin. Je suis allé à Parker Center et j'ai demandé au policier de l'accueil d'appeler Chastain pour lui dire de descendre. Sans préciser pour quelle raison. Sur l'acte, il était indiqué que Chastain appartenait aux Affaires internes, alors j'ai simplement dit que je lui apportais des renseignements susceptibles de l'intéresser. Il est descendu et quand je lui ai avoué qui j'étais, il a rebroussé chemin et a repris l'ascenseur.

– A vous entendre, c'était donc comme s'il savait que vous lui apportiez une assignation et de quelle affaire il s'agissait ?

– Exactement.

Bosch se rappela ce qu'il avait lu dans le dernier carnet d'Elias : son conflit avec un informateur surnommé « Parker ».

– Bon. Et ensuite ?

– Je suis allé m'occuper d'autres dossiers et je suis revenu à Parker Center sur le coup de 3 heures et demie. J'ai surveillé le parking. Je l'ai vu sortir, pour rentrer chez lui, je suppose. Je me suis faufilé entre les voitures et je lui ai sauté dessus, si je puis dire, au moment où il ouvrait sa portière. J'avais préparé mon laïus ; je lui ai signifié son assignation en indiquant le numéro de l'affaire et tout le reste. Il ne voulait toujours pas prendre le papier, mais ça n'avait pas d'importance vu que d'après la loi de l'État de Californie…

– Oui, je sais. Vous ne pouvez pas refuser une assignation à partir du moment où on vous informe qu'il s'agit d'une obligation légale, décidée par le tribunal. Qu'a-t-il fait ?

– Il a commencé par me foutre une sacrée frousse ! Il a glissé sa main à l'intérieur de sa veste, comme s'il allait dégainer une arme ou je ne sais quoi…

– Et après ?

– Il s'est arrêté. Il a dû réfléchir. Il s'est un peu détendu, mais il ne voulait toujours pas accepter le papier. Il m'a dit de dire à Elias d'aller se faire foutre. Il est monté dans sa voiture et il a mis le contact. Comme je l'avais averti légalement, j'ai simplement glissé l'assignation sous son essuie-glace. Il est parti avec. J'ignore ce qu'il en a fait. Peut-être que le papier s'est envolé, peu importe. Je lui avais signifié son assignation.

Bosch réfléchit pendant que Vascik évoquait les subtilités du processus d'assignation et finit par lui couper la parole :

– Savez-vous qu'Elias a été assassiné vendredi soir ?

– Oui, bien sûr. C'était notre client. On s'occupait de toutes ses affaires.

– Et en l'apprenant, vous n'avez pas eu l'idée d'appeler la police pour parler à quelqu'un de cette histoire avec Chastain ?

– Mais je l'ai fait ! s'écria Vascik sur la défensive. J'ai appelé.

– Vous avez appelé ? Qui ça ?

– J'ai appelé le standard de Parker Center pour dire que j'avais des informations. On m'a passé un poste, j'ai dit au gars qui j'étais et que j'avais des informations. Il a pris mon nom et mon numéro de téléphone en disant qu'on me rappellerait.

– Et personne ne l'a fait ?

– Si. Quelqu'un m'a rappelé au bout de cinq minutes, même pas. Et je lui ai tout raconté.

– C'était quand ?

– Dimanche matin. J'étais parti faire de l'escalade tout le samedi. A Vasquez Rock. Je n'ai appris la mort de M. Elias qu'en lisant le *Times* dimanche matin.

– Vous rappelez-vous le nom du flic auquel vous avez raconté votre histoire ?

– Je crois qu'il s'appelait Edgar, mais je pourrais pas vous dire si c'était son nom ou son prénom.

– Et la première personne qui a pris votre appel, elle vous a dit son nom ?

– Je crois qu'elle me l'a dit, mais j'ai oublié. Il a prononcé le mot agent. C'était peut-être un gars du FBI.

– Réfléchissez bien, Steve. Quelle heure était-il quand vous avez téléphoné et quand Edgar vous a rappelé ? Vous vous en souvenez ?

Vascik ne répondit pas immédiatement, il réfléchissait.

– Je ne me suis pas levé avant 10 heures, j'avais mal aux jambes à cause de l'escalade. J'ai un peu flemmardé, j'ai lu le journal. C'était en première page, j'ai dû lire la nouvelle juste après les sports. Et j'ai téléphoné. Il devait être 11 heures. Environ. Et le dénommé Edgar m'a rappelé presque aussitôt.

– Merci, Steve.

Bosch coupa la communication. Il savait qu'Edgar n'avait pas pu recevoir un appel à Parker Center le dimanche matin à 11 heures. Edgar avait passé toute la matinée et une bonne partie de la journée du dimanche avec lui. Ils étaient sur le terrain, pas à Parker Center. Quelqu'un avait donc utilisé le nom de son équipier. Un flic. Une personne liée à l'enquête s'était servie du nom d'Edgar.

Il chercha le numéro de portable de Lindell et l'appela. Lindell l'avait laissé branché, il répondit aussitôt.

– C'est Bosch. Vous vous souvenez, dimanche matin, quand vos hommes et vous avez débarqué… vous avez bien passé la majeure partie de la matinée dans la salle de réunion à éplucher les dossiers, pas vrai ?

– En effet.

– Qui répondait au téléphone ?

– Moi, essentiellement. Et deux ou trois autres.

– Avez-vous reçu un appel d'un huissier de justice ?

– Ça me dit quelque chose, oui. Mais on a reçu un tas d'appels ce matin-là. Des journalistes et des gens qui pensaient avoir des informations. Ou des menaces.

– Un huissier nommé Vascik. Steve Vascik. Il disait avoir des informations qui pouvaient être cruciales.

– Je vous le répète, ça me dit vaguement quelque chose, mais… pourquoi cette question, Bosch ? Je croyais que l'enquête était terminée.

– Exact. Je vérifie juste quelques détails. A qui avez-vous transmis cet appel ?

– Ce genre d'appels, tous les renseignements éventuels, je les refilais aux types des AI. Histoire de les occuper.

– Auquel d'entre eux avez-vous passé l'huissier ?

– J'en sais rien. Probablement Chastain. C'était lui le chef. Il s'en est peut-être occupé personnellement, ou alors il a chargé un de ses gars de rappeler le type. Irving nous avait refilé des téléphones merdiques. Impossible de transférer le moindre appel d'un poste à un autre et je ne voulais pas encombrer la ligne principale. On notait les numéros et on faisait passer.

– OK, merci, mon vieux. Bonne nuit

– Hé, qu'est-ce que…

Bosch coupa la communication avant d'être obligé de répondre à d'autres questions. Il repensa à ce que venait de lui dire Lindell. Il était fort possible que l'appel de Vascik ait été transmis à Chastain en personne, qui avait

428

ensuite rappelé l'huissier en s'isolant dans son bureau et en se faisant passer pour Edgar.

Bosch avait encore une personne à appeler. Il feuilleta son carnet pour y trouver un numéro qu'il n'avait pas composé depuis des années. Il appela le capitaine John Garwood, chef du RHD, à son domicile. Il était tard, mais il savait que rares étaient les habitants de Los Angeles qui devaient dormir ce soir-là. Kiz Rider avait dit un jour que Garwood lui faisait penser à Boris Karloff et qu'il devait sortir uniquement la nuit.

Garwood décrocha après deux sonneries.

– Harry Bosch à l'appareil. Il faut qu'on parle. Ce soir.

– A quel sujet ?

– John Chastain et l'affaire Black Warrior.

– Je ne veux pas parler au téléphone.

– Très bien. Choisissez un endroit.

– Frank Sinatra ?

– Quand ?

– Accordez-moi une demi-heure.

– J'y serai.

## 36

En définitive, Frank Sinatra s'était fait arnaquer. Quel-ques dizaines d'années plus tôt, quand la chambre de commerce de Hollywood avait apposé son étoile sur le trottoir, elle l'avait mise dans Vine Street plutôt que dans Hollywood Boulevard, en se disant certainement que Sinatra servirait d'attraction et que les gens descen-draient le boulevard pour aller voir son étoile et prendre une photo. Si tel était le plan, il avait échoué. Frankie était tout seul dans un coin qui voyait sans doute passer plus de junkies que de touristes. Son étoile était située à un croisement, entre deux parkings, à côté d'un hôtel meublé où on devait convaincre le vigile d'ouvrir la porte si on voulait entrer dans le hall.

A l'époque où Bosch appartenait au RHD, quelques années plus tôt, l'étoile de Sinatra était un lieu de ren-dez-vous entre inspecteurs ou entre inspecteurs et indics. Aussi Bosch n'avait-il pas été étonné que Garwood sug-gère de le retrouver là. C'était une façon de se donner rendez-vous en terrain neutre.

Lorsqu'il arriva, Garwood était déjà là. Il repéra sa Ford LTD dans le parking. Garwood lui fit un appel de phares. Bosch se gara le long du trottoir devant l'hôtel meublé et descendit de voiture. Il traversa Vine Street pour gagner le parking et monta à bord de la Ford, à la place du passager. Garwood était en costume bien que Bosch l ait dérangé chez lui. D'ailleurs, constata-t-il, il n'avait jamais vu Garwood autrement qu'en costume, la cravate toujours impeccablement nouée, le dernier bouton de sa chemise toujours fermé. Il songea de nouveau à la réflexion de Rider le comparant à Boris Karloff.

– Ah, ces putains de bagnoles ! dit Garwood en regardant la voiture officielle de Bosch de l'autre côté de la rue. J'ai appris que vous vous étiez fait canarder.

– Ouais. C'était pas drôle.

– Alors, qu'est-ce qui vous amène par ici, Harry ? Comment se fait-il que vous continuiez d'enquêter sur une affaire que le chef de la police et tout le monde ont déjà enterrée ?

– J'ai un mauvais feeling, capitaine. Il reste des zones d'ombre, et les zones d'ombre, ça peut toujours cacher quelque chose.

– Vous n'avez jamais su laisser tomber. Je me souviens du temps où vous bossiez pour moi. Vous et votre foutue manie d'aller au fond des choses.

– Parlez-moi de Chastain.

Garwood garda le silence. Il regarda droit devant lui à travers le pare-brise, et Bosch comprit que son ancien supérieur se posait lui aussi des questions.

– Nous sommes entre nous ici, capitaine. Comme vous le disiez, l'affaire est close. Mais il y a quelque chose qui me gêne au sujet de Chastain et de Frankie Sheehan. Il faut que je vous dise : l'autre soir, Frankie m'a tout raconté. Comment les gars et lui avaient pété les plombs, et ce qu'ils avaient fait à Michael Harris. Il m'a avoué que l'histoire du Black Warrior était vraie. Et moi, j'ai commis une erreur. Je lui ai dit que j'avais innocenté Harris. Que je pouvais prouver qu'il n'avait pas tué cette fillette. Ça lui a filé un sacré coup et un peu plus tard il a fait ce que vous savez. Alors, quand ils ont brandi le rapport de balistique en disant que Frankie était responsable de tous les meurtres, je l'ai gobé. Maintenant, je n'en suis plus aussi sûr. Alors, je veux éclaircir toutes les zones d'ombre, et l'une d'elles se nomme Chastain. Il a reçu une assignation pour le procès. Rien de surprenant à cela : c'est lui qui a dirigé l'enquête interne après la plainte déposée par Harris Mais il était cité à comparaître par Elias et il ne nous a rien dit. Il a aussi essayé de se soustraire à cette convocation. Et ça, c'est beaucoup plus inhabituel. J'en conclus qu'il ne voulait pas mettre les pieds dans ce tribunal. Il ne voulait pas venir à la barre pour répondre aux questions d'Elias, et moi, je veux savoir pourquoi. L'explication ne figure pas dans les dossiers d'Elias ; du moins, pas dans ceux auxquels j'ai eu accès. Alors, je vous pose la question.

Garwood sortit un paquet de cigarettes de sa poche de veste. Il en alluma une et tendit le paquet à Bosch.

– Non merci, j'ai arrêté.

– Moi, j'ai décidé que j'étais un fumeur, point à la ligne. Quelqu'un m'a dit un jour, il y a longtemps, que c'était comme le destin. Vous étiez fumeur ou vous ne l'étiez pas, il n'y avait rien à faire. Vous savez qui m'a dit ça ?

– Oui, moi.

Garwood eut un petit ricanement, puis il sourit. Il tira deux longues bouffées de sa cigarette et la voiture se remplit de fumée. Cette odeur déclencha en Bosch une envie familière. Il se souvint d'avoir délivré ce sermon du fumeur à Garwood bien des années plus tôt, quand un membre de la brigade s'était plaint du nuage de fumée qui flottait en permanence dans le bureau. Il entrouvrit sa vitre de quelques centimètres.

– Désolé, dit Garwood. Je sais ce que vous ressentez Tout le monde fume et vous, vous ne pouvez pas en faire autant.

– C'est pas un problème. Alors, vous me parlez de Chastain, oui ou non ?

Encore une bouffée

432

– C'est Chastain qui s'est occupé de la plainte de Harris. Vous le savez. Avant de pouvoir nous attaquer en justice, Harris devait déposer plainte et c'est Chastain qui en a hérité. Et d'après ce que j'ai compris à l'époque, il a donné raison à ce type. Il a confirmé sa version des faits. Ce connard de Rooker avait un crayon dans le tiroir de son bureau ; le bout était cassé et il y avait du sang dessus. Il l'avait gardé comme souvenir ou je ne sais quoi. Chastain a obtenu le crayon grâce à un mandat afin de prouver que le sang était celui de Harris.

Bosch secoua la tête, écœuré par la bêtise et l'arrogance de Rooker. De tous ses collègues.

– Eh oui, reprit Garwood comme s'il lisait dans ses pensées. Aux dernières nouvelles, Chastain s'apprêtait à rédiger des plaintes internes contre Sheehan, Rooker et deux autres types avant de s'adresser au procureur pour réclamer une inculpation. Il était prêt à aller jusqu'au bout car le crayon et le sang constituaient des preuves accablantes. Il était sûr de se payer au moins Rooker.

– D'accord, et que s'est-il passé ?

– Il s'est passé qu'on a appris un beau jour que tout le monde était blanchi. Chastain avait classé le dossier sans suite.

Bosch hocha la tête.

– Quelqu'un est intervenu.

– Bravo.

– Qui ?

– Je penche pour Irving. Mais ça vient peut-être de plus haut. Ce dossier était trop explosif. Si les inculpations étaient prononcées, s'il y avait des suspensions, des renvois, c'était parti pour une nouvelle campagne anti-LAPD dans la presse, dans le South End avec Tuggins et Sparks, un peu partout, quoi. Souvenez-vous, c'était il y a un an. Le nouveau chef venait juste d'être nommé. Ce n'était pas une bonne entrée en matière. Alors, quelqu'un est intervenu. Irving a toujours été un grand

.manipulateur. Ça venait sûrement de lui. Mais pour un truc de cette importance, il a peut-être demandé le feu vert du chef. C'est comme ça qu'il survit. Il implique son supérieur et ensuite il est intouchable car il détient des secrets. Comme J. Edgar Hoover et le FBI... mais sans la robe, je suppose.

Bosch hocha la tête.

– A votre avis, où est passé ce crayon taché de sang ?

– Qui sait ? Irving s'en sert sûrement pour noter les évaluations personnelles. Mais je suis sûr qu'il a nettoyé le sang.

Les deux hommes restèrent muets un moment ; ils regardèrent passer un groupe d'une dizaine de jeunes types qui remontaient Vine Street vers le Boulevard. Des Blancs principalement. Dans la lumière des lampadaires, Bosch distingua les tatouages qui couvraient leurs bras. Des fanas de heavy metal, en route vers les boutiques du Boulevard pour un remake de 1992. Les images fugitives du pillage de chez Frederick traversèrent sa mémoire.

Le groupe ralentit en passant devant la voiture de Bosch. Il envisagea un instant de s'y attaquer, puis se ravisa et poursuivit son chemin.

– Heureusement que nous ne sommes pas dans votre voiture, dit Garwood.

Bosch garda le silence.

– Cette ville va partir en fumée cette nuit, reprit Garwood. Je le sens. Quel dommage que la pluie ait cessé !

– Chastain, dit Bosch pour en revenir à ce qui l'occupait. Quelqu'un l'oblige à la boucler. Plainte sans fondement. Puis Elias prépare son procès et cite Chastain à comparaître. Mais Chastain ne veut pas témoigner, pourquoi ?

– Peut-être qu'il prend le serment au sérieux. Il ne voulait pas mentir.

– Il y a forcément autre chose.

– Posez-lui la question.

– Elias avait un informateur à l'intérieur de Parker Center. Je pense qu'il s'agissait de Chastain. Pas uniquement pour cette affaire. Je parle d'un informateur de longue date, une prise directe sur les archives et tout le reste. Je parie sur Chastain.

– C'est drôle. Un flic qui déteste les flics.

– Oui.

– Mais si Chastain était le grand pourvoyeur d'informations d'Elias, pourquoi celui-ci voulait-il le faire témoigner au risque de le griller ?

C'était la grande question et Bosch n'avait pas la réponse. Il resta muet un instant ; il réfléchissait. Finalement, il assembla l'ébauche d'une théorie et dit :

– Elias ne pouvait pas savoir que Chastain avait été forcé de la boucler si Chastain ne le lui avait pas dit, d'accord ?

– D'accord.

– Donc, en appelant Chastain à la barre pour l'interroger, il révélait son rôle d'informateur.

Garwood hocha la tête.

– En effet.

– Même si Chastain choisissait de nier en bloc, Elias pouvait poser ses questions de manière à faire passer le message – la vérité en l'occurrence – au jury.

– Et aussi à Parker Center, ajouta Garwood. Chastain était grillé. Mais la question est la suivante : pourquoi Elias aurait-il révélé sa source ? Quelqu'un qui lui avait été foutrement utile pendant des années ? Pourquoi se priver de cet atout ?

– Parce que ce procès était sa consécration. Le gros coup qui allait le propulser au niveau national. On le verrait à la télé, à *Court TV, Sixty Minutes*, chez Larry King et ainsi de suite. La gloire, quoi. Il était prêt à sacrifier son informateur pour ça. Comme n'importe quel avocat.

– Je comprends.

La suite logique ne fut pas évoquée, à savoir ce dont était capable Chastain pour éviter d'être brûlé en place publique. Pour Bosch, la réponse était évidente. S'il était désigné comme l'informateur d'Elias, mais aussi comme l'inspecteur qui avait fait échouer l'enquête interne suite à la plainte de Michael Harris, il se retrouverait cloué au pilori, tout à la fois à l'intérieur de la police et au-dehors. Il n'aurait plus aucun endroit où se réfugier et pour lui ce serait une situation intenable. Pour lui ou pour tout autre, d'ailleurs. Bosch ne doutait pas que Chastain soit prêt à tuer plutôt que d'en arriver là.

– Merci, capitaine. Il faut que j'y aille.

– Ça n'a aucune importance, vous savez.

Bosch le regarda.

– Vous dites ?

– Ça n'a aucune importance. Les communiqués de presse ont été distribués, la conférence de presse a eu lieu, la nouvelle va circuler et la ville est prête à s'embraser comme du petit bois. Vous croyez que les habitants de South End se soucient de savoir quel flic a tué Elias ? Ils s'en foutent. Ils ont déjà ce qu'ils voulaient. Chastain ou Sheehan, peu importe. Ce qui compte, c'est que le coupable soit un flic. Et si vous ruez dans les brancards, vous ne ferez qu'ajouter de l'huile sur le feu. Si vous dénoncez Chastain, vous dénoncez l'étouffement de l'affaire. Un tas de gens risquent d'en souffrir et de perdre leur job, uniquement parce qu'ils ont cherché à limiter les dégâts au départ. Vous devriez y réfléchir à deux fois, Harry. Tout le monde s'en fout.

Bosch hocha la tête. Il avait bien compris le message : « Ferme ta gueule et tout ira bien. »

– Moi, je ne m'en fous pas.

– Est-ce une raison suffisante ?

– Et Chastain, alors ?

Garwood eut un petit sourire ; Bosch l'aperçut derrière le bout rougeoyant de sa cigarette.

– Je pense que Chastain mérite ce qui lui arrivera un jour.

Cette réponse contenait un nouveau message et Bosch pensa l'avoir saisi.

– Et Frankie Sheehan, hein ? Sa réputation ?

– C'est vrai, dit Garwood en hochant la tête. Frankie Sheehan était un de mes hommes… mais il est mort et sa famille ne vit plus ici.

Bosch ne dit rien, mais pour lui cette réponse était inacceptable. Sheehan avait été son ami et son équipier. Souiller sa mémoire, c'était le souiller, lui aussi.

– Vous savez ce qui me tracasse ? dit Garwood. Peut-être que vous pourrez m'aider étant donné que Sheehan et vous avez fait équipe dans le temps…

– Quoi donc ? Qu'est-ce qui vous tracasse ?

– L'arme utilisée par Sheehan. Ce n'était pas la vôtre, n'est-ce pas ? Je sais qu'ils vous ont posé la question.

– Non, ce n'était pas la mienne. On était passés chez lui avant d'aller chez moi. Pour récupérer quelques affaires. Frankie a dû la prendre à ce moment-là. Le FBI est passé à côté en fouillant son domicile.

Garwood hocha la tête.

– Il paraît que c'est vous qui avez annoncé la nouvelle à son épouse. Lui avez-vous posé la question ? Au sujet de l'arme, je veux dire ?

– Oui. Elle m'a répondu qu'elle n'en connaissait pas l'existence, mais ça ne veut pas…

– Pas de numéro de série. C'était une arme alibi[1], tout le monde le sait.

– Oui.

– Et c'est ça qui me tracasse. J'ai côtoyé Sheehan

1. Littéralement : « arme jetée », à savoir l'arme que certains policiers jettent près de la victime désarmée qu'ils viennent d'abattre. (N.d.T.)

pendant des années. Il a travaillé longtemps sous mes ordres et, à force, on finit par connaître ses hommes. Il n'était pas du genre à avoir une arme non déclarée. J'ai interrogé plusieurs gars, surtout ceux qui ont fait équipe avec lui depuis votre départ à Hollywood. Ils n'ont jamais entendu dire qu'il aurait eu une arme alibi. Et vous, Harry ? C'est vous qui avez fait équipe avec lui le plus longtemps. Avait-il un autre flingue sur lui ?

L'évidence frappa Bosch en pleine poitrine avec la force d'un uppercut. Le genre de coup qui vous pétrifie et vous coupe la voix le temps de reprendre votre souffle. A sa connaissance, Frank Sheehan n'avait jamais eu besoin d'une arme alibi. Il était trop bon flic pour ça. Pourquoi aurait-il fallu qu'un flic trop bon pour ça en ait planqué une chez lui ? Cette question et sa réponse flagrante étaient devant ses yeux depuis le début. Mais elles lui avaient échappé.

Bosch se revit assis dans sa voiture devant chez Sheehan. Il revit les phares dans le rétroviseur et la voiture qui s'était garée un peu plus loin dans la rue. Chastain. Il les avait suivis. Pour Chastain, Sheehan vivant était le seul fil qui permettait de remonter jusqu'à lui.

Il repensa à la déposition de sa voisine qui déclarait avoir entendu trois ou quatre coups de feu tirés chez lui. Le suicide d'un flic ivre se transformait en meurtre prémédité.

– Le salaud, murmura-t-il.

Garwood hocha la tête. Il avait réussi à entraîner Bosch sur la route qui l'avait conduit à l'endroit où apparemment il se trouvait déjà.

– Vous voyez maintenant comment ça a pu se passer ? demanda-t-il.

Bosch s'efforça de ralentir le flot de ses pensées pour enregistrer la vérité.

– Oui, je vois, dit-il enfin en hochant la tête.

– Bien. Je vais passer un coup de fil. Je vais demander

à l'agent de garde aux archives de vous laisser jeter un coup d'œil sur le registre des sorties de pièces à conviction. Sans vous poser de questions. Comme ça, vous en aurez le cœur net.

Bosch acquiesça. Il ouvrit la portière, descendit de voiture sans dire un mot et regagna son véhicule. Il courait déjà lorsqu'il y arriva. Il ne savait même pas pourquoi. Il n'y avait pas urgence. Il ne pleuvait plus. Mais il savait qu'il devait continuer à avancer, sans s'arrêter, pour ne pas hurler.

## 37

Devant Parker Center se déroulait une procession funéraire silencieuse éclairée par des bougies. La foule qui arpentait la place devant le bâtiment portait haut deux cercueils en carton : sur le premier était inscrit le mot JUSTICE, et sur le second le mot ESPOIR. D'autres manifestants agitaient des pancartes sur lesquelles on pouvait lire *Justice pour les gens de toutes couleurs* et *Justice pour certains égale justice pour aucun*. Les hélicoptères des chaînes de télévision tournoyaient dans le ciel tandis que sur le sol, Bosch le vit clairement, au moins six équipes de journalistes se pressaient aux abords du centre. Il était presque 23 heures, elles s'apprêtaient à diffuser des images en direct de la manifestation pour le journal de la nuit.

Devant les portes, un cordon de policiers en uniforme et coiffés de casques anti-émeute se tenait prêt à défendre le quartier général de la police si la foule renonçait à la manifestation pacifique pour avoir recours à la violence. En 1992, une manifestation semblable avait dégénéré et la foule enragée avait envahi le centre-ville, détruisant tout sur son passage. Bosch se précipita vers les portes d'entrée, contourna la procession et se faufila par une brèche dans la barricade humaine après avoir agité son insigne au-dessus de sa tête.

Une fois à l'intérieur, il passa devant le comptoir d'accueil, derrière lequel se tenaient quatre agents eux aussi casqués, traversa le hall des ascenseurs et emprunta l'escalier. Il descendit au sous-sol et prit le couloir conduisant à la salle où l'on entreposait les pièces à conviction. En franchissant les portes, il s'aperçut qu'il n'avait pas croisé âme qui vive depuis le guichet d'accueil. Le bâtiment semblait abandonné. Dans le cadre du plan d'urgence, tous les membres de l'équipe A étaient réquisitionnés pour patrouiller dans les rues.

Bosch jeta un coup d'œil à travers la fenêtre grillagée. Il ne reconnut pas le factionnaire de garde. C'était un ancien combattant du Vietnam à la moustache blanche et au visage rougi par l'abus de gin. La direction de la police expédiait un tas de vieux types brisés au sous-sol. Celui-là descendit de son tabouret pour s'approcher du guichet.

– Il fait quel temps dehors ? J'ai pas de fenêtre ici.

– Le temps ? Couvert, avec de forts risques d'émeute.

– Je m'en doutais. Tuggins est toujours là avec sa meute ?

– Oui, ils sont là.

– Ah, les bâtards. J'voudrais bien voir ce qu'ils diraient si y avait pas de flics, tiens. Je sais pas s'ils seraient contents de vivre dans la jungle.

– C'est pas ça qu'ils disent. Ils veulent de la police, mais pas des flics assassins. Est-ce qu'on peut le leur reprocher ?

– Bah, y a toujours des gens qu'ont envie de tuer.

Bosch n'avait rien à répondre à cela. Il ne savait même pas pourquoi il discutait avec ce vieux bonhomme. Il regarda le nom inscrit sur son insigne : HOWDY [1]. Il faillit éclater de rire. Ce nom inattendu atténua la tension et la colère qui l'avaient rongé toute la soirée.

– Vous foutez pas de ma gueule. C'est mon nom.

– Désolé. Je ne riais pas de… c'est autre chose.

---

1. Contraction de *How do you do ?*, « Comment allez-vous ? ». *(N.d.T.)*

– Ouais, tu parles !

Howdy désigna par-dessus l'épaule de Bosch un petit comptoir sur lequel étaient disposés des formulaires et des crayons attachés par des ficelles.

– Si vous voulez retirer un truc, faut remplir un formulaire avec le numéro de l'affaire.

– Je ne le connais pas.

– Bah, y en a juste deux millions environ. Mettez un chiffre au hasard.

– J'aimerais consulter le registre.

Le vieil homme hocha la tête.

– Ah, d'accord. C'est vous qu'êtes envoyé par Garwood ?

– Exact.

– Pourquoi vous l'avez pas dit plus tôt ?

Bosch ne répondit pas. Howdy se pencha sous son comptoir pour accéder à un endroit que Bosch ne voyait pas. Il réapparut avec un porte-documents à pince qu'il fit glisser par l'ouverture sous le grillage.

– Jusqu'où vous voulez remonter ?

– Je ne sais pas, répondit Bosch. Deux ou trois jours, ça devrait suffire.

– Vous avez toute la semaine là-dessus. Avec tout ce qui est sorti. Vous voulez savoir ce qui est sorti, pas ce qui est entré, c'est ça ?

– C'est ça.

Bosch emporta le registre vers le comptoir des imprimés pour pouvoir le consulter tranquillement, à l'abri du regard de Howdy. Il trouva ce qu'il cherchait à la première page. Chastain avait sorti une boîte de pièces à conviction le matin même à 7 heures. Bosch prit un des formulaires et un crayon, et entreprit de rédiger sa demande. Il découvrit alors qu'il tenait entre ses doigts un Black Warrior numéro 2, le crayon préféré du LAPD.

Il revint vers le guichet avec le registre et le formulaire, et fit glisser le tout par la fente.

442

– La boîte est peut-être encore sur le chariot de rangement, dit-il. Elle a été sortie ce matin.

– Non, elle est déjà rangée. Rien ne traîne ici... (le vieux type regarda le nom que Bosch avait inscrit sur le formulaire)... inspecteur Friendly [1].

Bosch hocha la tête en souriant.

– J'en suis sûr, dit-il.

Howdy monta à bord d'une petite voiture de golf électrique et s'enfonça dans les entrailles du gigantesque entrepôt. Moins de trois minutes plus tard, la voiture reparaissait dans l'allée. Howdy s'approcha du guichet avec une boîte rose fermée par du ruban adhésif et ouvrit la fenêtre grillagée pour la remettre à Bosch.

– Inspecteur Friendly, hein ? C'est vous qu'on envoie dans les écoles pour parler aux mômes et leur dire de pas toucher à la drogue, de pas entrer dans un gang et autres conneries ?

– Oui, en quelque sorte.

Howdy lui fit un clin d'œil et referma la grille du guichet. Bosch emporta la boîte vers un des box pour pouvoir examiner son contenu en privé.

La boîte renfermait les pièces à conviction d'une affaire classée : l'enquête sur la mort de Wilbert Dobbs, tué par l'inspecteur Frank Sheehan cinq ans plus tôt. Elle était fermée par un ruban adhésif tout neuf : on l'avait ouverte le matin même. Bosch se servit du petit canif accroché à son porte-clés pour découper le ruban adhésif. Il lui fallut plus de temps pour ouvrir la boîte que pour y trouver ce qu'il cherchait.

Bosch traversa la foule des manifestants comme s'ils n'existaient pas. Il ne les voyait pas, il n'entendait pas leurs slogans : « Pas de justice, pas de paix ! » Certains lui lancèrent des insultes au passage, mais même cela, il

1. « Sympathique », « aimable ». *(N.d.T.)*

ne l'entendit pas. Il savait qu'on n'obtenait pas la justice en brandissant une pancarte ou un cercueil en carton. On l'obtenait en étant du côté des justes, en suivant ce chemin sans dévier. Et il savait que la véritable justice était aveugle à toutes les couleurs, sauf une : celle du sang.

Ayant regagné sa voiture, il ouvrit sa mallette et fouilla dans tous ses papiers, jusqu'à ce qu'il trouve la liste qu'il avait dressée le samedi matin. Il composa le numéro du bipeur de Chastain, suivi de son propre numéro de portable. Après quoi, il resta assis dans sa voiture pendant cinq minutes à attendre qu'on le rappelle et regarda la manifestation. Soudain, plusieurs équipes de télévision abandonnèrent leurs positions et s'empressèrent de regagner leurs camionnettes avec tout leur matériel. Il s'aperçut alors que les hélicoptères étaient déjà partis. Il se redressa sur son siège. Sa montre indiquait 10 h 50 Si tous les journalistes partaient brusquement avant d'avoir réalisé leurs reportages, c'était qu'il se passait quelque chose ailleurs, quelque chose de grave. Il alluma la radio, réglée sur KFWB, et tomba au milieu d'un reportage débité d'une voix haletante de panique :

« ... hors du camion et ont commencé à les frapper. Plusieurs passants ont tenté de s'interposer, mais la foule des jeunes gens en colère les a maintenus à l'écart. Les pompiers disséminés ont subi des attaques violentes jusqu'à ce qu'une unité d'intervention du LAPD envahisse les lieux pour venir en aide aux victimes, qui ont été emmenées immédiatement dans des voitures de patrouille, certainement à l'hôpital Daniel Freeman tout proche, pour y recevoir des soins. Le camion, abandonné sur place, a été incendié après que les émeutiers eurent vainement tenté de le renverser. La police a très rapidement établi un périmètre de sécurité dans tout le secteur et ramené le calme. Si certains des agresseurs ont été interpellés, plusieurs autres ont réussi à s'enfuir dans les quartiers résidentiels qui bordent Normandie Boul... »

Le téléphone de Bosch sonna. Il éteignit la radio et ouvrit son appareil.

– Bosch, j'écoute.

– C'est Chastain. Qu'est-ce que vous voulez ?

Bosch entendit des éclats de voix en arrière-plan. Chastain n'était pas chez lui.

– Où êtes-vous ? Il faut qu'on se parle.

– Pas ce soir. Je suis de garde. État d'urgence, ça vous dit quelque chose ?

– Où êtes-vous ?

– A South L. A., un endroit de rêve

– Vous êtes de l'équipe A ? Je croyais que tous les inspecteurs étaient de la B.

– Sauf les Affaires internes. On a tiré le gros lot : service de nuit. Écoutez, Bosch, j'aimerais beaucoup discuter de mon emploi du temps avec vous, mais…

– Où êtes-vous ? Je vous rejoins.

En disant cela, Bosch mit le contact et quitta sa place de stationnement en marche arrière.

– Au 77ᵉ.

– J'arrive. On se retrouve devant l'entrée dans un quart d'heure.

– Perdez pas votre temps, Bosch. Je serai débordé de boulot. Je suis d'arrestations et il paraît qu'on nous amène une dizaine de négros qui ont attaqué un camion de pompiers, vous vous rendez compte ! Les pauvres gars essayaient d'éteindre un incendie dans leur quartier de merde et ces sauvages les attaquent ! Putain, c'est pas croyable !

– Ça ne l'est jamais. Rendez-vous devant le 77ᵉ dans un quart d'heure, Chastain.

– Vous ne m'écoutez pas, Bosch. Tout va péter par ici et la cavalerie va bientôt intervenir. J'ai pas le temps de bavarder. Faut que je me prépare à foutre tout ce beau monde en taule. Vous voudriez que je reste dehors pour servir de cible à un négro avec un flingue ? C'est à quel sujet, Bosch ?

– Frank Sheehan.

– Eh bien, quoi ?

– Dans un quart d'heure. Soyez devant la porte, Chastain, ou je viens vous chercher. Et ça vous plaira pas.

Chastain recommença à protester, mais Bosch referma son téléphone.

## 38

Il lui fallut vingt-cinq minutes pour arriver au poste de la 77ᵉ Rue. Il fut retardé car le Freeway 110 avait été fermé dans les deux sens, sur ordre de la police de la route. Cette autoroute conduisait directement du centre de Los Angeles au quartier de South Bay, en traversant South L. A. Lors des dernières émeutes, des tireurs embusqués s'étaient amusés à y canarder les voitures qui passaient ; d'autres personnes installées sur les ponts avaient lancé des parpaings sur les véhicules en dessous. Cette fois, la police de la route ne voulait prendre aucun risque. Il était fortement conseillé aux automobilistes de faire un détour par le Santa Monica Freeway, de prendre ensuite par le San Diego Freeway et de continuer vers le sud. C'était deux fois plus long, mais moins risqué que de traverser une zone de combats.

Bosch prit soin de n'emprunter aucun tunnel. Toutes les routes étant quasiment désertes, il ne s'arrêta pas une seule fois aux feux rouges ou aux stops. Il avait l'impression de traverser une ville fantôme. Ces endroits étaient souvent le théâtre de pillages et d'incendies volontaires, mais il ne s'y aventurait jamais. Il songea au contraste entre l'image présentée par les médias et la réalité qu'il découvrait. La plupart des gens étaient enfermés chez eux ; ils attendaient que le calme revienne. C'étaient de braves gens qui guettaient avec impatience la fin de l'orage ; ils regardaient la télévision et se demandaient si c'était bien leur ville qu'ils voyaient brûler sur l'écran.

Le trottoir devant le poste de police de la 77e Rue était lui aussi étrangement désert quand il y arriva enfin. Un car de l'école de police avait été garé juste devant l'entrée en guise de protection contre des coups de feu et d'autres attaques possibles, mais il n'y avait aucun manifestant dehors, ni non plus aucun policier. Alors qu'il se garait sur un emplacement interdit le long du trottoir, Chastain surgit de derrière le car et s'approcha. Il était en uniforme, son arme glissée dans un étui accroché à sa taille. Bosch baissa sa vitre.

– Bon Dieu, mais qu'est-ce que vous foutiez, Bosch ? Vous aviez dit un quart..

Oui, je sais. Montez.

– Pas question. Je n'irai nulle part avec vous tant que vous ne m'aurez pas dit ce que vous venez foutre ici. Je suis réquisitionné, je vous le rappelle.

– Je veux vous parler de Sheehan et du rapport balistique. Et de l'affaire Wilbert Dobbs.

Chastain eut un léger mouvement de recul, que Bosch remarqua. Le nom de Dobbs avait été comme un coup de poing. Bosch remarqua aussi la barrette de tireur d'élite sous son insigne du LAPD.

– Je ne sais pas de quoi vous parlez, mais je sais que l'affaire Sheehan est bouclée. Il est mort. Tout comme Elias. Tout le monde est mort, point final. Maintenant on a un autre problème : toute la ville va partir en fumée.

– La faute à qui ?

Chastain le dévisagea ; il essayait de percer l'expression de Bosch.

– Je ne comprends rien à ce que vous me racontez. Vous avez besoin de sommeil, mon vieux. Comme nous tous.

Bosch descendit de voiture. Chastain recula encore d'un pas et fit remonter lentement sa main droite sur sa

448

hanche pour coincer son pouce dans sa ceinture, tout près de son arme. Il existait des codes non écrits de l'engagement ; celui-ci en faisait partie. Bosch comprit tout de suite qu'il était en danger de mort. Il était prêt.

Il se retourna et claqua sa portière. Alors que Chastain suivait involontairement son geste des yeux, Bosch glissa rapidement sa main sous sa veste, dégaina son pistolet et le braqua sur lui avant qu'il ait le temps de réagir.

– OK, on va la jouer à votre façon, Chastain. Mettez vos mains sur le toit de la voiture.

– Putain, mais qu'est-ce que…

– LES MAINS SUR LE TOIT !

Chastain leva les bras.

– OK, OK… Du calme, Bosch du calme

Il s'approcha de la voiture et posa ses mains à plat sur le toit. Bosch passa derrière lui et lui arracha l'arme qu'il portait à sa ceinture. Il recula et la glissa à la place de la sienne dans son holster sous sa veste.

– Je n'ai pas besoin de vous fouiller pour voir si vous avez une arme alibi. Vous vous en êtes déjà servi pour Frankie Sheehan, pas vrai ?

– Hein ? Je ne comprends rien à ce que vous racontez.

– Ben tiens.

Tout en appuyant dans le dos de Chastain avec sa main droite, Bosch passa son autre main devant lui pour se saisir des menottes qui pendaient à sa ceinture. Puis il tira le bras droit de Chastain en arrière, referma un des bracelets sur son poignet et fit de même avec l'autre bras.

Il l'obligea ensuite à faire le tour de la voiture, l'assit de force à l'arrière, du côté opposé au chauffeur, et retourna s'asseoir au volant. Il sortit l'arme de Chastain de son holster, la rangea dans sa mallette, remit son propre pistolet à sa place, régla le rétroviseur intérieur de manière à pouvoir observer Chastain d'un œil et enfonça le bouton qui condamnait l'ouverture des portières.

– Restez dans le coin, que je puisse vous voir.

– Je vous emmerde ! Qu'est-ce qui vous prend ? Où m'emmenez-vous ?

Bosch démarra sans un mot. Il prit vers l'ouest et roula jusqu'à ce qu'il puisse tourner au nord dans Normandie Boulevard. Presque cinq minutes s'écoulèrent avant qu'il réponde à la question de Chastain.

– On va à Parker Center, dit-il. Et quand on y sera, vous me parlerez des meurtres de Howard Elias, Catalina Perez… et Frankie Sheehan.

Bosch sentait la colère et la bile lui remonter dans la gorge. Il repensait à un des messages non formulés que lui avait adressés Garwood. Celui-ci réclamait une justice expéditive et Bosch partageait maintenant son désir.

– OK, on y retourne si vous voulez ! dit Chastain. Mais vous racontez n'importe quoi. Tout ça, c'est du bidon ! L'affaire est CLASSÉE, Bosch. Faudra vous y faire.

Bosch commença à lui réciter la liste des droits constitutionnels permettant à tout accusé de ne rien dire pour s'incriminer et lui demanda s'il comprenait.

– Allez vous faire foutre.

Bosch continua malgré tout, en jetant des coups d'œil dans le rétroviseur toutes les deux secondes.

– C'est pas grave, vous êtes flic. Aucun juge au monde n'osera affirmer que vous ne connaissiez pas vos droits.

Il laissa passer un petit moment et observa de nouveau son prisonnier dans le rétroviseur avant de continuer :

– Vous étiez l'informateur d'Elias. Pendant des années, vous lui avez fourni tous les renseignements qui l'intéressaient… sur toutes les affaires. Vous…

– Erreur.

– … avez trahi la police. Vous êtes ce qu'il y a de plus ignoble, Chastain. N'est-ce pas l'expression que vous avez utilisée ? C'était vous le mouchard, l'ordure… le salopard.

Il aperçut soudain des barrages de police droit devant, au milieu de la route. Deux cents mètres plus loin, on

450

voyait des lumières bleues et des flammes. Il comprit qu'ils se dirigeaient vers le point chaud où les pompiers avaient été agressés et leur camion incendié.

Avant d'arriver au barrage, il tourna à droite et chercha à filer vers le nord à chaque intersection qu'il croisait. Il n'était pas dans son élément dans ce coin-là. Il n'avait jamais effectué d'enquête dans les quartiers de South Central et ne connaissait pas ce territoire. Il risquait de se perdre s'il s'éloignait trop de Normandie Boulevard, mais il prit soin de n'en rien laisser paraître lorsqu'il observa encore une fois Chastain dans le rétroviseur.

– Vous voulez me raconter, Chastain ? Ou vous préférez qu'on aille jusqu'au bout ?

– Il n'y a rien à raconter. Profitez bien de votre insigne de flic pendant que vous l'avez encore. Ce que vous êtes en train de faire s'appelle un suicide. Comme votre pote, Sheehan. Vous êtes en train de vous suicider, Bosch.

Bosch donna un grand coup de frein et la voiture s'arrêta en dérapant. Il dégaina son arme et se pencha par-dessus le siège, en pointant le canon sur le visage de Chastain.

– Qu'est-ce que vous dites ?

Chastain eut l'air réellement terrorisé. Il était convaincu que Bosch allait presser la détente.

– Rien, Bosch, j'ai rien dit. Continuez à rouler. Allons à Parker Center, on réglera tout ça là-bas

Bosch se laissa retomber lentement sur son siège et redémarra. Au bout d'un moment, il tourna de nouveau vers le nord, en espérant contourner la zone dangereuse, puis revenir dans Normandie Boulevard, une fois tout danger écarté.

– Je reviens des archives, reprit-il en jetant un coup d'œil dans le rétroviseur pour voir si l'expression de Chastain s'était modifiée.

Rien.

– J'ai sorti la boîte de l'affaire Wilbert Dobbs. Et j'ai

451

consulté le registre des sorties. Vous avez demandé la boîte ce matin et vous y avez pris les balles. Vous avez pris les balles du 9 mm de service de Sheehan, Chastain, celles avec lesquelles il a abattu Dobbs il y a cinq ans, et vous en avez donné trois aux gars de la balistique en disant qu'elles provenaient de l'autopsie de Howard Elias. Vous avez tout manigancé pour lui faire porter le chapeau. Mais c'est ce qui vous a perdu, Chastain.

Nouveau coup d'œil dans le rétroviseur. Cette fois, le visage de Chastain avait changé. C'était comme si ces précisions lui avaient flanqué un coup de pelle en pleine tête. Bosch décida de l'achever.

– Vous avez tué Elias, dit-il calmement. (Il avait du mal à détacher les yeux du rétroviseur pour regarder la route.) Parce qu'il s'apprêtait à vous faire témoigner, et à vous griller par la même occasion. Il voulait vous interroger sur les vraies conclusions de votre enquête, car vous les lui aviez livrées. Mais l'affaire était trop énorme. Il savait jusqu'où elle pouvait le mener et vous n'étiez plus indispensable. Il avait donc décidé de vous sacrifier afin de gagner son procès… Vous avez disjoncté, je suppose. En tout cas, le vendredi soir, vous l'avez suivi quand il rentrait chez lui et, au moment où il montait dans l'Angels Flight, vous êtes passé à l'action. Vous l'avez abattu. Mais en levant la tête, vous avez découvert la femme assise au fond du wagon. Ça a dû vous faire un sacré choc. Le funiculaire aurait dû être vide. Mais cette pauvre Catalina Perez était assise sur le banc et vous avez été obligé de la tuer, elle aussi. Comment je me débrouille, Chastain ? J'ai tout bon pour l'instant ?

Chastain ne répondit pas. Ils arrivaient à un carrefour ; Bosch ralentit et regarda à gauche. Il apercevait au loin la zone éclairée de Normandie Boulevard. Il n'y avait ni barrages, ni gyrophares. Il tourna à gauche.

– Vous avez eu un coup de pot, reprit-il. L'affaire Dobbs. Ça collait parfaitement. En lisant les dossiers, vous avez découvert que Sheehan avait déjà menacé Elias une fois et vous êtes parti de là. Vous teniez votre bouc émissaire. Quelques petites recherches, quelques petites manœuvres ici et là, et vous avez pu vous occuper de l'autopsie. Vous aviez donc les balles, il ne vous restait plus qu'à les échanger. Évidemment, les marques faites par le légiste sur les balles seraient différentes, mais ce détail n'apparaîtrait que s'il y avait procès, si Sheehan était jugé.

– Fermez-la, Bosch ! Je ne veux plus entendre ça ! Je ne…

– Je me fous de ce que vous voulez entendre ou pas. Vous allez m'écouter, tête de nœud ! C'est Frankie Sheehan qui vous parle du fond de sa tombe. Vous comprenez ? Vous deviez faire porter le chapeau à Sheehan, mais ça ne marcherait pas s'il était jugé parce que le légiste serait obligé de témoigner et qu'il dirait : « Attendez un peu, les gars ; ce ne sont pas mes marques qu'il y a sur ces balles. On les a échangées. » Donc, vous n'aviez pas le choix. Vous ne pouviez pas faire autrement que de liquider Sheehan  Vous nous avez suivis hier soir. J'ai aperçu vos phares. Vous nous avez suivis et vous avez tué Frankie Sheehan. En faisant croire à un suicide d'ivrogne. Beaucoup de bière, des coups de feu. Mais moi, je sais ce qui s'est passé réellement. Vous l'avez tué, et ensuite vous avez tiré deux coups de feu en l'air en refermant sa main autour de l'arme. Tout s'emboîtait à merveille, Chastain. Mais voilà que tout s'écroule.

Il sentit la colère le submerger. Il donna une claque dans le rétroviseur pour ne plus voir le visage de Chastain. Il atteignit enfin Normandie Boulevard ; le carrefour était dégagé.

– Je connais toute l'histoire, reprit-il. Je sais tout. J ai juste une question. Pourquoi avez-vous servi d'indic à Elias pendant toutes ces années ? Pour le fric ? Ou bien alors, vous haïssez tellement les flics que vous êtes prêt à tout pour vous les payer d'une manière ou d'une autre ?

Toujours pas de réponse en provenance de la banquette arrière. Arrêté à un stop, Bosch tourna la tête vers la gauche et aperçut de nouveau les lumières bleues des gyrophares et les flammes. Ils avaient fait le tour du périmètre bouclé par la police. Les barrages commençaient une rue plus loin. Il s'attarda un instant pour contempler ce paysage. Des voitures de police étaient alignées derrière les barrages. Il y avait une petite boutique d'alcool au coin de la rue ; les vitrines en avaient été brisées, quelques morceaux de verre pendaient encore aux montants. Devant la porte, le trottoir était jonché de tessons de bouteilles et autres débris abandonnés par les pillards.

– Vous voyez tout ça, Chastain ? Tout ce bordel ? C'est vous...

– Bosch...

– ... qui êtes responsable. C'est...

– ... il ne faut pas rester là !

– ... vous le fautif.

Alerté par la panique dans la voix de Chastain, Bosch tourna la tête vers la droite. Au même moment, le pare-brise vola en éclats et un morceau de béton s'écrasa sur le siège passager. A travers la pluie de verre, Bosch vit la foule avancer vers la voiture. C'étaient de jeunes gens au visage assombri par la haine, celui de l'individu qui s'est perdu dans la masse. Soudain, une bouteille s'envola en direction de la voiture ; Bosch la vit si nettement et cet instant lui parut si long qu'il parvint même à distinguer l'étiquette : *Southern Comfort*. Il ne put s'empêcher d'y voir une note d'humour ou d'ironie.

La bouteille traversa le pare-brise pulvérisé et explosa sur le volant, aspergeant d'éclats de verre et d'alcool le visage et les yeux de Bosch. Instinctivement, il lâcha le volant pour se protéger, mais trop tard · l'alcool lui brûıait déjà les yeux. Soudaın, Chastain se mıt à pousser des hurlements à l'arrière :

– FONCEZ ! FONCEZ !

Deux autres explosions de verre se produisirent : des projectiles indéterminés venaient de faire voler en éclats d'autres vitres de la voiture. Des poings martelèrent la vitre de Bosch encore intacte et le véhicule se mit à tanguer dangereusement. Pendant que quelqu'un tirait violemment sur la poignée de la portière, des éclats de verre continuaient de pleuvoir autour de Bosch. Il entendit les cris à l'extérieur, les bruits hargneux et inintelligibles de la foule, auxquels faisaient écho les hurlements de Chastain à l'arrière. Des mains féroces s'étaient emparées de lui à travers la vitre fracassée ; elles le tiraient déjà par les cheveux et les vêtements. Bosch écrasa l'accélérateur et donna un grand coup de volant vers la gauche au moment où la voiture faisait un bond en avant. Luttant contre l'instinct qui ordonnait à ses yeux de se fermer, il parvint à les garder entrouverts pour se ménager une mince bande de vision floue et douloureuse. La voiture s'engouffra sur les voies désertes de Normandie Boulevard, en direction des barrages de police, synonyme de sécurité. Il garda la main appuyée sur le klaxon, arriva au barrage et le traversa sans s'arrêter avant de donner un grand coup de frein. La voiture partit en tête à queue, puis s'immobilisa.

Bosch ferma les yeux et resta immobile. Il entendit des pas précipités, puis des cris, mais il savait que c'étaient des policiers qui accouraient. Il était sauvé. Il ouvrit sa portière, des mains se tendant aussitôt vers lui pour l'aider à descendre de voiture au milieu des voix réconfortantes des hommes en bleu.

– Ça va, vieux ? Vous voulez qu'on appelle les secours ?

– Mes yeux.

– OK, bougez pas. On va chercher quelqu'un. Appuyez-vous contre la bagnole.

Un des agents hurla des ordres dans un talkie-walkie : il avait un policier blessé qui avait besoin de soins d'urgence. Immédiatement ! Bosch ne s'était jamais senti autant protégé qu'en cet instant. Il eut envie de remercier chacun de ses sauveurs. Il éprouvait un profond sentiment de quiétude, mais sentit la tête lui tourner, comme quand il ressortait indemne d'un tunnel au Vietnam. Il porta ses mains à son visage et tenta d'ouvrir un œil. Il sentit le sang couler le long de son nez : il était vivant.

– Vaut mieux pas toucher à ça, mon vieux, c'est pas beau à voir, dit une voix.

– Qu'est-ce que tu foutais tout seul par ici ? demanda une autre voix.

Il réussit à ouvrir l'œil gauche et découvrit un jeune policier noir devant lui. A son côté se tenait un policier blanc.

– J'étais pas seul, dit-il.

Il se pencha en avant pour regarder à l'arrière de la voiture. La banquette était vide. Personne à l'avant non plus : Chastain avait disparu. Et sa mallette avec. Il se redressa et regarda en direction de la foule déchaînée, tout au bout de la rue. Du revers de la main, il essuya le sang et l'alcool de ses yeux pour mieux voir. Entre quinze et vingt types y formaient un groupe compact ; tous avaient les yeux tournés vers le cœur de leur masse mouvante. Il distingua des mouvements vifs, violents, des jambes qui fouettaient l'air, des poings qui se levaient, puis s'abattaient au centre de la cohue.

– Nom de Dieu ! s'exclama l'agent qui se tenait près de lui. C'est un de nos gars ? Ils ont chopé un de nos gars ?

Sans attendre la réponse de Bosch, il reprit son talkie-walkie et réclama de toute urgence des renforts pour venir au secours d'un agent en détresse. Sa voix était

456

paniquée, déformée par l'horreur du spectacle qu'il découvrait une rue plus loin. Les deux agents coururent jusqu'à leurs voitures et les deux véhicules de patrouille foncèrent en direction de la meute.

Bosch ne pouvait que regarder. Bientôt, la masse humaine changea de forme. L'objet de son acharnement n'était plus allongé sur le sol. Bosch vit soudain le corps de Chastain s'élever au-dessus de la marée de têtes, brandi à bout de bras comme un trophée que les vainqueurs se passent de main en main. Sa chemise était déchirée et ses poignets toujours attachés par les menottes. Une de ses chaussures et la chaussette avaient disparu ; le pied d'une blancheur d'ivoire ressemblait à l'os qui a traversé la peau dans une fracture ouverte. Malgré la distance, Bosch eut l'impression que Chastain avait les yeux ouverts. En tout cas, sa bouche était béante. Soudain retentit un son aigu que Bosch prit tout d'abord pour la sirène d'une des voitures de police fonçant à la rescousse. Puis il comprit que c'était Chastain qui hurlait une dernière fois avant de replonger et de disparaître au cœur de la meute.

# 39

Réfugié derrière le barrage, Bosch regarda la brigade de policiers envahir le carrefour et pourchasser les émeutiers. Le corps de John Chastain resta étendu sur la chaussée, tel un sac de linge sale tombé d'un camion. Après l'avoir examiné, les secours avaient fini par l'abandonner : ils étaient arrivés trop tard. Bientôt, les hélicoptères des médias survolèrent la scène et des ambulanciers vinrent s'occuper de Bosch. Il avait des entailles sur le nez et son arcade sourcilière gauche avait besoin d'être désinfectée, puis recousue, mais il refusa d'aller à l'hôpital. On lui ôta les morceaux de verre, on referma la plaie avec un pansement adhésif et on le laissa tranquille.

Il passa alors un long moment – il n'aurait su dire combien de temps – à errer derrière les barrières, jusqu'à ce qu'un lieutenant vienne le trouver pour lui annoncer qu'il devait retourner au poste de police de la 77ᵉ Rue pour y être interrogé par les inspecteurs qui seraient chargés de l'enquête. Deux agents l'y conduiraient en voiture. Bosch se contenta de bredouiller quelques paroles d'acquiescement et le lieutenant réclama un véhicule en braillant dans son talkie-walkie. Bosch remarqua la boutique d'alcools dévastée et pillée de l'autre côté de la rue, derrière le lieutenant. L'enseigne au néon verte indiquait FORTUNE LIQUORS. Bosch annonça qu'il revenait dans une minute. Il traversa la rue et entra dans la boutique.

C'était un magasin étroit, tout en longueur, avec trois allées de marchandises – jusqu'à ce soir. Tous les rayonnages avaient été vidés et renversés par les pillards. A plusieurs endroits, les débris formaient des amoncellements de trente centimètres de haut et il flottait dans toute la boutique une écœurante odeur de bière et de vin. Bosch s'avança avec prudence vers le comptoir, sur lequel ne restaient que les anneaux en plastique d'un pack de six boîtes de bière. Il se pencha pour regarder par-dessus le comptoir et faillit laisser échapper un cri en découvrant un petit Asiatique assis par terre, les genoux repliés contre la poitrine, les bras serrés autour des jambes.

Ils se dévisagèrent un long moment. L'homme avait tout le côté du visage tuméfié et violacé. Bosch pensa qu'on avait dû le frapper avec une bouteille. Il le salua d'un signe de tête, mais n'obtint aucune réponse.

– Ça va ?

Cette fois, l'Asiatique hocha la tête sans oser le regarder.

– Vous voulez que j'appelle des secours ?

L'homme lui fit signe que non.

– Ils ont piqué toutes les cigarettes ?

L'homme ne répondit pas. Bosch se pencha davantage pour regarder sous le comptoir. Il découvrit la caisse enregistreuse – tiroir grand ouvert – renversée sur le sol. Des sacs en papier et des pochettes d'allumettes étaient éparpillés çà et là, ainsi que des cartouches de cigarettes vides. En s'appuyant sur le comptoir et en tendant la main, il parvint à fouiller parmi les débris qui jonchaient le sol. Mais sa quête d'un paquet de cigarettes demeura infructueuse.

– Tenez.

Bosch leva les yeux vers l'homme assis par terre. Il avait sorti de sa poche un paquet de Camel souple.

Il l'agita et le tendit à Bosch ; le filtre de la dernière cigarette dépassait du paquet.

– Non, c'est votre dernière. C'est pas grave.

– Si, si, prenez.

Bosch hésita.

– Vous êtes sûr ?

– S'il vous plaît.

Bosch prit la cigarette, lui adressa un petit signe de tête et se pencha de nouveau pour ramasser une des pochettes d'allumettes par terre.

– Merci, dit-il.

Il adressa un nouveau signe de tête à l'Asiatique et ressortit de la boutique.

Une fois dehors, il coinça la cigarette entre ses lèvres et aspira à travers le filtre pour savourer le goût du tabac. Il ouvrit la pochette d'allumettes, alluma la cigarette, inhala profondément la fumée et la garda dans ses poumons.

– Et puis merde ! s'écria-t-il.

Il recracha lentement la fumée et la regarda s'envoler. Au moment de refermer la pochette d'allumettes, il aperçut le petit proverbe inscrit à l'intérieur, au-dessus de l'alignement de bouts soufrés :

HEUREUX CELUI QUI TROUVE REFUGE EN LUI-MÊME

Il referma la pochette, la glissa dans sa poche et sentit quelque chose au fond. C'était le petit sachet de riz de son mariage. Il le lança en l'air, le rattrapa, le serra fort dans son poing et le remit dans sa poche.

Son regard dériva vers le carrefour, au-delà des barrages de police, là où le corps de Chastain avait été recouvert d'un ciré jaune trouvé dans le coffre d'une des voitures de patrouille. Une zone protégée avait été installée à l'intérieur du périmètre de sécurité et l'enquête sur les circonstances de cette mort venait de débuter.

460

Bosch songea à la terreur qu'avait dû éprouver Chastain dans les derniers instants, quand des mains haineuses s'étaient emparées de lui. Il la comprit, mais n'éprouva aucune compassion. Cela faisait longtemps que ces mêmes mains se tendaient vers lui.

Un hélicoptère descendit tout à coup du ciel noir et vint se poser dans Normandie Boulevard. Les portières s'ouvrirent des deux côtés pour laisser descendre le chef adjoint Irving et le capitaine John Garwood : ils étaient prêts à prendre les choses en main et à diriger l'enquête. D'un pas décidé, les deux hommes se dirigèrent vers le petit groupe d'agents réunis près du corps. Le souffle de l'hélicoptère avait soulevé un des pans du ciré étendu sur la victime. Bosch vit le visage de Chastain qui regardait fixement le ciel. Un des policiers alla le recouvrir.

Irving et Garwood se trouvaient à une cinquantaine de mètres de Bosch, mais semblèrent prendre conscience de sa présence, car tous les deux se retournèrent en même temps vers lui. Il soutint leurs regards sans ciller. Toujours vêtu de son costume impeccable, Garwood lui adressa un petit geste de la main ; il tenait une cigarette entre ses doigts et il y avait sur son visage un petit sourire entendu. Irving fut le premier à détacher son regard de Bosch, pour reporter son attention sur le ciré jaune vers lequel il se dirigeait. Bosch connaissait le scénario. Le grand arrangeur était là. Il savait déjà quelle serait la version officielle. Chastain deviendrait un policier martyr : arraché à une voiture de patrouille par la foule, attaché avec ses propres menottes et frappé à mort. Ce meurtre servirait de justification à tous les actes commis par la police cette nuit-là. De manière implicite, il servirait à rétablir l'équilibre : Chastain contre Elias. Propagée par les vautours mécaniques qui volaient dans le ciel, sa mort serait utilisée pour mettre fin aux émeutes avant même qu'elles éclatent. Mais seules quelques personnes sauraient que c'était lui qui les avait déclenchées.

Bosch savait aussi qu'on ferait appel à son témoignage. Irving avait les moyens de faire pression sur lui. Il avait entre ses mains la seule chose qui lui restait, la seule chose à laquelle il tenait : son métier. Il savait qu'Irving réclamerait son silence en échange. Et il savait qu'il accepterait le marché.

## 40

Bosch ne cessait de repenser à cet instant dans la voiture, quand, aveuglé, il avait senti des mains qui essayaient de s'emparer de lui. Malgré sa terreur, une sorte de calme empreint de lucidité l'avait envahi, et il se surprenait presque à chérir ce moment, rétrospectivement. Car il s'était senti étrangement rasséréné. Durant ces quelques secondes, il avait découvert une vérité essentielle. Il savait, d'une certaine façon, qu'il serait épargné car les griffes des damnés ne pouvaient atteindre le juste.

Il entendait encore le cri ultime de Chastain, un hurlement si puissant et si horrible qu'il en paraissait presque inhumain. C'était le cri des anges déchus qui plongent vers l'enfer. Il savait qu'il ne pourrait jamais se permettre de l'oublier.

Wonderland Avenue
*Seuil, 2002*
*et « Points », n° P 1088*

Darling Lilly
*Seuil, 2003*

Lumière morte
*Seuil, 2003 (à paraître)*

COMPOSITION : I.G.S. CHARENTE-PHOTOGRAVURE À L'ISLE-D'ESPAGNAC
IMPRESSION : S.N. FIRMIN-DIDOT AU MESNIL-SUR-L'ESTRÉE
DÉPOT LÉGAL : AVRIL 2002. N° 54296-4 (64572)